本书得到国家自然科学基金面上项目（**11973043**）及中央高校基本科研业务费专项资金支持

# 明清之际中国天文学转型中的宇宙论、计算与观测

王广超　著

人民出版社

**责任编辑:**陈寒节

**封面设计:**朱晓东

**图书在版编目(CIP)数据**

明清之际中国天文学转型中的宇宙论、计算与观测/王广超著.—北京:人民出版社,2024.5

ISBN 978-7-01-024441-9

Ⅰ.①明… Ⅱ.①王… Ⅲ.①天文学史-研究-中国-明清时代 Ⅳ.①P1-092

中国版本图书馆 CIP 数据核字(2022)第 012939 号

**明清之际中国天文学转型中的宇宙论、计算与观测**

MINGQINGZHIJI ZHONGGUO TIANWENXUE

ZHUANXING ZHONG DE YUZHOULUN JISUAN YU GUANCE

王广超 著

人民出版社 出版发行

(100706 北京市东城区隆福寺街 99 号)

北京九州迅驰传媒文化有限公司印刷 新华书店经销

2024 年 5 月第 1 版 2024 年 5 月北京第 1 次印刷

开本:710 毫米×1000 毫米 1/16 印张:16.25

字数:277 千字

ISBN 978-7-01-024441-9 定价:60.00 元

邮购地址:100706 北京市东城区隆福寺街 99 号

人民东方图书销售中心 电话:(010)65250042 65289539

# 序

中国古代数理天文学到了明清时期出现了大变。明清之前中国数理天文学也会因受到外来影响而发生改进或精致化，但基本上还是在中国原有的体系中说话。例如，隋唐时期受到了印度天文学的影响，在行星运动的推算方面就有很大的改进，引进了行星运动不均性的因素。再如，宋元时期受到伊斯兰天文学的影响，为中国传统历算带来了新的活力，出现了《授时历》这样精密的历法。但是到了明清时期，西洋天文学的传入，改变的不仅仅是历算，而是与之相关的天文宇宙论。传统的历法推算与宇宙论关系不大，而到了明清，之间的关联越来越显得重要。尽管清代官方天文学依然要完成制定历法的任务，但是其基本理论、基本模型、基本方法、基本测量，都与旧有的传统相去甚远。可以这么讲，明清时期，中国天文学发生了转型，从此走上了现代化的道路。正因为如此，明清天文学转型问题备受中外学者的关注，研究者络绎不绝。有从中西交流方面展开，研究到底有哪些理论、方法和仪器传入中国，产生了什么影响；有致力于中西历争的考察，探讨当时的社会背景中，异域文化与中土文化交流与碰撞的问题；有考察中国历算家对西方理论和方法的吸收与改造；等等。表面看来，有关明清天文学史的研究已经相当充分，低垂的果实已被摘尽，很难再有突破性的成果。但是实际情况是，明清天文学的研究还远远不够深入。

广超在博士研究生阶段就致力于明清天文学史的研究，此书是在他的博士论文基础上形成的。与前人研究不同，此书试图从宇宙论、计算与观测三者的相互关系入手，探讨明清之际中西天文学的转型，这是一项全新的尝试。探讨这一关系，此书并非空泛大论，而是落实到具体的案例，以小见大，深入浅出。这从他这本书的章节安排就可以看出来。本书大体上是按照观测、理论、算法历书编算的顺序来构思的。

本书首先以《周髀》中“量天度日术”和“日影测算”两个传统为中心，考察了中国古代历算与宇宙论之间关系的演变。起初，《周髀》中的盖天说与计算是紧密结合在一起的。后来，虽然有了浑天说，但这一宇宙学说与天文历法的推算历算关系不大，以至于中国古代的历算与宇宙论脱钩。明清时期西方天文学传入之后，这一缺陷就凸显出来。考察这一过程，天文观测是关键。在观测方面，作者讨论了望远镜和圭表这是两个极其重要的观测仪器，前者为舶来品，后者则为中国传统天文学重要的观测仪器。两相对比，更可清晰地映照出明清天文学转型的脉络。

其次是有关理论、模型和算法。本书分别对五星运动、太阳运动模型、岁差理论和十二宫等具体的问题进行了讨论。这些章节是本书的重点，作者试图将天文算法放到明清社会背景中，考察西方天文学知识的传入、接受产生影响的历史过程。

本书的最后一部分，对清代岁次历书的编算过程和精度进行了讨论。岁次历书是沟通数理天文学与社会天文学的枢纽，因为历书的编算虽然是一项任务性的工作，却综合了新的天文理论、新的计算方法、新的数表等方面，而且在一定程度上引发了中西文化的碰撞。学界关注中西文化冲突问题，还很少从编算历书的细节上来考虑。本书在讨论清代岁次历书的推算，详细分析其中的数据和数表，从细微处揭示了中西天文学这一时期的冲突与融合。

严格地说，讨论宇宙论、计算和观测之间的关系属于思想史的范畴，或更宽泛一点可以说属于科学内史。但本书不仅限于“内在”变化，而且是要将这些内在的变化通过具体的案例表现出来。在论及具体案例时，作者试图讨论具体事件背后的社会、文化背景，以期理解明清之际西学传入对宇宙论、计算与观测三者之间关系的影响。这种试图疏通内外、综合多元因素的尝试是值得肯定的。

广超 2006 年考入中国科学院自然科学史研究所攻读博士学位，我是他的指导老师。在此之前的硕士研究生阶段，他曾对开普勒的新天文学做过一些研究，博士论文选题定在明清之际中西天文学的交流问题也算他学术上的一种承前启后。确定选题后，他就开始对一些具体的案例进行考察，最初是望远镜问题，后来他还研究了岁差以及梅文鼎的围日圆像说和圭表测影。毕业后，他留在研究所工作，申报和承担了几项基金项目，都同明清天文历法有关。至今他在明清天文学史领域已发表了十多篇论文，成为这一领域的重要学者。广超治学严谨，做事踏实，学术上有一股钻劲，现在把他多年钻研的成果集结发表，可喜可贺！

此书还是有一些缺点，就是具体案例之间的联系表述得还不够充分，整部书的结构看起来比较松散。但是细心的读者会发现本书的核心思想和各章之间的内在联系。宇宙论、计算与观测，是天文学史永恒的研究话题，值得长期探索下去，相信广超会在这条路上不断求索，迈向新境界。

孙小淳①

2021年9月1日于北京

① 孙小淳，中国科学院大学人文学院院长、教授，博士生导师，国际科学史研究院（IAHS）院士。2018年入选“万人计划”哲学与社会科学领军人才。现任中国科学技术史学会理事长、国务院学位委员“科学技术史”一级学科评议组召集人会等职。

# 目　录

# 绪　论

## 第一节　研究问题及进路

众所周知，现代科学缘起于十六七世纪的科学革命，近代科学革命则发端于天文学革命。从一定意义上说，正是由于哥白尼（Nicolaus Copernicus，1473—1543）提出颠覆性的日心—地动说模型，获得开普勒（Johannes Kepler，1571—1630）、伽利略（Galileo Galilei，1564—1642）等的支持，发展出新天文学。在此基础上，牛顿（Isaac Newton，1643—1727）实现了新的综合，新科学得以诞生。这是一条比较清晰的线索。作为现代科学的起点，哥白尼革命不仅提供了全新的宇宙图景，而且也确立了全新的认识论，奠定了理性的地位。日心说的建立开辟了人类认识世界的新纪元。此后，以科学革命为先导的启蒙运动和产业革命，在前所未有的深度和广度上改变了人类的生活，人类的社会，以及人类自身。①

科学在中国和欧洲发展截然不同，这几乎已经成为尽人皆知的常识。同样无可争议的是，中国科学近代化的第一步也是从天文学开始的。明末，西方传教士来华传教，几经挫折之后，以利玛窦（Matteo Ricci，1552—1610）为首的传教士发展出一套凭借传播西方天文算法进行传教的策略，向中国朝廷输入西方天文学知识，帮助朝廷修改历法，影响中国社会的精英人物，从而实现传教的目的。另一方面，当时的中国士人，则试图把西方天文学体系

① 吴以义：《从哥白尼到牛顿：日心学说的确立》，上海译文出版社2013年版，第4页。

融会到中国天文学体系之中，希望借此改进历法推算精度，其结果是使中国天文学发生了重大的转型。

关于近代中国天文学转型问题，曾引起很多科学史家的关注。李约瑟（Joseph Needham，1900—1995）先生曾指出，当时的天文学已很难说到底是西方的还是中国的，更应该称之为“现代的科学”，也就是说，中国天文学从此走上了现代化的道路。[①] 席文（Nathan Sivin）先生认为，尽管在18世纪前传教士隐瞒了哥白尼天文学，并不断地宣扬在欧洲几乎被遗弃了的托勒密和第谷体系，但是17世纪以来的中国天文学在西方的影响下还是发生了很大的变化，有一些天文学家如王锡阐（1628—1682）等提出了一些新的天文理论。如果把科学革命仅仅理解为新理论的提出，说中国此时的天文学发生了有限度的“科学革命”也未尝不可。[②] 但是，国内一些学者认为，明清之际的中国天文学根本就没有发生一场所谓的革命，其表现就是清代中国人没有对哥白尼以来的世界天文学做出或大或小的任何成就。[③]

以上这些研究基本上是以西方天文学为参照考察中国天文学或中国天文学革命。以此为切入点可以提出许多问题，比如：近代天文学为什么没有在明清之际产生？明清之际的天文学为什么没有发生如近代欧洲那样的革命？是不是中国天文学的发展从根本上与西方天文学不同？许多学者曾对以上这些问题进行讨论。[④] 或许，我们有必要转换一个角度去发问：即问题不是明清之际的中国是否经历了欧洲式的天文学革命，而是当时中国天文学相比以前是否发生了转型。这需要从中国天文学发展的内在理路方面入手考察明清之际的中国天文学。本书试图从宇宙论、计算以及观测之间的关系这一角度切入讨论此问题。

在讨论之前，有必要对书名中一些关键词予以澄清，具体有三：第一，

---

① Joseph Needham, *Science and Civilization in China*, Vol 3, Cambridge University Press, 1959, pp. 448-449.

② N. Sivin, Wang His-hsan, In *Dictionary of Scientific Biography*, Vol (XIV), pp. 159-165.

③ 江晓原：《17、18世纪中国天文学的三个新特点》，《自然辩证法通讯》1998年第3期，第51—56页。

④ 刘钝、王扬宗主编：《中国科学与科学革命——李约瑟难题及相关问题研究论著选》，辽宁教育出版社2002年版。

“明清之际”时间段的界定；第二，“中国天文学”所指；第三，“转型”的含义。

首先讨论“明清之际”的界定问题。明清之际，可以说是当前学术界的一个热门词汇。本书作者以“明清之际”为关键词在 CNKI 上搜索，找到两千多篇以此为题的文章，发表时间分布在从 1924 到 2020 年之间，呈现逐渐增多之势，最近十年尤其多，几乎每年一百多篇。但是，这些文章大多都没有对“明清之际”的时间跨度进行清晰的界定。通过查阅 CNKI 硕、博学位论文库可知，近二十年来，以“明清之际”为题目的学位论文也呈现迅猛上升的趋势。而这些论文也大多没有对“明清之际”进行明确的说明。近年来出版的一些以“明清之际”为书名的论著，也是如此。比如，赵园撰写的《明清之际士大夫研究》，沈定平所著《明清之际中西交流史——明季：趋同与辨异》，及其之前所著的《明清之际中西文化交流史——明代：调试与会通》。[①]

有些论著，虽然对“明清之际”有说明，但经过横向对比发现，所指时间长短不齐、前后不一。有些将“明清之际”和“明末清初”等同。[②] 比如，黄兴涛等编著的《明清之际西学文本——50 种重要文献》丛书，称“明清之际”与“明末清初”无异，并说这只是一个大致的时期表示，借用了一个习惯说法。[③] 这是一种相对较窄的界定。周振鹤等编《明清之际西方传教士汉籍丛刊》系列书籍的凡例，将明清之际的上限定为 16 世纪 80 年代，罗明坚和利玛窦进入中国内地。下限则定在 19 世纪初，新教传入中国之始。[④] 相比之下，此书的界定则要长得多。陈卫平在《第一页与胚胎：明清之际的中西文化比较》一书给出的限度为：万历年间西方传教士来华传教为上限，到清代中叶乾隆年间实行闭关政策为止。[⑤] 经核查，这并非陈先生的首创，方豪（1894—1955）先生所著《中西交通史》，将“明清之际”界定为从明末利玛

① 沈定平：《明清之际中西文化交流史——明代：调试与会通》，商务印书馆 2012 年版。

② 骆耀军：《明清之际士人认同的转变与重塑》，华中师范大学，2014 年。

③ 黄兴涛、王国荣编：《明清之际西学文本——50 种重要文本汇编》，中华书局 2013 年版，第 24 页。

④ 周振鹤：《明清之际西方传教士汉籍丛刊》第一辑，凤凰出版社 2013 年版，凡例。

⑤ 陈卫平：《第一页与胚胎——明清之际的中西文化比较》，上海人民出版社 1992 年版，第 1 页。

窦传教开始，一直到乾嘉厉行禁教之时为止。①

其实，“明清之际”并不是一个最近才有的指称，清代学者就有如此的表述。比如，清代屈复在乾隆年间所作的《弱水集》中，就多次使用“明清之际”。清末陈康祺在《朗潜纪闻》中多次使用这一表述。这两部书均未对明清之际的时限给出说明。这一用法或许是“隋唐之际”“宋元之际”的延续。因此，总的看来，“明清之际”并不是一个有确定指称的词汇。而究竟如何界定，主要取决于所讨论的问题。本书试图考察中西天文学交流问题，因而采用方豪和陈卫平的界定比较合理。

关于中国古代有无科学这一问题，学术界现在还在争论，至今尚无定论。中国古代有天文学，这是一个不争的事实。但是，中国古代的“天文”与作为现代天文学之源头的古代西方天文学有所不同。李约瑟先生将其概括为两点：第一，中国古代天文学以赤道—北极坐标系为主，而西方则更关注行星和黄道体系；第二，中国古代天文学依附于政治之上，而西方天文学则比较独立。② 毫无疑问，现代天文学主要是在近代西方天文学的基础上发展起来的。因此，从一定意义上说，所谓的现代天文学与中国古代的“天文”有不同含义。

现代中文语境中的“天文学”，对应着英文中的 Astronomy，是一门运用数学、物理和化学等方法来解释宇宙间的天体运动及演化的学问。而古代中国的“天文”，主要是关于天体异象的研究。《易经》中有“天文”一词，其中的“文”主要是指“纹路”，按此推演，“天文”是指天的“纹路”。其实，中国古代“天文”一词，主要对应着特殊天象。二十四史中一般会有“天文志”部分，主要是异常天象的记录合集。其中有些记录对当今天体演化的研究有着重要的意义。但是，关于天象的研究，并不是十七八世纪主流天文学所关心的议题。针对中国古代没有现代意义上的“天文学”，江晓原先生甚至提出，中国古代没有天文学，只有天学，即关于天的学问，《天学真

① 方豪：《中西交通史》，上海人民出版社 2008 年版，第 488 页。方豪先生的《中西交通史》最初于 1954 年在台湾台北出版，后来于 1987 年岳麓书社出版。

② Joseph Needham, Astronomy in Ancient and Medieval China. *Philosophical Transactions of the Royal Society of London. Series A*, 1974, Vol. 276, No. 1257, pp. 67-82.

原》一书即围绕这一问题展开了讨论。"天学"当然不是江先生的发明创造，明末来华传教士最初译介欧洲天文学时，也用了"天学"一词，比如李之藻等撰写的《天学初函》。但是，李所谓"天学"，除了含有天文学的意义，更多是指基督教中天主相关的学问。我们还是回到中国古代天文学的自身发展脉络当中去探讨天文学的含义。

古代中国，与"天文"相对立的是"历象"。将天体有规则的运动和周期称为"历象"。将发生在天空中的一切异常现象都称为"天文"。针对"历象"，中国古人发明了历法，用以描述和预测太阳、月亮以及五大行星的运动，以便根据天的节律来规范经济、政治甚至一般日常活动。同时，他们又用警惕的目光监视"天文"，以便及时发现任何对统治者来说具有特殊含义的吉象与凶兆。[①] 因此，相比较之下，中国古代历法计算与欧洲自古希腊以来的天文学有更多重叠。古希腊以来，欧洲天文学着重致力于行星位置天文学的研究，只是到了近代，开始转向行星动力学研究。中国古代历法，主要是对可视天体的计算。由此，我们所讨论的重点是历法计算，以及相关的宇宙论和观测等问题。

本书所谓的转型，是指程度较轻的科学革命。库恩（Thomas S. Kuhn，1922—1996）在其《科学革命的结构》一书中，对科学革命有明确的界定，即科学范式的转变（Change of paradigm）。库恩认为，科学范式与常规科学是直接相关的，而常规科学，是指那些被科学共同体所认可的科学理论。科学范式需满足下面两个条件：第一，这些理论的成就足够空前，在众多竞争的理论中能够吸引更多的科学共同体的成员；第二，足够开放，留下足够多的空间给共同体成员进行探索。[②] 从一定意义上说，欧洲近代哥白尼革命比较符合库恩的理论模型。西方的天文学革命，不仅仅是研究方法的转变，更主要的是研究目标，乃至整个宇宙论图景的转变。谈到范式的改变，就涉及一个问题，即中国古代天文学有没有范式？如果有，是在何时确立的？

---

① Shi Yunli，Ancient Chinese Astronomy：An Overview. in Clive Ruggles（ed.）. *Handbook of Archaeoastronomy and Ethnoastronomy*. Springer Reference，2015，pp. 2031-2042.

② Thomas S. Kuhn，*The Structure of Scientific Revolution*. Chicago and London，The University of Chicago Press，2012，p. 4.

席文（Nathan Sivin）先生认为，中国古代历算在汉代确立了其研究传统，具体地说是汉代的《三统历》。因为这部历法涵盖了中国古代历法天文学的全部内容，日、月、五星的运动被全部简约为各种定量的周期和天文表，由此形成对这些天体的运动与位置进行实际数学计算的基础。[①] 这部历法在此后中国历算的发展中得以传承。除了不断变化的社会政治目的外，对更高精度的不懈追求则为中国古代历算的发展提供了沿着这一范式发展的动力，导致了天文观测、天文仪器、天文理论和天文计算等领域中一系列重要发明的出现，并在元朝（1271—1368）达到巅峰。[②] 明清之际，西方天文学的传入，却导致中国天文学的转变。但这种转变并不是翻天覆地的变化，没有彻底转化成西方天文学那样，融入世界天文学潮流中，而只是局限在算法、算表以及一些具体的理论方面。最重要的是，中国古代数理天文学的目的没有变化，依然是皇权主导下的应用数理天文学。所以，本书的题目，采用的是转型，而不是革命，意味着是一场有限度的革命。

本书试图从中国天文学发展的内在理路入手，考察明清之际中国天文学的转型。而不论是中国天文学，还是西方天文学，最基本的问题是宇宙论、计算与观测的关系。

实际上，对任何一个古代文明来说，建构宇宙论的冲动远比系统观天的欲望更为古老和原始。库恩曾提出，有史记载的每一种文明和文化都对“宇宙的结构是什么”这一问题有回答，但只有希腊传承下来的西方文明在给出这一问题的答案时给天象以极大的关注。[③] 当然，库恩的说法有一定局限性，其在撰写《哥白尼革命》时对中国古代天文学还几乎一无所知。中国古人建立的宇宙论模型，比如盖天说和浑天说，也是在充分考虑基本天象的基础上而建构的。盖天说模型中天地的尺寸无疑是基于天象而计算出来的，浑天说甚至成为日后中国天文学观测和计算的基本模型。其实，中国天文学与古希

---

① N. Sivin, Cosmos and computation in early Chinese Mathematical Astronomy. *T'oung Pao*, Second Series, 1969, 55, 1/3, pp. 1-73.

② Shi Yunli, Ancient Chinese Astronomy: An Overview. In Clive Ruggles (ed.). *Handbook of Archaeoastronomy and Ethnoastronomy*. Springer Reference, pp. 2031-2042.

③ （美）库恩：《哥白尼革命——西方思想发展中的行星天文学》，吴国盛等译，北京大学出版社2003年版，第5页。

腊天文学的主要区别，并不在于是否对天象有充分的关注，而在于宇宙论与计算和观测之间的关系。古代西方天文学主要采用几何模型，其发达的几何算法，为精确计算和预测天体位置提供了保证，也正因此，宇宙论与计算之间是紧密关联的。相比之下，中国的情况则复杂得多。起初，中国古代的历法计算和观测到的天象并不复杂，盖天说和浑天说还能提供解释。然而，随着测算技术的提高，由于缺乏几何模型这一中介，中国古代的宇宙论和计算之间逐渐脱节。下面，我们将对古代中西方宇宙论与计算的关系问题进行概述。作为“他者”，古代西方天文学的发展提供了清晰认识中国天文学发展的参照。

古代西方天文学家更注重理论的自洽与完备。正如劳埃德（G. E. Lloyd）所说的那样，“公元前 4 世纪的（古希腊）天文学的主要价值不在于观测手段的进步，不在于收集了许多观测数据，而在于它为把数学方法成功地应用于研究复杂的自然现象提供了范例，……从那以后，天文学家提出不同模型，但他们的方法和目标是一致的，即通过某种几何学模型来解决天体运动问题。”[①] 西方天文学家特别注重行星理论的建构，古希腊哲学家柏拉图（Plato，前 427—前 347）所探讨的问题支配了后来大部分希腊天文学家的思想，其问题是：“通过假设什么样的均匀而有秩序的运动可以解释行星的视运动。”[②] 或者换一种方式来问：“如何组合几种匀速的圆周运动以合成一种与所观测到的行星运动相符合的运动。”[③] 柏拉图的学生欧多克斯（Eudoxus of Cnidus，前 408—前 355）曾提出一个同心天球理论以解决此问题。[④] 后来，亚里士多德（Aristotle，前 384—前 322）则进一步发展了此理论，提出一个

① ［英］劳埃德：《早期希腊科学》，孙小淳译，上海科技出版社 2004 年版，第 94 页。

② （美）库恩：《哥白尼革命——西方思想发展中的行星天文学》，吴国盛等译，北京大学出版社 2003 年版，第 54 页。

③ ［法］皮埃尔·杜衡（Pierre Duhem）首先提出近代之前的西方天文学家研究天文学的一个主要目标就是柏拉图提出的“挽救现象（To Save the Phenomena）”，这主要是基于辛普力丘（Simplicius，600B. C）的说法。杜衡认为希腊化时期的托勒密正是基于这样的目标建立了一系列天文学模型，开西方天文学之型模。参考自 Pierre Duhem，*To save the phenomena*：*An essay on the idea of physical theory from Plato to Galileo*，Tran by E. Doland and C. Maschler. Chicago，1969，p. 114。

④ 欧多克斯提出了第一个明确的几何模型以解释行星的运动，记载在亚里士多德《论天·辛普力丘注释》（*Simplicius's commentary on Aristotle's De Caelo*）. Bernard R Goldstein，The Status of Models in Ancient and Medieval Astronomy，*Centaurus*，Volume 50，Issue 1-2，pp. 168-183.

与其哲学理论自洽的水晶天球模型。其中，宇宙由55个真实的水晶天球组成，它们相互接触，之间的摩擦为整个体系提供动力。[①] 可以说，亚里士多德的理论更注重天体模型在物理实在方面的考虑。

与亚里士多德不同，古希腊数理天文学家阿波罗尼乌斯（Apollonius of Perga，约前262—约前190）发展了一套精确计算天体运动的本轮—均轮体系。此体系在托勒密（Claudius Ptolemaeus，90—168）那里得到完善。托勒密天文学模型的目标与500年前欧多克斯目标一致——寻求可解释行星视位置的匀速圆周运动的某种组合。但与亚里士多德不同的是，托勒密认为天文学模型的选取应以数学上的简单性为基础，而不关心物理上的可行性。正如科学史家林德伯格（David Lindberg）所说：亚里士多德和托勒密象征着天文学事业的两极——前者关注物理结构问题，后者是才华横溢的数学模型的建造者。[②] 这两极在后来分别发展为实在论宇宙论（realist cosmology）和工具论宇宙论（instrumentalist cosmology）[③]。前者是自然哲学家或物理学家关注的重点，而数理天文学家更关注后者。但实际上，在林德伯格看来，对两者做出区分，并不等同于承认他们之间没有关联，数理天文学家的长远目标是建立一种公认的自然法则，以及与之相调和的数理天文学。[④] 他们没有放弃探寻宇宙模型之物理实在的目标。托勒密在完成了《至大论》（*Almagest*）之后，还撰写了《行星假说》（*Planetary Hypothesis*），试图讨论天体大小及天球尺寸等物理实在问题，其中也包含了均轮—本轮之物理实在的论述。[⑤] 而伊斯兰以及中世纪天文学家在完善天体运动之几何模型的同时，并没有放弃对其物理实在性的探究。同时期的自然哲学家也曾煞费苦心地调整亚里士多德宇宙论，

① （美）库恩：《哥白尼革命——西方思想发展中的行星天文学》，吴国盛等译，北京大学出版社2003年版，第78页。

② David Lindberg, *The Beginnings of Western Science*, Chicago and London: The University of Chicago Press, 1992, p. 105.

③ 这是皮埃尔·杜恒的看法，实在论宇宙论（realist cosmology）试图解决宇宙的物理实在的问题，而工具论宇宙论更关注建构预测行星运动的几何模型，而疏于对这些模型背后物理实在的考究。见David Lindberg. The Beginnings of Western Science, 1992, p. 261。

④ David Lindberg, The Beginnings of Western Science, p. 262.

⑤ Albert Van Helden, *Measuring the Universe*, *Cosmic Demensions from Aristarchus to Halley*, Chicago and London: The university of Chicago Press, 1985, p. 21.

来整合精细化了的托勒密模型。

16世纪末至17世纪初，西方的宇宙论是调和中世纪时期托马斯神学理论和亚里士多德自然哲学理论的结果，其中接受了亚里士多德世界观的一些基本见解：宇宙是永恒的，是一个同心的多球形结构，地球静止地位于宇宙中心。以月天为界宇宙分为天域（celestial area）和地域（terrestial area）。天域包括月亮、水星、金星、太阳、火星、木星、土星与恒星等天球，由以太构成；地域则由土、水、气、火四元素构成。同时，也加入了基督神学主张的天主创世、奇迹的存在和人的灵魂不朽等因素。《圣经》中的记载恰好契合了这一理论，提出天主创造了世界并分化了宇宙，创造四元素，并在诸天之上加上了宗动天与永静天。[①] 而这些思想正是西方天文学的理论基础。

中国古代的历算与宇宙论的脱节并非古来就有，而是逐渐形成的。早期历法中，比如汉代历法，两者是结合在一起的。宇宙论提供解释说明，而一些历算数据或算法则可依据宇宙论模型推演出来。汉、唐之间的天文学家关注历算和宇宙论两个方面，如张衡（78—139）、祖冲之（429—500）、李淳风（602—670），甚至后来的一行（683—727）。他们一方面是历算家，致力于通过实测或创建算法研究天体运动的规律；另一方面，又关注宇宙论学说，希望通过一定的模型算出天、地之数。但是，唐以后，历算传统与宇宙论分道扬镳，历算家只关注测与算，正如元代郭守敬所述："推步之要，测与算二者而已。……先之以精测，继之以密算，上考下求，若应准绳，施行于世。"[②] 郭守敬等创建的《授时历》是中国传统历法的巅峰之作，将传统历算中的测与算发挥到了极致，但随之而来的明代，传统历算的活力迅速衰退，这与历算与宇宙论解释的割裂不无关系。

明清之际，西方传教士进入中国传教，几经周折之后以利玛窦为首的传教士确立了由上层至底层的知识传教策略。他们的目的是要传播教义，发展教众，但真正引起士人兴趣的是西方的科学仪器以及科学知识，引起朝廷重视的是"西洋新法"。最终，在朝廷中，西洋新法得以参用，甚至被正统化。

① 徐光台：《明末西方四元素说的传入》，《清华学报》1997年第2期，第347—380页。

② （清）阮元：《畴人传》，商务印书馆1955年重印，第305页。

朝廷外，研习天文之风盛行，涌现出许多精于天算的民间历算家，他们多以《天学初函》《西洋新法历书》等西学译著研习天文、历算。西方天文学之测算方法、宇宙理论以及基本理念在当时有识之士中得以流传。那么，当时这些历算家对宇宙论、计算以及观测之间关系的理解和前人相比是否有了明显的转变？如果有的话，这些转变为何会发生，以及又是通过何种方式表现出来的呢？如果没有，原因何在？本书试图通过具体案例对上述问题进行探讨。

## 第二节 前人研究

有关明清之际中西天文学交流的研究已相当丰富，学界对于西方传入的天文学知识、中国历算家对西方天文学的态度、对西方历算知识的改造和利用等问题已展开充分的讨论。下面，作者对与本书主题相关的研究做一个综述。

关于西方传入的天文学知识，可分为与宇宙论相关的自然哲学知识，与历算相关的数理天文学知识，以及与计算和观测相关的操作知识、首先，我们来看自然哲学知识。威廉·彼得森的《明末出版的西方自然哲学》一文对明末西方自然哲学知识的传入进行了考察，指出：明末由传教士引入的西方自然哲学知识在当时的欧洲也处于主流位置，其哲学体系仍属于亚里士多德体系，因而传教士并没有向中国引介落后的自然哲学知识。[①] 来华传教士的主要任务是传教，传播西方科学知识只是其宣教的工具，这就直接影响了其传入的知识。对此，张琼曾进行考察，明末传教士来华的主要目的不是传播所谓的理性精神，而是宣扬教义，而这些知识与其传播的自然科学知识有明显的矛盾，最终导致了传教士们不得不采用双重标准。[②]

一些研究者将目光聚焦于从西方传入的几何模型和计算方法上，讨论天

---

① Willard J. Peterson, Western Natural Philosophy Published in Late Ming China, *Proceedings of the American Philosophical Society*, 117 (4), pp. 295-322.

② Qiong Zhang. About God, Demons, and Miracles: The Jesuit Discourse on the Supernatural in Late Ming China, *Early Science and Medicine*, 1999, 4 (1), pp. 1-36.

文算法与理论的传入与会通等问题。较早的研究文献中，王萍先生所著的《西方历算学之输入》一书颇具影响，此书详细地考察了近代西方历法和算学的输入及其影响，尤其对明末清初的改历缘由及相关的影响有详细的讨论，所论大多基于原始材料。[①] 桥本敬造先生的《徐光启与天文学改革》（*HSü Kuang-Ch'I and Astronomical Reform*）一书，对徐光启（1562—1633）及《崇祯历书》的形成过程进行了详细的探讨，此书对明末天文改革过程中从西方传入的日、月、五星等天体运动模型进行了分析。[②] 江晓原先生的博士论文《明清之际西方天文学在中国的传播及其影响》及后来发表的一系列文章，对明清之际西方天文学理论的传入及影响进行了讨论。[③] 此后，明末清初西方传入的理论和算法等问题一直受到学界的关注。比如，邓可卉从天文学理论的传播与会通的角度，对《崇祯历书》中托勒密的《至大论》、第谷的太阳测算理论、五星运动模型以及哥白尼学说进行了分析。[④] 理论的传播其实是相当复杂的过程。褚龙飞等曾对第谷月亮理论在中国的传播进行考察，发现《崇祯历书》中有关月亮理论的介绍存在混乱与矛盾，而康熙晚年编纂的《历象考成》却提出了一个与第谷月亮模型不同、但却完全等效的模型。作者认为，这一模型极有可能是当时的中国天文学家通过研读《崇祯历书》而自创的结果。[⑤]

上述研究主要关注传播的理论和模型，未曾涉及由这些模型推演出的算法的精度问题。石云里等曾对《崇祯历书》系列历书中的天体运动模型的计算精度进行分析。他们曾对《崇祯历书》系列历法中的太阳运动理论考察，

---

① 王萍：《西方历算学之输入》，《“中央研究院”近代史研究所专刊（17）》，中国台湾“中央研究院”近代史研究所 1980 年版。

② Keizo Hashimoto, *HSü Kuang-Ch'I and Astronomical Reform*, Kansai University Press, 1988.

③ 江晓原：《明清之际西方天文学在中国的传播及其影响》，中国科学院自然科学史研究所 1988 年版。

④ 邓可卉：《再论 17 世纪哥白尼及其相关学说在中国的传播》，《上海交通大学学报》（哲学社会科学版）2013 年第 4 期，第 64—71 页；邓可卉：《〈五纬历指〉中的宇宙理论》，《自然辩证法通讯》2011 年第 1 期，第 36—43 页。

⑤ 褚龙飞、石云里：《第谷月亮理论在中国的传播》，《中国科技史杂志》2013 年第 3 期，第 330—346 页。

指出《历象考成》中日躔理论相较《崇祯历书》中的精度并未得到实质性提高。[①] 另外，石云里还曾讨论《历象考成》以及《历象考成后编》中的中心差求法以及日月理论的精度问题，指出《历象考成后编》相较《历象考成》，日、月运动理论的计算精度得到了大幅提升，而这些则为清代交食预报精度的提高奠定了基础。[②] 此外，石云里和吕凌峰合作的论文分析了清钦天监档案中的交食观候报告，发现从康熙末到咸丰初的观候报告中开列的交食数据几乎都是照抄预报，他们认为，出现这种现象的一个主要原因就是清朝当政者对于“钦定”历法权威性的过度自信。[③]

钦天监的另一重要工作，是编算岁次历书。清代岁次历书采用西洋新法推算，掌管钦天监的西洋传教士利用职权，对历书的内容做了一定限度的改革。由于这些改革与传统的知识经验相差甚大，故引起中国社会的强烈反弹。对此，黄一农先生曾以汤若望（Johann Adam Schall von Bell，1591—1666）所编民历讨论清初中欧文化的冲突与妥协问题。[④] 另外，黄先生还对清初汉族、回族和传教士天文学家之间围绕历法改革的权利争斗和起伏进行研究。[⑤] 总的看来，黄先生的研究主要基于传教士们的《奏疏》以及南怀仁（Ferdinand Verbiest，1623—1688）等所编的《熙朝定案》与《钦定新历测验纪略》等文献。从其对汤若望和吴明烜关于顺治十四年四月二十九日月食的争议来看，用这些文献分析当时钦天监对天象的推算的准确度显然是不够的，还应加上岁次历书这些档案材料，而黄先生只找到两三本历书，这就使得其很多结论只能建立在间接推测之上，缺乏可靠的证据。相较明末的崇祯改历，康熙晚年的历法改革要复杂得多。康熙帝何以决定修撰一部新的历书，据韩琦先生

① 褚龙飞、石云里：《〈崇祯历书〉系列历法中的太阳运动理论》，《自然科学史研究》2012年第4期，第410—427页。

② 石云里：《〈历象考成后编〉中的中心差求法及其日月理论的总体精度——纪念薄树人先生逝世五周年》，《中国科技史料》2003年第2期，第41—55页。

③ 石云里、吕凌峰：《礼制、传教与交食测验——清钦天监档案中的交食记录透视》，《自然辩证法通讯》2002年第6期，第44—50页。

④ 黄一农：《从汤若望所编民历试析清初中欧文化的冲突与妥协》，《清华学报（新竹）》1996年第2期，第189—220页。

⑤ 黄一农：《清初天主教与回教天文家间的争斗》，《九州岛学刊（美国）》1993年第3期，第47—69页。

分析，主要是出于“自立”的目的，希望通过编纂新历摆脱传教士对钦天监的控制。[1]

明清之际，西学传入对中国天文学产生了哪些影响？对此，我们从中国历算家对西方天文学的态度，以及对西方历算的改造和使用等两个方面进行综述。关于第一个方面，许多学者对这一问题进行过探讨。约翰·汉德森（John B. Henderson）的《清代学者对西方天文学的态度》一文着重讨论了清初历算学者对西方天文学的态度，[2] 分析了当时许多历算学者对西学抱有很大的兴趣的原因。乔治·王（George H. C. Wong）的《明清之际中国对西学的反对》一文分析了清初保守士人反西学的内在原因。[3] 席文的《论“明清之际中国对西学的反对”》一文对乔治·王文章中的一些错误予以纠正。[4]

马若安（Jean-Claude Martzloff，1943—2018）的《17 和 18 世纪中国数学以及数理天文学文本中的空间与时间》一文讨论了致使传教士与中国天文学家在天文学领域互相交流的两个原因：一是中西方天文学有着共同的可度测的时间与空间的概念；二是天文学预测的标准使得计算与观测之间的联系达到了完美程度。[5] 作者也提出，当时历算学者对历算技术怀有极大热情的同时，却置传教士传入的神学、宇宙论以及逻辑学知识于不顾。谢和耐（Jacques Gernet）的《空间与时间：中国与欧洲相遇中的科学与宗教》一文则对这一问题进行了探讨。文章提出，不应将清初历算学者对西方宇宙论、神学理论不感兴趣的原因简单地归结为他们对西学采用的实用主义的态度，而是由于这些理论和概念与中国传统理论之间存在着基本的矛盾。[6]

---

① 韩琦：《“自立”精神与历算活动——康乾之际文人对西学态度之改变及其背景》，《自然科学史研究》2002 年第 3 期，第 210—221 页。

② J. B. Henderson, Ch'ing Scholars' Views of Western Astronomy, *Harvard Journal of Asiatic Studies*, 1986, 46 (1), pp. 121-148.

③ George H. C. Wong, China's Opposition to Western Science during late Ming and early Qing, *Isis*, 1963, 54 (1), pp. 29-49.

④ N. Sivin, On China's Opposition to Western Science during Late Ming and Early Ch'ing, *Isis*, 1965, 56 (2), pp. 201-205.

⑤ Jean-Claude Martzloff, Space and Time in Chinese Texts of Astronomy and of Mathematical astronomy in the Seventeenth and Eighteenth centuries, *Chinese Science*, 1993-94, (11), pp. 66-92.

⑥ Jacques Gernet, Space and Time: Science and Religion in the Encounter between China and Europe, *Chinese Science*, 1993-94, 11, pp. 93-102.

历算家对这些传入的西方天文学知识如何反映？席文的《哥白尼在中国》一文对此进行讨论。文章指出："至1700年，当时中国最优秀的历算家已得到了运用西方天文学方法的基本训练，并且致力于重构这些精密科学的活动当中。但是他们接受的西方天文学知识是有限的，在接受哥白尼体系之前，中国天文学家不可能对现代天文学有任何贡献，而这些是一个世纪之后的事情了。"[①] 其实就当时的情况来说，对西方天文学的接受不但受到传入知识的限制，也收到接受者的价值取向、社会文化背景等因素的影响。刘钝先生的《清初民族思潮的嬗变及其对清代天文学数学的影响》一文对当时民族思潮对天文学的影响进行了讨论，指出："天算这一具有内在逻辑的知识体系，已然融入中华文化的古老传统之中，与民族荣辱、国家兴衰、君王的尊严以及士大夫的信仰深深纠缠在一起。清代的民族思潮曾经历从'夷夏之辩'到'西学中源'，从'经学至上'到'中体西用'的转变，而清代天文学的每一步发展都没有摆脱民族思潮的影响。"[②] 那么，宇宙论、计算以及观测之间关系的改变是否也受到了这些因素的影响呢？

席文先生的《为什么科学革命没有发生在中国——或真的没发生？》讨论了十七八世纪中国是否发生科学革命的问题，指出从文化史角度来看"在西方数学以及西方数理天文学传入的影响下，中国天文学确实发生了科学革命，如王锡阐、梅文鼎等当时较有影响的历算家都曾对西学做出反应，并迅速调整了天文学的研究模式。……但当时中国发生的科学革命，并不像同时期欧洲的科学革命那样，其结果并没有产生现代科学。"[③]

---

① N. Sivin, Copernicus in China, *Science in Ancient China*, Aldershot, Hampshire: Variorum, 1995, PVIII, pp. 12-13.

② 刘钝：《清初民族思潮的嬗变及其对明代天文学数学的影响》，《自然辩证法通讯》1991年第3期，第42—52页。

③ N. Sivin, Why the Scientific Revolution did not take place in China-or didn't it?, *Science in Ancient China*, Aldershot, Hampshire: Variorum, 1995, PVII, pp. 45-66.

## 第三节　内容概览

本书试图以一些具体的案例来讨论明清之际中国天文学转型的问题。首先，我们以《周髀》中“量天度日术”和“日影测算”两个传统为中心考察中国古代历算与宇宙论之间关系的演变。最初，《周髀》中的盖天说与计算是紧密结合在一起的。后来，随着计算方法日趋复杂及观测精度的提升，计算开始逐渐脱离宇宙论模型。本章主要讨论了上述过程。

接下来，我们着重讨论两个观测仪器：望远镜和圭表。近代欧洲天文学革命是通过抛弃传统宇宙论而实现的，望远镜在此过程中起了关键作用。望远镜的发明对 17 世纪欧洲天文学产生了深刻影响，天文学的意义曾因之而改变。一方面，通过望远镜观测到的天象改变了欧洲人对于太阳系甚至整个宇宙的认识，这些为新宇宙论得以接受提供了经验证据。另一方面，经改造的望远镜被装配于其他观测仪器上，使观测精度大大提升，这就使数理天文学得以进一步发展，使传统天文学向新天文学的转变成为可能。可以说，望远镜的发明与改造为宇宙论与计算在西方新天文学中实现新的融合起了重要的作用。17 世纪初，望远镜传入中国，自 1631 年起，作为官方天文学“窥天之要器”观测天象。望远镜在西方天文学传入中国并被最终接受这一过程中起了关键作用。首先，钦天监官员和传教士天文学家曾创造性地用望远镜观测交食，大大提升了观测的公开性和精度，为西学在明末中西历争中胜出创造了条件。另外，通过望远镜观测到的天象改变了当时中国历算家对天体以及整个宇宙的认识，为第谷宇宙论体系的接受提供了经验基础。

“圭表测影”是中西方天文学中非常重要的测算项目。在中国，圭表测影被认为是治历之首要任务，即所谓的“推步晷景，乃治历之要也”。西方古典天文学经典《至大论》中也有关于测日影的论述，在西方，测影主要被应用于地理学中，是测算地理纬度的重要方法。中西方古代天文学中宇宙论与计算之间关系的差别可以通过“测影”这一活动体现出来。古代中国历算家主要运用代数的插值算法来计算日影，发展到后来，其算法与宇宙论几乎无关。而西方，有关日影计算的模式是几何化的，概念的关系可以通过特殊的宇宙论模型和几何原理推演出来。明末，西方“圭表测影”理论传入中国，大体经历了四个阶段：南京教案前，介绍测影理论与操作的书籍夹带着大量西方哲学与神学内容；之后明末译历时更注重实际操作方面，尤其徐光启、李天经等曾进行了大量测算日影工作，为修历做准备；而在清初中西历争中，双方曾以计算日影评测中西法优劣；最后，在“西学中源”之观念的影响下，历算学者重构了西方的理论与算法，将其纳入了中国传统框架中。在一定意义来说，“圭表测影”的传入与接受经历了最初的“去理论化”以及后来的“民族化”的过程。但是，“圭表测影”更是一种实践活动，所以对其接受并没有仅仅停留在观念层面上，用西法测算日影更是一种操作。通过这些实际操作测算出一系列如地理纬度、太阳视赤纬等数据。就此来说，这更能体现西法的优越。另外，通过这些操作，西方的计时制度、定气注历等得以确立。

进而，我们讨论了历算与宇宙论模型的关系，分别从五星运动、太阳运动模型、岁差理论和十二宫的转变等具体案例展开。明清之际西方天文学传入时，传入与接受双方都过于讲求实效，不太注意科学的独立性和系统性，致使传入的天文学理论有许多矛盾混乱之处。这一特点尤其体现在《五纬历指》中。对此，王锡阐曾提出五星日心—地心模型，其中五星本天以日为心，土、木、火三星沿本天左旋，而金、水二星沿本天右旋。在此基础上，梅文鼎提出“围日圆象”说，目的是为探寻五星运动的所以然之故，区分五星模型之“实指”与“借指”之图。在论证过程中，梅文鼎着重讨论了五星模型“实指”与“借指”之图的关系，并由此推演出计算五星运动之算法，以此模型解释一系列观测到的现象。从一定意义上说，在其理论框架中，五星模型、算法与观测得以融合。但是，梅文鼎的讨论主要集中在技术层面上，很少涉及模型中诸轮的相互作用关系等物理实在问题，更没有将五星运动理论与更为基本的广义宇宙论建立关联。江永（1681—1762）曾试图改进梅文鼎的理论，但却遭到当时主流历算家的反对。在随后的复古潮流中，历算家主要以历算学作为研究经学的工具，很少再去讨论五星运动的模型与算法问题。

关于岁差，古代中西方天文学有不同的解释。在古代西方天文学框架中，岁差是恒星天球东移的结果，是一个与宇宙论模型有密切联系的概念。而古代中国天文学家则将岁差仅仅看作是一个历算的概念，在换算“恒星年”以及“回归年”时需要用到的常数，大部分历算家都不去关注岁差背后的物理意义以及宇宙论解释。至明末西洋传教士来华之前，中国天文学没有发展出“恒星东移”理论，而这些认识又与占星、术数等息息相关。明清之际，西方岁差理论的传入导致了中国天文学关于岁差认识的转变。此转变并不是一蹴而就的，而是经历了几个阶段。1616 年之前，译介的岁差概念更注重理论方面，强调其是宇宙论的一部分。当时的士人也多从此方面来阐释岁差概念。后来，出于改历的需要，岁差概念和算法、推步联系起来，成为能在历算中实际操作和运用的基础假设。明清之际官修或钦定历书中日、月、五星之计算均考虑了“恒星东移”效应，而受此影响的历算学者也将此纳入其算法当中。但由于“恒星东移”之论与传统理论不合，此论曾卷入中西历争之中。这场争斗随当时政治局势的变化而出现了几次波折，“恒星东移”之论曾被双方征引为自己方辩护或抨击对方。最终，西法获胜，传教士天文学家获准掌控钦天监，但双方的矛盾并未消除，为平息这一矛盾，康熙帝大力提倡“西学中源”说，将此说定为钦定学说。而这需要精通历算的学者从技术方面进行完善，当时正有一些谙熟历算的学者游离于这场争论之外，他们中大多数对西学持较平和的态度，致力于会通中西的工作。正是在这些人的努力下，“恒星东移”之论被纳入中国传统的岁差理论框架之中。

第六章考察《历象考成》中日躔模型建构及其参数计算的过程。与《西洋新法历书》中的偏心圆结构不同，《历象考成》的日躔模型为双轮结构，按其所述是出于计算与观测相合的考虑改变了模型结构。由偏心圆结构改为双轮结构，表面看来是一个明显的改观，但是，基于《历象考成》日躔模型而推演出的均数算法精度相比《西洋新法历书》中的并没有明显提升。

第七章讨论中国传统历算中日躔十二次的演变。中国传统十二次大约产生于春秋时期，成型于汉代。汉代历书中日躔十二次与二十四节气存在对应关系。隋唐时期，印度天文学传入中国，受此影响，传统十二次体系发生转变。宋代《观天历》最早给出日躔黄道十二宫的算法，元代《授时历》将日躔黄道十二次的计算推向极致。明《大统历》承袭自元《授时历》，致使明末时历书所载宫、宿交度出现很大偏差。明清之际，传教士通过移花接木之法，将西方黄道十二宫嫁接于中国传统十二次之上，成为官修历书的主要坐标系，更深层次的转变则是采用了西方的天体运行模型和宇宙论，这一系列转变招致清代历算家的反弹。日躔十二次（宫）的精致化及在西方天文学影响下发生的转变反映了中国传统历算的演进历程。

最后，我们讨论明清之际节气注历的转变及清初历算家对此转变的反应。相较平气注历，采用定气注历使得节气及闰月的推算变得复杂。从岁次历书的主要功能为敬授民时方面看，这一改变实无必要。明末，传教士天文学家以合天为理由论证定气注历的合理性，但实际上，传教士天文学家改定气注历主要是出于传教的考虑。新法最终得到了崇祯帝认可，其主要的原因有二：以传统方法步算的钦天监官生在历算方面的无能；传教士天文学家为朝廷所做的旁通诸务提升了他们在朝中的地位。清初，定气注历正式颁行，由于其与传统历法存在较大差异，成为清初中西历争中争议的焦点。南怀仁依然以“合天”为理由论证新法定气注历的合理性，并通过圭表测影对此展示，此法得以长期行用。王锡阐、梅文鼎等清初历算家对定气注历持反对态度，认为传统平气注历符合历法为敬授民时的功用，而采用定气则会导致“置闰之理不明，民乃惑矣”的结果。

严格地说，讨论宇宙论、计算和观测之间的关系属于思想史的范畴，或更宽泛一点可以说属于科学内史。但本书将不仅限于“内在”变化的讨论，而是要将这些内在的变化通过具体的案例表现出来。在涉及具体案例时，也将着重讨论具体事件背后的社会、文化背景以及故事中人物的价值观等方面，以期理解明清之际西学传入对宇宙论、计算与观测三者之间关系的影响。我们的结论如下：明清之际西方天文学的传入导致中国天文学在技术层面上发生了一场转型。与以前历算家主要通过代数手段计算天体运动不同，明清之际历算家接受了西方天文学的以几何模型为基础的计算方法，以及借助于几何及逻辑方法而展开的说理体系。在此体系中宇宙论模型、计算方法以及观测得以融合。但是，此转型仅停留在技术层面，当时历算家并没有将历算学建立在一个更为基本的广义宇宙论之上。

# 第一章　《周髀》中“量天度日”与“日影计算”传统的发展与演变

本章，我们将以《周髀》中“量天度日”与“日影计算”两个传统的发展与演变为中心，探讨中国古代天文学中宇宙论和历算之间关系的演变。本章所论时段，大约起始于汉代，即《周髀》成书的时代。截止到元代，即中国古代传统历算比较完善的时期。在此期间，中国天文学尽管受到了西方天文学的影响，但其基本操作方法和核心理论没有变化。通过本章的讨论，将会发现，起初中国古代天文学中的宇宙论与计算是自洽统一的，宇宙论提供解释说明，而一些历算数据或算法则可依据宇宙论模型推演出来。后来经由一个复杂的演变过程，二者开始相互脱节，观测的精致化起了关键作用。通过大范围的天文大地测量，唐代历算家一行得到了很多古所不知的新资料，这些资料与浑天说和盖天说多有不合。对此，一行坚守了其纯粹历算家的角色，断定宇宙论的讨论无助于历算。最后，一行在唐历算上的权威性，使得他对宇宙论的批评影响到唐以后历算家关于宇宙论的态度。

一般认为，中国古代天文学中的宇宙论与计算是相互脱节的。中国古代历算家往往基于一些实测数据，通过代数手段描述天体的运动规律，而不是像西方那样借助于几何模型研究天体运动。对此，席文先生在《中国早期数理天文学中的宇宙论与计算》一文中有详细的讨论，认为：“中国古代天文学的一个基本特征就是宇宙论、计算之间是相互断裂的，历算家们在计算或预测天体运动时很少考虑天体运行背后的物理意义及宇宙论解释。”[①] 文中，席文先生主要讨论了日月食与五星运动的计算，所论的宇宙论主要是指诸如

① N. Sivin, Comos and computation in Early Chinese Mathematical astronomy. *T'oung Pao*, Second Series, Vol. 55, Livr. 1/3 (1969), pp. 1-73.

“阴阳、五行学说”那样的广义宇宙论，而不是具体的宇宙论模型，如“盖天说”或者“浑天说”。那么当时这些具体的宇宙论模型与历算之间是一种什么样的关系？它们之间的关系又是如何发展演变的呢？本章试图以《周髀》中的两个传统的发展与演变为例讨论这些问题。

中国古代天文学家很早就创建了“勾股”术用以“量天度日”和“计算影长”，这集中体现在《周髀》中。江晓原先生认为：“《周髀算经》构建了中国古代唯一的一个几何宇宙模型，这个宇宙模型中有明确的结构，有具体的、绝大部分能够自洽的数理。”[①] 江先生的文章主要讨论了《周髀》中的“日影测算”部分。可以说，这是《周髀》中最系统、最具有自洽特点的部分，相关的计算与盖天说模型是紧密结合在一起的。这种结合体现在两个方面：一方面通过测量的数据以及几个特定的假定算出天、地之数，也就是所谓的“量天度日”术；另一方面通过盖天说模型及一系列天地之数算出二十四节气日中影长，这是所谓的“日影计算”术。傅大为先生的《论《周髀》研究传统的历史发展与转折》一文对周髀的“勾股量天度日”传统的发展进行了详细的考察，指出在后汉乃至魏晋南北朝时期的浑天说与盖天说之争中，盖天说并没有完全被浑天说所取代，盖天说的“勾股量天术”至唐代还历久而不衰，最终在一行排斥宇宙论的努力下，该传统才彻底与历算割裂。[②] 傅先生的文章主要讨论了“勾股量天度日术”的转折与发展，并没有直接论述宇宙论与计算之间的关系，也没有论及“日影测算”这一传统的发展与演变。本章试图对《周髀》中的“量天度日”和“日影计算”两个研究传统的发展与演变进行考察，借此理解中国古代天文学中的宇宙论、计算之间的关系。

## 第一节 “量天度日”和“日影计算”

《周髀》为中国古历算书籍，自唐代尊为“算经”，立于学官。据钱宝琮

① 江晓原：《〈周髀算经〉—中国古代唯一的公理化尝试》，《自然辩证法通讯》1996 年第 3 期，第 43—48 页。

② 傅大为：《论〈周髀〉研究传统的历史发展与转折》，《清华学报》1988 年第 1 期，第 1—41 页。

先生考证，《周髀》的写成时期大约是前汉末年或后汉初年。[①]《周髀》中一个显著的特点是试图利用数学工具来解释和说明各种天文现象，将这些现象联结成一个系统来考虑，从而建立一个数学化的盖天说模型。从一定意义上说，盖天说宇宙论模型的数理结构，是理论推导的结果。[②] 江晓原先生认为《周髀》中有明显的古希腊天文学的特色，是中国古人关于宇宙论解释的唯一的一次公理化尝试。[③] 江先生的文章仅就《周髀》本身公理化特点进行了讨论，对何以“唯一”这一问题未加详述。[④] 是否唯一，关键是对这种数理化的研究传统的发展演变进行考察。

《周髀》中的数理化推演集中体现在两个方面：1. 基于观测到的数据以及盖天说模型计算出一系列天地之数；2. 根据盖天说宇宙模型算出一系列历算数据。首先，我们来讨论天地之数的计算。对此，《周髀》有两个基本假设：1. 平面大地假设；2. 日影千里差一寸。[⑤] 虽然大地表面显然是有高山陵谷种种崎岖不平，但经过理想化后，可以假设有一个共同的基准水平面，这个面是没有曲率的。就古代的知识水平而言，第一项假设类似于公理性假设，几乎是不能不接受的。第二个假设指出：“地面南北相距千里，则同时间两个八尺表的日影长短差一寸。这个假设从何而来已无从考究。很难说这是通过实测所得，可能也是一个理想化的假设。基于这两个假设，《周髀》算出了日高、“周都”与北极的距离以及七衡之径。

关于日高问题，《周髀》给出以八尺之表，侯勾六尺，据此推断此时从髀至日下六万里而髀无影，由此断定表至日八万里，而邪至日十万里。[⑥] 之所以要侯勾六尺，实际上是为了将勾、股数凑成三、四倍数，因为当时只掌握了“勾三、股四、弦五”的特征。另外，《周髀》还给出了周都实测的冬、夏二

---

① 钱宝琮：《〈周髀算经〉考》，《科学》1929 年第 1 期，第 7—29 页。

② 曲安京：《〈周髀算经〉的盖天说：别无选择的宇宙结构》，《自然辩证法研究》1997 年第 8 期，第 37—40 页。

③ 江晓原：《〈周髀算经〉——中国古代的公理化尝试》，《自然辩证法通讯》1996 年第 3 期，第 43—48 页。

④ 江晓原：《〈周髀算经〉与域外天文学》，《自然科学史研究》1997 年第 3 期，第 207—212 页。

⑤ 李国伟：《初探“重差”的内在理路》，《科学月刊》1984 年第 2 期，第 3—8 页。

⑥ 钱宝琮校点：《算经十书》，《李俨钱宝琮文集》第 4 卷，辽宁教育出版社 1998 年版，第 20—21 页。

至8尺之表的影长，夏至影长1.6尺，冬至影长13.5尺，由“日影千里差一寸”这一假设，可推出夏至时离周都向南一万六千里的地方，正午时无日影。冬至时离周都向南十三万五千里的地方，正午时无日影。这两个地方分别对应着夏至和冬至的日道。又在这两个轨道之间均匀地安插五个同心圆，用以代表夏至和冬至以外的其他十个节气的太阳运行轨道，这个完整的图景就是所谓的“七衡六间图”。“七衡六间图”是盖天说用来解释太阳每年和每日绕地运行的几何图形。关于公转，是把太阳当作在七衡六间上运行。关于自转现象，可以这样理解：凡是太阳进入人目所见的范围（规定为167000里），当地就是白天，否则是黑夜。

下面的问题是周都在哪儿？与北极的距离是多少？各衡的半径分别是多少？据术文：“周髀长八尺，勾之损益寸千里；今立表八尺以望极，其句一仗三寸；由此观之，则从周北十万三千里（103，000）而至极下。”[①] 在此基础上，可算出七衡之径。“七衡”中夏至日道是极内衡，半径为：103000+16000=119000。冬至日道是极外衡，半径为：103000+135000=238000里。内外衡间隔为238000-119000=119000里。将此数除以6可得每一间的里数为$19833\frac{1}{3}$里。从内衡起，每增加$19833\frac{1}{3}$里，即得到次一衡的半径。

以上所述是由基本假设和实测推算天、地之数。不但如此，《周髀》还给出了由盖天说模型推算影长的计算方法。《周髀》给出了“周都”的位置，据中心103000里。周都二十四节气影长数据：夏至影长1.6尺，冬至影长13.5尺。这两个数据应为实测所得。其他十二节气影长数据由以上的两个数据以及“七衡六间”模型计算而得。其术文是：

凡八节二十四气，气损益九寸九分又六分之一，冬至晷长一丈三尺五寸，夏至晷长一尺六寸。置冬至晷，以夏至晷减之，余为实。以十二为法。实如法得一寸。不满法者十之，以法除之，得一分。[②]

① 钱宝琮校点：《算经十书》，《李俨钱宝琮文集》第4卷，辽宁教育出版社1998年版，第19—20页。

② 钱宝琮校点：《算经十书》，《李俨钱宝琮文集》第4卷，辽宁教育出版社1998年版，第52页。

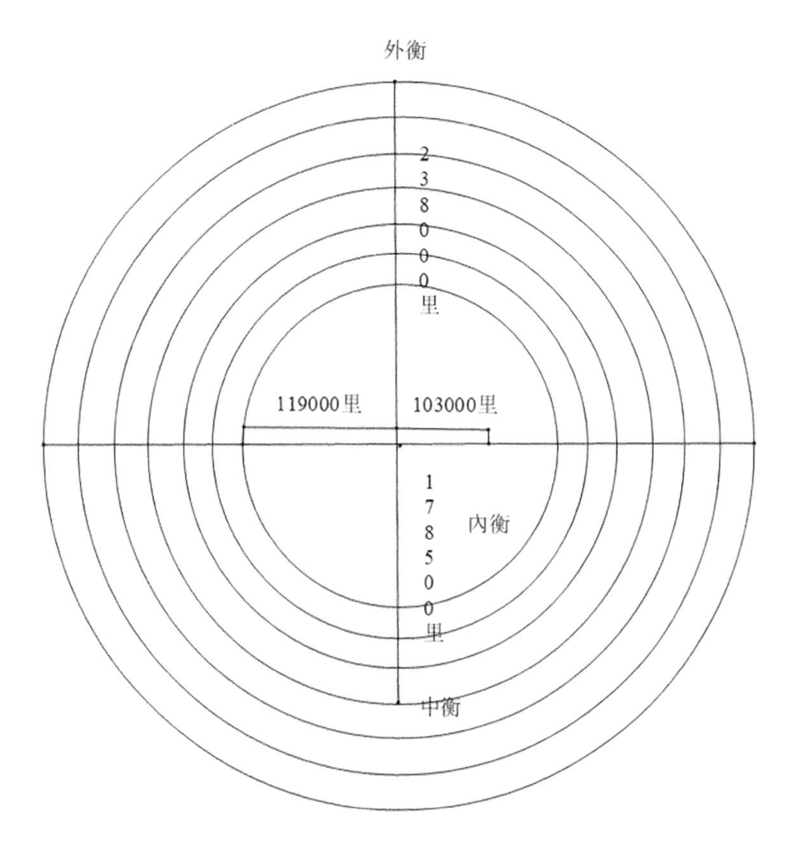


**图 1-1 七衡六间模型**

假定 $\theta_s$ 和 $\theta_w$ 是冬、夏二至时太阳所在位置，$\theta_t$ 是任意节气时太阳所在位置。$h_s$ 和 $h_w$ 是冬、夏二至影长，而 $h_t$ 是任意节气时影长。按术文的损益率 $\Delta=\frac{1}{12}(h_w-h_s)$，任意节气的影长为 $h_t=h_s+(t-1)\Delta$。很显然这是采用了所谓的一次等间距内插法，此法与盖天说以及七衡六间模型是自洽统一的。

由此可见，《周髀》给出了一个完备的“勾股量天度日”以及“计算日影”计算体系，一方面通过实测的影长以及一些基本假设和数据可以推导出一系列的天地之数，另一方面由盖天说以及七衡六间模型也可推算出二十四节气日影长度。可见，在《周髀》中盖天说的模型与相关的计算是紧密结合在一起的。那么，这两个传统又是如何发展演变的呢？

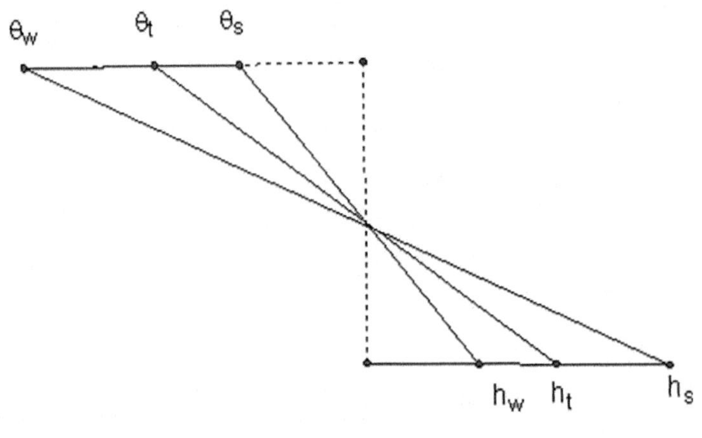


图 1-2 日影计算图

## 第二节 “量天度日”传统的发展与转折

从汉代到唐代，盖天说与浑天说之间争论不休。一般认为汉代以后，盖天说被浑天说取代，浑天说占主导地位。实际情况要复杂得多，盖天说与浑天说各有优劣势，早期浑天说的优势主要体现在对星象的观测和解释上，而其弱点就是其天径之数无所根据，只是抄自“纬书”。盖天说的主要优势是计算，可以据此模型计算出一系列天地之数，不足之处是关于星象的解释和说明方面。西汉末杨雄曾提出“难盖天八事以通浑天”。八事之中，六件与星象有关。而浑天家们曾试图将《周髀》中“勾股量天术”纳入浑天说中，算出一套天地之数。在《灵宪》一文中张衡就曾论及“勾股测天术”以及“日影千里差一寸”之说。①

三国时期王蕃（227—266）著有《浑天象说》一文，是阐述浑天说的主要作品。文中就曾将《周髀》研究传统中的勾股量天之术纳入浑天模型，其论述如下：

① （汉）张衡：《灵宪》，《高平子天文历学论著选》，高平子点校，中国台湾“中央研究院”数学研究所 1987 年版，第 15 页。

以勾股法言之，傍万五千里，勾也；立八万里，股也；从日邪射阳城，弦也。以勾股求弦法入之，得八万一千三百九十四里三十步五尺三寸六分，天径之半，而地上去天之数也。倍之，得十六万二千七百八十八里六十一步四尺七寸二分，天径之数也。以周率乘之，径率约之，得五十一万三千六百八十七里六十八步一尺八寸二分，周天之数也。[①]

由术文可以看出，日下去地八万里，南戴日下万五千里，天径之半得八万一千三百九十四里三十步五尺三寸六分。由此可见，当时浑天家在将“勾股测影”术纳入浑天说中所做的努力。《宋书・天文志》收录了这一论述。[②]后来，祖暅曾用勾股术计算浑天模型下的冬至、春分日高以及相应的南戴日下去地中数，其中：冬至日高四万二千六百五十八里有奇，冬至南戴日下到地中的距离为六万九千三百二十里有奇。[③]

上述推算最大的问题是很难经过实测的考验。首先是地平的假设。其实《周髀》中就已暴露了这一问题，下卷引入曲面大地模型，很可能是受了浑天说的影响，这种包容的结果是天地隆起，略似浑天的一部分。据钱宝琮先生考察，《周髀》上下卷是分两次完成的，下卷明显受了浑天说的影响。[④]这样下卷与上卷的勾股术、七衡六间模型脱离了关系，甚至相互矛盾。

南北朝何承天首先通过实测否定了“寸影差千里”之说。他曾组织实测交州、阳城夏至影长以及两地之间的距离，得出二百五十里而影差一寸。[⑤]但是，何承天否定的只是“寸影差千里”之说，而不是“勾股测影”之术。隋初的刘焯（542—608）曾实际测量交州和爱州两地日影长度，驳斥“日影千里差一寸”之说，不仅如此，他还提出“考之算法，必为不可”，就上下文来看，这里所说的算法应该是基于“寸影差千里”的“勾股量天术”。

---

① （唐）房玄龄：《晋书・天文志》，《历代天文律历等志汇编（一）》，中华书局1978年版，第173页。

② （南朝梁）沈约：《宋书・天文志》，《历代天文律历等志汇编（二）》，中华书局1976年版，第294页。

③ （唐）李淳风：《隋书・天文志》，《历代天文律历等志汇编（二）》，中华书局1976年版，第552页。

④ 钱宝琮：《盖天说源流考》，《科学史集刊》1958年第1期，第27—46页。

⑤ （唐）李淳风：《隋书・天文志》，《历代天文律历等志汇编（二）》，中华书局1976年版，第564页。

唐初李淳风曾试图改造盖天说，算出一系列天地之数。一方面他彻底否定了“寸影差千里”的说法；另一方面，通过以特殊化的重差术来挽救《周髀》中的“勾股量天术”，即用推广后的重差术在斜面上求日高等数据。关于“寸影差千里”之说，李淳风认为各地影差没有恒定之数，为挽救勾股量天传统，他曾讨论如何在一个斜面大地或不规则的斜面大地上以特殊化的重差术来求《周髀》中的天地之数。

傅大为先生认为，李淳风是《周髀》研究传统的“最后堡垒”。李淳风在《周髀算经注》中想表明的是“周髀的‘勾股量天度日’传统可以在抛弃‘寸影差千里’之后而继续发展”。但李淳风发展的并不是《周髀》中的宇宙论传统，而是“勾股算术”传统。在他的努力下，《周髀》的“宇宙论”研究传统已转化成一种以“勾股重差术”为主的“算术”研究传统。李淳风将《周髀》易名为《周髀算经》也许正点出了这个历史转折的时刻。[①] 那么我们该如何理解李淳风的尝试呢？首先从其动因来看，李淳风主要是为了克服基于地平观念的古量天法在理论和实践两方面所遇到的困难。[②] 从其结果来看，这一转化最终也影响了宇宙论与计算之间的关系，由原来的融合走向分裂。最终，一行使这一趋势更为明朗化。

继李淳风之后，中国天文历算家的研究直接与宇宙论问题相关者就是玄宗时期的一行和尚。李淳风还曾试图挽救“勾股量天术”，可是到了一行，他却从根本上否定了这一传统。一行说：古人所以持勾股术，谓其有证于近事。显未知目视不能及远，远则微差，其差不已，遂与术错。[③] 他认为，以勾股之术由近处日影以推求天地之数这个构想是错误的，还曾设计出一些实验来论证这一说法。

另外，一行曾组织过一次大规模的天文大地测量，得出一个重要的经验律：

---

① 傅大为：《论《周髀》研究传统的历史发展与转折》，《清华学报》1988 年第 1 期，第 1—41 页。

② 刘钝：《关于李淳风斜面重差术的几个问题》，《自然科学史研究》1993 年第 2 期，第 101—111 页。

③ （宋）欧阳修：《新唐书 · 天文志一》，《历代天文律历等志汇编（三）》，中华书局 1976 年版，第 717 页。

（各地）其北极去地，虽秒分微有盈缩，难以目校，大率三百五十一里八十步而极差一度。极之远近异，则黄道晷景固随而变矣。①

这条经验律不但给出了相对比较准确的数据，而且还给出了北极去地与晷影之间的关系。正是在此基础上，一行创建了一套九服晷影算法。

在一行看来，盖天说有问题，浑天说也有问题，历算家们就应该摒弃宇宙论。一行说：

原古人所以步圭影之意，将以节宣和气，辅相物宜，不在辰次之周径；其所以重历数之意，将欲恭授人时，钦若坤象，不在浑、盖之是非……诚以为盖天邪，则南方之度渐狭；果以为浑天邪，则北方之极穷高。此二者，又浑、盖尽智毕议，未能有以通其说也。②

首先，就盖天说而言，一行觉得有问题。不过他只说“诚以为盖天邪，则南方之度渐狭。”这实际上是在重复杨雄的批评，一行似乎并没有考虑李淳风等对盖天说传统的改造。那为什么一行也批判浑天说呢？这就应该与另一段话联系起来，一行提道“极之远近异，则黄道晷景固随而变矣。”同时还说：“八月海中望老人星下列粲然，明大者甚众，古所未识，乃浑天家以为常没地中者也。大率去南极二十度以上之星则见。”③ 根据这段话，北极星出地高与南方地平线诸星去极度数大致相等。一行等若在南北各地仔细度量观察，应该也能得到类似的结果。但是，如果把这种结果放到浑天说图像中，就需要把天球绘得极大，而居中之地又需极小方可。如此一来，自然“北方之极穷高”，而“天如鸡子，地如鸡中黄”的大小比例就差得多了。因此对浑天说而言，各地北极出地高不同可以很容易地把大地弄成曲面来解释，但各地南极入地数与北极出地高之数皆等则是个更为严重的问题。最终，一行不得不坚守其纯粹历算家的角色，提出宇宙论的讨论根本无助于解释这么多新发现的现象，将宇宙论讨论排除在历算之外。

① （宋）欧阳修：《新唐书·天文志一》，《历代天文律历等志汇编（三）》，中华书局 1976 年版，第 715 页。

② （宋）欧阳修：《新唐书·天文志一》，《历代天文律历等志汇编（三）》，中华书局 1976 年版，第 718 页。

③ （宋）欧阳修：《新唐书·天文志一》，《历代天文律历等志汇编（三）》，中华书局 1976 年版，第 714 页。

## 第三节 “日影计算”传统的发展与演变

《周髀》中有关影长测算问题的论述在汉代历算中具有一定影响。据察，《汉书·天文志》和《易纬》中记载的二十四节气影长数据虽有所不同，但获得数据的原理同《周髀》基本无异，所有数据也是从冬、夏至两个影长推算而来，只不过冬、夏至影长与《周髀》所载略有不同。后来关于日中影长的测算发生了三次比较明显的变化：1. 东汉时期，由原来计算日影长度转变为实际测量；2. 唐初的李淳风给出了每日晷影计算方法；3. 一行创建了晷影的九服算法，以计算和测量不同地点每日日中影长。以下是四分历、景初历、元嘉历、大明历、麟德历、大衍历等二十四节气日中晷影长度，下面就根据此表对晷影测算问题进行讨论。

**表 1-1 几种文本中二十四节气晷影长度** （单位：尺）

| 节气 | 易纬 | 四分历 | 景初历 | 元嘉历 | 大明历 | 麟德历 | 大衍历 |
|---|---|---|---|---|---|---|---|
| 冬至 | 13.00 | 13.00 | 13.00 | 13.00 | 13.00 | 12.75 | 12.71 |
| 小寒 | 12.04 | 12.30 | 12.30 | 12.48 | 12.43 | 12.28 | 12.22 |
| 大寒 | 11.08 | 11.00 | 11.00 | 11.34 | 11.20 | 11.15 | 11.21 |
| 立春 | 10.12 | 9.60 | 9.60 | 9.91 | 9.80 | 9.62 | 9.73 |
| 雨水 | 9.16 | 7.95 | 7.95 | 8.22 | 8.17 | 8.07 | 8.21 |
| 惊蛰 | 8.20 | 6.50 | 6.50 | 6.72 | 6.67 | 6.54 | 6.73 |
| 春分 | 7.24 | 5.25 | 5.25 | 5.39 | 5.37 | 5.33 | 5.43 |
| 清明 | 6.25 | 4.15 | 4.15 | 4.25 | 4.25 | 4.24 | 4.32 |
| 谷雨 | 5.32 | 3.20 | 3.20 | 3.25 | 3.26 | 3.30 | 3.30 |
| 立夏 | 4.36 | 2.52 | 2.52 | 2.50 | 2.53 | 2.49 | 2.53 |
| 小满 | 3.40 | 1.98 | 1.98 | 1.97 | 1.99 | 1.98 | 1.95 |
| 芒种 | 2.44 | 1.68 | 1.68 | 1.69 | 1.69 | 1.64 | 1.60 |

续表

| 节气 | 易纬 | 四分历 | 景初历 | 元嘉历 | 大明历 | 麟德历 | 大衍历 |
|---|---|---|---|---|---|---|---|
| 夏至 | 1.48 | 1.50 | 1.50 | 1.50 | 1.50 | 1.49 | 1.47 |
| 小暑 | 2.44 | 1.70 | 1.70 | 1.69 | 1.69 | 1.64 | 1.60 |
| 大暑 | 3.40 | 2.00 | 2.00 | 1.97 | 1.99 | 1.98 | 1.95 |
| 立秋 | 4.36 | 2.55 | 2.55 | 2.50 | 2.53 | 2.49 | 2.53 |
| 处暑 | 5.32 | 3.33 | 3.33 | 3.25 | 3.26 | 3.30 | 3.30 |
| 白露 | 6.28 | 4.35 | 4.35 | 4.25 | 4.25 | 4.24 | 4.32 |
| 秋分 | 7.24 | 5.50 | 5.50 | 5.39 | 5.39 | 5.33 | 5.43 |
| 寒露 | 8.20 | 6.85 | 6.85 | 6.72 | 6.67 | 6.54 | 6.73 |
| 霜降 | 9.16 | 8.40 | 8.40 | 8.28 | 8.17 | 8.07 | 8.21 |
| 立冬 | 10.12 | 10.00 | 10.00 | 9.91 | 9.80 | 9.62 | 9.73 |
| 小雪 | 11.08 | 11.40 | 11.40 | 11.34 | 11.20 | 11.15 | 11.21 |
| 大雪 | 12.04 | 12.56 | 12.56 | 12.48 | 12.43 | 12.28 | 12.22 |

由上表可知，《易纬》中结果也成线性规律，是通过一次内插而得，原理与《周髀》相同。据武家璧考察，《易纬》中的晷影数据可能是中国天文学史上等差数列晷影数据的最后一个版本。[①] 之后的《四分历》各节气日中晷影长度数值之间没有特殊的数学关系，是测量的结果。

那么，为什么在东汉时期会有从计算向实测的转变呢？孙小淳先生认为：“这种变化是由于受到了浑天说的影响，因为在浑天说的模型下，黄道是与赤道斜交的轨道，太阳在各个节气时的去极度决定各节气的影长。”[②] 确实，从对前后汉历书中关于影长的对比，我们可以看出这一转变的线索。《汉书·天文志》中有关影长的论述如下：

夏至至于东井，北近极，故晷短；立八尺之表，而晷景长尺五寸八分。冬至至于牵牛，远极，故晷长；立八尺之表，而晷景长丈三尺一寸四分。春秋分日至娄、角，去极中，而晷中；立八尺之表，

① 武家璧：《〈易纬·通卦验〉中的晷影数据》，《周易研究》2007年第3期，第89—94页。
② 孙小淳：《关于汉代的黄道坐标测量及其天文学意义》，《自然科学史研究》2000年第2期，第11页。

而晷景长七尺三寸六分。[①]

文中给出了冬、夏至以及春秋分晷影长度，尽管所述影长数据与《周髀》和《易纬》不同，但计算原理与《周髀》同，即：春秋分影长 = $\frac{\text{冬至影长}+\text{夏至影长}}{2}$。不过，《汉书 · 律历志》中没有关于影长数据的记载或论述，很可能二十四节气影长在西汉时还没有列入历算范畴。进入东汉，情况发生了变化，二十四节气晷影长度正式写入《律历志》。对此，《四分历》有相关记载：

> 黄道去极，日景之生，据仪、表也。漏刻之生，以去极远近差乘节气之差。如远近而差一刻，以相增损。昏明之生，以天度乘昼漏，夜漏减之，二百而一，为定度。以减天度，余为明；加定度一为昏。其余四之，如法为少。二为半，三为太，不尽，三之，如法为强，余半法以上以成强。强三为少，少四为度，其强二为少弱也。又以日度余为少强，而各加焉。[②]

由此可以看出三点：一、当时历算家已注意到晷影、昼夜漏刻以及太阳的黄道去极度之间的联系；二、历算家们确实受到了浑天说的影响，因为其中谈到的"黄道去极"就属于浑天说的概念；三、东汉时期历算家开始注重实测，不仅影长，其他诸如黄道去极、漏刻等数据也是通过实测获得的。

后汉至唐初，历算家对"二十四节气影长"基本上沿袭了《四分历》测量的传统。杨伟的《景初历》仍沿用后汉《四分历》的实测记录。及至后来的何承天、祖冲之对于上述记录开始做了一些修改。何承天曾于刘宋元嘉二十年（443）两次上表批评后汉《四分历》和《景初历》，并通过实测修改了《景初历》的二十四节气晷影。[③] 祖冲之曾对《四分历》中的晷影数据进行过

① （东汉）班固：《汉书 · 天文志》，《历代天文律历等志汇编（一）》，中华书局 1976 年版，第 88 页。

② （晋）司马彪：《后汉书 · 律历志》，《历代天文律历等志汇编（五）》，中华书局 1976 年版，第 1530 页。

③ 李鉴澄：《论后汉四分历的晷影、太阳去极度和昼夜漏刻三种记录》，《天文学报》1962 年第 1 期，第 46—52 页。

修改，纳入他创制的《大明历》中。由表 1-1 可知，《大明历》中的日中晷影是从《四分历》冬至前后各节气的日中晷影一一加以平均得来。如四分历中立春 9.6 尺，立冬 10 尺，大明历中立春、立冬 $=\frac{9.6+10}{2}=9.8$ 尺。

至唐初，李淳风将实测影长这一方法进行了改革，转变为实测基础上的计算。首先李淳风根据多年观测给出了一年中二十四节气影长数据，在此基础上利用二次内插法构建了一个一年中每日日中影长的计算公式。[①] 据考察，李淳风给出的这一公式与隋刘焯的二次内插公式相同，而这一公式相当于现代物理学中的匀变速直线运动公式。[②] 这就意味着某节气中每日影长变化不是线性的，其变化率是线性的。如果假定影长的一次变化率是现代意义上的速度，而二次变化率看作加速度，按照李淳风的算法，某节气内连续每日日中影长的速度一直在变，而加速度不变。很难说这一算法的构建与盖天说或浑天说有任何关系。

但是，作为历算家的李淳风并没有打算完全抛弃宇宙论，他曾试图重新构建《周髀》中的盖天说，演绎出一套符合实测的算法，但终因几何手段的匮乏而失败。在《周髀算经注》中，李淳风批评了前历沿用《周礼》冬夏二至晷影数据这一传统，指出《周髀》二十四节气晷影均差“是为天体正平，无高卑之异，而日但南北均行，又无升降之殊，即无内衡高于外衡六万里，自相矛盾”所致。李淳风提出“欲求至当，借以天体高下远近修规以定差数。自霜降毕于立春，升降差多，南北差少。自雨水毕于寒露，南北差多，升降差少。以此推步，乃得其实。”[③] 这里李淳风所批判的是平天、平地的盖天模型，而不是《周髀》下卷的曲面盖天说，文中所谓的“南北差”和“升降差”应分别针对曲面盖天说模型的概念。但李淳风并没有以此模型为基础构建出算法来，因为当时的几何工具还无法处理曲面问题。

李淳风的每日晷影算法开创了以数学方法研究晷影计算的新局面。一行

---

① 纪志刚：《麟德晷影计算方法研究》，《自然科学史研究》1994 年第 4 期，第 316—325 页。

② 刘钝：《〈皇极历〉中等间距二次插值法术文释义及其物理意义》，《自然科学史研究》1994 年第 4 期，第 305—315 页。

③ 钱宝琮校点：《算经十书》，《李俨钱宝琮文集》第 4 卷，辽宁教育出版社 1998 年版，第 53 页。

《大衍历》虽没有完全采纳李淳风的方法，还是受到了一定的影响。首先，一行创建了用不等间距二次内插法计算每日日中影长的方法，进一步发展了一套通过代数方法计算各地每日日中晷影长度的方法，即九服算法。"九服算法"的关键是发现天顶、天极以及太阳黄道去极度之间的关系。据刘金沂先生考察，何承天首次提出了"天顶"的概念，李淳风根据北极出地36度，详细论述了天顶、天极、黄道最南点和最北点，正北地之间的度数，又算出极去天顶的度数。① 后来，在大规模实测的基础上，一行利用了天顶（戴日）的概念，发现了各地太阳天顶距与日中影长的关系，编出了一套晷影差分表。这相当于一个从0到80之间间隔为1的正切函数表。② 按照一行提供的算法和差分表可以测算出任何一个位置的日中影长。③ 但这些方法大都是实际的代数操作，不但与宇宙论没有任何关系，也很少涉及勾股之术。

总之，尽管当时一行已经注意到各地去极度数与太阳黄道去极度数以及天顶距之间存在联系，而且试图将这些关系通过现在所谓的"正切函数表"联系起来，但所有这些都是基于实践操作，而不是理论的推演。可以说一行创建的算法是通过实际测算结果归纳出来的，与特殊的宇宙论模型没有任何关系，是纯粹的代数推算。从最初《周髀》中根据七衡六间而来的一次内插法到后来的等间距二次内插法，以及不等间距内插法和九服晷影算法，中国天文学关于影长的计算经历了从几何化向代数化的演变，正是这一演变导致了计算与宇宙论之间的脱节。

以上讨论了《周髀》中"勾股量天度日"和"日影计算"两个研究传统自汉至唐的发展与演变。"量天度日"传统一直是盖天说的优势，浑天家们甚至曾将其纳入浑天说模型中用以计算天、地等数。在这一传统面临危机时，一些历算学家曾试图予以挽救。但最终，这一传统被唐代一行终结。通过大范围的天文大地测量，一行得到了很多古所不知的新资料，而这些资料与浑天说和盖天说多有不合。对此，一行坚守了其纯粹历算家的角色，断定宇宙

① 刘金沂：《覆矩图考》，《自然科学史研究》1988年第2期，第112—118页。

② 参考自C. Cullen, An Eighth Century Chinese Table of Tangents. Chinese Science, 1982, pp. 1-33.

③ 袁敏、曲安京、王辉：《中国古代历法中的九服晷影算法》，《自然科学史研究》2001年第1期，第44—52页。

论的讨论根本无助于历算。最后，一行在唐历算上的权威性，使得他对宇宙论的批评影响到唐以后历算家关于宇宙论的态度。虽然中国历算家的理论性在一行那里有较大幅度的发展，但中国宇宙论以及“勾股量天度日”研究传统却停滞了下来。[①]

相比较之下，“影长测算”属于历算范畴，经历了从最初的算到测再到计算的转变。为了获得符合实际的数据，后汉历算家们开始实测二十四节气影长数据，而不再通过计算获得。从后汉至唐初，影长数据基本上通过实测或基于实测得到的。此间，刘焯创建了等间距二次内差法，李淳风用此算法计算一年中每日日中晷影。而一行则将此算法进一步发展为不等间距二次内差法，并创建了一套九服算法以计算帝都以外各地每日日中晷影，这就使得影长再次由实测转向了计算。可以说，后来历算家对日影的计算主要用代数算法，这不仅与宇宙论没有关系，与勾股术也脱离了联系。但是内插法本身却与《周髀》的“日影计算”有很深的渊源。李迪先生认为后来的差值算法始于《周髀》中的日影计算，指出：“《周髀算经》所载的二十四节气日的中午八尺标杆的影长都是利用等间距一次内差公式计算出来的。后来的内差法公式都源于历法研究，实际上是一次内差法的推广。”[②] 因此，可以说，历算中的差值法起源于《周髀》，但差值法在后来的发展却摆脱了《周髀》的束缚。

总之，由《周髀》中的“量天度日”传统与“日影计算”传统在后来的发展与演变可以看出，起初中国古代天文学中的宇宙论与计算是自洽统一的，宇宙论提供解释说明，而一些历算数据或算法则可依据宇宙论模型推演出来。后来经由一个复杂的演变过程，二者开始相互脱节，观测在其中起了关键作用。实际上，汉、唐之间的天文学家同时关注着历算和宇宙论两个方面，如张衡、祖冲之、李淳风甚至后来的一行。他们一方面是历算家，致力于通过实测或创建算法研究天体运动的规律；另一方面，他们又关注宇宙论学说，希望通过一定的模型算出天、地之数。他们曾做出一系列的尝试，试图将宇宙论与计算融合起来，但还是以失败而告终。唐以后，历算传统与宇宙论传

---

① 傅大为：《论《周髀》研究传统的历史发展与转折》，《清华学报》1988年第1期，第1—41页。

② 李迪：《中国数学史简编》，辽宁人民出版社1984年版，第52页。

统分道扬镳，历算家只关注测与算，正如元代郭守敬所论："推步之要，测与算二者而已。……先之以精测，继之以密算，上考下求，若应准绳，施行于世。"[①] 郭守敬等创建的《授时历》是中国传统历法的巅峰之作，将传统历算中的测与算的传统发挥到了极致，但随之而来的明代，传统历算的活力迅速衰退，这与传统历算与宇宙论解释的割裂不无关系。

① （清）阮元：《畴人传》，商务印书馆1955年重印，第305页。

# 第二章　明清之际望远镜传入对中国天文学的影响

## 第一节　望远镜的发明及其在西方天文学革命中的作用

望远镜为人类知识的增长起了非常重要的作用。观测天文学大致可以分为三个阶段：裸眼观测阶段、光学望远镜阶段、射电望远镜阶段。光学望远镜的应用尤为关键，因为它开启了人们通过仪器观天的新时代，彰显了仪器设备在理论应用方面的潜能。望远镜作为一种现代观测仪器，或者说一种人的感官和自然之间的中介，极大地推进了人类观测星空、探索宇宙的事业。

说起望远镜，稍有科学史常识的人自然会想到伽利略。尽管伽利略早在1624年出版的《检验者》（*Saggiatore*）一书中已经指出，他不是第一架望远镜的发明者，但至今还是有不少科普作家把望远镜的发明权归为伽利略。望远镜到底是由谁、在什么时间发明的，这一问题至今还是一个历史公案，现在看至少有六种可能性。[①] 其中比较早的，是意大利学者Girolamo Fracastoro（1478—1553）在1538年提及的望远镜装置：一个人从重叠的眼镜看远方的东西，看到的将会更大、且更近一些。[②] 当然，当时还没有telescope的命名。科学史界一般将望远镜的发明权归为汉斯·利佩希（Hans Lippershey，1570—

① Huib J. Zuidervaart, The 'true inventor' of the telescope, *A survey of 400 years of debate. The origins of the telescope*. Edited byAlbert Van Helden, Sven Dupré, Rob van Gent, Huib Zuidervaart. Amsterdam: Knaw Press, 2010, pp. 9-44.

② Van Helden, The Invention of the Telescope. *Transactions of the American Philosophical Society*, Vol. 67, No. 4 (1977), pp. 1-67.

1619)，他是德裔荷兰眼镜制造商。据说有一天利佩希随意地将这组透镜组合后转到附近一座教堂尖顶的风标上，惊奇地发现这风标被大大地放大了。他很快为自己的发明申请了专利。

伽利略既不是第一个制造出望远镜的人，也不是第一个将其应用于天文观测的人。与伽利略约略同时而稍早，英格兰人托马斯·哈瑞特（Thomas Harriot，1560—1621）就曾用望远镜观看月亮。哈瑞特是一位业余天文学家，最初是从1607年观测彗星对天文学有了兴趣，后来与开普勒的通信使他决心利用光学理论研究天文。在其助手协助下，哈瑞特建造了一架大约10倍的望远镜，后来进一步发展到20倍。据可靠史料记载，哈瑞特在1609年7月26日晚用望远镜观看了月亮，比伽利略要早4个月。在看到伽利略撰写的《星际使者》后，哈瑞特深受启发，亲自绘制了17幅月面图。可惜的是，哈瑞特的工作没有及时发表，直到1788年方为人知晓。①

伽利略不是望远镜的发明者，也不是第一个用其观天的人，但他却是第一个有意识用它进行科学探索的人；他不是第一个用望远镜看月球的人，却是第一个系统地研究月面的人；特别是，他观察到的木星卫星以及金星位相的变化，不仅为天文学提供了新鲜的事实，还对亚里士多德的理论提出批判，通过这些观测的经验证据支持日心说。从一定意义上说，正是由于伽利略的伟大而杰出的工作，才使得望远镜的潜能得以充分地发挥。可以肯定的是，望远镜早在1608年之前就已被制造出来了。但是，历史学家之所以选择1608年作为望远镜发明的年份，一方面是由于利佩希抢先注册了望远镜的专利，另一方面，更重要的是，在1608年，准确地说是1608年9月，作为一个现代科学仪器的望远镜诞生了。②

1608年底，伽利略的朋友Paolo Sarpi（1552—1623）听闻有一位荷兰人制造了一架光学仪器。此后，Paolo Sarpi把这个消息告诉了伽利略。听闻此消息后，伽利略迅速制作了一架望远镜。他先是制作了一架3倍和4倍的，

---

① Terrie F. Bloom，Borrowed Perceptions：Harriot's Maps of the Moon. *Journal for the History of Astronomy*，Vol. 9，pp. 117-122.

② Huib J. Zuidervaart，The 'true inventor' of the telescope，*A survey of 400 years of debate. The origins of the telescope*. Edited byAlbert Van Helden，Sven Dupré，Rob van Gent，Huib Zuidervaart. Amsterdam：Knaw Press，2010，pp. 9-44.

后来又随着镜片的磨制成功，他又制作了一架八九倍的。1610年初时，他已制作了一架20倍的望远镜。[①] 其实，在此之前，他就已经用望远镜观天了。只不过，之前望远镜的功用还没有充分发挥出来。但是，20倍的望远镜却使伽利略看到了之前从没有见到过的现象。通过改良的设备，伽利略看到了凸凹不平的月球表面，以及无数颗之前没有见过的恒星，并且发现了木星的卫星。[②] 伽利略声称是在1610年3月2日观察到木星的4颗卫星，在3月13日，《星际使者》一书就已经出现在了威尼斯。《星际使者》首版共印刷500册，旋即售罄，伽利略声名大噪。大约在1610年9月份，伽利略开始用望远镜观察金星。在其给开普勒的一封信中，伽利略说："这一秘密将带出一系列的关于天文学上的重大争论的结论，特别是它自身包含着对毕达哥拉斯和哥白尼的有力的证据。"[③]

伽利略的意义不仅在于通过望远镜发现了这些特殊的现象，充分开发了望远镜的潜能，更重要的是，利用这些证据反驳亚里士多德—托勒密的地心说，同时支持哥白尼的日心说。当时的欧洲知识界，亚里士多德的宇宙论占据统治地位。一方面是由于它显示了一个和谐有序的世界，另一方面，这一宇宙论也基本能够与基督教圣经和神学和睦相处。[④] 当时亚里士多德理论认为宇宙是一个巨大的球体，地球处于宇宙的中心，其他天体如月亮、太阳、五大行星以及恒星均附着在天球上随天球绕地运转。宇宙被分为天界和地界两个区域，月球所在天球为其分界面。月上和月下两者截然不同：前者由以太组成，是永恒、不变的，周而复始地作匀速圆周运动；后者由土、水、气、火等四种元素组成，作自然运动或受迫运动，变化和腐朽是其主要特性。不但如此，亚里士多德理论认为"天体必定是完美的球形，因为这最适合它们

---

① Noel M. Swerdlow, Galileo's discoveries with the telescope and their evidence for the Copernican theory. Edited by Peter Machamer. *The Cambridge Companion to Galileo*. Cambridge: Cambridge University Press, 1998, pp. 244-270.

② 伽利略也不是第一个发现木星卫星的人，Simon Mayr在1609年11月，就声称发现了木星的卫星，但是他的结果直到1614年才出版。

③ 转引自吴以义：《从哥白尼到牛顿：日心说的确立》，上海人民出版社2013年版，第312页。

④ （美）爱德华·格兰特：《中世纪的物理科学思想》，郝刘祥译，复旦大学出版社2000年版，第61页。

的本质，且本性上也是最初的。”①

《星际使者》传达的第一个消息是通过望远镜看到的月亮，原来不是哲学家们相信的那样是个如同水晶一般的光滑完美的球体，《星际使者》中，伽利略如是说：

重复几次观测我们可以得出结论，月亮表面并不光滑，也并不是完美的圆球，并不像大多数哲学家所想象的那样。甚至与此相反，月亮表面是粗糙不平的，甚至有很多的低谷和凸起。看起来似乎与地球表面没什么两样，而地球表面遍布高山和深谷。②

对月面的描述，可以说是对亚里士多德理论有力的反驳。实际上，伽利略关于太阳黑子的观察以及由此得出的结论也具有相近的功效。1611 年 10 月 1 日，在给友人的信中，他第一次提及看到太阳表面的“黑子”。伽利略一开始就意识到，太阳黑子是真实存在的。且不论它们到底是什么，不是简单的表象，或者眼睛或望远镜镜片上虚幻的影像。而这一论断在伽利略看来可以构成对亚里士多德理论进行反驳的有力证据。

《星际使者》中另外一个重要的信息是木星卫星的发现。在观察到木星卫星时，伽利略可能就联想到日心说，并由此推出金星和水星绕日是可以想象的。为得出更为确凿的结论，伽利略进行了连续不断的观察，仔细记录了观察的时刻、方位以及持续的时间。

我们现在有足够的证据来消除一些人的疑虑。这些人支持哥白尼的日心说，但对月亮绕着地球转，而两者又绕着太阳转这一复杂的安排深感怀疑。现在，我们不仅有一颗行星环绕另一颗、同时又一起绕太阳运行。我们可以看到，有 4 颗星星（stars）绕着木星运转，正如月亮绕着地球运转一样，同时这些天体随着木星一起绕太阳运转，12 年运转一周。③

伽利略将木星的卫星命名为美第奇星，彰显当时在佛罗伦萨显赫至极的

---

① 转引自吴以义：《从哥白尼到牛顿：日心说的确立》，上海人民出版社 2013 年版，第 21 页。

② Galileo Galilei, *The Sidereal Messenger*. Translated by Albert Van Helden. Chicago and London: The University of Chicago Press, 1989, p. 40.

③ Galileo Galilei, *The Sidereal Messenger*. Translated by Albert Van Helden. Chicago and London: The University of Chicago Press, 1989, pp. 84-85.

美第奇（Medici）家族的荣耀。此举为他后半生赢得了稳定的经济支持。

以上的现象，都是对亚里士多德理论的反证，并没有直接支持日心说。对于日心说来说，最为关键的证据来自伽利略后来的观测。1610 年 12 月 11 日，伽利略在给开普勒的信中提道，“他有另外一个新近特别观察到的秘密，包含了支持毕达哥拉斯和哥白尼学说的有力的证据。”实际上，这就是金星位相的变化。

大概在三个月之前，我开始用那个仪器观测金星，我看到她是圆形的且很小。一天天过去了，她逐渐增大，且还保持着圆形，直到最后，当她离太阳最远的时候，圆形东边部分开始逐渐消失，几天之后，她就变成了一个半圆。她保持这一形状有几天的时间，同时，她逐渐增大，变成了镰刀形。这时，只能在傍晚看到它。此时，金星的两个角越来越细，直至消失。但是，她又重新出现时，只能在早晨看到。起初的时候能看到它的两个角，后来随着她远离太阳，到最大距离时变成半圆。然后，她的半圆又保持几天。然后，尺寸逐渐变小，几天后她又变成一个完整的圆。并且在几个月的时间里，她的形态均保持不变，晚上和早晨均可看到它。①

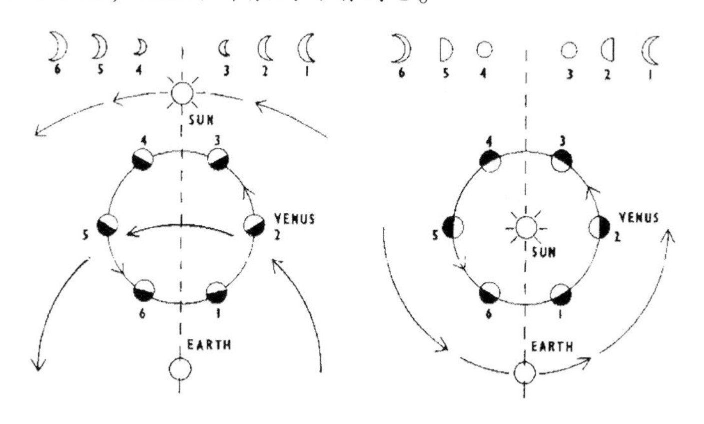


The appearance of Venus predicted by the Ptolemaic and Copernican systems

**图 2-1 《星际使者》中金星位相图**

伽利略观测到的金星位相的变化，可以表明两点：第一，金星的光源对

① Galileo Galilei, *The Sidereal Messenger*. Translated by Albert Van Helden. Chicago and London: The University of Chicago Press, 1989, pp. 107-108.

于太阳，正如月亮一样；第二，金星是绕太阳运动的，而不是如亚里士多德和托勒密理论预设的那样，绕地运动。其实，哥白尼在提出日心说时，也曾考虑到，如果他的理论成立，那么金星应该表现出类似月球的位相变化。但是，他没有观察到这一现象，于是不得不假定金星可能是自发光的天体。现在，在望远镜的帮助下，伽利略完美地解决了哥白尼的疑难，从而证明日心说是符合实际的。

总的看来，伽利略在天文学方面并没有什么原创性的发明或发现。他不是望远镜的发明者，只是将其进行了改造，使其应用于天文学。甚至，就现在的证据看，他的改造也不是最优解。他也不是第一个将其应用于月面观测的人，甚至关于太阳黑子以及木星卫星的观察，当时还有人跟他争夺发现权。伽利略的意义在于，细致周密地观察这些现象，并将这些现象重新整合排布，用以反驳亚里士多德宇宙论并支持哥白尼日心说，在此论证过程中，伽利略表现出了强大的能力。正如吴以义先生所说："从科学史上看，伽利略令人赞美之处，令人吃惊之处，不仅仅在于，甚至主要不在于，发明或改进了一两件科学仪器，发现了一两个新鲜的事实，而在于他对方法的阐述和运用。"①就此来说，伽利略与开普勒可以形成鲜明的对比。开普勒可以说是近代欧洲新天文学的开创者，正是由于他杰出的工作，发现了行星运动的三定律，并试图寻求支配天体运动的动力，而这些都为牛顿发现万有引力定律提供了重要的基础。但是，与伽利略的《星际使者》出版之后销售一空相比，开普勒的《新天文学》自出版之后几乎无人问津。

实际上，伽利略有关望远镜的应用及用观察到的现象进行论证的过程，与布莱恩·阿瑟（W. Brian Arthur）关于技术本质的界定不谋而合。阿瑟认为，"从本质上说，技术是被捕获并加以利用的现象的集合，或者说，技术是对现象有目的的编程。"② 因此，技术本质上是指向某种目的，被编程了的现象。确实，对于近代天文学来说，望远镜技术不仅仅是透镜组合的那套装置，也不仅仅是透过这个新奇的物件观察到的新现象，更重要的是使用它的人，

① 吴以义：《从哥白尼到牛顿：日心说的确立》，上海人民出版社2013年版，第306页。

② （美）布莱恩·阿瑟：《技术的本质》，曹东溟、王健译，浙江人民出版社2014年版，第53页。

准确地说，背后的人的目的。实际上，早在利用望远镜观天之前，伽利略就已经笃信哥白尼的日心说。而在观察到这些新的现象后，所有这些现象只不过是用来支持他早已相信的学说而已。而在论证过程中，伽利略实际上对所观测的现象进行了精密的排列或组合，也就是阿瑟所说的有目的的编程。

正是因此，伽利略克服了一般人难以克服的困难。从一定意义上说，日心说的图景既不是归纳的结果，也不是演绎的结论，而与之相关的观测，从对象上来说并不是日心体系本身，从手段上来说也不是感官所感知的，望远镜所提供的只是间接的证据，这就构成了证明日心说在方法论上的困难。伽利略所观察到的很多现象，比如凸凹不平的月面、木星的卫星，以及太阳黑子等是一些反证。相比较之下，金星位相的变化为日心说提供了更为直接的证据。伽利略的工作表明，如果承认自然是理性的和自洽的，那么这些证据可以看作是排他性的指向日心说。[①] 因此，从一定意义上说，伽利略、望远镜和日心说三者是相互成就了对方。

望远镜实物传入之前，有关信息就已进入中国。1615 年，传教士阳马诺撰写了《天问略》，其中就提及望远镜。书中说，近来西洋有一个著名的天文学家，曾用望远镜观测天空，发现了许多用肉眼看不到的天象。并说，等到望远镜来到中国的时候，大家就知道它的妙处了。这里，他所指的那位天文学家应该就是伽利略。那么，第一架望远镜是在什么时候由谁传入中国的呢？据考证，德国传教士汤若望首先将望远镜传入中国。汤若望在 1618 年 4 月随同法国耶稣会士金尼阁（Nicolas Trigault，1577—1628）离开欧洲，途中辗转四年，于 1622 年入华，当时船上就有一架望远镜。望远镜传入中国后，人们称它为“远镜”“窥筒”“窥筒远镜”“望远镜”“千里镜”。1626 年，汤若望撰写《远镜说》一书，1629 年刊出，此书主要介绍了伽利略式望远镜的功用、原理、构造等。有学者推测，《远镜说》的编写参考了希尔图里（Girolamo Sirturi）的《望远镜》，此书于 1618 年在法兰克福出版。据《帝京景物略》介绍，天主堂的展品中有“远镜，状如尺许竹笋，抽而出，出五尺许，节节玻璃，眼光过此，则视小大，视远近”。视小大的意思是，小的可以

① 吴以义：《从哥白尼到牛顿：日心说的确立》，上海人民出版社 2013 年版，第 316 页。

看成大的，视远近，即远的可以看成近的。《帝京景物略》刊于1635年，作者看到实物的时间肯定更早。文中所用的“远镜”一名，与《远镜说》中的无异。[①]

据史料记载，从1631年开始，崇祯朝历局官员们开始用望远镜系统地观测天象，在西方天文学进入中国这一过程中起了关键作用。首先，当时钦天监官员和传教士天文学家曾创造性地用望远镜观测交食，大大提升了观测的公开性和精度，为西学在明末中西历争中胜出创造了条件。另外，通过望远镜观测到的天象改变了中国历算家对天体以及整个宇宙的认识，为第谷宇宙论体系得以确立提供了经验基础。

## 第二节 望远镜与西洋新法的确立

明朝历法基本没有改进，甚至有倒退，到明末因误差过大，预测天象往往不准。万历年间（1573—1619）历法争论不断，朱载堉（1536—1611）、邢云路（1548—?）等人曾试图按照传统天文学的思路进行改革。万历三十八年（1610），传教士开始涉足历法改革。钦天监五官正周子愚推荐传教士庞迪我（Diego de Pantoja，1571—1618）、熊三拔（Sabatino de Ursis，1575—1620）等人，说他们携有彼国历法，多中国典籍所未备者，并建议取知历儒臣率同监官，将这些书翻译，以补典籍之缺。礼部十分重视周子愚的意见，上疏推荐徐光启、李之藻（1565—1630年）与庞迪我、熊三拔等共同翻译西法，邢云路等参订。然而，万历帝并未采纳礼部的意见，只是将邢云路、李之藻招至京城，参与历事。万历四十一年（1613），李之藻上疏“言台监推算日月交食时刻、亏分之谬，而力荐（庞）迪我、（熊）三拔、（龙）华民（Nicolas Longobardi，1559—1654）、阳玛诺（Emmanuel Diaz，1574—1659）等”，言其“所论天文历数，有中国昔贤所未及者，不徒论其度数，又能明其所以然之理。其所制窥天、窥日之器，种种精绝”，又重申“开局，取其

① （明）刘侗：《帝京景物略》第4卷，明崇祯刻本。

历法，译出其书”的建议，可是再一次被搁置。[①] 直至崇祯二年（1629）才出现重大转机。当年在预测五月（6月21日）的一次日食中，西法再次胜出。于是礼部奏开局修历，乃以徐光启督修历法，是年11月6日成立历局，开始以西法改历。望远镜在此过程中起了关键的作用。

如上所述，望远镜最初是由德国耶稣会士汤若望于天启二年（1622）携入中国。汤若望于天启六年（1626）撰写《远镜说》，1629年刊出，主要介绍了伽利略式望远镜的功能、原理、构造和使用等。此后望远镜对中国天文学的影响基本未超出《远镜说》所述。

17世纪欧洲出现了三种望远镜：（1）伽利略式，一凸一凹两透镜组成，1609年经伽利略改造后用于天文观测，次年伽利略将所观天象编入《星际使者》；（2）开普勒式，由两个凸镜组成，开普勒于1611年在《折光学》中提出设想，但他并没有亲自制作出这样的望远镜，第一架开普勒式望远镜是由克里斯多夫·夏奈尔（Christoph Scheiner，1575—1650）在1613年至1614年之间制造出来的；[②]（3）除上述两种折射式望远镜外，还有一种反射式望远镜，主要由面镜组成。1663年，詹姆斯·格雷戈里（James Gregory，1638—1675）提议制造反射望远镜，牛顿于1668年创制成功。[③] 明清之际传入中国的主要是伽利略式望远镜，开普勒式望远镜并没有传入或被中国历算家所用，[④] 反射式望远镜也很少被提及。伽利略式望远镜在测量方面有两个弊端，“一、视域较小；二、由于目镜和物镜没有一个共同的焦点（common focus），因而小的测量设备不能置于镜筒之中。”[⑤] 所以一般认为，这种望远镜只适于观象，而不适合观测。但在中国，它却被用来观测日食，在评判中西历法优劣的过程中发挥了关键作用。

---

① 王萍：《西方历算学之输入》，《“中央研究院”近代史研究所专刊》第17期，中国台湾“中央研究院”近代史研究所1980年版，第6—45页。

② Helden A. V., The Telescope in the Seventeenth Century, *Isis*, 1974, 65 (1), pp. 38-58.

③ 亚·沃尔夫：《十六、十七世纪科学、技术和哲学史》，周昌忠等译，商务印书馆1985年版，第97页。

④ 戴念祖：《明清之际汤若望的窥筒远镜》，《物理》2002年第5期，第322—326页。

⑤ Allen P., Problems Connected with the Development of the Telescope (1609-1687), *Isis*, 1943, 34 (4). pp. 302-311.

历法优劣关键在于对交食的预测。这一点无论是中国古代的历算家还是欧洲中世纪的天文学家都很清楚。改历开始后不久，徐光启就明确地提出："考验历法，全在交食"，[①] 进而在给崇祯皇帝的奏疏中提出："历家疏密惟交食为易见，余皆隐微难见，交食不误，亦当信为成历。"[②] 由此可见交食在验历过程中的重要性。中世纪欧洲的天文学家虽不太关注历法，但一直在对托勒密的理论做着修正，这些修正多基于观察，而验证这些修正理论的优劣主要是通过观测交食来实现。[③] 因此西方理论在预测交食方面也积累了很多经验。17 世纪时欧洲的耶稣会士对实验科学投入了极大的精力，[④] 当时的耶稣会士非常关注日月食的实际预测。

直接用肉眼观看日食有很大的困难：由于日光过强，难以分清日体边际，因此食初与食末不好判断。徐光启曾多次提及这个问题。

> 日食之难，苦于阳精晃耀，每先食而后见；月食之难，苦于游气纷侵，每先见而后食。[⑤]

徐光启已经意识到用望远镜可以很好地解决这一问题。关于月食，他说：

> 今用窥筒远镜已得边际分明，但初亏前约半刻许，游气已见，复圆后约半刻许，游气方绝。此游气者似食非食，在所推食限分秒之外，其分数系是本法所无，今次测候尚当详细推算，附载本法至前推食既未合天者半刻。[⑥]

可见，用望远镜可以很好地解决月食观测中游气纷侵的问题。由于日光过强，

---

① （明）徐光启等：《新法算书》，纪昀主编：《影印文渊阁四库全书》第 788 卷，台湾商务印书馆 1983 年版，第 18 页。

② （明）徐光启等：《新法算书》，纪昀主编：《影印文渊阁四库全书》第 788 卷，台湾商务印书馆 1983 年版，第 11 页。

③ Goldstein B. G. , *Theory and Observation in* Medieval Astronomy, Isis, 1972, 63 (1), pp. 39-47.

④ W. B. Ashworth, *Catholicism and Early Modern Science*, in David C. Lindberg and Ronald L. Numbers (eds. ), *God and Nature: Historical Essays on the Encounter between Christianity and Science*, Berkeley: Univ. of California Press, 1986, p. 155.

⑤ （明）徐光启等：《新法算书》，纪昀主编：《影印文渊阁四库全书》第 788 卷，台湾商务印书馆 1983 年版，第 226 页。

⑥ （明）徐光启等：《新法算书》，纪昀主编：《影印文渊阁四库全书》第 788 卷，台湾商务印书馆 1983 年版，第 27 页。

日食观测不可能如月食那样直接观测，而需要将日光投到尺素之上。

> 但临期日光闪烁，止凭目力炫耀不真，或用水盆亦荡摇难定。惟有臣前所进窥远镜，用以映照尺素之上，自初亏至复圆，所见分数，界限真确，昼然不爽。随于亏复之际验以地平日晷，时刻自定。其法：以远镜与日光正对，将圆纸壳中开圆孔，安于镜尾以掩其光，复将别纸界一圆圈，大小任意，内分十分，置对镜下，其距镜远近以光满圈界为度。将亏时，务移所界分数就之，而边际了了分明矣。但在天之正南，实为纸上之正北，方向乃相反焉。①

自使用望远镜观测日食开始，观测精度有了较大幅度的提高。吕凌峰和石云里曾对明末日月食观测精度问题进行研究，统计了从 1570 年到 1645 年间的日月食观测情况，给出了一份日食观测精度变化图：

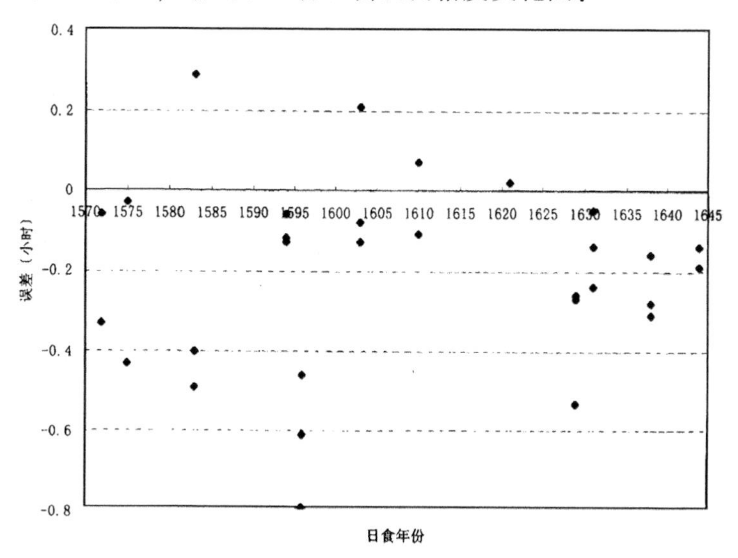


**图 2-2　1570—1645 年日食观测精度**

此图中横坐标是日食年份，纵坐标是所观测日食的误差。由图可见 1630 年之后日食观测精度趋势问题，之前离散度较大。相比较之下，月食的观测

① （明）徐光启等：《新法算书》，纪昀主编：《影印文渊阁四库全书》第 788 卷，台湾商务印书馆 1983 年版，第 93 页。

精度在明末这段时间并没有明显变化。[①] 应该说，望远镜在日食观测中起了很大的作用。下面，我们就来着重讨论望远镜在日食观测中所起的作用。

那么，到底如何用望远镜观测日食呢？如上所述，其程序如下：先在一张较大的硬纸上开一个小孔，大小与望远镜末端相当，安装时将此纸面垂直放在望远镜前，这样在硬纸背向望远镜的一面就形成了一个阴影区域，再用一纸面承接经望远镜投射来的影像。[②]

实际上，这种方法源自《远镜说》在“避眩便观”三条之二中的论述。

> 视太阳，又有两法：一加青绿镜，如上所云；一不必加青绿镜，只以筒镜两相合宜，以前镜直对太阳，以白净纸一张置眼睛下，远近如法。撮其光射，则太阳本性在天，在纸丝毫不异。若用硬纸尺许，中剪空圆形，冒靠后镜上，则日光团聚，下射纸面，四暗中光，黑白更显，体相更真矣。[③]

从崇祯四年（1631）开始，望远镜开始用于观测日食，使观测精度大大提升[④]。吕凌峰和石云里指出：“崇祯四年四月的这次日食是第一次明确记载使用望远镜观测日食，以后诸次的日食史料一般也都明确说明使用了望远镜观测，……自使用望远镜观测日食后，日食观测精度的确得到提高，精度基本稳定在10分左右。但在此之前，用中国传统观测技术的日食观测精度在15分左右，并且精度很不稳定。……因此，望远镜对提高日食观测精度的确起了很大作用。”[⑤] 这样就使精确校验当时几家历法的优劣成为可能。

崇祯朝曾发生六次当时可见的日食，分别发生于1629年、1631年、1634年、1637年、1640年和1641年。[⑥]《治历缘起》记录了从崇祯四年（1631）

---

① 吕凌峰、石云里：《明末历争中交食测验精度之研究》，《中国科技史料》2001年第2期，第128—138页。

② 具体见测验崇祯十年（1637年）日食的有关记载《新法算书》，第93页。

③ （德）汤若望：《远镜说》，薄树人主编：《中国科学技术典籍通汇·天文卷》卷八，河南教育出版社1998年版，第371—381页。

④ 从《崇祯历书》的《治历缘起》中我们可以看到有关日月食验测的信息。

⑤ 吕凌峰、石云里：《明末历争中交食测验精度之研究》，《中国科技史料》2001年第2期，第128—138页。

⑥ 陈遵妫：《中国天文学史》，上海人民出版社2006年版，第621—656页。

到崇祯十六年（1643）几乎所有关于历局的奏疏，对日月食的校验等记录非常详细。现以几次日食为例看望远镜所起的作用。

崇祯四年十月初一（1631 年 10 月 25 日），日食。经用望远镜校验，徐光启等预报食分食甚较它法更密，从而增强了西法的可信度，奏疏说：

> 臣徐光启谨奏，为日食事，本年九月初八日，……调定壶漏，又将测高仪器推定食甚刻分，应得此时日轨高于地平三十五度四十分。又于密室中斜开一隙，置窥筒眼镜以测亏复，画日体分数图板以定食分，各安顿讫。候至午正二刻内，方见初亏，则臣等所推实先天半刻有奇。至午正四刻，食甚，仪上得日高三十五度四十分，系司历刘有庆守测，实为密合。至未初三刻，内已见复圆，则臣等所推又后天一刻有奇，而食甚分数，以窥筒映照，实未及二分，比原推亦少半分以下。此诸官生人等众目所共见也。①

由此可知当时用日食校验诸历的程序：首先，各家根据历法推算初亏、食甚、复圆等发生时刻，上报历局。至是日，会同天文生、刻漏博士等到局督校验，校验的程序是先定日晷，调定壶漏，求日轨高地平分度，然后将望远镜置于密室之中，在“尺素”上画出日体分数以定食分，然后校验。我们可以看出望远镜在此过程中扮演着一个重要的角色。

当时对日食的验测主要包括两方面内容：一是食甚的刻分；二是初亏、食甚、复圆时刻。徐光启在 1631 年所呈奏折中载有日体分数板，该板应在日食发生前绘出，待日食发生时，通过望远镜将日体投射到相应的位置，进而测出初亏、食甚、复圆的时刻。图 2-3 是汤若望呈递给顺治皇帝奏疏中所载日体分数板图和相应的推测时刻，本次日食发生于顺治元年八月初一日（1644 年 9 月 1 日）。图 2-3 中甲、乙、丙分别为依据大统历、回回历、西法对该次日食的推算结果。该图中不但呈报了三家历法所推测初亏、食甚、复圆等各时刻，还给出了三家测算的日食刻分。按照《治历缘起》所述，像图

① （明）徐光启等：《新法算书》，纪昀主编：《影印文渊阁四库全书》第 788 卷，台湾商务印书馆 1983 年版，第 26 页。

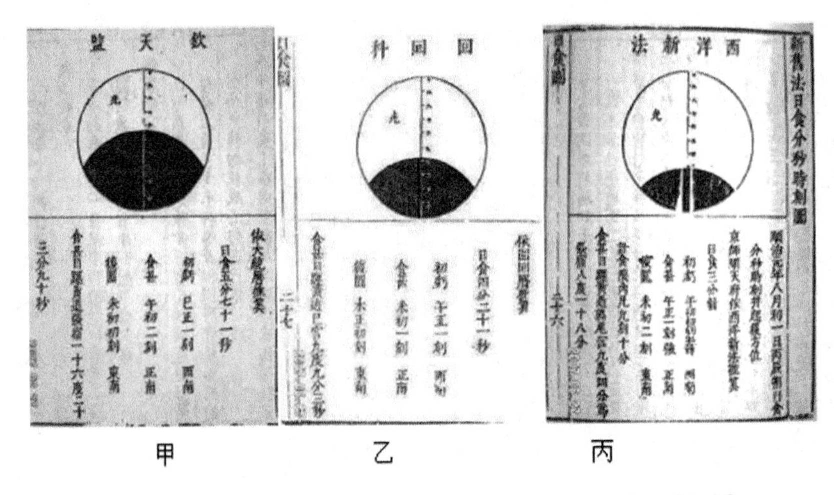


**图 2-3　汤若望呈递给顺治皇帝奏疏中所载日体分数板图①**

2-3 这样的图式在 1631 年验测日食时就应该存在了，只不过表现形式可能不同，而徐光启没有详细的奏报。

对崇祯十年正月初一日（1637 年 1 月 26 日）的日食有如下记载：

> 崇祯十年正月初一日辛丑朔，日食，本局分秒时刻已经上闻，但臣等所推京师见食一分一十秒，而大统则推一分六十三秒，回回推三分七十秒，……随于亏复之际，验以地平日晷时刻，自定其法。以远镜与日光正对，将圆纸壳中开圆孔安于镜尾，以掩其光。复将别纸界一圆圈大小任意内分十分，置对镜下，其距镜远近以光满圈界为度。将亏时，务移所界分数就之，而边际了了分明矣。②

由此可见，当时运用望远镜的方法比以前的更为简便，以前的做法是将远镜置于密室中进行，而这次只要用带孔硬纸壳遮住阳光即可。观测结果如下：

> 远臣罗雅谷、汤若望等用远镜照看随见初亏，众目共见，巩主

---

① 此图取自汤若望等：《西洋新法算书·汤若望奏疏》。

② （明）徐光启等：《新法算书》，纪昀主编：《影印文渊阁四库全书》第 788 卷，台湾商务印书馆 1983 年版，第 93 页。

事执笔亲纪，是与臣局所推为合。候至未初二刻半，远镜映照见食六分有余，随见食分秒退，众目皆同，礼臣亦亲笔书纪，是与臣局时刻分秒俱合。候至申初初刻，众报复圆，随亦亲纪，是与臣局所推申初一刻弱者又合。然此番日食，各家所报，俱各参差不一，其中亦有甚相远者。而臣局今岁日月三食俱合。①

正是由于该年西法预测的日月三食俱合，使崇祯产生了“废大统（历），用新法”的意向，据《明史》记载：

十年，正月辛丑朔，日食，天经等预推京师见食一分一十秒，……而，时食推验，惟天经为密。时将废大统，用新法。于是管理另局历务代州知州郭正中言：“中历必不可尽废，西历必不可专行。四历各有短长，当参合诸家兼收西法。”十一年正月，乃诏仍行大统历，如交食经纬、晦朔弦望，因年远有差者，旁求参考新法与回回科并存。②

可见，西法经9年的抗争，才求得被参用的地位。

随后，崇祯十一年（1638），“进（李）天经光禄寺卿，仍管历务”。从此，李天经等就便历数旧法之失误，遂使崇祯帝“深信西法之密”及中西之法难以兼容。

值崇祯十四年十月初一日（1641年11月13日）癸卯朔日食，四家再一次各预推之，李天经所推结果再次合天。在《治历缘起·卷八》中记录了整个过程。

至未初二刻，日于云薄处果见初亏，不待初三矣，于未正二刻已见退动，则食甚在未正，知食约八分有余，又去申初远矣。及至申初二刻五十分已见复圆，正所谓三刻弱，于新法又合矣。本日远臣蒙礼部传赴本部同测，即同本局官生祝懋元等，监官贾良琦等测，至未初二刻时，仰见初亏，即报救护。又用悬挂浑仪于未正一刻半

---

① （明）徐光启等：《新法算书》，纪昀主编：《影印文渊阁四库全书》第788卷，台湾商务印书馆1983年版，第100页。

② （清）张廷玉：《明史·卷三十一·志第七》，中华书局1974年版，第543页。

测看，日食八分有余；又用原仪远镜测看，复圆乃申初三刻也，此时凡在礼部救护朝臣所共见者。若皇上于大内亲测，用黄赤仪之影圈以上对日体，其所测时刻必有更准于外庭者，想在睿鉴中矣。[①]

可见此时的测验方法和程序与以前相较仍有所改变，即先用浑仪测看，后用原仪远镜测看。而最终的结果就是“此时凡在礼部救护朝臣所共见者”。最终，崇祯皇帝采纳了新法，决定颁行之，但不久明亡，未实行。[②]

由以上的过程可以看出，望远镜确实在历法校验过程中起了关键的作用，而且校验的程序前后并不完全一致，后面和前面的相比有所变化。为什么会有此变化呢？再者，不用望远镜仅凭肉眼是否也可观测日食，从而校验历法的优劣呢？这两个问题可并在一起解释。

中国古代，随着历法精度的提高，交食预报准确与否的标准也是逐步提高的，徐光启在编纂《崇祯历书》过程中说：交食预报的精度已从“汉以前差以日记，唐以前差以时计，宋元以来差以刻计”，进展到改用西法后的“今则差以分计”，甚至还预言“必求分数不差，宜待后之作者”。据研究：就预报精度而言，若相对理论值，西法对日食的预报误差在13分钟左右，《大统历》是24分钟，因此，从总体上看，西法预报交食的精度确实比《大统历》高不少。[③] 这样的偏差，用肉眼是可以区分开的，那么为什么还要用望远镜呢？由上面的论述可以看出，远镜的最大作用就是可以将整个日食的过程投影在“尺素”之上，使到场观看的所有人可以“共睹之”，从而为评定历法优劣提供一个客观标准。所谓：“众目皆同礼臣，亦亲笔书纪，是与臣局时刻分秒俱合”。而后面测日食时程序的变动也是逐渐地在向扩大公开性、增强透明度方向改进。另外，望远镜对于食甚时日体被掩刻分的验测是很关键的，其可以准确地将日体投测在尺素的任意位置上，从而得到“边际了了分明”的结果，就当时的技术条件来看，如果没有望远镜很难达到如此结果。

① （明）徐光启等：《新法算书》，纪昀主编：《影印文渊阁四库全书》第788卷，台湾商务印书馆1983年版，第134页。

② （清）张廷玉：《明史·卷三十一·志第七》，中华书局1974年版，第543页。

③ 吕凌峰、石云里：《明末历争中交食测验精度之研究》第22卷，《中国科技史料》2001年第2期，第128—138页。

那么望远镜对当时的历算的改进有没有更具体的影响呢？由于17世纪引入的主要是伽利略式望远镜，而该种望远镜不适于测量，所以其对历算的具体影响非常有限。当时论天文学有所谓“历家之历”与“儒家之历”之分。在“儒家之历”的著作中我们可以找到一些有关望远镜的记述，而在“历家之历”中却很难见到。历算精度的提升很大程度上取决于天体位置的测量精度，而这需要用到更为精准的望远镜。清初曾引入此类望远镜，但却没有发挥太大作用。清中期的郑复光（1780—1853）曾长期钻研几何光学知识，并收集了许多光学器具。在其《镜镜詅痴》中有关于开普勒式望远镜的记载与评述：

> 论曰：“远镜刱于默爵①，止传一凸一凹”。厥后汤若望著《远镜说》，南怀仁撰《仪象志》，皆无异辞。然所见洋制小品，长五六寸，止可于三五丈内见人眉宇耳。其大者径不过二寸，长不过五尺，则皆纯用凸镜。视一凸一凹工力倍繁，于十数里内窥山岳、楼台，颇复了了。或视月亦大胜于目。至观星象，则胜目无几。后来改作而能力反不及，何耶？以意逆之，《远镜说》虽无大小之度，然其图筒有七节，至短必寻以外，又凹能缩凸，其径非五六寸不可依，显此器重大，可观象，而不便登临，此改作所由来欤。曾见纯凸数种，怀之可五六寸，展之可三尺者。又见外口盖铜，开孔露镜止二三分者，远寺红墙，径寸能辨其署书，亦游览一快也。②

一凸一凹是伽利略式远镜，而纯凸式为开普勒式。郑复光认为后来的改作能力反不及，此种纯凸远镜适用于游览，可见当时中国士人对待新望远镜的态度。由此可见，望远镜虽然对决定采用西法改历起了很大的作用，但是对历算的影响很有限。崇祯改历过程中测量全天恒星位置，望远镜也没有发

① 望远镜到底由谁发明有不同说法，有人认为是罗吉尔·培根（Roger Bacon，1214—1294），有人则将其发明权归于汉斯·利佩希（Hans Lippershey，?），笛卡儿则认为是詹姆斯·梅齐乌斯（James Metius）发明了望远镜。从读音来看，估计文中的默爵指的就是梅齐乌斯。参考自亚·沃尔夫：《十六、十七世纪科学、技术和哲学史》，周昌忠等译，商务印书馆1985年版，第97页。

② （清）郑复光：《镜镜詅痴》，见戴念祖主编：《中国科学技术典籍通汇·物理卷》卷一，河南教育出版社1995年版，第921—922页。

挥作用，星表数据主要还是基于第谷观测的数据。[①]

传教士们在天象预测和历书编纂等方面的成就在西法的胜出中起了决定性作用，而这些作用则通过望远镜得以放大。毕竟，官方天文学主要关注的是历法的制定，而不是天文理论的建构。但是制历者也经常在理论层面遭遇新天文学。[②] 这一方面是为了改历的需要，另一方面也是当时一些学者实现其所设计蓝图的必要步骤。当时，徐光启就极力主张制定一部超过中西已有水平的新历。他认为"欲求超胜，必须会通"，即只有荟萃中西历法之长，才能达到超胜的目的。为此，他提出如下三步：第一，"会通之前，必须翻译"，第二，翻译既有端绪，然后令甄明大统、深知法意者参详考定，"镕彼方之材质，入大统之型模"；第三，"事竣历成，更求大备。一义一法，必深言所以然之故；从流溯源，因枝达干，不止集星历之大成，兼能为万务之根本。"[③] 为此，他提出《崇祯历书》编写的基本五目：一曰法原，二曰法数，三曰法算，四曰法器，五曰会通。其中"法原"是徐光启所特别注重的，也是传统历法相对薄弱的环节。所以当时中国学者和传教士们在编纂《崇祯历书》时非常注重对于西方天文学理论的介绍，尤其是宇宙论。那么望远镜的传入与西方天文学理论的传入有何关系呢？其传入又在宇宙论方面对当时中国学者产生什么样的影响呢？

## 第三节 望远镜在宇宙观方面的影响

通过望远镜可以观测到仅用肉眼观察不到的天象，这些特殊天象的获得导致了欧洲人宇宙观的变化，而随着望远镜和西方天文学的传入，这些影响波及中国。通过对比分析可以发现，尽管当时传入的许多天文学知识是直接译自西方原著，但并不是完全照搬，而是有选择地吸收。另外，中国天文学

---

① 孙小淳：《〈崇祯历书〉星表与星图》，《自然科学史研究》1995 年第 4 期，第 323—330 页。

② Henderson J. B., Ch 'ing Scholars ' views of Western Astronomy , *Harvard Journal of Asiatic Studies*. 1986, 46 (1), pp. 121-148.

③ 陈美东：《中国科学技术史 · 天文学卷》，科学出版社 2003 年版，第 633 页。

家曾将这些新理论和新现象纳入中国传统天文学框架之中，用以构建一些别具特色的理论。

首先，我们来看一看当时一些译著对通过望远镜观察到的日、月、天汉等天象的介绍。

关于太阳黑子，《远镜说》中论道：

> 用以观太阳之出没，则见本体非至圆，乃似鸡鸟卵。盖因尘气腾空，遮蒙恍惚，使之然也。若卯酉二时，并见太阳边体，龃龉如锯齿，日面有浮游黑点，点大小多寡不一，相为隐显随从，必十四日方周径日面而出，前点出后点入，迄无定期，竟不解其何故也。[①]

《星际使者》中并没有关于太阳黑子的描述，详细描述在伽利略于1612年给朋友威尔斯（Mark Welser，?）的信中才出现。[②] 但《远镜说》的出版刊行要远在伽利略做出这些发现之后。稍晚于《远镜说》的《测天约书》（1628）中相关的描述更为详细：

> 太阳面上有黑子，或一、或二、或三四而止，或大或小，恒于太阳东西径上行其道，止一线行十四日而尽，前者尽则后者继之，其大者能减太阳之光，先时或疑为金水二星，考其躔度则又不合。近有望远镜乃知其体不与日体为一，又不若云霞之去日极远，特在其面而不审为何物。[③]

1634年进呈的《五纬历指》中的相关描述更清晰：

> 太阳四周有多小星，用远镜隐映受之，每见黑子，其数、其形、其质体皆难证论。目以时多时寡，时有时无，体亦有大有小，行从

---

① （德）汤若望：《远镜说》，薄树人主编：《中国科学技术典籍通汇·天文卷》卷八，河南教育出版社1998年版，第371—381页。

② 伽利略于1610年底才注意到太阳表面的黑斑，在于1612年给威尔斯（Welser）的三封信中曾详细地讨论了太阳黑子的问题，当时他就提出太阳表面的黑斑既不是前人认为的太阳周围的行星，也不是太阳内部的物质，而是附着于太阳表面，它们的径向运动是太阳自转的反应。这三封信于1613年出版，曾引发伽利略与夏奈尔之间的一场有关太阳黑子发现优先权的争论。参见Galileo's sunspot letter to Mark Welser，网页：http：//mintaka. sdsu. edu/GF/vision/Welser. html。

③ 徐光启等：《新法算书》，纪昀主编：《影印文渊阁四库全书》第788卷，台湾商务印书馆1983年版，第192页。

日径，往过来续，明不在日体之内，又不甚远，又非空中物，此须多处、多年、多人密测之乃可。①

据考察，该结果实为当时历局中罗雅谷（Giacomo Rho，1593—1638）和历官实际观测所得。② 但是不管是编纂《远镜说》的汤若望还是后来《测天约书》的编纂者邓玉函（Johann Schreck，1576—1630）和《五纬历指》的编纂者罗雅谷均未提及太阳黑子的解释，只是认为其不可知，还需要继续密测。实际上，早在这些译著刊行十多年前，开普勒和伽利略就曾给出解释，他们认为太阳黑子附着于太阳表面，它们的运动恰恰是太阳自转的反映。

关于月球，伽利略用望远镜观察到了月面上的黑白象点，将其解释为月面上存在凸凹不平的山谷，认为月球就像地球一样有高山和低谷，甚至还有河流。《星际使者》中说：

也就是说，亮的部分恰恰反映是陆地的表面，而黑的部分则属于水域。确实，我从来没有怀疑过，如果从一定的距离看地球，那么陆地区域由于反射太阳光线也将成为白色，而水域在远处看来相比较而言则是黑色的。③

《远镜说》中有如下论述：

用以观太阴，则见本体有凸而明者，有凹而暗者，盖如山之高处，先得日光而明也。又观月时，试一目用镜，一目不用镜，则大小迥别焉。④

关于月体阴影，《月离历指》中的有关论述更加明了：

一曰，月体如地球，实处如山谷、土田，虚处如江海。日出先

① 徐光启等：《新法算书》，纪昀主编：《影印文渊阁四库全书》第788卷，台湾商务印书馆1983年版，第651页。

② Hashimoto K., *Hsü Kuang—Ch' I and Astronomical Reform*, Osaka: Kansai University Press, 1988, p. 171.

③ Galilei G., *The sidereal messenger of Galileo Galilei; and a part of the preface to Kepler's dioptrics*, with introduction and notes by Edward Stafford Carlos, London: Dawsons of Pall Mall, 1880, p. 20.

④ （德）汤若望：《远镜说》，薄树人主编：《中国科学技术典籍通汇·天文卷》卷八，河南教育出版社1998年版，第371—381页。

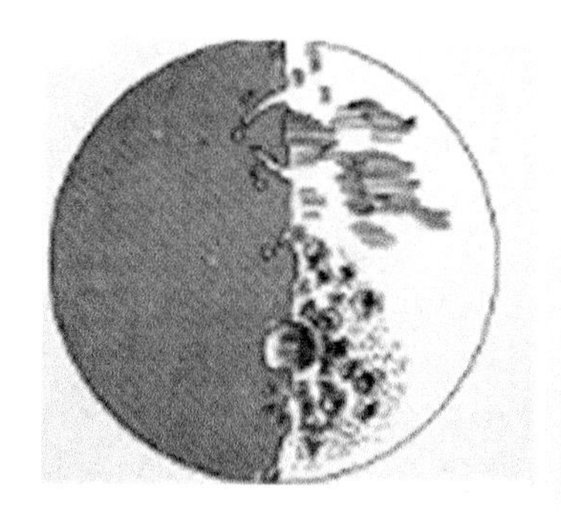
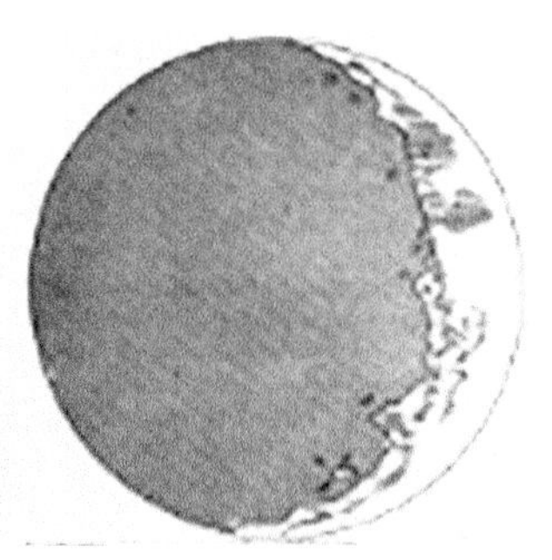

图 2-4　《星际使者》中月面图

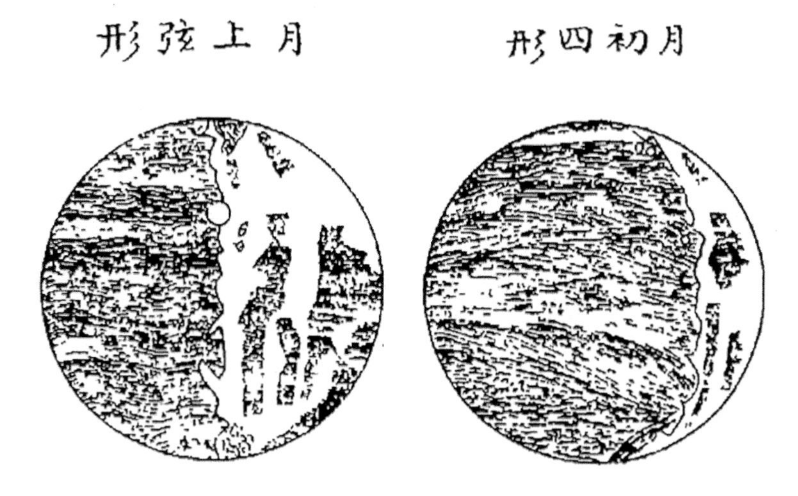


图 2-5　《远镜说》中月面图

照高山，光甚显，次及田、谷、江海，渐微。如人登大高山视下土崇卑，其明昧互相容也。试用远镜窥月，生明以后，初日见光界外别有光明微点，若海中岛屿。然次，日光长，魄消，则见初日之点，或合于大光，或较昨加大，或魄中更生他点。①

据考察，《月离历指》中对月面的描述与色物利诺(Severin Longomontanus,

① （明）徐光启等：《新法算书》，纪昀主编：《影印文渊阁四库全书》第 788 卷，台湾商务印书馆 1983 年版，第 546 页。

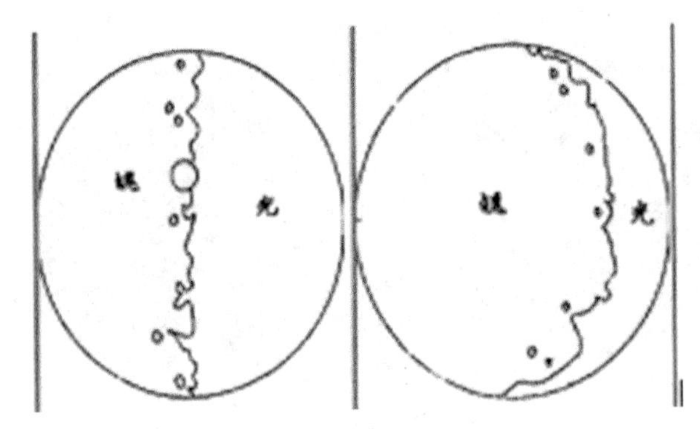


**图 2-6　《月离历指》中的月面图**

1562—1647）《丹麦天文学》（*Astronomia Danica*）中的描述非常相似。[①]

关于天汉，《恒星历指》论道：

> 问天汉何物也，曰古人以天汉非星，不置诸列宿天之上也。意其光与映日之轻云相类，谓在空中月天之下，为恒清气而已。今则不然，远镜既出，用以仰窥，明见为无数小星。盖因天体通明映彻，受诸星之光，并合为一，直似清白之气，与鬼宿同理。不藉此器，其谁知之。然后思天汉果为气类，与星天异体者，安能亘古恒存。且所当星宿，又安得古今寰宇靓若画一哉，甚矣！天载之玄，而人智之浅也，温故知新，可为惕然矣。[②]

天汉，指的是银河，古人认为其应该和云霞相似而在月天之下，属气类。而用远镜观之，则发现其与列天诸宿没有什么区别。

《恒星历指》中的论述应该是翻译过来的，而其中所说的古人应该是指西方中世纪和古希腊先贤们。近代以前的西方，亚里士多德的学说占主导地位，该学说认为宇宙由五种元素组成，天和地截然不同，天由以太组成，而地则由土、水、火、气四元素构成，气在地界的最上而紧邻月天，云霞由气组成，

① Hashimoto K., *Hsü Kuang—Ch' I and Astronomical Reform*, Osaka: Kansai University Press, 1988, p. 176.

② （明）徐光启等：《新法算书》，纪昀主编：《影印文渊阁四库全书》第 789 卷，台湾商务印书馆 1983 年版，第 38 页。

天汉也与云霞相同而由气组成，属于地界。通过望远镜观察到的天象对这一观念造成极大的冲击，使之难以立足。

由以上的分析可以看出如下三点：一、从1615年的《天问略》到1635年《崇祯历书》完成期间，不断有新知识从欧洲传入中国，更新速度非常快；[①] 二、《远镜说》等译著中有关对通过望远镜观测到的天象的描述并不是完全译自西方的原著，而是有选择、保留的；三、在编译这些著作的过程中，传教士和中国学者确实进行了一些观测，并将其放入他们的译著中。那么，当时的中国天文学家对望远镜以及通过望远镜观测到的天象做何反应呢？

太阳黑子天象激发了明清学者对天体宇宙论的兴趣。例如，揭暄（1610—1702）在《璇玑遗述》中就用太阳黑子的运动来支持他的"日自转"说：

> 日中有黑子，亦可以徵日之转。日中黑子，大小多寡不一，或一、或二以致三四而止，大者能减太阳之光。东西径行于日面，其道止一线，必十余日方尽。即尽而复继，迄无定期。《远镜说》以为，浮游黑点，竟不解其故者，此也。[②]

可见，揭暄认为黑子在日体表面，其东西径向移动是太阳自转的反应。这一点很可能是揭暄基于自己观测而独立提出的见解。[③]

关于月面中的黑象，伽利略解释为凸凹山谷，并将此作为反驳天界完美进而论证天地同一的证据。这也被一些中国学者接受，但是揭暄给出了另外的解释：

> 人或疑之，遂谓月体中生有凸凹，形如山谷。突者先得日而明，

---

① 在此期间，由于南京教案的影响，1616年到1622年间没有任何西方天文学译著问世。参见樊洪业：《耶稣会士与中国科学》，中国人民大学出版社1992年版，第39页。

② （清）揭暄：《璇玑遗述》，见薄树人主编：《中国科学技术典籍通汇·天文卷》卷六，河南教育出版社1998年版，第283—396页。

③ 石云里在《中国人借助望远镜绘制的第一幅月面图》中提出，《璇玑遗述》中所载月面图为揭暄等独立绘制的结果。在《揭暄的潮汐学说》一文中石云里认为"这一学说（潮汐学说）并非来自西方，而是揭暄本人的独创。"参见石云里：《中国人借助望远镜绘制的第一幅月面图》，《中国科技史料》1991年第4期，第88—92页。

坳者照未及也，故黑此象……此说非也。[①]

他将所见的黑象分为两种，大的在月体之内，而小的在外，这样月体也就随之被离析为内外两层。另外，联系到月球对潮汐的明显作用，他提出了一个“外刚而内柔”的月球模型，借助这个模型来解释所谓的“黑象”。[②]

当然望远镜所带来的影响不一定全是摒弃旧的观念，有时候它反而成为支持旧说的证据。方以智（1611—1671）在《物理小识》中这样谈论用望远镜观测到的天汉：

> 以远镜细测天汉，皆细星，如郎位鬼尸之类。灵宪注曰：水精为天河，谓星为水之精也。周易时论曰：河汉同坤艮之维。今按之，周轮、金鱼、海鸟与井参之间，箕尾之间相接矣。黄帝素问以戊巳望黔天之气而表五运，盖其指也，微哉！[③]

这里，方以智用望远镜的观测事实证明了汉代或更早的说法，这同西方望远镜带来古今宇宙论的决裂的情况完全不同。

由此可见，望远镜的传入确实令当时的中国天文学家耳目一新，看到或了解到一些特殊的天象：太阳黑子、月面阴影、天汉等。这些天象曾引发学者们如揭暄、方以智等提出了一些很有趣的天文物理问题。但是，也要注意到，望远镜是随西方天文学知识一起传入中国的，而这些知识的核心内容是其太阳系行星宇宙论。那么望远镜的传入与当时西方宇宙论的传入和被接纳有什么样的关系呢？

通过考察我们发现，同西方一样，明清天文学家也曾用望远镜观测到的天象支持第谷体系。至明清之际，西方人已有四种宇宙论：亚里士多德水晶天球理论；托勒密本轮、均轮说；哥白尼日心地动说；第谷地心—日心说。前两种学说都认为地球为宇宙之中心，天与地有本质的区别，天应该是完美

---

① （清）揭暄：《璇玑遗述》，见薄树人主编：《中国科学技术典籍通汇·天文卷》卷六，河南教育出版社1998年版，第283—396页。

② 石云里：《中国人借助望远镜绘制的第一幅月面图》，《中国科技史料》1991年第4期，第88—92页。

③ （清）方以智：《物理小识》，见戴念祖主编：《中国科学技术典籍通汇·物理卷》卷一，河南教育出版社1995年版，第323—491页。

无缺的，天体所做的运动应为圆周运动或圆周运动的组合，区别在于亚氏理论更侧重于天体物理方面的考虑，认为天球由坚硬的以太构成，而托勒密的理论更偏重于数学方面的考虑，运用均轮和本轮的组合来描述行星的复杂运动，但这些设置很难找到对应的实体。哥白尼学说则认为宇宙的中心不是地球而是太阳，地球如其他行星那样绕太阳公转，同时绕轴自转。第谷（Tycho Brahe，1546—1601）在哥白尼之后提出了一个介于日心说和地心说之间的地心—日心模型。在16世纪期间，西方学界曾发生过一场有关宇宙论的争论。望远镜的发明及其天文观测可以帮助拒斥古代地心学说，而在第谷学说和哥白尼的日心学说之间却难以取舍。

7世纪，西方的几种宇宙论学说随西法传入中国，但最后得到官方认可的是第谷学说，望远镜观测到的天象往往成为支持第谷体系而驳斥托勒密体系的证据。《远镜说》最先将第谷体系引入中国，[①]《五纬历指》则更为完善的引入了第谷体系：[②]

> 新图则地球居中，其心为日、月、恒星三天之心。又日为心，作两小圈，为金星、水星两天。又一大圈，稍截太阳本天之圈，为火星天。其外又作两大圈，为木星之天、土星之天。[③]

另外，《五纬历指》中还对亚里士多德—托勒密体系和第谷体系作了一番对比：

> 上三论古今无疑，其不同者，古曰五星之行皆以地心为本天之心，今曰五星以太阳之体为心。古曰各星自有本天，重重包裹不能相通，而天体皆为实体。今曰诸圈能相入，即能相通，不得为实体。

---

① Hashimoto K., *Hsü Kuang—Ch' I and Astronomical Reform*, Osaka: Kansai University Press, 1988, p. 77.

② 在中国的传教士们曾将第谷体系与半第谷体系（Semi—Tycho）混为一谈，当时后者也曾传入到中国，这里所谓半第谷体系是指第谷—哥白尼体系，即以第谷体系为基础同时吸纳了哥白尼体系的一些因素的理论体系，这一体系最初出现于罗格蒙特斯的《丹麦天文学》（*Astronomia Danica*）中，该理论吸收了地球绕轴周日运动这一哥白尼体系中的要素。据H. Bernard考察，在北京耶稣会图书馆中有许多《丹麦天文学》的手稿。另根据江晓原考证，《丹麦天文学》是《崇祯历书》主要参考书之一。

③（明）徐光启等：《新法算书》，纪昀主编：《影印文渊阁四库全书》第788卷，台湾商务印书馆1983年版，第634页。

> 古曰土、木、火星恒居太阳之外，今曰火星有时在太阳之内。……古图中心为诸天及地球之心，第一小圈内函容地球，水附焉，次气，次火，是为四元。行月圈以上，各有本名。各星本天中又有不同心圈，有小轮。因论天为实体，不相通而相切。新图则地球居中，其心为日、月、恒星三天之心。又日为心作两小圈为金星、水星两天，又一大圈，稍截太阳本天之圈，为火星天。其外又作两大圈，为木星之天、土星之天。此图圈数与古图天数等，第论五星行度，其法不一。①

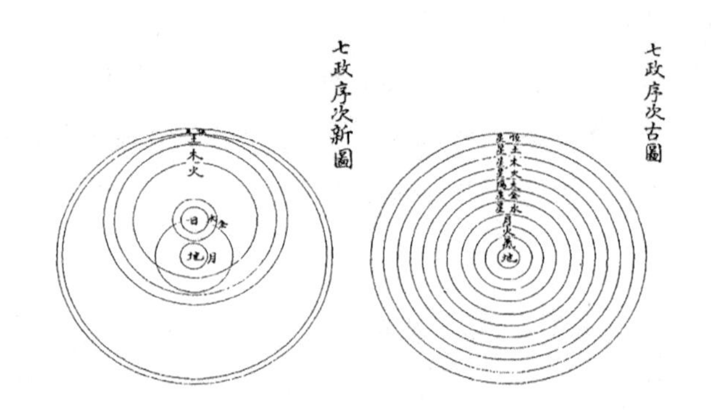


**图 2–7　《五纬历指》中第谷体系与亚里士多德体系**

由此可见，第谷体系与亚里士多德—托勒密体系最大的区别在于行星运动的中心到底是地球还是太阳。为了论证诸行星以太阳而不是地球为中心运动，《五纬历指》中引入了望远镜观测到的天象。

> 试测金星，于西将伏，东初见时，用远镜窥之，必见其体、其光皆如新月之象，或西或东，光恒向日。又于西初见，东将伏时，如前法窥之，则见其光体全圆。若于其留际观之，见其体又非全圆，而有光有魄。盖因金星不旋地球，如月体乃得齐见其光之盈缩，故曰金星以太阳为心。②

---

① （明）徐光启等：《新法算书》，纪昀主编：《影印文渊阁四库全书》第 788 卷，台湾商务印书馆 1983 年版，第 633—634 页。

② （明）徐光启等：《新法算书》，纪昀主编：《影印文渊阁四库全书》第 788 卷，台湾商务印书馆 1983 年版，第 703 页。

其中有一些比较关键的论证，首先由远镜观测到了金星位相的变化，即或东或西，但总朝向太阳，由此可证明两点：1. 太阳是金星运动的中心；2. 金星的光来源于日光。下面以月相的变化来支持以上的说法。前面的那些论述可能来自某些西方的著作,[①] 但很可能已被当时的传教士和历官们亲自验证。而最后一句："不析其理，虽千百世不能透其根也"则反映了对远镜、通过远镜观测到的天象以及第谷学说的充分肯定。

根据现代天文学知识我们知道，金星属于内行星，其轨道半径小于地球绕日之径，所以在地球上的人们在望远镜的帮助之下可以窥见金星相位的变化，水星也是内行星，但由于其视直径过小，当时的望远镜还不能观测到其位相的变化：

> 用远镜见金星如月，有晦朔弦望，必有时在太阳之上，有时在下。又火星独对冲太阳时，其体大，其视差较太阳为大，则此时卑于太阳。水星、木星、土星不能以正论定其高卑，但以迟行、疾行聊可证之。[②]

关于内行星，根据第谷体系，应还可观察到掩日的现象，这一点在《五纬历指》卷一中也有相关论述：

> 问金、水二星既在日下，何不能食日？曰太阳之光大于金水之光甚远，其在日体不过一点，是岂目力所及，如用远镜如法映照，乃得见之。[③]

由以上的论述，我们可以看出，当时用于论证行星高卑顺序的途径有三：一、用远镜观之是否有位相的变化；二、运行疾驰差异；三、视差大小。关于这个问题，《物理小识》有详细的论述：

---

① 江晓原：《第谷天文工作在中国的传播及影响》，《天文西学东渐集》，上海书店 2001 年版，第 269—297 页。

② （明）徐光启等：《新法算书》，纪昀主编：《影印文渊阁四库全书》第 788 卷，台湾商务印书馆 1983 年版，第 634 页。

③ （明）徐光启等：《新法算书》，纪昀主编：《影印文渊阁四库全书》第 788 卷，台湾商务印书馆 1983 年版，第 635 页。

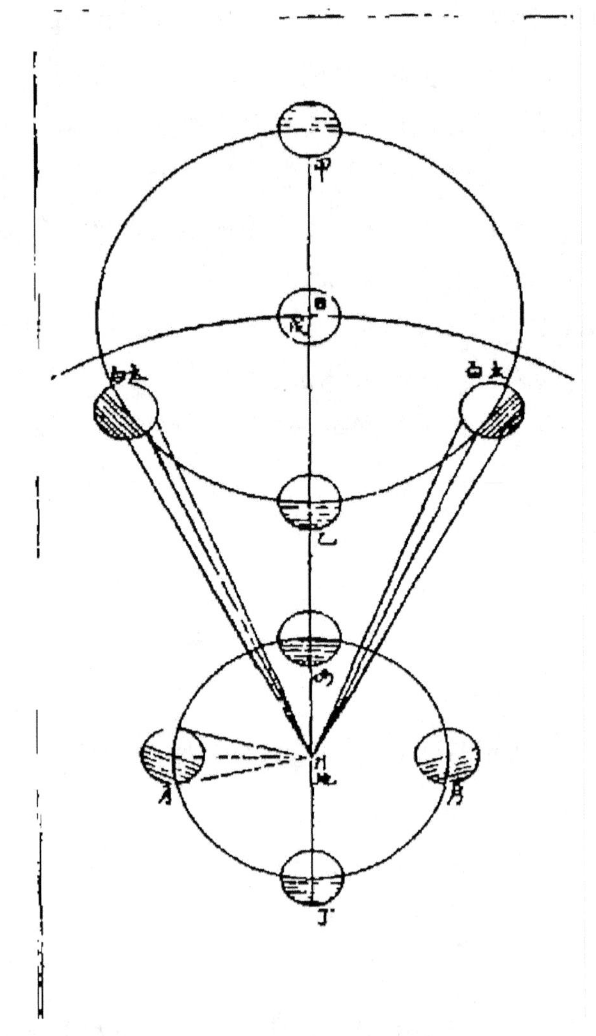


图 2-8　《五纬历指》中金星位相变化图

月地近地能掩日，五星六曜有时掩恒星，远者迟，近者速也。旧说金、水在日天下、日天上，皆无确据，若以相掩证之，则大光中无复可见。论其行度，三曜运旋，终古若一。两术皆穷，因知皆臆说也。西国近以望远镜测太白，则有时晦，有时光满，有时为上下弦。计太白附日而行，远时，仅得象限之半，与月异理。因悟，时在日上，故光满而体微。时在日下，则晦。在旁，故为上下弦也。

辰星体小，去日更近，难见其晦明，而其运行不异太白度，亦与之同理。愚者曰，此非附日为轮耶。问荧惑、岁填去日远近。曰荧惑在岁填内、在日外，盖为其行黄道速于二星，迟于日也。木星在火外，以其行黄道速于土、迟于火。填星在木外，其行黄道最迟也。恒星无视差、七政皆有视差，且以此断。①

这表明《物理小识》已接受了第谷的宇宙论体系②，并通过三种方式来论证行星运行次序。该书初稿成于1631年，作序于1643年，1664年由其子方中通分编成书。因此，第谷体系在传入之时确实受到当时一些中士的关注，而通过望远镜所观天象往往作为该体系成立的论证证据。

关于其他行星也绕日旋转，《五纬历指》卷九有如下论述：

月以光以魄知其光非本体之光，乃所借于太阳之光，金星亦然。盖以远镜窥之，见其体亦如月，有光有魄故也。他星觉无所倚然，以相似之理论之，亦可谓其光非自光，乃如月与金星并借光于太阳者也③

这里说的他星应该是指其他四行星，此结论应为由远镜观测之天象生发出来的推论。

后来，《璇玑遗述》曾用望远镜观测到的天象论证天球的质地问题：

谓天体层各坚实者，非谓天不实而浮者，亦非盖有刚、有柔，坚者，惟在中庭耳。任上昇曰，非坚硬之坚，惟气疾故坚。

古今天数层，层各坚实，相包而不相通。近有远镜见火、日、金、水，相割相遇，交互上下，左右不定。木旁四星亦然，乃知天不实而浮。其实六曜皆有小轮，钩已作顺逆之字，圆形久已在，人

① （清）方以智：《物理小识》，见戴念祖主编：《中国科学技术典籍通汇・物理卷》卷一，河南教育出版社1995年版，第323—491页。

② 由此文本我们可以确定方以智确信金、水二星以日为中心运动，另外从其论述土、木、火三星去日远近来看，他也认为此三星以日为心运动。这点与揭暄不同，见下文。

③ （明）徐光启等：《新法算书》，纪昀主编：《影印文渊阁四库全书》第788卷，台湾商务印书馆1983年版，第759页。

心目特不悟耳。[1]

相似的论断在第谷的著作中也曾出现，用以论证天球并非坚硬不可穿越。早在1577年，第谷就曾观测到彗星，并提出彗星的轨道应在月天之上，而不应在其下，故提出液体天球理论。他后来所提出的地心—日心理论实际上就是在此基础之上发展而来的。[2]

关于太阳统摄诸行星，揭暄论述道：

> 近西氏从远镜中见金星有时晦、有时望，有时为上下弦，始悟其或在日上，或在日下，虽已自绎其各天之说，非然，犹不知为日所摄也。[3]

揭暄试图把传统天文学与西学结合起来，以建立一套新的天体运行理论。在当时的情况下，他彻底地否定了固体天球的存在，建立了自己的元气漩涡式的宇宙模型。[4] 在此模型中，日、月以及金、水二内行星的排列模式与第谷模型相同，而通过望远镜观察到的天象记录则作为其论说的证据。[5]

当时，一些传教士如汤若望、罗雅谷、邓玉函以及徐光启等都相信第谷体系，试图通过望远镜观测到的天象支持该体系。但并不是所有的传教士都认可第谷体系，比如傅汎际（Franciscus Furtado，1587—1653）就支持托勒密体系，他对通过望远镜观测到的天象持怀疑态度：

> 二十年前天文学家，已明日月星之体象，及诸星之数矣。近年制有望远妙器，用以测天，窥见日中斑点，其状时小时大。又见木

---

① （清）揭暄：《璇玑遗述》，见薄树人主编：《中国科学技术典籍通汇·天文卷》卷六，河南教育出版社1998年版，第283—396页。

② Rosen E., The Dissolution of the Solid Spheres, *Journal for the History of Idea*, 1985, 46 (1). pp. 13-31.

③ （清）揭暄：《璇玑遗述》，见薄树人主编：《中国科学技术典籍通汇·天文卷》卷六，河南教育出版社1998年版，第283—396页。

④ 石云里：《璇玑遗述提要》，《中国科学技术典籍通汇·天文卷》卷六，河南教育出版社1998年版，第275页。

⑤ 揭暄的模型与第谷不完全相同，第谷模型中土、木、火三星也围绕太阳运动。而在揭暄的模型中，金、水二内行星为日所摄，绕日运转。而外行星受天气掣轮所摄，绕地运动。同时也为日轮所摄，导致其视运动非常复杂。

星之旁，更有四星，或东或西，或上或下。此四星之相距，与各所距木星，其度不一。今之星家缘是而推，以为天体不实而浮，当属有坏。虽然，予惟从不坏之说而已。一则，二千年至今，性天两学通义。一则，物之定理，自超目识，盖人目距天甚远，目力所试有限，终未必无差也。①

由以上的论述可以看出，傅汎际并没有完全承认望远镜所观测到的天象，对新学说更是不予接受。当时也有一些中国学者赞同傅汎际的观点，熊明遇就是其中之一。在《格致草》中，熊明遇先引述了一段《测天约书》中的有关金、水二星绕日运动的论述，进而指出：

金、水体小，若在日上，难复可见。与日同天，则月天至日空位太多。远镜照物，只能映小为大，映远为近，而非物之真体。金星之晦望，乞是洞观，何不以视差诸法证其高下。辰星未见晦望，更属悬度，且于九重之数不合。②

所以，那些接受第谷体系的天文学家往往用望远镜观测到的天象来支持该体系，而那些固守亚里士多德—托勒密体系的人则往往对那些天象和望远镜持怀疑态度。

乾嘉时期学者阮元（1764—1849）曾对望远镜交口称赞，说“（其）能令人见目不能见之物，其为用甚博，而以之测量七曜为尤密，作此器于视学深矣。……是宿天诸星用镜验算相距及度之偏正，于修术法尤为切要。”③ 他于嘉庆二十五年（1820）在广州任官时作的《望远镜中望月歌》反映了望远镜对士人的天、地、宇宙观念的影响。

天球地球同一圆，风刚气紧成盘旋。

阴冰阳水割向背，惟仗日轮相近天。

---

① （明）傅汎际、李之藻：《寰有诠》，见薄树人主编：《中国科学技术典籍通汇·天文卷》卷八，河南教育出版社1998年版，第525页。

② （明）熊明遇：《格致草》，见薄树人主编：《中国科学技术典籍通汇·天文卷》卷六，河南教育出版社1998年版，第70页。

③ （清）阮元：《畴人传》，商务印书馆1955年版，第559—560页。

别有一球名曰月，影借日光作盈阙。
广寒玉兔尽空谈，搔首问天此何物？
吾思此为地球耳，暗者为山明者水。
舟楫应行大海中，人民也在千山里。
昼夜当分十五日，我见月食彼日食。
若从月里望地球，也成明月金波色。
邹衍善谈且勿空，吾有五尺窥天筒。
能见月光深浅白，能见日光不射红。
见月不似寻常小，平处如波高处岛。
许多泡影生魄边，大珠小珠光皎皎。
月中人性当清灵，也看恒星同五星。
也有畴人好子弟，抽镜窥吾明月形。
相窥彼此不相见，同是团栾光一片。
彼中镜子若更精，吴刚竟可窥吾面。
吾与吴刚隔两洲，海波尽处谁能舟。
羲和敲日照双月，分出大小玻璃球。
吾从四十万里外，多加明月三分秋。①

诗中谈到天球、地球、日、月、五星甚至恒星等天象通过望远镜的观测发生了变化，阮元对此深信不疑，由此可见望远镜对当时士人宇宙观的影响。

因此，明清之际望远镜的传入深刻地改变了中国天文学家对日月五星、恒星甚至整个宇宙的认识。另外，我们发现当时这些知识的传入主要是通过翻译西方著作的方式来实现的，但该过程并不是完全照搬，而是有选择地吸收。一方面，一些西方的论述并没有引入，另一方面当时中国天文学家也曾就望远镜观测到的天象提出一些关于天体物理宇宙论的新问题，甚至以此为根据论证自己的体系和学说。在太阳系行星宇宙论方面，望远镜主要被用于支持第谷学说而拒斥亚里士多德—托勒密体系。

① （清）阮元著、邓经元点校：《研经室四集》，中华书局 1993 年版，第 971—972 页。

## 第四节　望远镜在清初钦天监中的作用

顺治十六年（1659）南怀仁来华，并于次年经由汤若望的推荐到钦天监工作，于1669年奉命制造六件天文仪器，其中没有望远镜。他所制造的天文仪器属于第谷式古典仪器。应该说，欧洲古典仪器的最后代表人物在欧洲和中国各有一位，在欧洲是赫维留斯（Johannes Hevelius，1611—1687），在中国则是南怀仁。他们都模仿了第谷的设计。……前者坚信望远镜对于位置观测的帮助不大，后者没有制造望远镜。[①] 南怀仁为什么没有制造望远镜，席泽宗先生认为：主要原因就是“在球面像差（sperical aberration）和色差（chromatic aberration）问题没有解决以前，在天体位置测量方面，望远镜尚不是先进的工具”。[②] 而这次制造的仪器主要用于观测。另外，“在南怀仁离开后的一段时间里，欧洲天文学和天文仪器技术又有了显著进步。虽然他可能从那些后来到中国的欧洲人那里和通信中得到一点新的科技信息，但他显然很少了解1657年以后的欧洲技术，他的论著也没有提及望远镜准仪、测微计、摆钟等。钦天监有了汤若望时期留下的望远镜，南怀仁就没有必要再为日食和月食观测而添造望远镜了。”[③] 那么在此期间，望远镜在欧洲天文学中的发展如何呢？在1667—1669年期间，欧洲天文学家将望远镜装载到天文仪器上，完成了望远镜从观察工具向观测工具的转换。这是天文观测方面的一次革命性飞跃。[④] 在1670年前后，望远镜刚刚被装载于其他观测仪器上，精度还不太高，但是随着色相差问题的解决，观测精度有了一个很大的飞跃。据考察，1660年观测的方位角的精度达到了1分，而1700年达到了15秒，1725年则

---

① 张柏春：《南怀仁所造天文仪器的技术及其历史地位》，《自然科学史研究》1999年第4期，第337—352页。

② 席泽宗：《古新星新表与科学史探索》，陕西师范大学出版社2002年版，第615页。

③ 张柏春：《南怀仁所造天文仪器的技术及其历史地位》，《自然科学史研究》1999年第4期，第337—352页。

④ John W. Olmsted, The “Application” of Telescopes to Astronomical Instruments, I 667－1669 A Study in Historical Method, *Isis*, 1949, 40 (3), pp. 213-225.

达到了8秒。[①] 这就使得光行差、月球章动等问题的探查成为可能，而这些问题的解决恰是天文学进一步发展的必要条件。

雍正元年（1723）采取了将西方传教士驱赶出中国内地的政策，中国进入了闭关锁国时期，一直到鸦片战争失败（1842），门户才被强行打开。这一时期绝大部分时间里，虽然有些传教士依然作为一种特例留在中国的钦天监中，虽然他们也曾继续介绍西方天文学的工作，但这都非常的有限。其间虽有较为先进的望远镜引入中国，但这些大多作为玩物或用于观赏，很少用于天文观测，后来钦天监所用仪器基本上是南怀仁所在时期制造仪器，未将望远镜用于方位角的测量。

而望远镜于明末引入中国后，确实曾产生很大的轰动，当时官方和民间也曾制造了一些望远镜，那么，中国人为什么没有自主的研制出用于精确天体位置测量的望远镜呢？可从必要性和可能性两个方面来探讨这一问题。首先，天文学的进展不仅是理论的推进，甚至还应有观测手段的提高和相应仪器的改善。它是理论天文学、应用天文学和工匠传统三方面相互交错互动的过程，[②] 理论的发展往往需要更为精确的观测予以论证或作为基础，17世纪的欧洲就是这样。17世纪中国前期天文学也是如此，第谷地心—日心体系需要望远镜观测到的天象予以论证。而第谷体系确立之后，中国理论天文学进入停滞阶段，在精确观测方面的需求远不如欧洲如此强烈，欧洲在此时期内正是牛顿经典力学体系建立初期。

另外，望远镜应用于方位角测量的必要条件就是色相差的解决，而这需要光学理论的完善。十六七世纪，几何光学理论在欧洲已逐步系统化，而关于光的本性到底是波动还是粒子也在激烈的争论中。早期望远镜的发展很大程度上得益于几何光学理论的完善。通过考察我们发现，尽管在17世纪一些光学理论传入中国，但这些理论只是作为附属品传入的，当时根本就没有一本专门系统地介绍光学的书籍被译成中文。在传世的著作中，最早引入光学

① Allan Chapman, The accuracy of angular measuring instruments used in astronomy between 1500 and 1850, *Journal for the History of Astronomy*, 1983, 14 (2), pp. 133-137.

② Allan Chapman, The assurancy of angular measuring instruments used in astronomy between 1500 and 1850, *Journal for the History of Astronomy*, 1983, 14 (2), pp. 133-137.

理论的书籍是汤若望的《远镜说》。[1] 该书的第二部分（缘由）着重介绍了开普勒的光学理论，这些后来对我国的光学研究和望远镜的研制很有启发。但该书文字语焉不详，光路图则全是错的，这些错误对后世造成很坏的影响。[2]《崇祯历书》也介绍了一些光学知识。比如在《测天约书》中，就曾介绍了一些中世纪时期的光学理论。汤若望的《交食历指》中也介绍了某些光学知识，这些知识远比《测天约书》和《远镜说》中的光学知识更为先进，汤若望在该书中定义了暗体、半透明体、透明体、本影、半影等概念，叙述并正确地描画了大气折射对地影的影响，描画了光线从光疏介质进入光密介质、又从光密介质出射光疏介质的折射现象。但是，《交食历指》一书载于《崇祯历书》中，知之者甚少，其影响远不如《远镜说》。入清以后，南怀仁的《新制灵台仪象志》中卷三含有一些光学知识。但仅从两个方面讲述了他人未曾叙述过的知识：一是以两个象限仪测定入射角和折射角的方法，二是列出了一些物质的折射角数值表，但这些大多于中世纪时期就已被欧洲人所发现。从汤若望《远镜说》到南怀仁的《新制灵台仪象志》将近 50 年的时间，欧洲在此时期内几何光学理论在开普勒、笛卡尔、牛顿等人的努力下得以充分地完善。这就为望远镜的发展提供了必要的条件。

总之，西方天文学革命是通过抛弃传统宇宙论而实现的，望远镜在此过程中起了关键作用。尽管中国天文学没有发生如欧洲那样的新天文学革命，但望远镜在当时天文历法改革的中西法斗争中对欧洲天文学最终被接受起了重要作用。在历法争斗中，望远镜曾作为“要器”观测交食，使得观测精度和公开性大大提升，确立了西法在交食预测方面的优越地位。另外，通过其观测到的天象，中国天文学家改变了对日月、五星、恒星甚至整个宇宙的认识，这为第谷体系在理论层面上被接受提供了经验支持。但是，清初钦天监中并没有引入或自主研制适用于天体位置观测的新式望远镜，望远镜几乎没有影响到明清之际数理天文学的发展。

---

① 桥本敬造：《伽利略望远镜及开普勒光学天文学对〈崇祯历书〉的贡献》，徐英范译，《科学史译丛》1987 年第 29 期，第 1—9 页。

② 王锦光：《中国光学史》，湖南教育出版社 1986 年版，第 146 页。

# 第三章 明清之际圭表测影的西化

## 第一节 历史上的圭表测影

中国古代有悠久的圭表测影传统，最初主要用于确定地中，测算回归年长度和二十四节气。确定"地中"有非常重要的政治意义，实际上，"中国"称谓的形成就与"地中"这个概念有关。从传说中的三皇五帝时期开始，历经夏、商、周，前后至少三千多年，在黄河流域和长江流域的广袤土地上，经历了部族纷争、部族联盟、建立国家的演变过程。为了成为四方部族的首领及便于统治管理，强势部族遂谋求建都立国，将都城建立在不太偏远的地方。按此逻辑，"地中"当然是这些强势部族的必争之地。《吕氏春秋·慎势》说："古之王者，择天下之中而立国，择国之中而立宫，择宫之中而立庙。"这里所说的"天下之中"便是"地中"的意思。[1]

那么，如何确定地中呢？很显然，就当时技术来说，通过大地测量来确定地中是不现实的。圭表测影提供了一个简便可行的方法。土圭原本是一种长度量器，至迟到周代时，国家就已设立专门掌管土圭官员之职，称为土方氏。《周礼·夏官·司马》中有"土方氏掌土圭之法，以致日景"的说法。土圭之法的操作非常简单，大体流程是：在平台中央竖立一杆，测量其日影长度。由于一天中正午时日影最短，就把这个长度定义为该天的日影。中国

---

① 史宁中：《宅兹中国：周人确定"地中"的地理和文化依据》，《历史研究》2012年第6期，第4—15页。

有悠久的立杆测影传统。根据考古发掘，在陶寺遗址中期城址的王墓 IIM22 中出土一根漆杆，黎耕等对该漆杆进行复原，得出这就是当时测影所用的圭尺。山西襄汾陶寺城址中期大城年代为公元前 2100—前 2000 年。而当时的人们就已经发现，夏至时日影最短，冬至时日影最长。①

古代中国，圭表测影一个重要的应用，是确定所谓的“地中”。《周礼·地官·大司徒》：

> 以土圭之法测土深，正日景，以求地中。日南则景短多暑，日北则景长多寒，日东则景夕多风，日西则景朝多阴。日至之景尺有五寸，谓之地中：天地之所合也，四时之所交也，风雨之所会也，阴阳之所和也。然则百物阜安，乃建王国焉，制其畿方千里耳封树之。②

文中确定地中的土圭长度为一尺五寸，具体方法是：夏至正午，立八尺长的杆子，称之为表，如果表的影长恰好与土圭吻合，那么这个地方就称地中。中国古人测定的地中究竟在哪儿呢？《隋书·天文志》历来被视为经典之作，该书从天文角度追述道：“昔者周公测影于阳城，以参考历纪。……先儒皆云：夏至立八尺表于阳城，其影与土圭等。”唐代贾公彦、东汉郑玄、郑众等注疏《周礼》，均以为阳城即为周公所定的地中。阳城为地中的观念，尤其是在历代天文、律历等志上得到了充分体现。明代登封县志记载是在阳城：

> 周公之心何心也！恒言洛当天地之中，周公以土圭测之，非中之正也。去洛之东南百里而远，古阳城之地，周公考验之，正地之中处。③

实际上，理论上符合“日至之景，尺有五寸，谓之地中”这句话的地点有无穷多处。也正因此，也有人认为地中是在“洛邑”。洛邑说在古籍中可以找

① 黎耕、孙小淳：《陶寺 IIM22 漆杆与圭表测影》，《中国科技史杂志》2010 年第 4 期，第 363—372 页。

② 郑玄注、贾公彦疏：《十三经注疏·周礼注疏》，北京大学出版社 1999 年版，第 250—253 页。

③ （明嘉靖八年）登封县志。

到记载，例如《论衡·难岁篇》："儒者论天下九州，以为东西南北，尽地广长，九州之内五千里。竟三河土中，周公卜宅，《经》曰：'王来绍上帝，自服于土中。雒，则土之中也。'"雒，即洛，周代以后称洛邑，位置在今洛阳市。土中，即地中。这是说，从周公时代起，洛邑已经被认为是地中了。《周髀》卷上说：《周礼·大司徒职》曰："夏至之影，尺有五寸。"马融以为洛阳，郑玄以为阳城。[①] 导致上述矛盾的根本原因在于中国古人所持的宇宙观与实际不符。

"地中"观念大概源于中国古代对宇宙的朴素认识，即所谓的"天圆地方"说，而这一说法很可能源于"盖天说"。这里的问题是，究竟何以夏至影长一尺五寸作为日中之地呢？郑玄关于《周礼·地官·大司徒》那段话的解释是：

> 景尺有五寸者，南戴日下万五千里，地与星辰四游升降于三万里之中，是以半之得地之中也。畿方千里，取象于日一寸为正。[②]

大多学者的研究兴趣集中在文中"地与星辰四游"的含义，或者"景一寸地千里"的说法是否正确等。史宁中认为这句话的本义是：在夏至正午，在最南端8尺"表"的日影长为0尺；在最北端8尺"表"的日影长为3尺；1.5居0和3之中。因此，从南北方位确认日影长1.5尺的地方为"地中"是合理的，即文中所说"是以半之得地之中也"。[③] 实际上，直到明代，地中概念仍在发挥作用。而圭表测影也被认为是确定地中的标准方法。

圭表测影在历法上也有重要应用。"推步晷景，乃治历之要也。"[④] 从后汉《四分历》开始，二十四节气影长就是历法的重要部分。唐以前完整的二十四节气晷影数据，现在能见到的文献有《周髀》、《易纬》、东汉《四分历》、北魏《景初历》、刘宋《元嘉历》、梁《大明历》。《周髀》和《易纬》

---

① 关增建：《中国天文学史上的地中概念》，《自然科学史研究》2000年第3期，第251—263页。

② 郑玄注、贾公彦疏：《十三经注疏·周礼注疏》，北京大学出版社1999年版，第253页。

③ 史宁中：《宅兹中国：周人确定"地中"的地理和文化依据》，《历史研究》2012年第6期，第4—15页。

④（清）张廷玉等：《明史·志第七》，中华书局1974年版，第524页。

各节气影长成线性排列，纪志刚先生认为根据盖天说模型推演而得。[①] 而《四分历》《景初历》《元嘉历》《大明历》等数据，李鉴澄先生认为《四分历》出自实测，景初沿用之，《元嘉历》和《大明历》做了一定程度的修正。[②]

唐初李淳风在《隋书·天文志》中指出《周髀》晷影算法的问题，说“是为天体正平，无高卑之异，而南北均行，又无升降之疏”。他认为，“欲求至当，皆以天体高下远近修规以定差数。自霜降毕于立春，升降差少。自雨水毕于寒露，南北差多，升降差少。以此推之，乃得其实。”[③] 经多年实测，李淳风制定了一张新的二十四节气八尺影长表，附在《麟德历》中。进而，他还提出一个推求每日日中影长的方法，乃是刘焯二次差之算法的具体应用，共分五个层次，详见纪志刚先生的文章《麟德历晷影计算方法研究》。[④]

唐代中期的一行是中国历算史中颇具影响的历算家，组织编写的《大衍历》成为日后历算家治历的圭臬。《大衍历》中有一份日影计算表，用于推算太阳的天顶距从 0 到 81 古度时每一度上 8 尺圭表的影长。一行的晷影表，相当于函数值扩大了 8 倍的正切函数表，不少学者认为这是世界上最早的同类函数表。曲安京先生认为这一晷影表的构造方法，同现代的正切函数表还是有一定差距的，因而称其为“晷影差分表”。结合朝鲜《高丽史》中的相关史料，曲先生重构了《大衍历》中的这张差分表。从中发现，一行创制的晷影差分表在后世颇具影响，在一定程度上，取代了历算家对影长的观测，成为历法推算日影的理论依据。其后的《宣明历》二十四节气晷影数据是计算出来的，与实际观测的关系不大。[⑤] 不但如此，一行还构建了一套九服算

---

① 纪志刚：《麟德历晷影计算方法研究》第 13 卷，《自然科学史研究》，1994 年第 4 期，第 316—325 页。

② 李鉴澄：《论后汉四分历的晷景、太阳去极和昼夜漏刻三种记录》，《天文学报》1962 年第 1 期，第 46—52 页。

③ 钱宝琮校点：《周髀算经》，《算经十书》，中华书局 1963 年版，第 67 页。

④ 纪志刚：《麟德历晷影计算方法研究》第 13 卷，《自然科学史研究》，1994 年第 4 期，第 316—325 页。

⑤ 曲安京：《〈大衍历〉晷影差分表的重构》，《自然科学史研究》，1997 年第 3 期，第 233—244 页。

法，计算全国不同地区某日正午时刻晷影长度。一行的九服算法仅需九服之地冬夏二至午中影长的测量数据，依据晷影差分表查得对应地冬夏二至正午时刻太阳的天顶距，进而推算出各节气正午时刻太阳天顶距，最终得出每日晷影长度。

一行的九服算法对后世历法影响颇大。王朴编写的《钦天历》中的九服算法吸收了一行大地子午线测量的结果，考虑了地理纬度，并给出了一个明确的正切函数，可谓是中国古代数理天文学史上出现的第一例正切函数。① 边冈的《崇玄历》在《大衍历》后颇具影响，其中的九服晷影公式以岳台为基点，以九服之地冬、夏二至午中晷影长度入算，用立方相减相乘算法构造了九服之地的计算公式。此后的历法大多沿用了《崇玄历》的方法。可见，唐宋时期，中国古代历法在计算上达到了一个新的高度。

但仅仅构造精密的算法还是不够的，另外一个重要的工作，是测定基本的常数，而在诸常数中，冬至点的测定尤其重要。为了测算冬至时刻和回归年长度等天文常数，郭守敬等人自 1277 年底到 1279 年底在北京用四十尺高的表和景符等一起进行了大量的晷影测量工作。《元史·历志》记载了其中 98 次晷影实测数值和部分推算冬至时刻的方法。陈美东先生曾复原郭守敬等人推求冬至时刻的计算方法，对其测量结果进行了精度分析，发现郭守敬等人影长测量值和理论值的平均偏离在±1 到±4 毫米之间，冬至时刻的测算精度大约为 0.01 毫米。这一精度达到了前所未有的水平，陈先生认为主要有以下三方面的原因：第一，由于表高由原先的八尺增加了五倍，又有景符的发明，使得测影的精度有了较大的提高；第二，他们采用了多组测影结果（取用至日前后相对称的数日到一百数十日不等的影长值），并采用“取数多者为定”的原则，以推求至日时刻的方法，使至日时刻推算的精度得以提高；第三，他们使相应的计算公式得到完善，以适应各种不同组合日影的情况。②

至明末，圭表测影依然十分重要，邢云路曾于万历三十五年在兰州建立高达 6 丈的圭表，通过实测正午晷影长度确定来年的冬至时刻，推算回归年

① 袁敏、曲安京、王辉：《中国古代历法中的九服晷影算法》，《自然科学史研究》，2001 年第 1 期，第 44—52 页。

② 陈美东：《郭守敬等人晷影测量结果的分析》，《天文学报》1982 年第 3 期，第 299—305 页。

长度。据考察，邢云路在兰州测影之前就已经得知这一回归年长度值，立表只是作表面文章以争得皇帝及其他官员的认可，这一事实反映出当时圭表测影的重要地位。[①] “步晷影术”还是历算中的重要项目。历算家朱载堉曾作《圣寿万年历》一书，试图以其法参与明末改历，书中专门讨论了“求每日随地中晷数”的方法。[②] 但据考察，清初所颁行的历法中没有了“步晷影术”，圭表测影主要是作为测量地理纬度、黄赤大距、考验历法等辅助手段。不但圭表的功能有所变化，其形制、算法、算理、制度等均有改变。可以说，正是西方天文学的传入致使圭表测算日影发生了如此变化。

欧洲也有晷影观测的传统，测影活动一般是在教堂或天文台进行。日影观测在欧洲之所以重要，教会之所以重视，是因为复活节的确定和计算，都需借助日影观测。[③] 另外，在欧洲，圭表测影主要被用作划定地域。在《至大论》中，托勒密专门用一节讨论了圭表测算日影。[④] 根据天球模型，通过三角函数即可由冬、夏至以及春秋分之影长求出当地的地理纬度以及黄赤交角。算式如下：

春（秋）分：$AC=60p\cdot\tan\varphi$

夏至：$AB=60p\cdot\tan(\angle ODA-\varepsilon)$

冬至：$AD=60p\cdot\tan(\angle ODA+\varepsilon)$[⑥]

但是，托勒密认为，以此测算出来的数据并不准确，原因是很难测出真正的冬夏至以及春秋分时的影长。托勒密主要用此法来讨论地球划分区域的问题。[⑦]

明清之际，西方圭表测算日影理论译介来华，在改历过程中，这些理论

---

① 石云里、王淼：《邢云路测算回归年长度问题之研究》，《自然科学史研究》，2003年第2期，第128—144页。

② （清）张廷玉等：《明史·志第七》，中华书局1974年版，第523—524页。

③ Heilbron J. L. *The Sun in the Church*：*Cathedrals as Solar Observatories*，Cambridge，Mass：Harvard University Press，1999.

④ Potlemy，*Almagest*，Translated and Annotated by G. J. Toomer，Duckworth，1984，pp. 80-82.

⑤ Otlemy，*Almagest*，Translated and Annotated by G. J. Toomer，Duckworth，1984，p. 81.

⑥ 式中，φ是地理纬度，ε是黄赤大距。参考自Olaf Pedersen，*A survey of the Almagest*，Odense University Press，1974，p. 106。

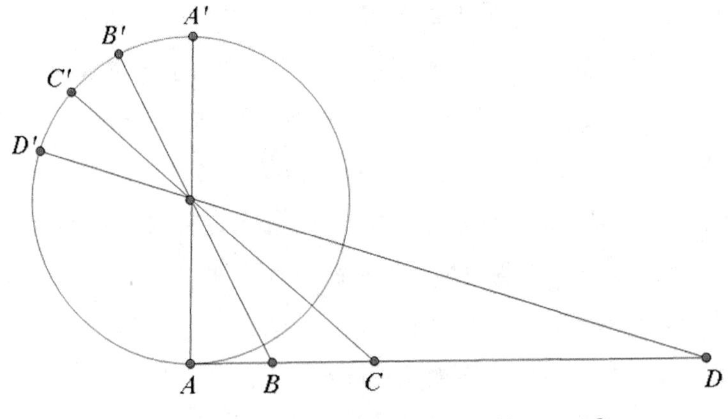


**图 3-1 《至大论》中所载日影计算原理图①**

在不同方面得以应用。最终，圭表测算日影实现了西化的转变。这不是一蹴而就的，而是经历了一个过程，与整个改历的进程息息相关。按照改历进程划分，整个过程大体可分为四个阶段。首先是 1600 年到 1616 年，在此期间，传教士确立了传教路线，希冀通过改历实现其传教的目的。为此，他们翻译了一系列天文学著作，有不少涉及西方圭表测影理论。这些著作在介绍圭表测算等操作的同时，还着重讨论了作为这些操作之基础的哲学理论，甚至夹带了一些神学知识。后来，发生了南京教案，以西法改历的进程被迫告停。直到崇祯二年（1629），改历发生转机。以徐光启、李天经为首的新法派士人召请一些传教士翻译西法，试图以西法改历。此时期所译西方天文学书籍着重应用，很少涉及哲学理论，基本没有夹带神学知识。期间，徐光启、李天经等曾运用西法测算日影，这些操作中保留了中法的形制。1644 年到 1669 年为第三阶段，明王朝覆灭，满人入主中原，传教士汤若望积极顺应这一变局，使西法得以正统化。西法的正统化招致了保守势力的强烈反弹，致使中西法之争日趋激烈，至康熙八年（1669）这场争论才告一段落，西法得到稳固的合法地位。中西历争中，双方曾以计算日影评判中西法之优劣。西法取胜后，传教士更以圭表测影为据，以“人定之法合于天”为由主张采用定气以及西化的计时制度。后来，为平息中西历争，康熙大力倡导“西学中源”

① Olaf Pedersen, *A survey of the Almagest*, Odense University Press, 1974, p. 106.

说，而梅文鼎等历算家在技术方面对此说进行了完善，西方测算日影的理论被表述为中国传统方法的继承。

## 第二节　明末西方圭表测影原理的译介

如上所述，明代历法自明初确立后，一直没有改进。钦天监的官员基本上都是根据一些现成的立成表来推算天象，不太关注历理的探究，这就导致明末历法严重失准。有些不满历法失准的士人，曾建议朝廷改历，无奈这些建议由于缺乏精通历算的人才而未能付诸施行。[①] 而当时正值传教士来华传教屡受挫折，他们最终找到一个通过改历获得认可并实现传教的策略。据《明史》记载，1610 年 11 月曾发生一次日食，历官们“推算多谬”，而庞迪我、熊三拔的推算符合。正是基于此，徐光启曾上疏建议西洋人庞迪我、熊三拔等同译西洋法，以备邢云路等参订。[②] 第二年，担任五官正的周子愚向朝廷建议，让庞迪我、熊三拔等翻译他们带来的西洋历法书籍，以备采用，而礼部侍郎翁正春等则建议，仿照回回历科的办法，请熊三拔等人进行天文测验工作。万历四十一年（1613）李之藻曾奏请翻译西洋历法等书，书中列举了西法的十四项优点。[③]

正是因此，在利马窦之后传教士与中国士人合作了一系列介绍西方天算的书籍，其中包括熊三拔与徐光启合作的《简平仪说》、熊三拔所作的《表度说》以及阳玛诺的《天问略》，这些书籍均与西方圭表测算日影有关。《简平仪说》主要介绍简平仪这一仪器，简平仪本身就是圭表测影工具，但书中有说无图，对其理论介绍非常简略。《表度说》则详细地介绍了西方圭表测算日影的算法和算理。《天问略》主要介绍了与圭表测影理论相关的宇宙论，

---

① Willard Peterson, Calendar Reform Prior to the Arrival of Missionaries at the Ming Court, *Ming Studies*, 1986, (21), pp. 43-61.

② 王萍：《西方历算学之输入》，《“中央研究院”近代史研究所专刊（17）》，中国台湾“中央研究院”近代史研究所 1970 年版，第 20 页。

③ （明）李之藻：《请译西洋历法等书疏》，《皇明经世文编》，见《续修四库全书》第 1655—1662 册，上海古籍出版社 1995 年版，第 5321—5323 页。

其中包括亚里士多德哲学理论，还包括一些神学知识。此书与《表度说》联系极为紧密，如其序所言："（《天问略》）与熊三拔所著《表度说》次第相承，深浅相系，盖互为表里之书。"① 石云里曾对牛津本《天问略》进行考察，发现书首的第四篇序文中有这样一句文字"继刻有表度说、简平仪说几何天文诸书"，说明《简平仪说》（1611）、《表度说》（1614）以及后来的《天问略》（1616）应该是一个系列，系统地介绍西方的几何与天文理论。"这段文字好像是该书的广告，告诉大家，此书刊刻之后还会继续出版其他有关西学的著作。"② 这系列书籍的刊行反映了传教士希望通过译介西方圭表测算日影理论和方法参与改历的意向。

那么，为什么这些传教士天文学家要着重译介西方圭表测算日影理论和仪器呢？我们认为有如下两个原因，首先圭表测影在中国传统天文学中占有重要地位。对此，时任钦天监监副的周子愚在《表度说·序》论道：

> 盖齐七政者，必依太阳方位而齐焉。准历数者，必依太阳本动而准焉。定节气者必依太阳躔度而定焉。而太阳方位、本动躔度俱以表景度分得其真确，则表度之法信，治历明时之指南也。③

另外，西方圭表测算日影理论和算法优于中法。同样，在周子愚的《表度说·序》中也有相关论述：

> 元太史郭守敬制造仪象、圭表，以测验而定节气、成历法，为得其要。然最精而简者，尤莫若任意立表取景。西国之法为尽善矣。……圭表我中国本监虽有之，然无其书，理未穷，用未着也。④

周子愚所论可谓点中要害，从形制、功能、理论等方面比较了中西圭表测日影的差异。其中谈到的"精而简者"指的是圭表的形制；"任意立表取景"

① 徐宗泽：《明清间耶稣会士译著提要》，中华书局1949年版，第277页。

② 许洁、石云里：《庞迪我、孙元化〈日晷图法〉初探》，《自然科学史研究》，2006年第2期，第149—158页。

③ （明）周子愚：《表度说序》，见吴相湘主编：《天学初函》第五册，台湾学生书局1986年版，第2535页。

④ （明）周子愚：《表度说序》，见吴相湘主编：《天学初函》第五册，台湾学生书局1986年版，第2533—2535页。

以及“用未着”（中法）讲的是圭表测影的应用和功能；“无其书，理未穷”讲的是理论方面。其实，两者还在规制方面存在着差异。下面，我们就以《表度说》为基础来对比一下中西方圭表测算日影的差异。

从形制方面看，《表度说》中介绍了两种表景：“立表平面上，与地平为直角，其所得景，直景也；……其一，倒景者，横表之景也。”① 中国古代历算家一般采用直表，即立表于地平。另外，中国传统天文学中一般将表长定为八尺，② 这主要是出于计算的考虑，因为中国早期数学对直角三角形三边关系只认识到勾三、股四、弦五这一种特殊情况。《表度说》中介绍的测日影所用的圭表是任意长度等分十二份，然后以此为基础计量影长，这里用的是相对长度，这一取法更具有函数的特征。

在规制方面，《表度说》所载与中国传统天文学有很大差异。首先是周天度数。传统历算中，总周天度数为365.25度。实际上，中国古代一直没有形成角度的概念，365.25度是长度，而不是角度。③ 但《表度说》中采用的角度，即周天度数是360度。尽管这一差异看似微小，且两个度数之间可以相互转换，但这是一种根本性的差异，导致了当时的一些中算家很难直接使用此书中所载正切函数表。④ 差异不仅存在于周天度数方面，《表度说》中所载的日晷时制与刻度也是不同的。中国传统天文学有两种时制，十二时制和百刻制，它们分属两个体系，两种时制各有特点，都没有被对方完全替代，具体使用时，古人用百刻制来补充十二时制，用十二时制来提携百刻制。⑤《表

① （明）熊三拔：《表度说》，见吴相湘主编：《天学初函》第五册，台湾学生书局1986年版，第2561页。

② 后来郭守敬在测定至日时刻时曾将表长增大为四丈，但四海测验用的还是八尺高表。明万历三十五年（1607）九月到十月之间邢云路在兰州曾建立一座高六丈的圭表，试图通过实测日中晷影长度确定万历三十六年岁前冬至时刻，并以此为基础推算回归年长度。参考自石云里、王淼：《邢云路测算回归年长度问题之研究》，《自然科学史研究》，2003年第2期，第128—144页。

③ 关增建：《传统365分度不是角度》，《自然辩证法通讯》，1989年第52期，第77—80页。

④ 祝平一：《三角函数表与明末的中西历法之争——科学的物质文化试探》，《大陆杂志》第96卷1999年第6期，第233—258页。

⑤ 关增建：《传教士对中国计量的影响》增刊，《自然科学史研究》，2003年中国近现代科学技术发展综合研究专辑，第33—36页。

度说》中则以太阳行“三度四十五分”为一刻，行“三十度”得一时，[①] 因此一天就分为九十六刻，十二时。实际上，当时西方国家的时制行用的时制不是九十六刻制，而是时、分、秒制，刻并不是基本单位。传教士使用九十六刻制是为了兼顾中国传统。中国传统的两个时制存在的一个很大的问题就是如何将两者通约，因为100不是12的整数倍，九十六刻制就可以很好地解决这一问题。在这些表面差异背后还有一个更为隐蔽的差异，就是进制问题，中国传统时制采用十进制，而《表度说》中用的是六十进制，采用这种进制就是可以直接用太阳行度来计算时间。

另外，《表度说》给出了不同地方二十四节气日影长度计算方法，其中关于节气的规定与中国传统古历不同。中国古历用的是恒气，即把岁周平分为二十四等分，每一节气平均得15日多。而西方天文学中没有严格意义上的二十四节气概念，只有春、秋分和冬、夏至四个节气，这些节气是依据太阳所处位置来确定的。《表度说》中沿袭了西方传统天文学的做法，为迎合中国天文学传统，将以上四节气细分为二十四节气，规定太阳每行十五度为一节气，这就是所谓的定气。因为太阳在黄道上移动快慢不同，冬至前后太阳移动快，夏至前后则移动慢。所以用恒气就会导致所定节气与太阳实行不符，比如春秋分时昼夜不平分。隋刘焯已知恒气不合理，曾创推定气法，可惜没有实行。唐李淳风沿袭了这一方法，而后来的一行则将此法发展为用恒气注历，以定气推算交食。之所以要以恒气注历，是这样计算节气比较简单，可以利用歌括计算。《表度说》中关于日影的计算采用的是定气法，因为太阳的影长是由其实际所在的黄道位置决定的，只有用定气才能利用正切函数计算。但是用定气就会导致各节气日数不等，甚至不同年同一节气日数不等的问题。据考察，当时所有的西方天文学译著中提及的二十四节气都是按定气规定的。后来，随西法正统化，定气被官方历法采用，还引起了极大的争议。[②] 另外，《表度说》中所载二十四节气以春分为首，而中国传统天文学一

---

① 熊三拔：《表度说》，见吴相湘主编：《天学初函》第五册，台湾学生书局1986年版，第2540页。

② 祝平一：《三角函数表与明末的中西历法之争——科学的物质文化试探》，《大陆杂志》，1999年第6期，第233—258页。

般将冬至设定为二十四节气之首。

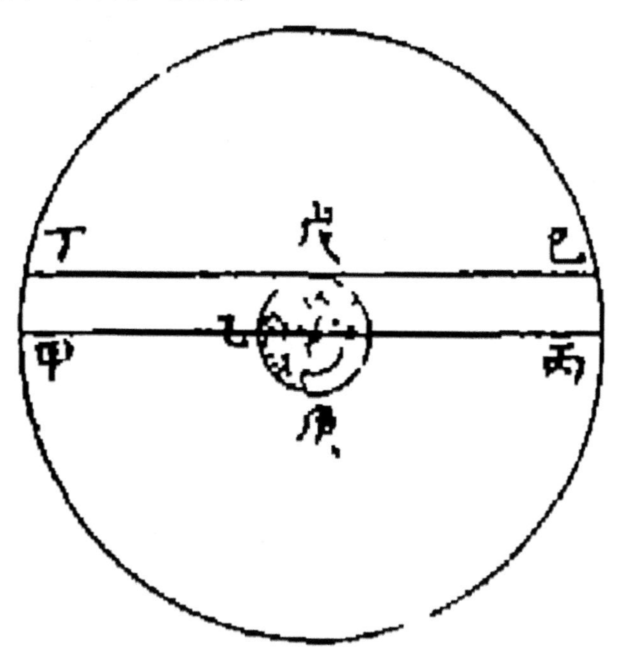


**图 3-2　《表度说》中论证“地球小于日轮”示意图**

《表度说》大体是按照演绎顺序来介绍圭表测算日影的理论与操作的。即首先给出一个基本的宇宙论图景，由此图景推演出一套测算方法，加上一些具体的立成表，进而就可得出一系列具体操作方法。其中的宇宙论图景是算法的必要条件，两者是紧密结合在一起的。《表度说》中的宇宙论属于典型的两球结构模型。此模型中：地球位于天球之中（《表度说》中第二题）；天球极大，而地球极小（第三题）；太阳每日绕地球匀速（平行）运动（第一题）；地球为圆体（第四题）。这是典型的亚里士多德宇宙论，据考察，在1616年前传入的宇宙论大体属于亚里士多德宇宙论。① 由此模型可知，在地面测量日影时，表端在地心（第五题）。这些正是后面讨论测算日影的基础，也就是当时历算家们所谓的“所以然之理”。当时，李之藻、徐光启等官员已认识到西法的这一优势，多次提及“西人论历，不但能言其度数，且能道

① N. Sivin, Copernicus in China, *Science in Ancient China*, Aldershot, Hampshire, Variorum, 1995.

出其所以然之理。"①

《表度说》中的计算模式是几何化的，概念的关系是通过特殊的宇宙论模型和几何原理推演出来的。其中介绍的推算影长方法大体可分两步：首先求出此时此地太阳的地平高度，然后查正切函数表求得影长。而地平高度由所测地的地理纬度、当时太阳的视赤纬两个因素决定。书中给出了几个表，首先是一个从0度到90度的正切函数表，② 然后是一个北极出地数表（相当于地理纬度)，③ 还有一个"每节气本所及离赤道度分图"（二十四节气太阳的视赤纬)。④ 那么，如何求地平高度呢？按照《表度说》所述，⑤ 关键是求出赤道的地平高度，然后再加或减太阳的视赤纬即可得出太阳的地平高度。而赤道的地平高度与所测地的北极出地高度成互余关系。

即：地平高度=90-北极出地高度±太阳视赤纬

由图3-3可知，式中加、减取决于所处节气，春分到秋分为加，秋分到春分为减。然后由正切函数表查出地平高度的余切值就可求出影长。由此可见，《表度说》中的计算是以明确的几何模型为基础的，而这一模型恰恰是其理论部分所述宇宙论模型的形象化表示，或者说前面提及的宇宙论五题恰恰是后面算法以及具体操作的基础。

另外，当时有关圭表测影理论的译著中将一些基本问题的讨论归结于神学问题。如论证地球何以成圆体时，《表度说》论道："解曰：造物主之初造物也，必定物之本像焉。地之本像，圆体也。世有云，天圆地方，动静之义，方圆之理耳。今先论东西，后论南北，合证地圆之旨。"⑥ 这反映了西方天文

① 王萍：《西方历算学之输入》，《"中央研究院"近代史研究所专刊（17）》，中国台湾"中央研究院"近代史研究所1970年版，第25页。

② （明）熊三拔：《表度说》，见吴相湘主编：《天学初函》第五册，台湾学生书局1986年版，第2568—2582页。

③ （明）熊三拔：《表度说》，见吴相湘主编：《天学初函》第五册，台湾学生书局1986年版，第2598—2599页。

④ （明）熊三拔：《表度说》，见吴相湘主编：《天学初函》第五册，台湾学生书局1986年版，第2595—2598页。

⑤ （明）熊三拔：《表度说》，见吴相湘主编：《天学初函》第五册，台湾学生书局1986年版，第2601—3602页。

⑥ （明）熊三拔：《表度说》，见吴相湘主编：《天学初函》第五册，台湾学生书局1986年版，第2544页。

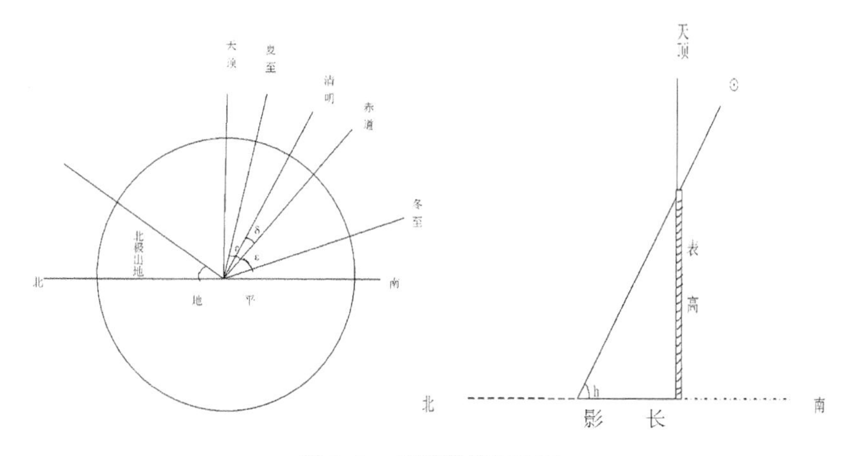


**图 3-3　日影计算原理图**

学的一个基本特点。即以后验之事实为据论证先验之观念。在西方天文学家看来，先验之观念是天文学的基础，以此可推演出一系列可供应用的算法，而观测数据仅为论证先验观念的证据。另外，《天问略》中还以此论证了天球问题。[①]

中国古代历算家主要运用代数的插值算法来计算日影，最初在西汉《三统历》中关于二十四节气日中影长的计算使用的是一次内插法；后来，为计算任意日的日中影长，唐初的李淳风构建了一套二次内插算法。后来的一行曾组织大规模的测量，在此基础上构建了一套九服晷影算法用以计算除帝都外各地区二十四节气的影长。[②] 此方法记录在《大衍历》中。计算过程大体分两步，首先计算太阳的天顶距，就是所谓的“戴日北度数”，然后再由此数值代入到晷影差分式中，求晷影长度，两步是穿插进行的，都是通过代数手段来完成的。由术文可知，[③] 求九服之地戴日度数的步骤大致如下：首先测定九服之地冬至或夏至影长，由此影长查晷影差分表得出此地的戴日度数(天顶距)。然后将此数加或减消息定数推算出此地二十四节气初日的戴日度

① （明）阳玛诺：《天问略》，《丛书集成初编》第 1305 册，中华书局 1983 年版，第 3 页。

② 袁敏、曲安京、王辉：《中国古代历法中的九服晷影算法》，《自然科学史研究》，2001 年第 1 期，第 44—52 页。

③ （明）欧阳修：《新唐书・历志四上》，《历代天文律历等志汇编（七）》，中华书局 1976 年版，第 2241 页。

数。其中，消息定数是计算中的关键。[①] 求得“戴日度数”后，查晷影差分表即可得到相应的影长。据考察，一行在构建此表时也主要应用了传统代数差分方法。[②]

另外一个区别在宇宙论与计算的关系方面。上面已经提到，《表度说》中的日影计算与宇宙论是紧密联系在一起的，宇宙论是计算的基础，计算方法是由宇宙论模型推演出来的。而中国自汉代始，就有盖天说与浑天说。相比较之下，测算日影与盖天说联系更为紧密，与其相关的“勾股量天度日”术一直是盖天说的优势，后来浑天家们曾将这一法术纳入浑天说中。与测算日影相关的一个基本预设就是“日影千里差一寸”，在南北相距一千里的两个地方 8 尺表影长相差一寸。这一说法曾为当时历算家深信不疑，用以计算或讨论不同地方日影长度问题，三国时期的王蕃还曾用此说计算天地之数。[③] 但是，此说法经不住实测的考验，南北朝时期的何承天以及隋初的刘焯都曾基于实际测量否定此说。至唐初，历算家们已普遍怀疑“日影千里差一寸”的说法。但是，南北相隔千里的两个表影到底相差多少，没有一个确定的答案。后来，一行曾进行全国范围内的天文大地观测，得到了大量观测资料，这些资料中有许多与盖天说和浑天说相矛盾，由此他提出盖天说与浑天说都有问题。[④] 最终，一行坚守其纯粹历算家的角色，提出宇宙论的讨论根本无助于解释这么多新发现的现象，将宇宙论讨论排除在历算之外。而一行在唐历算史上的权威，使得他对宇宙论的批评影响到唐以后历算家关于宇宙论的态度。自一行以后，中国的历算家很少讨论宇宙论问题。[⑤]

可见，《表度说》中介绍的西方圭表测算日影理论在圭表形制、规制、功

---

① 袁敏、曲安京、王辉：《中国古代历法中的九服晷影算法》，《自然科学史研究》，2001 年第 1 期，第 44—52 页。

② 刘金沂、赵澄秋：《唐代一行编成世界上最早的正切函数表》，《自然科学史研究》，1986 年第 4 期，第 298—309 页。

③ 三国时期历算家王蕃著有《浑天象说》一书，曾利用此说计算天地之径。见（唐）房玄龄：《晋书 · 天文志》，《历代天文律历等志汇编（一）》，中华书局 1978 年版，第 172 页。

④ （明）欧阳修：《新唐书 · 天文志一》，《历代天文律历等志汇编（三）》，中华书局 1976 年版，第 718 页。

⑤ 傅大为：《论《周髀》研究传统的历史发展与转折》，《清华学报》1988 年第 1 期，第 1—41 页。

能、计算、与宇宙论的关系等方面与中国传统圭表测影不同。简而言之，西方圭表测影具有简便、功能强以及理论性强等特点，可谓“理已穷，用已着”。但是，当时仅停留在介绍理论阶段，这些理论、算法并没有真正得到实际运用。正是后来发生的南京教案影响了改历的进程，也使传教士们认识到需要调整知识传教策略，即将哲学和神学理论知识与天文学知识区分开来。

## 第三节　崇祯改历中的圭表测影

崇祯二年（1629）出现了转机。当年五月发生了一次日食，传统历法再次失准，徐光启等按照西法的推算得以应验，再次证明了西法优于中法。于是礼部奏开局修历，乃以徐光启督修历法，是年11月6日成立历局，开始翻译西法，以徐光启、李天经为首的西局历官们在后来的时间里主要做了两件事，一是编译《崇祯历书》，翻译了大量西方天文学著作；二是为西法争取合法地位。崇祯七年，继徐光启之后主持历局工作的李天经向皇帝进献徐光启生前所规划的最后一批历书，译历工作已经完成，在此后明朝统治的近十年时间里，以李天经为首的西局官员们一直在努力为西法谋求合法地位。

在此阶段，西方圭表测算日影理论得到实际应用。在改历过程中，以徐光启为首的新法派的宗旨是“会通中西”，即所谓的“镕彼方之材质，入大统之型模”[①]，他们的目标只是改历，能为新法谋得一个如回历那样得到参用的地位或许是一个近期目标。因此，当时的中西法之争远不如后来清初时那样激烈。尽管有部分钦天监官员的反对，有以布衣魏文魁为首的东局分庭抗争，但争斗局面相对比较平和。当时西局得到许多官员的支持，钦天监还曾专门派官生去西局跟随汤若望修习西法[②]，而魏文魁也曾向徐光启借用三角函数表[③]。

① （明）徐光启：《徐光启集》，王重民编，上海古籍出版社1984年版，第374页。

② 石云里：《崇祯改历过程中的中西之争》，《传统文化与现代化》1996年第3期，第62—70页。

③ 祝平一：《三角函数表与明末的中西历法之争——科学的物质文化试探》，《大陆杂志》，1999年第6期，第233—258页。

在改历过程中，圭表主要是正气朔的工具。改历之初，徐光启曾上疏，陈说“历法修正十事”，第二条就是关于正气朔的，“议岁实小余，昔多今少，渐次改易，及日景长短岁岁不同之因，以定冬至，以正气朔。”[①] 由上文可知，《表度说》专门讨论了不同地方二十四节气日影测算方法，其中节气采用的是定气，即根据太阳实际位置确定节气。徐光启在改历之初就曾长时间观测日影，将观测结果记入《测景簿》中。我们现在已无法找到《测景簿》这一文献，但李天经后来的奏疏中有提及：

> 又如本年八月秋分，大统算在八月三十日未正一刻，而新法算在闰八月初二日未初一刻一十分，相距约差二日。臣于闰八月初二日，同监局官生用仪器测得太阳午正高五十度零六分，尚差一分入交，推变时刻应在未初一刻一十分，与新法吻合。随取辅臣徐光启从前《测景簿》查对，数年俱如一日，然此非臆说也。[②]

可见，徐光启的《测景簿》曾作为重要的参考资料。当时，传教士天文学家大力宣扬定气的优越性，试图用定气注历代替中国传统的恒气注历。而圭表测影就成了论证定气合理性的关键证据。实际上，由于每年太阳运动的不均匀性，按恒气注历而算得的日影长度肯定存在较大的偏差，也许这正是郭守敬等没有将晷影部分纳入“授时历”的主要原因。但明末一些历算家如朱载堉等还是对“推步晷影”情有独钟，认为没有收录此术是“授时历”的缺憾，而他们的历法中补上了这一缺失。但是，误差较大的问题依然没有得到解决。唯一的解决办法就是采用定气注历，按此规则推步出的节气晷影值的误差应远小于传统方法。对此，李天经曾有论述。

> 帝以测验月食，新法为近，但十五日雨水，而天经以十三日为雨水，令再奏明。天经覆言：论节气有二法，一为平节气，一为定节气。平节气者以一岁之实二十四平分之每得一十五日有奇，为一节气。故从岁前冬至起算，必越六十日八十七刻有奇为雨水，旧法

① （明）徐光启：《徐光启集》，王重民编，上海古籍出版社 1984 年版，第 334 页。

② （明）徐光启等：《新法算书》，纪昀主编：《影印文渊阁四库全书》第 788 卷，台湾商务印书馆 1983 年版，第 47—48 页。

所推十五日子正二刻者，此也。定节气者以三百六十为周天度，而亦以二十四平分之每得一十五度为一节气。从岁前冬至起算，历五十九日二刻有奇，而太阳行满六十度为雨水。新法所推十三日卯初二刻八分者，此也。太阳之行有盈、有缩，非用法加减之，必不合天，安得平分岁实为节气乎？以春分证之，其理更明。分者黄赤相交之点，太阳行至此乃昼夜平分，旧法于二月十四日下注昼五十刻夜五十刻是也。夫十四日昼夜已平分，则新法推十四日春分者为合天，而旧法推十六日者后天二日矣。①

关于节气的差异不只体现在定、恒气的规定方面，还体现在以哪一节气为首方面。中国传统天文学将冬至作为节气之首，通过测定冬至时刻来确定岁首，计算岁实大小。而西方传统则将春分作为节气之首，以此测算回归年长度。这一点，之前的唐顺之（1507—1560）、周述学（约 1500—约 1572）在《皇朝大统万年二历通议》中就曾论及："冬夏二至，乃阴阳之始。春秋二分，乃阴阳之交。中历之元，首于冬至，本阳之始也；西历之元，首于春分，据交之初也。"② 这里所说的西历是指回历，回历是后来传入西洋天文学的衍流。另外，中西方天文学都有以日影长度变化确定节气、计算回归年的传统。相比之下，以此法确定冬至时刻的误差远大于确定春分时刻的误差。因为太阳在冬至点附近视赤纬变化率远小于春分点附近。

由于冬至或春分时刻不一定在午正时刻，所以圭表测影不能直接确定这些时刻，还必须经过计算。在测算冬至或春分时刻方面，中西方天文学也是不同的。在中国古代天文学史上，祖冲之（429—500）最先给出了具有较为严格数学意义的冬至时刻测算方法。即通过测算二至前后对称二日影长来求得二至时刻，其方法建立在"二至前后影长变化是对称的，且一日内影长变化是均匀的"这样的假设条件之上。③ 元代郭守敬只是在测量精度上有所增

① （清）张廷玉：《明史・卷三十一・志第七》，《历代天文律历等志丛编（十）》，中华书局 1976 年版，第 3551—3552 页。

② （明）周述学、唐顺之：《皇朝大统万年二历通议》，马明达、陈静辑注：《中国回回历法辑丛》，甘肃民族出版社 1996 年版，第 743 页。

③ 王荣彬：《关于中国古代至日时刻测算法及其精度研究》，《清华学报》，1995 年第 4 期，第 309—323 页。

进，算法并没有改变。郭守敬所用方法为：

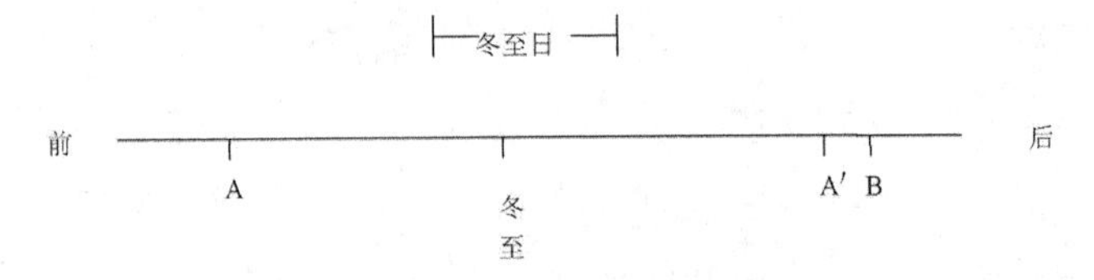


**图 3-4　《授时历》中测算冬至点时刻原理图**

设 A、B 为冬至日前后对称的两日，同时 A、B 分别代表该日午中时刻，a、b 表示相应午中影长。由于冬至时刻一般不正好在午中，所以通常若 A 关于冬至时刻的对称点是 A'，对应时刻影长 a' =a。求出 A' 就可得出冬至时刻。关键是求得 A'、B 的时间，《授时历》称之为“过影齐之时刻”。而根据一日影长变化均匀这一假设，就可求此时刻。设 d 为“一日所行之影分”——相邻两日的影长之差 $T_{A'B}$。$t_{A'B}=\frac{b-a}{d}\times 100$ 刻，于是冬至时刻 $t_w=A+\frac{t_{AB}+t_{A'B}}{2}+50$ 刻。①

在改历过程中，李天经曾用圭表测算春分时刻。相关记载如下：

> 天经于春分届期，每午赴台测午正太阳高度。二月十四日，高五十度八分。十五日，高五十度三十三分。天经乃言：京师北极出地三十九度五十五分，则赤道应高五十度五分，春分日太阳正当赤道上，其午高度与赤道高度等，遇此则太阳高度必渐多……盖原推春分在卯正二刻五分弱，是时每日纬行二十四分弱，时差二十一刻五分，则纬行应加五分强。至十五日，并地半径较赤道高度已多三十分，况十六日乎？是春分日当在十四，不当在十六也。秋分亦然。②

① 主要参考王荣彬：《关于中国古代至日时刻测算法及其精度研究》，《清华学报》新 25 卷，1995 年第 4 期，第 309—323 页。

② （明）张廷玉：《明史・卷三十一・志第七》，《历代天文律历等志汇编（十）》，中华书局 1976 年版，第 3552 页。

在此，李天经只是对比了新旧法，指出旧法之谬，并没有具体计算春分时刻值。即使这样，我们大致可以看出用西方圭表测算日影的计算方法和步骤。

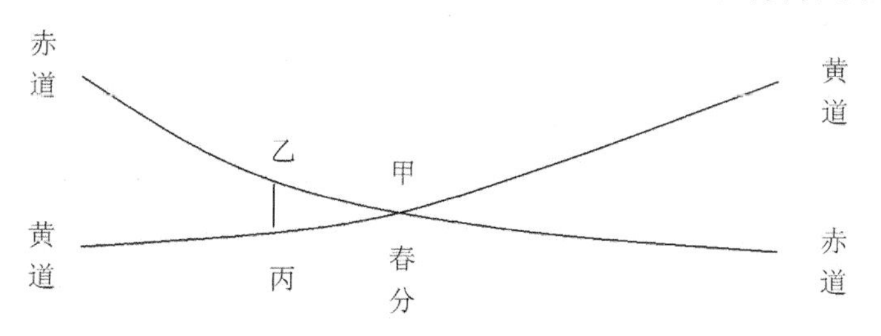


**图 3-5　《历象考成》所载测算冬至时刻原理图**

李天经采用的是西方测算方法：即首先确定观测地的北极出地高度，当时李天经所在地为三十九度五十五分，进而算出春分点午正时的地平高度，李天经算出的高度是五十度五分。然后，于春分前后立表观测日影长度，计算观测时对应太阳高度，并由此值推断观测时是在春分前还是后。进一步由此高度算出太阳视赤纬，也就是图 3-5 中的乙丙弧度。由于乙甲丙角为已知的黄赤大距角，而丙乙甲为直角，由球面三角形边角关系就可求出甲丙。

$$\sin \text{甲丙} = \frac{\sin \text{乙丙}}{\sin\varepsilon}$$

其中 ε 为黄赤大距，《新法算书》取第谷所测为二十三度三十一分三十秒。再反查正弦函数表就可求得甲丙，即当时太阳的黄经值，然后由太阳在黄道上平行速度，就可求出甲乙间所行时间，进而推出甲的时刻。当然，在计算过程中还要考虑地球半径差以及蒙气差。通过对比可以发现，两方法在测量上并没有什么差别，都是在春分或冬至点前后立表测影，所不同的是计算。中法基于两个完全理想化的假设，此假设并没有实体相对应。而西法则基于某一特定的几何模型，此模型则是宇宙论的具体反映。另外，西法用到了较为复杂的三角函数以及函数表，中法只是简单的加减乘除。康熙朝时，曾于畅春园内开设历局，集历算之士修历。当时众人于园内进行了大量观测，日影观测就是一项。据《历象考成》记载，历官们曾用以上所提方法测定康熙五十四年、五十五年春分时刻，并由此推算回归年长度。[①]

节气的确定是中西方天文学的一个主要差别。西方采用定气，通过太阳所行天度确定节气；而中国采用恒气注历，通过确定日数确定节气。由于影长直接由太阳位置决定，所以采用定气会使节气影长的计算方便很多，而若用恒气则非常复杂。另外，由于节气是中国传统历算的一个基本项目，其他项目与此有很大联系，采用定气会使许多项目的计算简化，李天经坚持以定气注历。为表明定气之优越，他还做了一个节气图呈献给崇祯帝。

> 又出节气图曰：内规分三百六十五度四分度之一者，日度也。外规分三百六十度者，天度也。自冬至起算，越九十一日三十一刻六分，而始历春分者，日为之限也，乃在天则已逾二度余矣。又越二百七十三日九十三刻一十九分而即交秋分者，亦日为之限也。乃在天不及二度余，岂非旧法春分每后天二日，秋分先天二日耶？[②]

另外，圭表测算日影曾被用作推测地理纬度。改历之初，徐光启在“历法修正十事”中就提出：“依唐元法，随地测验二极出入地度数，地轮经纬，以定昼夜晨昏永短，以正交食有无、多寡、先后之数。”[③] 这里所谓的唐元法，主要是指由圭表测影推求北极出地高度的方法。唐代的一行已发现日影长度与所测地北极出地高度之间的关系，还曾利用此关系计算北极出地高度。具体是：先测出某地夏至晷影 s 与冬至晷影 w，通过晷影差分表算出各自的天顶距 $\theta_s$ 和 $\theta_w$，然后按 $\theta=(\theta_w+\theta_s)/2$，就是当地的地理纬度。[④] 用此数减 90 度，就是北极出地度数。元代郭守敬曾组织四海测验，《元史·天文志》中载有 27 个地方的北极出地度数，其中前七个位置给出了夏至晷影长度以及昼夜刻分等数据。元代《授时历》并没有记载郭守敬是否曾用二至晷影求地理纬度，但继承了《授时历》的《大统历》却有相关的论述，在其中的勾股测

---

① （清）允禄、允祉等：《御制律历渊源》，《故宫珍本丛刊·天文算法》第 389 册，海南出版社 2000 年版，第 85—87 页。

② （明）张廷玉：《明史·卷三十一·志第七》，《历代天文律历等志汇编（十）》，中华书局 1976 年版，第 3552—3553 页。

③ （明）徐光启：《徐光启集》，王重民编，上海古籍出版社 1984 年版，第 334 页。

④ 曲安京：《正切函数表在唐代子午线测量中的应用》，《汉学研究》1998 年第 1 期，第 91—109 页。

望部分，专门讨论了于北京立四丈高表测量冬、夏至影长问题，其中就给出了求北京北极出地高度的算法，

> 以二至日度相并得一百度七十三分，折半得五十度三十六分半，为北京赤道出地度，转减周天四之一余四十度九十四分九十三秒七十五微，为北京北极出地度。①

与唐一行的做法不同的是，《大统历》中由影长求地平高度采用的方法是弧矢割圆术。

《明史・天文志》中有“极度晷影”一节，专门讨论日影长度与北极出地高度问题。其中论道：

> 极度晷影常相因。知北极出地之高，即可知各节气午正之影。测得各节气午正之影，亦可知北极之高。然其术非易易也。圭表之法，表短则分秒难明，表长则影虚而淡。郭守敬所以立四丈之表，用影符以取之也。……西洋之法又有进焉。谓地半径居日天半径千余分之一，则地面所测太阳之高必少于地心之实高，于是有地半径差之加。近地有清蒙气能升卑为高，则晷影所推太阳之高或多于天上之实高，于是又有清蒙差之减，是二差者。皆近地多，而渐高渐减，以至于无，地半径差至天顶而无，清蒙差至四十五度而无也。
>
> 崇祯初，西洋人测得京省北极出地度分：北京四十度，……以十二度六十分之表测京师各节气午正日影：夏至三度三十分，芒种、小暑三度四十二分，……冬至二十四度四分。②

文中所载“崇祯初，西洋人测得京师出地度分”与徐光启上奏“历法修正十事”时间相近，相互呼应。由此可见，明末改历时历算家曾用圭表测影来确定北极出地高度，并测量京师二十四节气影长。所测均为古历已载的传统项目，但测算方法却大不相同。其中圭表长度采用的是十二等分的方法，所得

---

①（明）张廷玉：《明史・卷三十一・志第七》，《历代天文律历等志汇编（十）》，中华书局1976年版，第3558页。

②（明）张廷玉：《明史・卷三十一・志第七》，《历代天文律历等志汇编（十）》，中华书局1976年版，第1266—1267页。

影长结果自然也是以度分为单位。

正是在“镕彼方之材质，入大统之型模”这一宗旨主导下，新法派充分运用了西方圭表测影的算法以及算理，但都是在中国传统天文学框架下进行的。当时主要用的表还是八尺或四丈立表，测量了京师二十四节气影长、春分时刻以及回归年长度、一些地区的北极出地高度。可以说，“会通中西”这一宗旨在圭表测算问题上得到了体现。但有一个问题根本无法会通，即到底是采用定气还是恒气注历。采用定气是用西法算日影的一个基本前提，如果采用恒气，此算法将失去意义。当时，徐、李等人已意识到这一问题，李天经用很大的篇幅述说定气的优越性，而西方圭表测影恰作为其论证的根据。随着政治局势的剧变，西法得以正统化，圭表测影的运用又发生了变化。

## 第四节 圭表测影与清初的中西历争

满清政权入主中原之后，急需一部天文历法确立其皇权的合法地位。汤若望积极顺应了政局的这一变化，及时将改编好的《西洋新法历书》进献给新朝廷，后来得到钦天监控制权。汤若望掌管钦天监后，将天文历法进行了一场西化的转变，大肆排挤监中旧臣。这一系列举措引发原钦天监官员以及保守士人的激烈反弹。后来在顺治帝驾崩、康熙登基这一政治局势胚变之际，以杨光先（1597—1669）为首的保守士人发起对传教士天文学家的猛攻，致使发生震惊朝野的“历狱”事件。其结果就是汤若望等奉教传教士下狱，一些奉教汉臣甚至被砍头。后杨光先监理钦天监，曾一度废除西法，将传教士天文学家驱除出钦天监。在此期间，杨光先等曾先用《大统历》推步，后改为《回回历》，但由于杨光先本不善推步，又找不到很好的历算家帮忙，致使推算频频出差。后来，于康熙亲政之际，南怀仁开始为传教士天文学家翻案，以南怀仁为首的支持新法的传教士天文学家与以杨光先为首的拥护传统历法的士人间曾发生一场激烈的争斗。最终，南怀仁获胜，西法得以长期行用。

期间，传教士天文学家与保守士人间曾发生几次激烈的争斗，赌测日影曾作为关键的手段以评判中西的优劣，这给正值幼年的康熙帝留下了深刻印象。[①]

> 训曰：尔等惟知朕算术之精，却不知我学算之故。朕幼时，钦天监汉官与西洋人不睦，互相参劾，几至大辟。杨光先、汤若望于午门外、九卿前当面赌测日影，奈九卿中无一知其法者。朕思己不知，焉能断人之是非，因自愤而学焉。今凡入算之法，累辑成书，条分缕析，后之学此者，视此甚易。谁知朕当日苦心研究之难也。[②]

按康熙的论述，这是在汤若望与杨光先论争时发生的事，[③] 当时双方通过赌测日影来一决高下，但九卿中几乎没有识此法者，故不能断孰是孰非。此事给康熙皇帝留下了深刻的印象，一度激励他学习历算之学。历算之中，康熙尤其对测算日影上心。据《圣祖实录》记载，康熙帝曾通过细测日影发现西法计算的差错。[④]

杨光先接掌钦天监后，推算准确度远不如汤若望在时。康熙亲政后，曾数次申斥钦天监官员推算天象不准。后来康熙帝得知京城还有几位善于历算的耶稣会士，于是派内阁大臣前去询问他们能否指出当时钦天监所用历法的疏漏之处。[⑤] 当时这几位耶稣会士中，南怀仁的天算水平最高，也正背负着教会赋予的接替汤若望的使命。当时南怀仁指出，“历书在推测交食方面有很多错误，最明显的就是令下一年（即康熙八年）为13个月。”[⑥] 后来，内阁大臣将南怀仁所指历法中错误一一向皇帝陈说。第二天，以南怀仁为首的几位传教士奉召进宫，与几位阁老和钦天监官员当面对峙，南怀仁所述的当时历

---

① 据Noel Golvers推测，康熙晚年所忆的耶稣会士与杨光先于午门赌测日影有可能是南怀仁而不是汤若望参加的。见Noel Golvers, *The Astronomia Europaea of Ferdiand Verbies*, S. J. Text, Translation, Notes and Commentaries. Steyler Verlag, Nettetal, 1993, p. 187.

② 康熙：《圣祖仁皇帝庭训格言》，《影印文渊阁四库全书》第717卷，台湾商务印书馆1983年版，第650页。

③ 康熙：《圣祖仁皇帝庭训格言》，《影印文渊阁四库全书》第717卷，台湾商务印书馆1983年版，第650页。

④ 康熙：《圣祖实录（三）》，中华书局1985年版，第456页。

⑤ Noel Golvers, *The Astronomia Europaea of Ferdiand Verbies*, S. J. Text, Translation, Notes and Commentaries. Steyler Verlag, Nettetal, 1993, p. 58.

⑥ Noel Golvers, *The Astronomia Europaea of Ferdiand Verbies*, S. J. Text, Translation, Notes and Commentaries. Steyler Verlag, Nettetal, 1993, p. 58.

法的错误已编辑成册摆在众官员面前。① 当时，以南怀仁为首的几位耶稣会士与杨光先等进行了激烈的争论，以杨光先失败而告终。后来，南怀仁等传教士被康熙帝召见。当时，康熙问南怀仁是否有一种方法使我亲眼就可辨别历法之优劣？南怀仁立即回答道："因为太阳是七政中最容易看到的，所以我想可以通过推算日影来判定历法的优劣。不管陛下用多长的表，在院子中的哪个位置，一天中的哪个时辰，我都可以通过计算算出表影。我的方法是通过计算太阳的视赤纬来计算某天、某时的太阳高度，并进而算出日影长度。"② 南怀仁的话引起康熙帝极大的兴趣，马上就问杨光先和吴明烜能否推算日影，吴明烜也表示同意，且称："这勾股是正法，臣等亦晓得。"

当时曾进行三次日影赌测，分别于康熙七年十一月二十四日、二十五日和二十六日，三次所用表长不一，第一次是尺四寸九分，后又做木表高二尺二寸和八尺五分五厘。康熙七年十一月二十四日，内院大学士李霨以及一些学士和礼部尚书等，带领杨光先、吴明烜以及南怀仁等到观象台，预推日影所止之处，测验合与不合。结果杨光先和吴明烜临阵推诿，称需先见日影已到之处，方知推算以后各时辰的影长。这使康熙皇帝大为恼火，谕旨曰："先问尔等，即能推日影，今又怎说不知！着伊等一并去，将日影测验。"至期，布颜等看得日影正合南怀仁预书之处，但因杨光先认为当时影长实较预测值多九分，吴明烜亦称多六分，故奉旨再测。此后两日进行的测验中，各官都称南怀仁所算影长"合着所画之界"。③ 在几次赌测日影的竞赛中，南怀仁等耶稣会士胜利，赢得了皇帝的信任。据黄一农考察，南怀仁的计算并没有《熙朝定案》中叙述得那样准确，可能有将近一两公分的误差，"当时奉旨测验的官员们，或因本身欠缺专业素养，以致态度并不严谨，且对南怀仁多少

① Noel Golvers, *The Astronomia Europaea of Ferdiand Verbies*, S. J. Text, Translation, Notes and Commentaries. Steyler Verlag, Nettetal, 1993, p. 59.

② Noel Golvers, *The Astronomia Europaea of Ferdiand Verbies*, S. J. Text, Translation, Notes and Commentaries. Steyler Verlag, Nettetal, 1993, p. 60.

③ 黄伯禄：《正教奉褒》，见韩琦、吴旻校注：《熙朝崇正集》，《熙朝定案（外三种）》，中华书局2006年版，第304页。

有所袒护。”[1] 另据南怀仁自述，平时他推算的日影也不很准确，但就是在这几次赌测日影中计算与测量结果非常吻合。他认为是上帝帮了他的忙。[2] 由南怀仁的自述我们可以得知两点信息：一、当时他的推算可能真的与测量结果极其相符；二、南怀仁在之前就练习过“圭表测算”日影。由第二点可知，以“圭表测算日影”来判定历法的优劣不应是南怀仁在康熙面前回答时即兴想出来的答案，而是早有准备。那么，南怀仁为何偏偏要选“圭表测算日影”来判定历法的优劣呢？我们下文再讨论，先来看一看南怀仁是如何推算日影的。

南怀仁并没有谈及他推算日影的具体细节，很有可能他是参考耶稣会士带去的有关的西方天文学书籍。当时两本重要的书籍涉及圭表测算日影的问题，一是托勒密的《至大论》；二是 Regiomontanus 的《致大论概要》(*Epitome of the Almagest*)。[3] 后者是前者的纲要，主要区别在所用三角函数方面，后者已引入正弦函数。南怀仁在测算日影时可能是参考了此书。Luisa Pigatoo 曾就南怀仁给出的测算结果构造出他所用的算法：式中 h 是太阳的地平高度，δ 是太阳视赤纬，在冬至时黄赤交角等于 23°32′，ψ 表地理纬度，北京的地理纬度值为 39°55′。然后：$\frac{\text{影长}}{\text{表长}}=\frac{\sin(90-h)}{\sin h}$。[4] 如果 Luisa Pigatoo 推测正确，可知南怀仁还是根据西方传统宇宙论和三角函数构造晷影算法，并没有引入太阳半径以及蒙气差修正等因素。

十一月二十六日，皇帝又将吴明烜所造的康熙八年《七政历》及《民历》各一本交与南怀仁，命其指出其中的差错。十二月，南怀仁奉旨将查对

---

① 黄一农：《清初天主教与回教天文家间的争斗》，《九州岛学刊（美国）》，1993 年第 3 期，第 47—69 页。

② Noel Golvers, *The Astronomia Europaea of Ferdiand Verbies*, S. J. Text, Translation, Notes and Commentaries. Steyler Verlag, Nettetal, 1993, p. 65.

③ Luisa Pigatoo, Astronomical Observations made by Jesuits in Peking during the Seventeenth and eighteenth centuries, Edited by Wayne Orchiston, *Astronomical instruments and Archives from the Asia-Pacific Region*, Soul: Yonsei University Press, 2004, pp. 55-66.

④ Luisa Pigatoo, Astronomical Observations made by Jesuits in Peking during the Seventeenth and eighteenth centuries, Edited by Wayne Orchiston, *Astronomical instruments and Archives from the Asia-Pacific Region*, Soul: Yonsei University Press, 2004, pp. 55-66.

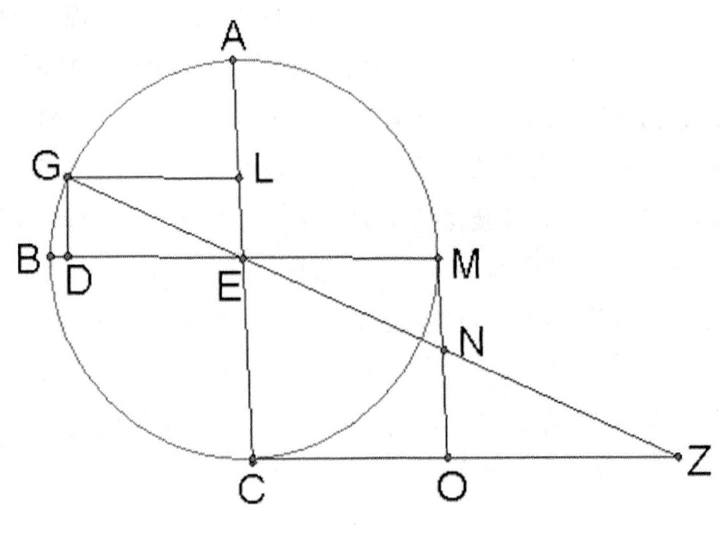


**图 3-6 南怀仁计算日影原理图**

历本的结果上奏，举发其中各项重大错误，称：

> 如本历载有康熙八年闰十二月应是九年正月者，有一年节气或先天或后天一、二日有余者，有一年有两春分、两秋分者，有每月昼夜长短概不于日出、入时刻者。①

南怀仁所列举的错误中大多数属于中法与新法规制方面的差异，不是中法真正的错误。② 如旧历在平气法之中，每月最多有二气，若出现无中气之月，则置闰。但新历用定气法，亦即依日躔盈缩而定节气，以致有可能出现一月三气，或一年有两个无中气之月的情景，故新历规定仅在每年第一个无中气的月份置闰。在吴明烜所推的年历中，依平气推得应闰十二月，但南怀仁依定气法推得应在该月二十九日午初二刻六分，故此他援引传统“无中气即为闰月”之说，主张该月不置闰。可见，南怀仁指责中法之失实际上仅是规定上的不同，而非真的中法失准。清初历算家王锡阐就曾指出此点：

① ［比］南怀仁：《熙朝定案》，见韩琦、吴旻校注：《熙朝崇正集、熙朝定案（外三种）》，中华书局 2006 年版，第 50—51 页。

② 黄一农：《清初天主教与回教天文家间的争斗》，《九州岛学刊（美国）》，1993 年第 3 期，第 47—69 页。

吾谓西理善矣，然以为测侯精详可也，以为深知法意未可也。循其理而求通可也，安其误而不辨不可也。姑举其概二分者，春秋平气之中，二正者，日道南北之中也。大统以平气授人时，以盈缩定日躔，法非谬也。西人既用定气，则分正为一，因讥中历节气差至二日。夫中历岁差数强，盈缩过多，恶得无差。然二日之异，乃分正殊科，非不知日行之朓朒而致误也。①

王锡阐的论述还算中肯。

康熙八年二月初七，杨光先因“职司监正，历日差错不能修理，左袒吴明烜，妄以九十六刻推算乃西洋之法，必不可用”，遭革职，本应从重论罪，但奉旨姑从宽免。② 而吴明烜则幸运地以监副的身份留待钦天监中供事。③

接下来，我们讨论当时南怀仁等传教士天文学家为什么要用测日影来判定中西法之优劣？其中可能有许多原因。比如圭表测影比较方便，可以随时、随地测验。在观象台可测日影，同样午门前也可立表测影。且可选任意晴天测算，其他诸如水星浮现、日月交食等天象都有一定的限制。另外，赌测日影具有更强的操作性。测验前一天就先将结果算好，标注在圭表之上，到时候大家一看便知结果。还有一个更为重要的原因，就是圭表测影与节气规定有关。中西方都有测算日影的传统，但中历采用恒气注历，这就导致其“推步晷影”会有较大的偏差。唯一的解决办法就是采用定气，西法的传入很好地解决了这一问题。用西法计算得到准确的结果恰可证明采取定气更为合理。这就涉及当时杨光先与南怀仁争论的一个核心问题，即到底应该“强天以合人之法，还是将人定之法以合于天为准”，南怀仁曾以这样的问题质问杨光先。以杨光先为首的保守士人坚持“祖宗之法不可变”，而以南怀仁为首的传教士天文学家主张“以人定之法合天”，不合时就要改变，而这种改变并不是皮毛上的改动，而要彻底的变革。此时，南怀仁等传教士天文学家的目

① （清）王锡阐：《晓庵遗书》，见薄树人主编：《中国科学技术典籍通汇·天文卷》卷六，河南教育出版社 1998 年版，第 433—617 页。

② ［比］南怀仁：《熙朝定案》，见韩琦、吴旻校注：《熙朝崇正集、熙朝定案（外三种）》，中华书局 2006 年版，第 55 页。

③ ［比］南怀仁：《熙朝定案》，见韩琦、吴旻校注：《熙朝崇正集、熙朝定案（外三种）》，中华书局 2006 年版，第 58 页。

标已不仅仅是“镕彼方之材质，入大统之型模”，而是以新法完全代替旧法。这就不仅仅是算法、理论上的变化，而是整个规制的转变。

据《熙朝定案》记载，此次历争获胜后，南怀仁领钦天监监副职，开始对原钦天监旧天文仪器、测算规制等进行改革。

> 前蒙皇上命诸王贝勒大臣详经会议，奉旨简用九十六刻之历法。夫此九十六刻之法，原与天上诸道三百六十整度两相符合，计一时八刻，每一刻为三度四十五分而无奇零，则一时八刻符合天上三十整度矣。今一百刻之法即不合天，则三百六十五度之法遂亦因之而不合，而台上一百刻与三百六十五度之仪器俱不适于用矣。兹奉上谕，着怀仁修正详验，或将观象台百刻仪器修正为九十六刻，并三百六十五度仪器修正三百六十度，每度六十分。或请敕该部，庀才鸠工，容怀仁指授，另行制造细致轻巧仪器，更便测验之用，于天行历法俱相符合矣。[①]

此次议论的结果就是“保留原来的古器，另依九十六刻之法制造细致轻巧仪器，以便测验之用，旧表影与九十六刻之法相符，不必另造。”[②] 随着测算规制的改变，圭表测影最终实现西化的转变。此后圭表测影主要是历算中的辅助工具，以测算北极出地高度、[③] 黄赤大距、[④] 太阳视半径等问题。[⑤] 而由于采用定气注历，通过修正后的算法以及现成的立成表可以很容易地计算某日日中影长，[⑥] 步晷影术最终淡出了历算推步。

---

① ［比］南怀仁：《熙朝定案》，见韩琦、吴旻校注：《熙朝崇正集、熙朝定案（外三种）》，中华书局2006年版，第62页。

② ［比］南怀仁：《熙朝定案》，见韩琦、吴旻校注：《熙朝崇正集、熙朝定案（外三种）》，中华书局2006年版，第63页。

③ 为绘制《皇舆全览图》，康熙帝曾组织全国范围内的天文大地测量，其中地理纬度的测定就用到了“太阳观察测定法”。参见冯立升：《中国古代测量学史》，内蒙古大学出版社1995年版，第308页。

④ 《历象考成》中曾介绍用圭表测影测算黄赤大距的方法。见梅・成：《御制历象考成》，《故宫珍本丛刊・天文算法》第389册，海南出版社2000年版，第80—84页。

⑤ 《历象考成》中曾介绍求太阳视半径的方法，其中用到了圭表测日影。见（清）允禄、允祉等：《御制律历渊源》，《故宫珍本丛刊・天文算法》第389册，海南出版社2000年版，第163页。

⑥ 后来主要加入了地半径差以及蒙气差修正。

## 第五节　清代历算学者对“圭表测算日影”的重构

在改历进程中，以徐光启为代表的士人主张“融西方之材质，入大统之型模”，到了明清之交，特别是康熙时代，这种观点逐渐被“西学中源”说所代替。[①] 在此过程中，梅文鼎起了关键作用。作为“国朝第一历算之人”的梅文鼎并没有漏掉会通“圭表测影”的机会。梅文鼎的《揆日纪要》一书中详细讨论了“圭表测算日影”方法。尽管和《表度说》所介绍内容相差不多，但其中大部分概念都做了“中化”的处理。如在求日影法部分梅文鼎提出：

> 谨按测日之法，要先知太阳纬度，其次要知里差，其次要知勾股算法，其次又要知割圆八线。[②]

其中的太阳纬度就是指太阳的赤纬，里差是指地理纬度差，也就是所谓的北极出地高度差，勾股算法就是三角算法，[③] 而割圆八线分别是指八个三角函数线。接下来梅文鼎介绍了以上三个概念，并给出了相关数表。为解释太阳赤纬随节气的变化，梅文鼎给出了一幅太阳纬度图。不但如此，后面还附有太阳赤纬表。《表度说》中只给出了二十四节气太阳视赤纬度，[④] 梅文鼎却给出了每日太阳视赤纬度。

关于里差，梅文鼎论道：

> 既知纬度，则日影长短之缘已得之矣。然又要知里差，何也？

---

① 韩琦：《白晋的〈易经〉研究和康熙时代的“西学中源”说》，《汉学研究》1998 年第 1 期，第 185—200 页。

② （清）梅文鼎：《历算全书》，纪昀主编：《影印文渊阁四库全书》第 794 卷，台湾商务印书馆 1983 年版，第 493 页。

③ 梅文鼎的几何思想的核心就是“几何即勾股”。在一般士大夫把几何学与西学作等量观的清代初年，梅文鼎明确地指出了传统数学中的几何内容，更为重要的是，他的几何学实践也成了“几何即勾股”这一信条的诠释。参考自刘钝：《梅文鼎在几何学领域中的若干贡献》，梅荣照主编：《明清数学史论文集》，江苏教育出版社 1990 年版，第 182—219 页。

④ （明）熊三拔：《表度说》，见吴相湘主编：《天学初函》第五册，台湾学生书局 1986 年版，第 2595—2596 页。

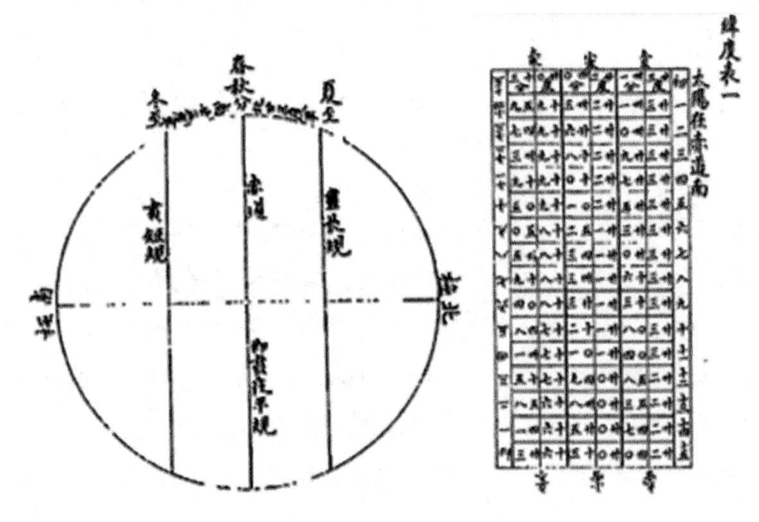


图 3-7 梅文鼎的太阳视赤纬图表

> 纬度不同，是天上事，乃万国九州所同然。而人所居有南北，故所见太阳之高下各异，则其影亦异。[1]

历史上的“里差”概念是指地理经度差，最初是由宋、金末年效力于蒙古帝国朝廷的耶律楚材在《庚午元历》中提出的。提出这个概念，是为在历法推算中引入由不同地点地理经度导致的地方改正。[2] 梅文鼎认为存在两种“里差”，即南北纬差和东西纬差。南北纬差即所谓的地理纬度差，而东西纬差就是地理经度差。在此梅文鼎用“里差”实际是出于“西学中源”说的考虑。接下来，梅文鼎给出何以南北里差不同会导致太阳地平高度的不同。和《表度说》[3] 相比，梅文鼎给出的解释更为直观。另外，梅文鼎还给出了一些地区北极出地高度数据，据查这些数据与《表度说》中的完全相同。[4]

---

① （清）梅文鼎：《历算全书》，纪昀主编：《影印文渊阁四库全书》第 794 卷，台湾商务印书馆 1983 年版，第 496 页。

② 孙小淳：《从“里差”看地球、地理经度概念之传入中国》，《自然科学史研究》1998 年第 4 期，第 304—311 页。

③ 《表度说》中并没有给出示意图来说明北极出地高度对太阳高度的影响，只是用文字对此进行了简要的叙述。见（明）熊三拔：《表度说》，李之藻主编：《天学初函》第五册，台湾学生书局 1978 年版，第 2601 页。

④ 《表度说》中北极出地高度数据见（明）熊三拔：《表度说》，李之藻主编：《天学初函》第五册，台湾学生书局 1978 年版，第 2598—2599 页。

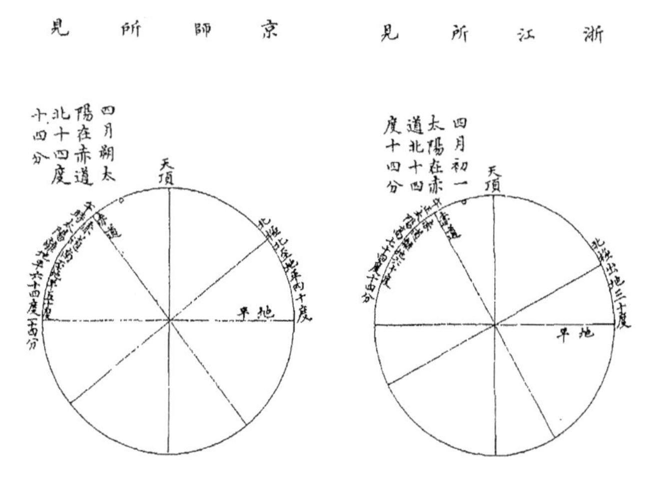


**图 3-8 梅文鼎所论日影长度与地理纬度关系原理图**

有了北极出地高度和太阳每日视赤纬度数，就可算出每日太阳的地平高度。用正切函数就可算出某日日中影长。

割圆有八种线，俱是算勾股之法。今取日影则所用者切线也，切线有正有余，此因直表取影，故所用者，又是余切线也。①

那么何以是余切线呢？梅文鼎给出了示意图：

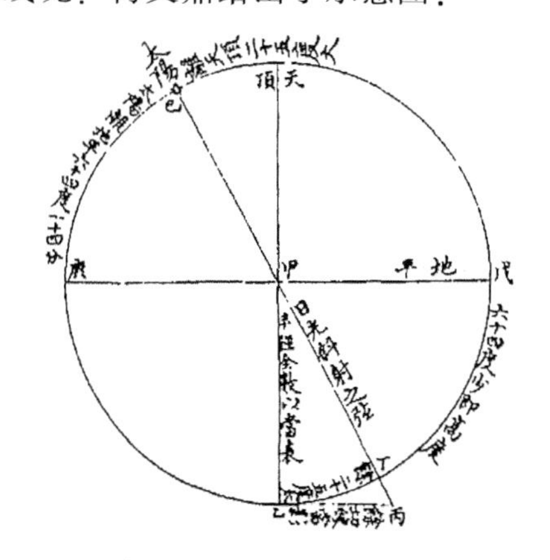


**图 3-9 梅文鼎所论计算日影的函数关系图**

① （清）梅文鼎：《历算全书》，纪昀主编：《影印文渊阁四库全书》第 794 卷，台湾商务印书馆 1983 年版，第 498 页。

从其论述可知，尽管梅文鼎也曾提及横表，但他重点所论之表仍然是直表，且为八尺，不是《表度说》中所说的十二等分任意表长，然后取相对长度施算。而且所算影长依然是日中影长，而不是如《表度说》中所述算任意时辰影长。

> 京师赤道高五十度，午正太阳高度六十九度〇五分，余切线〇三八三八六，立八尺表，正午日影该三尺〇七分。[①]

另外，梅文鼎在日影算法中加入了太阳半径因素。

> 又按此直表也，故当以太阳半径加高度而取直影（用余切）。若横表即当以太阳半径减高度，而取倒影（用正切）。此测影中最精之理不可不知。[②]

由下文可知，梅文鼎认为太阳半径为十五分。梅文鼎的算法很可能是参考了《测量全义·仪器图说》，其中介绍了考虑日半径的原因。

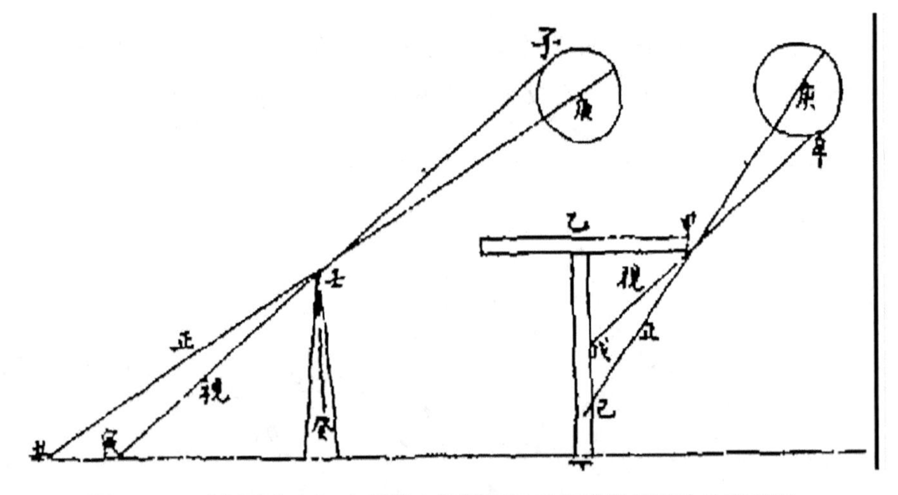


图 3-10 《测量全义》中所载太阳视直径对日影长度影响的原理图

① （清）梅文鼎：《历算全书》，纪昀主编：《文渊阁四库全书》第 794 卷，台湾商务印书馆 1983 年版，第 500 页。

② （清）梅文鼎：《历算全书》，纪昀主编：《文渊阁四库全书》第 794 卷，台湾商务印书馆 1983 年版，第 500 页。

有关直景的论述如下：

> 若用壬癸正表，则寅为直景实日体上边，子上之视景。而日心庚所出正景为丑，则所得距天顶之度应加十五分，为庚之距远于子。故所得地平高之度应减十五分，为庚之高近于子故。①

文后，梅文鼎还给出一个由其友人马德称氏所做的《四省表影立成》，马德称氏本是玛沙伊克、玛哈齐的后人，后者是西域历算家。洪武朝时，玛沙伊克、玛哈齐曾受敕译西书。

**表 3–1　四省表影立成表**

| 廿四定氣日 | 北直 | 江南 | 河南 | 陝西 |
|---|---|---|---|---|
| 冬至 | 二十尺〇〇五分 | 十四尺八寸二分 | 十六尺三寸二分 | 十六尺九寸八分 |
| 小寒 大雪 | 十九尺三寸三分 | 十四尺三寸六分 | 十五尺七寸七分 | 十六尺四寸三分 |
| 大寒 小雪 | 十尺尺四寸七分 | 十三尺一寸三分 | 十四尺三寸七分 | 十四尺九寸三分 |
| 立春 立冬 | 十五尺〇四分 | 十一尺四寸四分 | 十二尺五寸二分 | 十二尺九寸八分 |
| 雨水 霜降 | 十二尺五寸七分 | 九尺六寸五分 | 一十尺五寸四分 | 一十尺九寸二分 |
| 驚蟄 寒露 | 一十尺三寸三分 | 七尺九寸三分 | 八尺六寸七分 | 八尺九寸八分 |
| 春分 秋分 | 八尺三寸八分 | 六尺三寸七分 | 七尺〇〇 | 七尺二寸六分 |
| 清明 白露 | 六尺七寸七分 | 五尺〇一分 | 五尺五寸七分 | 五尺八寸 |
| 穀雨 處暑 | 五尺四寸三分 | 三尺八寸三分 | 四尺三寸四分 | 四尺五寸五分 |
| 立夏 立秋 | 四尺三寸七分 | 二尺八寸八分 | 三尺三寸七分 | 三尺五寸八分 |
| 小滿 大暑 | 三尺六寸一分 | 二尺一寸三分 | 二尺六寸三分 | 二尺八寸三分 |
| 芒種 小暑 | 三尺一寸三分 | 一尺七寸三分 | 二尺一寸七分 | 二尺三寸七分 |

欽定四庫全書　曆算全書

① （明）徐光启等：《新法算书》，纪昀主编：《影印文渊阁四库全书》第 788 卷，台湾商务印书馆 1983 年版，第 732 页。

有意思的是，表3-1中所给数据是根据十尺高表计算出来的。

立表十尺。若表短则用折算，假如用表一尺，则以尺为寸，寸为分，分为厘，皆折取十分之一。若表八尺，则尺取八寸，为十之八。①

很显然这是遵循了回回历传统。由前面序文可知，梅文鼎曾参与此表中一些数据的推算。

我们的问题是，为什么梅文鼎要在《揆日纪要》后面加入一个按回回历传统计算出来的“四省直节气定日表影考定”？实际上，这很可能是梅文鼎晚年行为，用来论证“西学中源”说。最初梅文鼎曾为平息当时的中西历争而提出中西“权舆”说，“权舆说虽与‘西学中源’说很接近，但避免了直接论述源流关系，因此不似‘西学中源’说牵强附会。”② 后来梅文鼎作《历学疑问》，深得康熙帝赏识。在梅文鼎影响下，康熙作《三角形推算法论》，陈说“西学中源”说，以此彻底平息中西历争。后康熙召见梅文鼎，致使梅氏思想发生从“权舆”说向“西学中源”说的转变。③ 当时，梅文鼎已近晚年，但仍未辍笔，奋力写就《历学疑问补》，此书重点在宣扬“西学中源”说。在晚年的梅氏看来，历法源自中国，后传到西域，再后来才到了欧洲，世界上所有的历法都应以中国历法为源头。

此天子日官，在都城者盖其伯也。又命其仲叔分宅四方，以测二分二至之日景，即测里差之法也。羲仲宅嵎夷曰阳谷，即今登莱海隅之地；羲叔宅南交，则交趾国也。此东南二处皆濒大海，故以为限。又和叔宅朔方曰，幽都，今口外朔方地也。地极冷，冬至于此测日短之景，不可更北，故即以为限。独和仲宅西，曰昧谷。但言西而不限以地者，其地既无大海之阻，又自东而西，气候略同内地，无极北严凝之畏。当是时唐虞之声教四讫，和仲既奉帝命测验，

---

① （清）梅文鼎：《历算全书》，纪昀主编：《影印文渊阁四库全书》第794卷，台湾商务印书馆1983年版，第502页。

② 王扬宗：《康熙〈三角形推算法论〉简论》，《或问》2006年第12期，第117—123页。

③ 王扬宗：《康熙、梅文鼎和“西学中源”说》，《传统文化与现代化》1995年第3期，第77—84页。

可以西则更西。远人慕德景从，或有得其一言之指授，一事之留传，亦即有以开其知觉之路，而彼中颖出之人，从而拟议之以成其变化，固宜有之。考史志唐开元中有《九执历》，元世祖时有札玛鲁丹测器，有西域《万年历》。明洪武初有玛沙伊克玛哈齐译《回回历》，皆西国人也。而东南北诸国无闻焉，可以想见其涯略矣。①

梅文鼎认为唐尧之时，日官为测日影而散播四方。由于中国西部没有地理上的阻隔，因此日官可以不断地往西走，历法因而也不断地向西传播。西人之聪颖者，被中国的日官开导，便能变化更新，开创自己的历法。在梅文鼎看来，西域在中国的西面，欧罗巴在西域之西，所以欧罗巴历算遵循了西域的回回历传统。不仅如此，梅文鼎还杜撰了历算的源头——《周髀》，认为《周髀》之学已见于黄帝之际，且其中已有“里差”的记载，故尧之日官能够运用其理，分走四方，以测日影。由此，我们就可以理解梅文鼎为什么要称地理纬度差为里差。

在梅文鼎看来，按回历传统计算的“四省直节气定日表”恰可说明泰西历法源自回历。对此梅文鼎论道：

夫历学至今日明且确矣。而泰西氏之法大纲多出于回回，窃意如各省直里差之说，必西域所自有，或当时存而未译，或译之而未传，或传之久而残缺，皆未可知。吾愿德称氏与其西域之耆旧尚为之详征焉，而出以告世，庶有以证吾之说，而释夫传者之疑，以正其疏也。②

由此可见，梅文鼎对“圭表测算”日影做了详尽的解释。尽管他的解释中没有涉及宇宙论模型，但这些已隐含在他的解释与说明当中，这一点从他所给的一系列示意图中就可看出来。他给出的算法已不再是根据观测数据构建内插法算式，而是由特定的宇宙论模型推演出来的。在梅文鼎的解释中，

① （清）梅文鼎：《历算全书》，纪昀主编：《影印文渊阁四库全书》第794卷，台湾商务印书馆1983年版，第57页。

② （清）梅文鼎：《历算全书》，纪昀主编：《影印文渊阁四库全书》第794卷，台湾商务印书馆1983年版，第501页。

宇宙论与算法已不再是割裂的，而是相互融合的。但是，梅文鼎的解释都是在“权舆”或“西学中源”说的语境之中陈说出来的。在晚年的梅文鼎看来，泰西之法只不过是中法的衍流，“圭表测影”古已有之，中国古人正是以此确定地域，由此而诞生了里差的概念，西法所谓的地理纬度差就是中法的里差，三角函数只不过是勾股割圆之术，而天球宇宙论则是由中国古已有之的浑天说演化而来的。

梅文鼎之后的江永曾对梅氏的解释在具体算法方面进行三点补充，分别是测景之器、气差校正、蒙气差校正等。①

> 勿庵先生揆日候星纪要论测景法甚详，尚有三事当论永为补之。一曰表端之景虚淡分厘难得真数，当仿郭太史用景符之法，取表端横梁中景为的；……一曰太阳离天顶稍远则地面与地心有南北差，太阳恒降而下，当检气差表求太阳视纬高弧加于本纬；一曰，极高多度之方，冬至太阳近地平有青蒙气差，能升太阳，使高景为之稍短，此蒙气差难算，宜以夏至之景参校。

江永主要从技术方面对梅文鼎所论进行了补充。与梅文鼎以“西学中源”的论调重新解读传入的西学理论不同的是，江永更认同西学，主张以定气注历，认为这样才符合天体运行规律。但这一态度曾遭到当时士人的抨击。当时正处在民族思潮盛行的时期，“西学中源”说为主流历算家倡导。

总之，西方“圭表测影”理论和方法之传入与接受大体经历了四个阶段：南京教案前，介绍测影理论与操作的书籍夹带着大量西方哲学与神学内容；而之后明末译历时更注重实际操作方面，徐光启、李天经等曾进行了大量测算日影工作，为修历做准备；而在清初中西历争中，双方曾以计算日影评测中西法；最后，在“西学中源”说观念的影响下，历算学者重构了西方的理论与算法，将其纳入了中国传统框架中。在改历的具体实施过程中，通过测算日影得出一系列如地理纬度、太阳视赤纬等重要数据。就此来说，这更能体现西法的优越性。圭表测影与一系列规制是紧密相关的。通过这些操作，西方的计时规制等得以确立。

① （清）江永：《数学》，见《古今丛书集成》，商务印书馆 1936 年版，第 177—180 页。

# 第四章　梅文鼎的“围日圆象”说

古希腊天文学以行星运动的探究为主，从一定意义上说就是行星天文学。正是对行星运动的关注，才导致哥白尼提出日心说，以及开普勒新天文学的兴起。相比较之下，古代中国历算家更关注天体运动的周日旋转，形成了以赤道体系为主的计算传统，这也就导致关于行星运动的计算不如古代欧洲发达。明末，传教士将西方古代数理天文学翻译进中国，产生了不小的影响。自此，中国士人使用消化、理解西方的新天文学，并试图进行改造，梅文鼎的“围日圆象”说就是一个典型例证。

《五纬历指》是《崇祯历书》中介绍五星运动模型及算法的部分，其中有不少矛盾混乱之处。清初历算家曾试图解决其中的问题。对此，梅文鼎提出一个会通众家的“围日圆象”说，指出五星模型有“借象”和“实指”之别。五星本天以地为心是五星运动的真实图景，即所谓的“实指之图”，而“五星绕日”是不真实的“借象之图”。江晓原从第谷的天文工作对中国天文学影响的方面讨论梅氏的围日圆象说，指出梅文鼎用此说是为调和第谷体系和托勒密体系。① 马若安曾论及梅氏此说，讨论中西方天文学家对天体运动规律性看法的差异。② 本章从内在理路方面入手，讨论梅氏“围日圆象”说的渊源、论证方式及其对当时以及后世历算界的影响。

---

① 江晓原：《第谷天文工作在中国的传播及影响》，《天文西学东渐集》，上海书店 2001 年版，第 269—297 页。

② Jean-Claude Martzloff, Space and Time in Chinese Texts of Astronomy and of Mathematical Astronomy in the Seventeenth and Eighteenth Centuries, *Chinese Science*, 1993-94, (11) pp. 66-92.

## 第一节 梅文鼎为何提出“围日圆象”说?

梅文鼎及其同时代的历算家对两个问题极感兴趣：一是如何用外来的天文学知识修正历法；二是如何解决传入的欧洲天文学中存在的内在矛盾。[①] 明清之际西方科学传入时传入与接受双方都过于讲求实效，不太注意科学的独立性和系统性，致使传入的天文学理论有许多矛盾混乱之处。[②] 这一特点尤其体现在《五纬历指》中。

《五纬历指》是由意大利传教士罗雅谷根据第谷学生色物力诺所著的《丹麦天文学》（*Astronomia Danica*）编译而成，选择此书的主要原因是其提供了较为详细、系统的天文数表，而这些正是准确推算天体运动的基础。[③]《五纬历指》首章即介绍了两个七政次序图，古图是亚里士多德的水晶同心球体系，新图即第谷的地心—日心体系。新图中，日、月以地心为圆心运动，而五星运动则以日为心。编者认为第谷体系更优，但在具体介绍五星推步时只有火星行度按此模型推算，水、金、木、土推步模型中本天仍以地为心。另据马若安考察，《五纬历指》所载的火星推步模型直接译自《丹麦天文学》第2卷第九章的222—231页。而其中有关火星运动的推算明显借鉴了开普勒的《新天文学》(*Astronomia Nova*) 中关于火星的论述。[④] 但《五纬历指》只讨论了开普勒关于火星本天半径变化的问题。[⑤] 由此看来，《五纬历指》兼具众家之“长”，存在相互矛盾也就在所难免了。

王锡阐在《五星行度解》中曾构建一个类似第谷体系的宇宙论模型。

① N. Sivin, Wang Hsi-Shan, Nathan Sivin, *Science in Ancient China*. Aldershot: Hampshire, Variorum, pp. 159-168.

② 王扬宗：《略论明清之际西学东渐的特点与中西科学互动》，《国际汉学》2000年第6辑，第318—336页。

③ Keizo Hashimoto, *HSü Kuang-Ch'I and Astronomical Reform*, Kansai University Press, 1988, p. 140.

④ Jean-Claude Martzloff, Space and Time in Chinese Texts of Astronomy and of Mathematical Astronomy in the Seventeenth and Eighteenth Centuries, *Chinese Science*, 1993-94, pp. 66-92.

⑤ （明）徐光启等：《新法算书》，纪昀主编：《影印文渊阁四库全书》第788卷，台湾商务印书馆1983年版，第696—698页。

《五纬历指》所述的第谷模型中五星皆沿本天右旋，为解释外行星运行的“行高则疾，行卑则迟”的“反常”现象，王锡阐改上三星本天右旋为左旋。[①] 尽管王锡阐的宇宙论模型更自洽、统一，与计算方法之间的关系更加紧密，此理论中还是存在着一些矛盾。矛盾之一就是内、外行星沿本天运动方向不统一；二是五星本天以日为心运动与整个九重天宇宙模型相冲突。[②]

王锡阐对梅文鼎的影响很大，在梅的学术著作和诗文中，有很多涉及王锡阐的材料。可以说，对王锡阐遗帙的关注，几乎贯穿了梅文鼎全部的学术生涯。[③] 梅虽与王从未谋面，但与其弟子却有交往，其中以徐善（1634—1690）、潘耒（1646—1708）最为密切。从“王寅旭书补注”可知，梅文鼎于康熙二十八年（1689）到北京，先后从徐善和阮尔询、张雍敬那里见到多种王锡阐的遗稿。[④] 随后，梅文鼎住进李光地的府邸，应李光地之约，撰写了《历学疑问》。据刘钝考察，《历学疑问》中许多观点引自王锡阐的遗著。[⑤]《历学疑问》中就已经有关于“围日圆象”说的论述了。

> 问五星天皆以日为心然乎？曰西人旧说，以七政天各重相裹，厥后测得金星有弦望之形，故新图皆以日为心。但上三星轮大，而能包地，金、水轮小，不能包地。故有经天、不经天之殊。然以实数考之，惟金、水抱日为轮确然可信。若木、火、土亦以日为心者，乃其次轮上星行距日之迹，非真形也。[⑥]

由此看来，当时梅文鼎已提出上三星围日运动只是假象的观点，这正是“围

---

① 宁晓玉：《试论王锡阐宇宙模型的特征》，《中国科技史杂志》2007 年第 2 期，第 123—131 页。

② 王锡阐在《历说 · 五》中用九重天说论证天球分层的观念，还曾以此作为“西学中源”说的证据。见（清）王锡阐：《晓庵遗书》，薄树人主编：《中国科学技术典籍通汇》卷六，河南教育出版社 1998 年版，第 596—597 页。

③ 刘钝：《梅文鼎与王锡阐》，陈美东主编：《王锡阐研究论文集》，河北科技出版社 2000 年版，第 10—133 页。

④ （清）梅文鼎：《王寅旭书补注》，《勿庵历算书目》，（清）鲍廷博编，知不足斋丛书，清乾隆道光间长塘鲍氏刊本。

⑤ 刘钝：《梅文鼎与王锡阐》，陈美东主编：《王锡阐研究论文集》，河北科技出版社 2000 年版，第 10—133 页。

⑥ （清）梅文鼎：《历学疑问》，梅瑴成编：《梅氏丛书辑要》第 5 册，龙文书局石印本，光绪戊子（1888）年，卷三，第 5 页。

日圆象”说的雏形。可以肯定的是，当时的梅文鼎还没有对此有一个系统深入的思考。《历学疑问》完成后，潘耒曾致信梅文鼎，其中谈到王锡阐的《五星行度解》及其中的“上三星左旋说”：

> 近复得其《五星行度解》一卷，谓土、木、火三星皆左旋，五纬皆在日天之内，说甚创辟，果如其说，则历术大关键也。尊者《疑问》末篇亦有上三星左旋之说，与相合否？辄录奉寄其说，是则求著论证明之，否则加较难，勿嫌异同也。[①]

信中说的“疑问”应该就是《历学疑问》，其中谈到将《五星行度解》寄给梅文鼎，请他裁评。也许正是看完此书后，梅文鼎意识到有必要详细地讨论一下五星运动模型问题。[②]

在《五星管见》一书中，梅文鼎详细讨论了“围日圆象”说，认为：五星本天以地为心，五星行于以本天周为心的岁轮之上，岁轮上星行之迹成围日之圆象。对此，梅文鼎论道：

> 惟是五星之行，各有岁轮，岁轮亦圆象。五星各以其本天载岁轮，岁轮心行于本天之周，星之体则行于岁轮之周，以成迟、疾、留、逆。若以岁轮上星行之度联之，亦成圆象，而以太阳为心。[③]

进而梅氏论述了五星地心说与日心说的关系：

> 若以岁轮上星行之度联之，亦成圆象，而以太阳为心。西洋新说谓五星皆以日为心，盖以此耳。然此围日圆象，原是岁轮周行度所成，而岁轮之心又行于本天之周，本天原以地为心，三者相待而

---

① （清）潘耒：《遂初堂集，续修四库全书》1415卷，上海古籍出版社2002年版，第458页。

② 除潘耒寄给梅文鼎的信可作为证据外，笔者另有两个证据。1. 比较《历学疑问》和《五星管见》可以看出，《历学疑问》中只谈了宗动天左旋一种，而《管见》中着重强调了左旋有两种：一为宗动天左旋，二为五星围日圆象左旋。见《五星管见》“论上三星围日之左旋”。2. 梅文鼎在“论离度有顺有逆”注释中还专门论及王锡阐的《五星行度解》，认为：“王寅旭五星行度解谓上三星左旋，盖谓此也，然竟以此为本天，则终非了义。”这是笔者所见梅文鼎著作中唯一提及《五星行度解》的一次。

③ （清）梅文鼎：《五星管见》，梅瑴成主编：《梅氏丛书辑要》第6册，龙文书局石印本，光绪戊子（1888），第2页。

成，原非两法，故曰无不同也。[①]

梅文鼎认为，五星运动的真实图景是本天以地为心，以日为心运动只是表象，是立算的简法。

继而，梅文鼎讨论了上三星与内二星的关系：

> 今上三星左旋以太阳为心者也。……又依岁轮而右旋，此五纬之所同也。然岁轮上实行之度与太阳相直有定距，则仍以太阳为心，又成围绕太阳之行矣。金、水二星即以太阳为岁轮之心，故岁轮即围日之行，岁轮右旋，故其围日之行亦右旋也。上三星则岁轮不以太阳为心，但其距日有定度，而又成围日之形，以岁轮上度言之仍是右旋，与金、水同。以围日之形言之，则是左旋，与金、水异矣。[②]

在梅氏看来，五星皆有岁轮，皆沿岁轮右旋。所不同的是金、水二星以太阳为岁轮之心，而土、木、火三星的岁轮则附着于五星本天，成围日圆象而左旋。这样，梅文鼎实际是把王锡阐的上三星围日左旋说巧妙地纳入了其理论之中。

对五星地心说来说，一个很大的难题就是如何解释金、水绕日。当时大部分历算学者对金、水绕日深信不疑，[③] 从上面引文可看出梅文鼎也不例外。为此，最初梅文鼎只是将“围日圆象”说限于上三星，认为金、水岁轮以日体为心。后来在其门人刘允恭的提示下，这一疑难得以解决。金、水可用类似上三星的方法处理，其关键是需对伏见轮和岁轮进行重新界定。

---

① （清）梅文鼎：《五星管见》，梅瑴成主编：《梅氏丛书辑要》第6册，龙文书局石印本，光绪戊子（1888），第2页。

② （清）梅文鼎：《五星管见》，梅瑴成主编：《梅氏丛书辑要》第6册，龙文书局石印本，光绪戊子（1888），第1页。

③ 这主要得归功于望远镜的观测。当时西方天文学家已用望远镜观测到金星位相的变化，哥白尼主义者以此作为日心—地动说的证据，而经院学者以此论证第谷体系的确实性。明清之际，望远镜被传教士带入中国，对中国天文学也产生了很大影响。当时历算学者对用其观测到的金星绕日的现象多持肯定态度。参见：王广超、吴蕴豪、孙小淳：《明清之际望远镜传入对中国天文学的影响》，《自然科学史研究》2008年第27期，第309—324页。

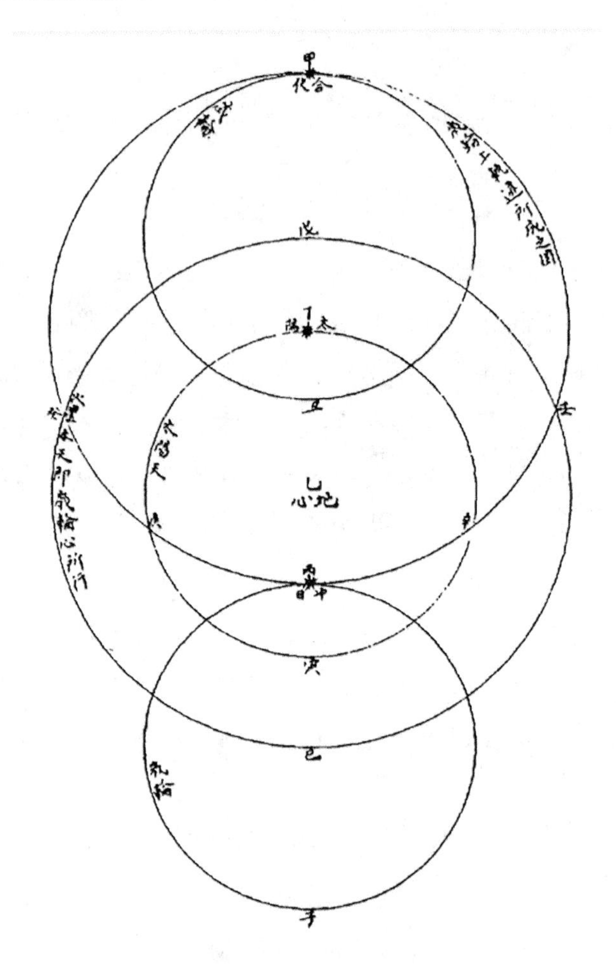


**图 4-1 《火星本法图说》中围日圆象图①**

用伏见轮，《历指》谓其即岁轮，其说非欤？曰非也。伏见轮之法，起于回历，而欧逻因之，若果即岁轮，何为别立此名乎？由今以观，盖即岁轮上星行绕日之圆象耳。（王寅旭书亦云伏见轮非岁轮）然则伏见轮，既为围日之迹，上三星宜皆有之，何以不用，而

① 图中，丁庚寅辛为太阳天，戊癸已壬为火星本天，甲丑岁轮以戊为心，丙子岁轮以已为心，丁为日体，甲丙皆星体。甲癸丙壬为岁轮上星行之迹，成一大圈，而以丁日为心。此图中岁轮半径等于太阳本天半径，而火星绕日之圆与火星本天等大。

独用之金、水？曰以其便用也。[1]

梅文鼎认为金、水星的伏见轮是围日之圆象，它们也有岁轮，但岁轮与日轮等大，故此大于金、水的本轮。出于计算简便，金、水用伏见轮而不用岁轮。上三星也有伏见轮，也就是所谓的围日之圆象。梅文鼎认为伏见轮与岁轮的区别主要在大小方面。

后来焦循（1763—1820）曾根据梅文鼎的意思给出一个金、水二星的模型图，见于其所著《释轮》之中。[2]

在图4-2中，金、水二星岁轮与日本天等大，大于伏见轮。伏见轮与金、水星本天相等，以日为心，成围日之圆象。

由此看来，梅文鼎由“围日圆象”说建构了一个更为一贯的五星模型。其中，五星皆有岁轮，沿岁轮右旋。同时五星皆有伏见轮，伏见轮即围日之圆象，上三星围日圆象左旋，内二星右旋。岁轮皆与日本天等大，伏见轮与各星本天等大。因为上三星包日本天外，所以其本天大于日本天。内二星包于日本天内，小于日本天。所以上三星岁轮等于日本天，小于星本天亦即围日圆。而内二星岁轮等于日本天，大于星本天以及围日圆，也就是伏见轮。

梅文鼎的五星天以地为心之说与九重天说更和谐。王锡阐支持九重之说，曾将五星本天以太阳为心纳入这样一个模型之中，为解决天球相割相入的问题，还引入了日行规。[3] 梅文鼎也赞同九重天之说，但认为五星以日为心属四重天，[4] 与九重天说相矛盾。在《五星管见》中，梅文鼎还给出了九重天动力结构。

宗动天左旋，星与太阳皆从之左旋，而有迟速，以其所居有高下，离动天有远近也。上三星在日天之上，近于动天，故其每日左

---

① （清）梅文鼎：《五星管见》，梅瑴成主编：《梅氏丛书辑要》第6册，龙文书局石印本，光绪戊子（1888），第2页。

② （清）焦循：《释轮》，《焦氏丛书》，江都焦氏雕菰楼刻，清嘉庆间江都焦氏雕菰楼刻，第11页。

③ （清）王锡阐：《晓庵遗书》，薄树人主编：《中国科学技术典籍通汇》卷六，河南教育出版社1998年版，第596—597页。

④ （清）梅文鼎：《历学疑问》，梅瑴成主编：《梅氏丛书辑要》第5册，龙文书局石印本，光绪戊子（1888）年，卷二。

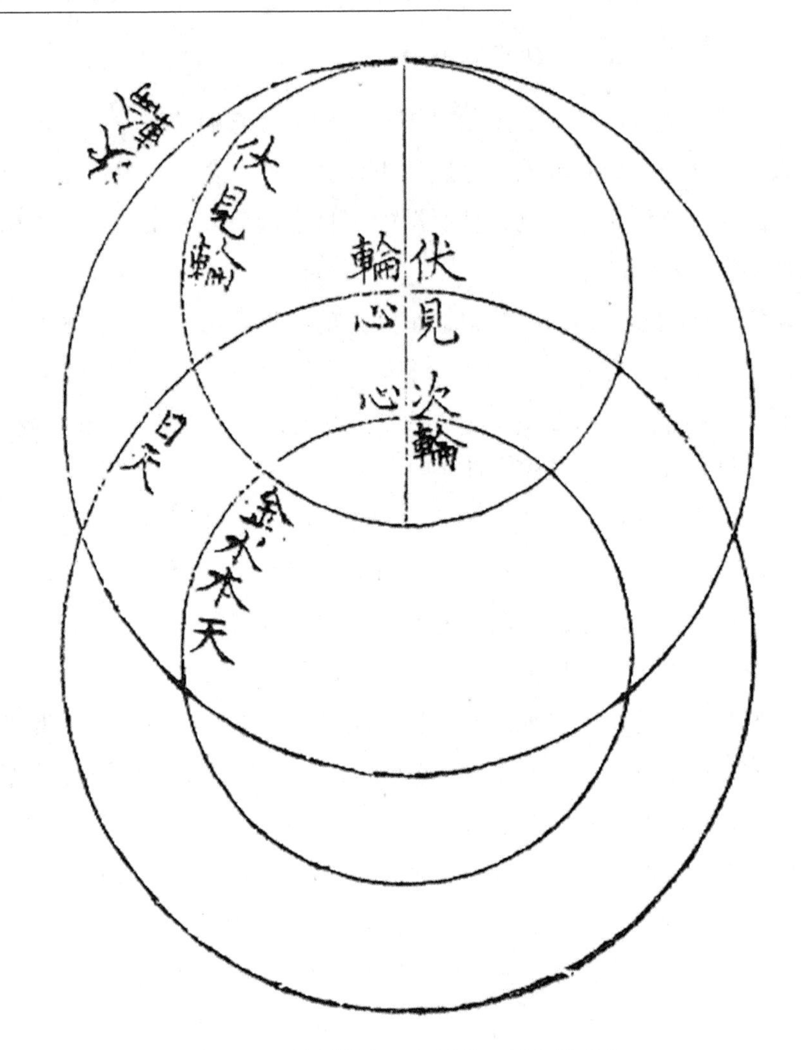


**图 4-2　焦循的金、水岁轮、伏见轮示意**

旋比日为速，虽不能与恒星同复故处，而所差甚微，不能若太阳之差差一度也。(土星只二分奇，木星只五六分，火星只半度。)①

在梅文鼎看来，七政天在宗动天的驱使下均左旋，各天与宗动天的距离决定了各天的左旋速度，越远相差越大。土星距离宗动天最近，每日相差

① （清）梅文鼎：《五星管见》，梅瑴成主编：《梅氏丛书辑要》第 6 册，龙文书局石印本，光绪戊子（1888），第 2 页。

“二分奇”，火星较远差半度，太阳以及金、水二星相差更大。梅文鼎此处所列数据很可能是从王锡阐《五星行度解》而来。[①] 另外，梅文鼎还区分了两种左旋：即宗动天驱使下的左旋和围日圆象的左旋。这样，通过“围日圆象”说，梅文鼎构建了一个更为统一、自洽的五星理论。

梅文鼎正是为示异于西人而“发明”了“围日圆象”说。总体来看，当时历算学者对西学的态度大体可分为三种：1、反抗、抵触态度；2、亲近西学，以西方历算尤其是《新法算书》为金科；3、承认西学有其所长，通过学习西学超胜之。梅文鼎之前的王锡阐、薛凤祚持此态度。梅氏曾以未能与王、薛当面讨论历算问题而发感概：“惟薛仪甫（薛凤祚）、王寅旭（王锡阐）两先生能兼中西之长而且自有发明。”从中可以看出梅文鼎对西学的态度：“兼中西之长且自有发明。”可以说，梅文鼎提出“围日圆象”说的目的是为示异于西法，甚至可说是示异于王、薛。

## 第二节　梅文鼎对“围日圆象”说的论证

梅文鼎建立“围日圆象”说并不是一蹴而就的，而是经历了一个过程。据《畴人传》所载，《五星管见》是梅氏后来根据刘允恭的《五星法象编》改编而成的。[②] 另据《梅氏丛书辑要》所述，梅文鼎曾撰《火星本法》《七政前均简法》《上三星轨迹成围日圆象说》等书讨论五星问题。[③] 从文献记载可知，梅氏的“围日圆象”说缘起于与袁士龙论历。《火星本法图说》序言云：“钱塘友人袁惠子士龙受黄三和先生《宏宪》历学，以著其理。袁子虚怀见从。已复质诸睢州友人孔林宗兴泰，亦以为然。而手抄以去。”据钱宝琮先生

① 《五星行度解》中王锡阐列出了土、木、火三星三十日内左、右旋速度，将其右旋速度（梅文鼎认为的与动天相差的度数）除以30就可得到梅文鼎的数据。见王锡阐：《五星行度解》，《晓庵遗书》，第601页。

② （清）阮元：《畴人传》，商务印书馆1955年版，第506页。

③ 之前，杨学山编辑的《梅勿庵先生历算全书》出版。乾隆辛巳（1761年）梅瑴成以兼济堂纂刊的《梅先生历算全书》校编不善，另为编次，更名为《梅氏丛书辑要》。其凡例云：“《火星本法》，《七政前均简法》，《上三星轨迹成围日圆象说》，原系三书，不可统摄。而总名为《火星（纬）本法》，殊欠理会。《五星纪要》一卷，原名《五星管见》。兼济堂改为《纪要》，今仍用原名。”

考证，这大概发生在康熙三十一年（1692）。[①] 当时，梅文鼎正好觅得王锡阐与薛凤祚的一些天文著作，将其理论与此二人对比后梅文鼎得出“旁证诸穆氏《天步真原》王氏《晓庵历法》大旨亦多与余合”的结论。

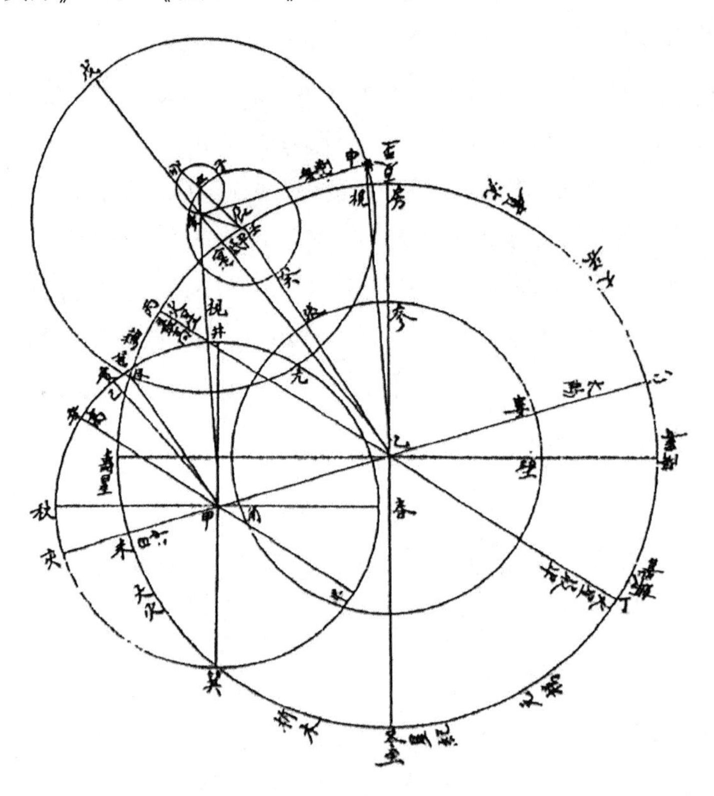


**图 4-3　《火星纪要》中火星模型**

图 4-3 是梅文鼎在《火星本法图说》中给出的讨论“借象”问题的火星运行示意图。也许梅文鼎正是用此图说服袁士龙，使其相信《五纬历指》并非金科，其中的火星日心模型只是“借指”而非“实指”之图。通过此图，梅文鼎说明了三个问题：一、火星岁轮反映的是火星的会合运动，岁轮上星行之度为离度；二、火星地心与火星日心运动等价；三、此图反映了火星运动的真实图景。

① 钱宝琮：《梅勿庵先生年谱》，《李俨钱宝琮科学史全集》第 9 卷，辽宁教育出版社 1998 年版，第 107—140 页。

我们先来看第一点。图 4-3 中，乙为地心，即各天平行之心。大圈为火星平行之天，内圈为太阳平行天，皆以地为心。太阳在本天自春分壁宿向娄宿顺行（右旋），火星岁轮心在本天自丙过丁至壬顺行。图中，火星与日合伏时在戊，冲日时在亢。火星在岁轮上的申位置，已过与日相冲之时，所以太阳行速于火星，成日逐星之势。由图可知，太阳距离火星实行是娄张弧，其补角张角弧是黄道上星距冲日之度。太阳在由娄向张运行过程中，火星也由申向戊运动，娄张弧与申戊弧对应。黄道上的娄张弧是日在后逐星所行行度，而申戊弧则是星向合伏所行行度。故此两弧相对应，而娄张弧就是日行角与火星行角之差，即离度，故此岁轮上的申戊弧反映的是离度。另外，图中以壬为心的圆和以丑为心的圆分别是火星的初均轮和次均轮，次均轮周上的寅是火星岁轮的中心。图中寅乙为岁轮心至本天心之距；∠寅乙辰为平行与实行差角；∠寅乙申是平行与视行差角。

那么如何论证火星地心与日心运动等价呢？梅文鼎采用的是几何变换的方法。在原图基础上作寅甲线，使∠甲寅乙 = ∠寅乙申 = 视差角，由此而推得甲寅∥申乙，再做甲巳∥寅乙。然后以甲为心做圆，并将此圆周分十二宫，定春（秋）分线。因为∠甲寅乙 = ∠寅乙申，则巳甲线就是星实行之线，而寅甲就是星视行之线。因为，真实图景中太阳实行于降娄宫，其心在娄，故此相应甲角等于乙角，可令乙为太阳，周行于以甲为心，甲乙为半径的本天之上。这样以乙为心的大圆就相当于火星周行之际。由此可得出五星本天以日为心与以地为心是等价的。

《五纬历指》卷四所论火星本天以日为心也给出一个示意图，[①] 见图 4-4。图中甲为地心，乙为太阳，乙巳戊为太阳本圈。以乙为心的丙丁圈为火星本天，子丑癸圈为均圈，卯寅辰为次均圈。很显然，梅文鼎的火星运行图是由此图转化而来的，这从图形的设置以及各点的命名就可看出。两图等价的关键是说清楚何以地心说中的岁轮等价于日心说中的太阳运动。

那么，梅文鼎又是如何论述火星本天以地为心真实不虚呢？

---

① （明）徐光启等：《新法算书》，纪昀主编：《影印文渊阁四库全书》第 788 卷，台湾商务印书馆 1983 年版，第 695 页。

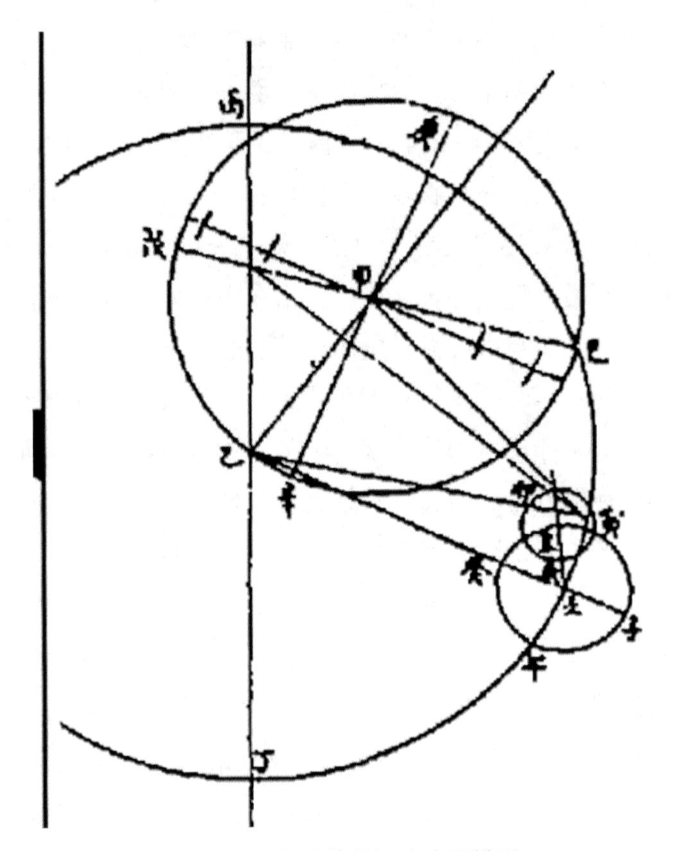


图 4-4　《新法算书》中火星模型

然则以甲为地心，何也？曰此则其移人耳目之法也。何以言之？彼固言甲乙为岁轮半径矣，又以甲心乙界之轮为岁轮矣，甲既为岁轮之心，又安得为地心乎？然则地心安在，曰以理论之，仍当以乙点为地心耳。何也？星之实经在寅，其视经在未，寅未之弧成寅乙未角，此固实测之度也。实测差角从地上得之，安得不以乙为地心乎？若谓乙为日体，则日之去地远矣，日体所见之差角与测所见之差角必有分也。而今不然，故不得以乙心径为日体也。[①]

由此看来，梅文鼎认为火星本天以地为心是由于所测角度皆由地上实测

① （清）梅文鼎：《七政》，梅瑴成主编：《梅氏丛书辑要》第 5 册，龙文书局石印本，光绪戊子（1888）年，第 3 页。

得到。从上下文可以看出，梅文鼎的论证基本上是建立在视觉效应基础之上。当时不只梅文鼎以视行之法讨论宇宙论问题，与梅曾有交往的张雍敬也曾试图用此法重建古法，反对西法，著有《定历玉衡》一书。[①] 据《畴人传》记载，张雍敬曾走千里往见梅文鼎，与其辩论历算之学，讨论数百条，大部分都达成了共识，最终只有地圆一处不合。[②]

梅文鼎并没有仅停留在论证火星地心与日心等价以及地心为实指之图，他还要在此模型的基础上给出计算算法，从而将二者融合起来。为此，进一步讨论了火星行度问题。梅文鼎讨论火星运动算法大体可分两步：一是求平行与实行差；一是求实行与视行差。梅文鼎先介绍的是后一步，为叙述便利，我们则先从第一步介绍。

此图被梅文鼎命名为前均法图，由此可求出火星实黄经。已知条件有：∠戊丁庚，为行星的平行速度乘行星过近地点后到所求时刻的时间间隔；丙戊=3710，均轮半径；丙甲=1418；∠丙甲乙=∠戊丁庚（引数）；∠甲丙戊=2×∠戊丁庚。目的是求∠甲丁戊。步骤为：

1. $\angle 丙甲戊=\frac{180°-\angle 甲丙戊}{2}-\arctan\left(\frac{3}{5}\times\tan\frac{180°-\angle 甲丙戊}{2}\right)$

2. $\angle 戊甲丁=180°-\angle 丙甲戊-\angle 丙甲乙$

3. $戊甲=\sqrt{丙甲^2+丙戊_2-2丙甲\times丙戊\times\cos\angle 甲丙戊}$[③]

4. $戊丁=\sqrt{戊甲^2+甲丁_2-2戊甲\times甲丁\times\cos\angle 戊甲丁}$

5. $\angle 甲丁戊=\arcsin\left[甲戊\times\frac{\sin(\angle 乙甲丙+\angle 丙甲戊)}{戊丁}\right]$

火星实黄经=∠戊丁庚+∠甲丁戊

下面要做的就是求次均角，此法被梅文鼎称为求次均法，目的是要求出火星的视黄经。

也就是图4-6中的卯角。其中已知条件为：∠乙甲卯，为星据冲日之度，

① 祝平一：《反西法：〈定历玉衡〉初探》，卓新平主编：《相遇与对话：明末清初中西文化交流国际学术研讨会文集》，宗教文化出版社2003年版，第348—365页。

② （清）阮元：《畴人传》，商务印书馆1955年版，第504页。

③ 梅文鼎在此没有详细说明，笔者是按余弦定理推得的结果。

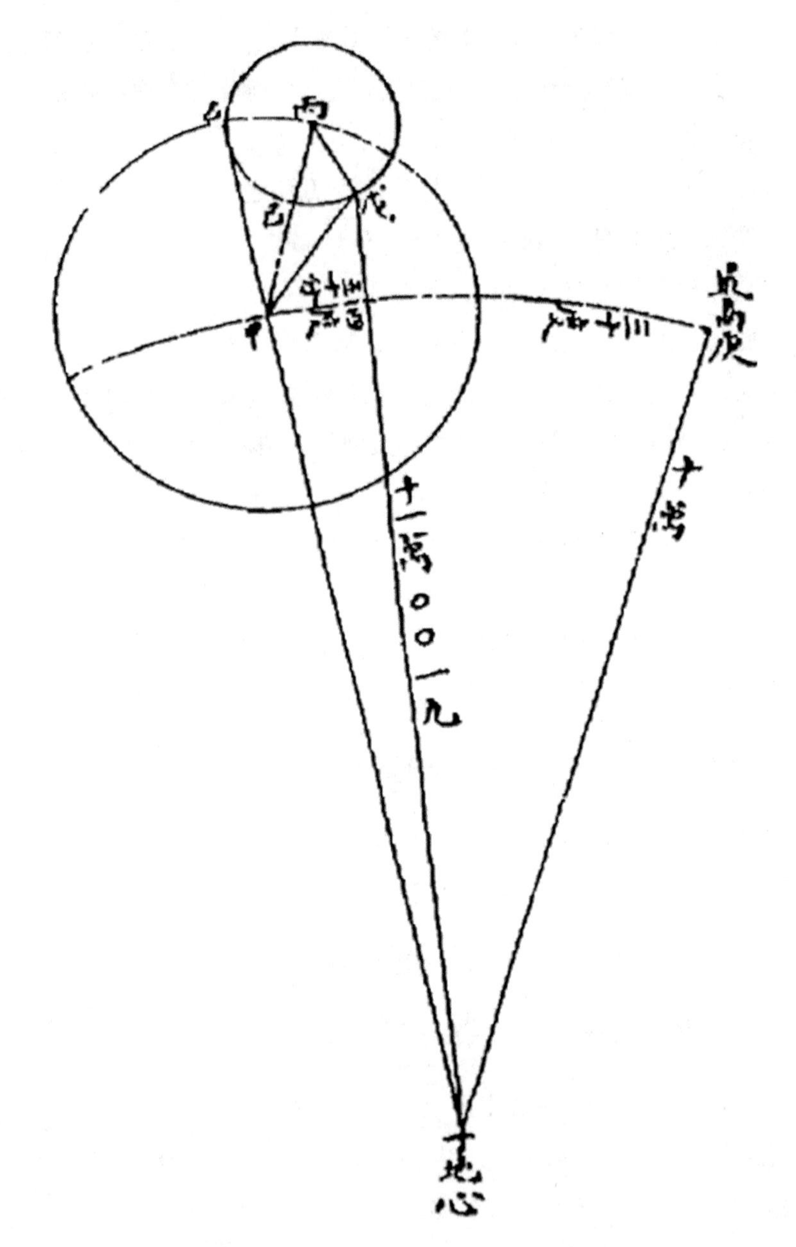


图 4-5 《火星本法图说》前均法图

即图 4-4 中的亢申弧所对角；甲卯 = 100；甲乙 = 60。

求离度：按梅文鼎所述为星平行间去日平行。实际上推算时应是星次行

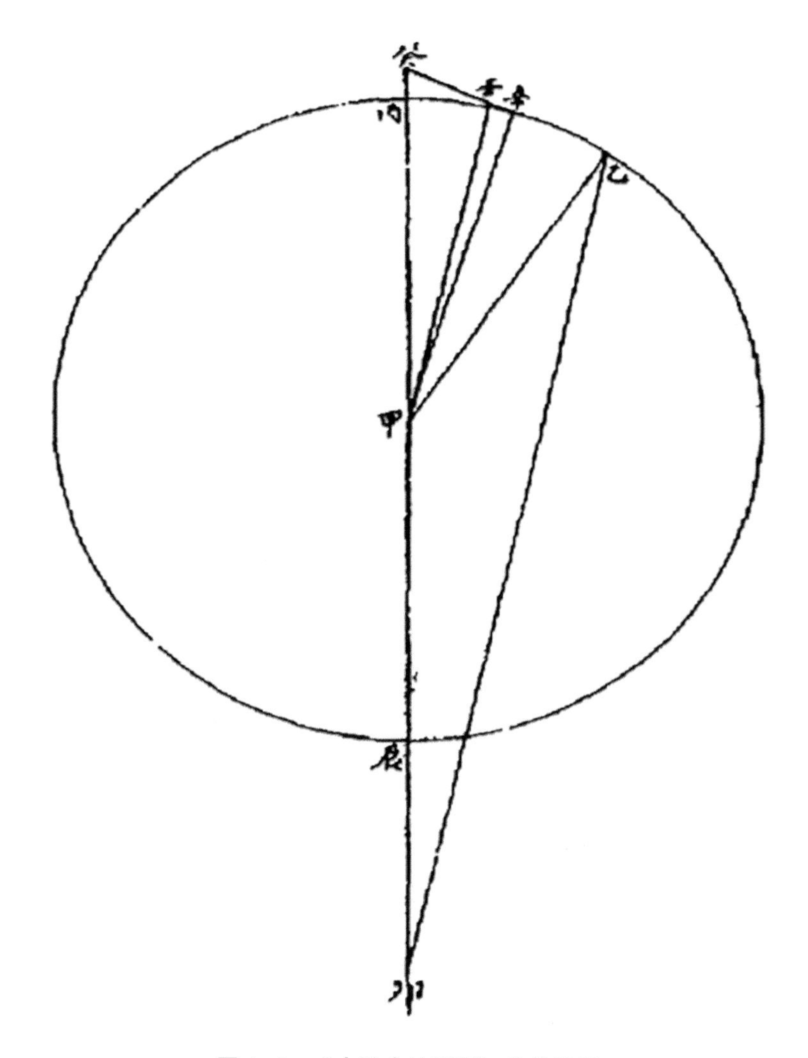


**图 4－6　《火星本法图说》次均法图**

间日次行（按以上步骤推算即可），为图4－4中∠戊寅申，图4－6中的∠乙甲癸，由此可求出∠乙甲卯＝180°－离度。

1. 辛癸 $= \tan\left(\frac{180° - \angle 乙甲卯}{2}\right)$

2. $\angle$辛甲壬=arctan $\left[\frac{1}{2}\right.$（甲卯-甲乙）×辛癸$\left.\right]$[①]

3. $\angle$甲卯乙=$\angle$壬甲癸=$\angle$辛甲癸-$\angle$辛甲壬

这样将火星视黄经=$\angle$甲丁庚±$\angle$甲卯乙，星由伏到冲之际为加，由冲向伏为减号。

由此，梅文鼎根据地心模型构建了一套火星行度计算方法。此后，他还撰写了《七政前均简法》和《上三星轨迹成围日圆象说》。前者将火星算法推广至七政，后者则将围日圆象说模型沿拓至土、木二星。再后来，在刘允恭的提示下，此说得以普适于五星运动。由此，梅文鼎疏通了五星模型、五星算法以及观测之间的关节。由于此模型与其所秉持的九重天说自洽，从一定意义上说，宇宙论、计算与观测在梅文鼎的学说中得以融通。

尽管梅文鼎讨论了五星运动的“实指”与“借指”之图的区别，并着重强调区分二者，找出所以然之故。但这些讨论主要集中在技术层面上，即如何由实指之图推演出“借指”之图或五星运动之算法和数表，很少涉及“实指”之图中诸轮相互作用以及诸轮实际半径等物理实在问题，更没有涉及更为实在的哲学问题。

## 第三节 “围日圆象”说的影响

梅文鼎被尊为清代历算第一人[②]，其影响可想而知。如王萍先生所说：“梅文鼎之历算造诣，在生前已备受时人之景仰，而其渊博精湛之论著，于后辈学者影响尤为深远。与梅文鼎同时代的名家如王锡阐、薛凤祚、方中通（1634—1698）诸人，虽各有所成，然影响力俱不及梅氏。”[③] 据胡丙生统计，清代直接和间接受到梅文鼎影响的畴人有 89 人之多。[④] 这种影响固然对后来

① 此处文献中有误，原文是$\angle$辛甲癸，应改为$\angle$辛甲壬。

② 乾嘉时期钱大昕将梅文鼎誉为“国朝算学第一”。见钱序焦循《天元一释》。

③ 王萍：《清初历算家梅文鼎》，《“中央研究院”近代史研究所集刊》1971 年第 2 期，第 313—324 页。

④ 胡炳生：《梅文鼎和清代畴人》，《中国科技史料》1989 年第 2 期，第 12—18 页。

历算的发展起了积极作用，但其消极效应也不可忽视，梅文鼎历算之学似乎成了一个不可逾越的壁垒，后世对其提出不同意见的历算学者往往会招致批评甚至斥责。

1689年梅文鼎到达北京住进李光地的府邸后，身边聚集了一些爱好历算的学生，形成了清初历算研究的集体，为康熙时蒙养斋开馆、《律历渊源》的编纂培养了一批人才。《律历渊源》包括三部分，梅文鼎和李光地的学生主要负责其中《历象考成》的编纂。另外，1712年康熙开蒙养斋时，曾召梅文鼎之孙梅瑴成（1681—1763）至京，赐为举人并充任蒙养斋编官。兼具天赋和才学的梅瑴成不久就显露才华，成为这项工作的主要负责人，1715年被赐为进士并充任《律历渊源》的首要。①

也许正是由于上述原因，《历象考成》中五星运动模型基本沿袭了梅文鼎的说法。

> 然则《新法历书》之新图五星皆以日为心者何也？盖金、水二星以日为心者，乃其本轮，非本天也。土、木、火三星以日为心者，乃次轮上星行距日之迹，亦非本天也。土、木、火三星之次轮半径最大，与日天半径略等，星距次轮最远之度又与次轮心距日之度等，以星行距日之迹观之，即成大圈而为绕日之形。②

《历象考成》中也给出了一个行星运动示意图，如图4-7

可见，《历象考成》中有关五星运动模型的论述与梅文鼎的基本相同，认为五星本天以地为心，行于岁轮之周，星行之际成“围日圆象”。图中甲为地心，乙、丙为日本天，丁戊为星本天，己庚与辛壬均为次轮。进而，《历象考成》还用此图景解释了五星的冲、伏、留、退等现象。

江永是继梅文鼎之后著名的历算学者，根据Jonathan Porter对《畴人传》的研究，江永是18世纪中国历算界中被引用率最高的学者。③ 江氏曾私淑梅

---

① 刘钝：《清初历算大师梅文鼎》，《自然辩证法通讯》1986年第1期，第52—64页。

② （清）何国宗、梅瑴成：《历象考成》，纪昀主编：《影印文渊阁四库全书》第790卷，台湾商务印书馆1983年版，第411页。

③ Jonathan Porter。The Scientific Community in Early Modern China，*Isis*，1982，73（4）. pp. 529-544.

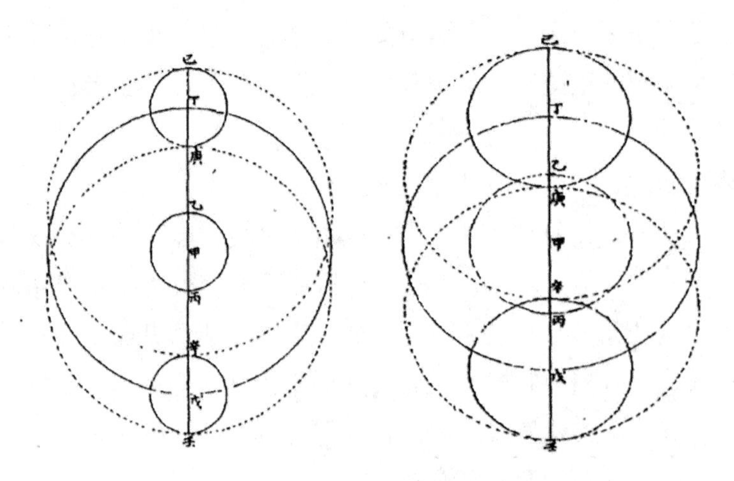

**图 4-7 《历象考成》中围日圆象说**

文鼎，但在学术上与梅观点不尽相同。他曾撰写《翼梅》[①] 一书，其用意也许正如钱宝琮先生所说，是遵循梅文鼎的中西学“二者互有短长可以兼收而并蓄”的道路而“衍绎之”。[②] 其中的《七政衍》一文是专门针对梅文鼎五星理论所作。

> 土、木、火三星在日之上，有本天，有本轮，有均轮，有次轮，有绕日圈。本天以地为心，随宗动天左旋而差缓，各以次第，土最缓，木次之，火次之，其右移皆迟。本天右移带动本轮，本轮之心定于本天之上，其枢左旋，带动均轮。轮之心定于本轮之上，其枢右旋带动次轮。次轮之心定于均轮之上，其枢右旋带动星，星体各定在次轮之上随次轮而右旋。次轮亦名岁轮，星在岁轮周左旋，联其行迹遂成绕日圆圈（与各星本天等大，火星圈时时不等），其度左旋。[③]

① 《翼梅》又名《数学》，是戴震给改的名。参考自花雨楼主人：“重刊江氏数学翼梅序言”，光绪七年花雨楼缩刊本《江永数学翼梅》。

② 钱宝琮：《戴震算学天文著作考》，中国科学院自然科学史研究所主编：《钱宝琮科学史论文选集》，科学出版社 1983 年版，第 151—175 页。

③ （清）江永：《数学》，王云五主编：《丛书集成》，商务印书馆 1936 年版，第 183—184 页。

由上文可以看出，江永基本赞同梅文鼎的“围日圆象”说。所不同的是，江永的叙述更加细致，考虑了行星本天、本轮、次轮等结构以及诸轮之间的相互关系。江永也曾给出一个五星运行模型图4-8，图中只给出了每个行星的本天和岁轮两个轮子。

另外，江永在“联其行迹遂成绕日圆圈”后的注释是：“与各星本天等大，火星圈时时不等”，其意思是土、木二星围日圆圈与各星本天等大，但火星半径是变化的。对此，江永的解释是：

> 土、木次轮与太阳本天等大，惟火星次轮时时不同。本轮高而太阳又高者最大，本轮卑而太阳又卑者最小，二者皆在高卑之中，则与太阳本天等大。①

江永所论可谓正中要害。梅文鼎在参考《五纬历指》的基础上通过火星运动模型来论证他的“围日圆象”说。但《五纬历指》的火星模型中火星岁轮半径是变化的，并给出几个半径值。梅文鼎所论火星岁轮半径值是引自《五纬历指》中的一个（64738），对其半径的变化则语焉不详，只是含糊地说火星岁轮与日天略等。江永曾试图对火星岁轮半径变化的问题进行解释：

> 五星皆以太阳为心，如磁石之引针。但土、木、金、水以太阳本轮之心为心，而火星独以太阳实体为心，次轮虽与日天等大，而半径时时不同。……所以然者何也？火与日同类，故其精相摄也。昧于度数者，浑言五星以太阳为心，而不别夫本轮、实体，讹谬甚矣。②

由此，我们看到江永对五星运动的另外一种解释。他认为土、木、金、水以太阳本轮之心为心，而按其所说，太阳本轮沿太阳本天运动，故此其本轮之心不是地球而是平太阳。更奇怪的是，江永认为火星以太阳实体也就是所谓

---

① （清）江永：《数学》，王云五主编：《丛书集成》，商务印书馆1936年版，第184页。

② （清）江永：《数学》，王云五主编：《丛书集成》，商务印书馆1936年版，第228—229页。

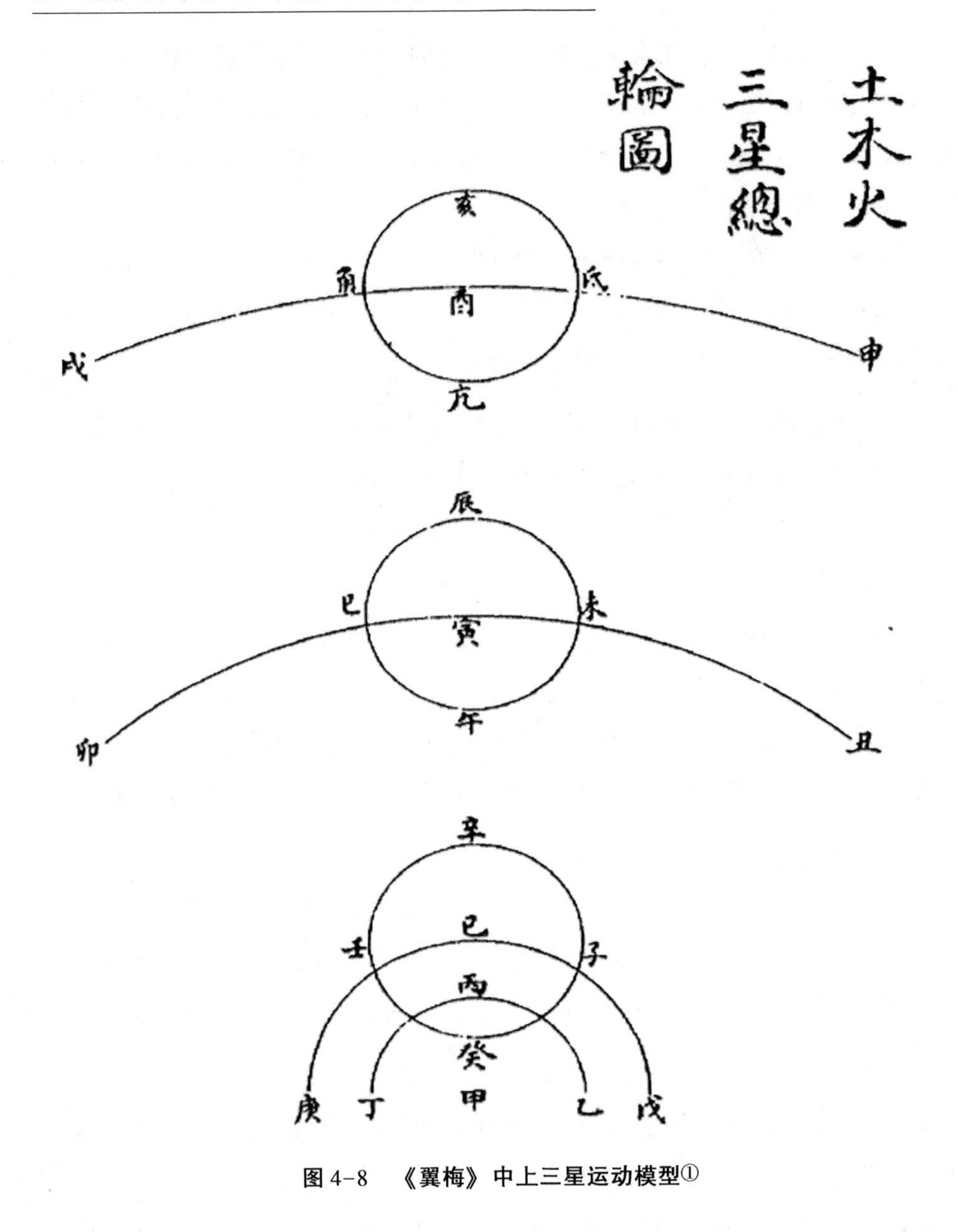


图 4-8　《翼梅》中上三星运动模型①

的“真太阳”为心。西方天文学史家认为五星运动中心从平太阳转为真太阳

① 按其注释可知：图中甲为地心，乙丙丁为太阳本天，诸星次轮半径与之等。戊巳庚为火星本天，辛壬癸子为火星次轮，辛合伏，癸冲日，轮之下割入太阳本天。丑寅夘为木星本天，辰巳午未为本星次轮。辰合伏，午冲日。申酉戌为土星本天，亥角亢氐为土星次轮，亥合伏，亢冲日。

是近代天文学革命的一个关键，[1] 这是由开普勒在其《论火星》一书中实现的。[2] 也许江永对此已有解释，但很可能是慑于梅文鼎的权威，并未作详细深入的讨论。即便如此，还是受到了梅文鼎之孙梅瑴成的斥责。在《五星管见》一书末尾，梅瑴成斥责江永，说他“吹毛索瘢，尽心力以肆其诋毁，诚不知其何心也？”[3]

江永赞同梅文鼎的金、水伏见轮之说，认为这是梅对天学的一大功绩。据《畴人传》记载：

> 文鼎《五星纪要》论金、水左右旋，犹仍旧说。后因门人刘允恭悟得金、水自有岁轮，而伏见轮乃其围日圆象，因详为之说，发前人所未发。永再三思之，绘图试之，谓即此一大事，文鼎已大有功于天学，乃为此卷以发其覆。[4]

由此可以看出江永实际上是在沿着梅文鼎的路继续往前走，他在试图解决梅文鼎理论当中的一些矛盾，从而将宇宙论与计算进一步融合。江永讨论的不仅仅是天体运动的几何模型，还包括天体本轮、均轮、岁轮相互作用关系。另外，江永还有一部名为《推步法解》的著作，详细讨论了五星推步算法，其中所论土星、木星两行星岁轮半径与太阳本天略等，[5] 而火星半径是变化的。

---

① 按古希腊传统，本轮中心反映了天体的平运动，所以以太阳本轮中心为心可理解为以平太阳为心，令行星以平太阳而不是真太阳为心是西方数理天文学的一个传统。这一传统至开普勒才被打破，开普勒以真太阳作为火星运动中心来研究火星运动，最终得出了行星运动三定律。所以，将行星运动中心由平太阳改为真太阳被视为西方天文学革命的关键。

② Neugebauer O, *On the Planetary Theory of Copernicus. Astronomy and History*, New York: Springer-Verlag, pp. 491-507.

③ （清）梅文鼎：《五星管见》，第6页。

④ （清）阮元：《畴人传》，商务印书馆1955年版，第528页。

⑤ 江永给出的岁轮半径都是相对值，均以各星的本天半径为一千万。这样土星岁轮半径为一百〇四万二千六百；木星为一百九十二万九千四百八十。按江永所推算，土星本天为太阳本天的十倍，木星为五倍，这样算下来两星岁轮近似相等。火星岁轮半径的平均值是六百五十四万九千五百，有高卑差。另据考察，江永的数据均引自《历象考成·五星历理》，为使星岁轮与日本天等大，江永给出了日天与星本天的比例。

戴震（1724—1777）是江永的弟子，传江永之学。[①] 在其《迎日推策记》中有关五星“围日圆象”说的论述，基本上是墨守江永之论。

> 星所属之规（名岁轮，又名次轮），中其规属于右旋之规，在日上者三星，以日躔相推而迟，故星所属之规右旋；在日下者星二，以速于日躔，故星所属之规左旋。星之伏见，环日上下，各有定距，成环日之规（名伏见轮）。在日上者，环日之规类于左旋以就日，在日下者类于右旋以就日也。[②]

由此可见，戴震对“围日圆象”说并未提出与前人不同的意见[③]，只是将前人的观点用古人传记文体包装了一下而已。戴氏虽崇尚西法，但其主要贡献在校注中国古算经方面，是乾嘉中后期导致历算传统转变的关键人物。

上述为乾嘉前期和中期历算家对“围日圆象”说的讨论。及至晚期，复古之风骤起，学者多以历算研究作为研习经学的工具，历算传统经历了一场从“苛求其故”到但求“无弊”的转变。[④] 其表现之一就是当时历算家开始怀疑西方传入的小轮体系的实在性。当然，这一态度的形成还有一个更为直接的原因，即《历象考成后编》的编纂。继熙朝御制《历象考成》之后，乾隆朝又组织钦天监内外中西官员修撰了《历象考成后编》。与《历象考成》采纳的第谷的地心小轮体系不同，《历象考成后编》用的是地心椭圆面积定律，但这两本书被合为一帙，这就给当时的学者带来了困难。在文字狱盛行的当时，没有人敢批判其中的任何一个。从这两种矛盾的理论中，学者最终得出它们都是数学假设的结论。[⑤] 钱大昕（1728—1804）在给戴震的信中对此有评述：

---

① 王萍：《清初历算家梅文鼎》，《“中央研究院”近代史研究所集刊》1971年第2期，第313—324页。

② （清）戴震：《迎日推策记》，戴震研究会主编：《戴震全集》，清华大学出版社1992年版，第260—263页。

③ 戴震提出金水二星所属之规左旋与前人不同。

④ 石云里、吕凌峰：《从“苟求其故”到但求“无弊”——17—18世纪中国天文学思想的一条演变轨迹》，《科学技术与辩证法》2005年第1期，第101—105页。

⑤ 刘钝：《清初民族思潮的嬗变及其对清代天文—数学的影响》，《自然辩证法通讯》第1991年第3期，第42—52页。

> 本轮、均轮本是假象，今已置之不用，而别创椭圆之率，椭圆亦假象也。但使躔离交食，推算与测验相准，则言大小轮可，言椭圆亦可。然立法至今，未及百年，而其根已不可用。近推如此，远考可知。①

此信中，江永因表现出过分拘泥于西学且提出与梅文鼎不同意见而成了批判的对象，钱大昕甚至劝戴震跟江永拉开距离。

乾嘉后期，阮元（1764—1849）及其所著《畴人传》在历算学界影响甚大，② 对小轮体系的评述具有代表性。

> 自欧罗巴向化远来，译其步天之术，于是有本轮、均轮、次轮之算。此盖假设形象，以为明均数之加减而已。而无识之徒，以其能言盈缩、迟疾、顺留、伏逆之所以然，遂误认苍苍者天，果有如是诸轮者，斯真大惑矣。③

对小轮体系的态度当然也影响到了对梅文鼎五星运动理论的评价。作为此时期历算代表人物的焦循对“围日圆象”说曾有评论：

> 梅勿庵徵君《火星本法》云：火星兼论太阳之高卑，要不能改其径线之大致。今以求法考之，以均轮所当之矢，为两差之比例，以相加，则其径线随本轮矢之高下为高下。有不能不改其大致者矣。江慎修布衣云，他星绕日，其本轮心尔。火日同类，独以太阳实体为心。故次轮大小，兼论太阳之高卑。乃细度之，恐亦未然。……总之，设诸轮以合实测，其所以然之故终非可以臆度。谓火星次轮之大小，由于太阳实体，其理恐未可通也。④

由此看来，焦循是从颇受争议的火星问题入手，得出行星运动的所以然

---

① （清）钱大昕：《与戴东原书》，陈文和主编：《嘉定钱大昕全集》第9册，江苏古籍出版社1997年版，第567页。

② 王萍：《阮元与畴人传》，《“中央研究院”近代史研究所集刊》1974年第4期下，第601—611页。

③ （清）阮元：《畴人传》，商务印书馆1955年版，第610页。

④ （清）焦循：《释轮》，《焦氏丛书》，江都焦氏雕菰楼刻，清嘉庆间江都焦氏雕菰楼刻，第14页。

之故并非可以臆度的结论。但焦循并没有对梅的围日圆象说全盘否定，对其金、水伏见轮之说持肯定态度：

> 五星之合、望、留、逆依于日行，故次轮与日天同大，次轮轨迹所成，谓之伏见轮。故伏见轮与本天同大，金、水之本天小于日天，其次轮大于本天，故不用次轮，而用伏见轮。伏见轮以日为心，其心不在本天，故不用金、水之本天，所以就伏见轮之心也。①

焦循、阮元在当时享有极高的威望，自此之后，历算学者多以此论为是。后继的历算学者对五星运动的研究基本上是停留在梅文鼎、江永的层次上。此后，历算家很少再去讨论宇宙论模型的“实指”与“借指”之别，“围日圆象”说也鲜被谈及。

中西方天文学有不同的传统，这尤其体现在对行星运动问题的处理上。古代西方天文学非常重视行星运动理论的建构，曾设计本轮—均轮模型以解释行星视运动，将此模型纳入天球宇宙论中。而中国天文学家主要用代数手段处理行星的视运动，最终目的是要准确计算行星位置。中国古代天文学一直没有自主地发展出一套行星运动的几何模型，致使尽管其测算精度很高，但解释力远不如西方。② 明清之际中国天文学家意识到西方天文学的这一特点，认为西法之长在于其能给出所以然之故。但一方面由于当时欧洲正值天文学革命之际，涌现出许多行星运动模型，天文学界对此莫衷一是；另一方面由于传教士天文学家译介西法时又过于讲求实效，致使译著中的行星运动理论和模型纷繁复杂，多有相互矛盾之处。对此，清初历算家曾提出一些解决方案，“围日圆象”说也正应此而生。梅文鼎提出“围日圆象”说，其目的在于“示异于西人”而“发明”一套新的行星模型；其效果也确实解决了西学天文译著中行星运动理论的一些问题；其结果是被大部分历算家接受，并写入钦定历书之中，得以正统化。梅文鼎“围日圆象”说的提出并不是一

---

① （清）焦循：《释轮》，《焦氏丛书》，江都焦氏雕菰楼刻，清嘉庆间江都焦氏雕菰楼刻，第9页。

② 劳埃德曾对中西方行星理论进行对比，提出：如果说代数数表足可以准确预测行星运动的话，那么几何模型在准确预测同时还可给出演绎性的解释或说明。参考自 G. E. R. Lloyd，*Adversaries and Athorities*：*Investigations into Ancient Greek and Chinese Science*，Cambridge University Press，1996，p. 180。

蹴而就的，而是经历了一个漫长的过程。通过此说，宇宙论模型、五星算法以及五星运动现象在一定意义上得以融通。但是，梅文鼎所论主要集中在行星运动模型、算法以及相应的观测等技术方面，对此模型的物理实在等问题却语焉不详。江永曾试图弥补梅文鼎理论的不足，详细讨论了诸轮半径以及诸论相互作用关系等问题，但并未得到当时以及后来历算家的认可，甚至还遭到了梅毂成的强烈斥责。乾嘉后期，随崇古之风的兴起，历算家多把天文学研究作为研究经学的工具，很少再去讨论宇宙论模型的“实指”与“借指”之别，“围日圆象”说也逐渐淡出历算家的视野。

# 第五章　明清之际中国天文学关于岁差认识的转变

关于岁差，古代中西方天文学有不同解释。[①] 在中国，最早指出岁差现象的是晋代虞喜（281—356），但并未将岁差概念引入历法计算。最早将岁差引入历法推算中的祖冲之，[②] 曾遭到当时士大夫的极力反对，认为他这是“诬天背经”的做法。祖冲之后许多历算家制定历法时没有考虑岁差。唐代一行（683—727）始分“天为天、岁为岁”，认为是黄道沿赤道的西退导致了冬至点的移动，[③] 致使“天周”与“岁周”不同。后世历算家大多以一行的岁差概念为宗。据曲安京先生考察，中国古代历法中的回归年与岁差常数的沿革大约经历了七个阶段。

**表 5-1　中国古代历法中之回归年与岁差常数的演变[④]**

| 历法 | 制定年代 | 回归年标准值（日） | 岁差标准值/（度/年） | 备注 |
|---|---|---|---|---|
| 大明历 | 463 | 365. 2428 | 0. 0250 | 历法引入岁差计算 |
| 大衍历 | 724 | 365. 2445 | 0. 0118 | 测定开元赤道宿度 |
| 明天历 | 1064 | 365. 2436 | 0. 0128 | 测定皇佑赤道宿度 |
| 纪元历 | 1106 | 同上 | 0. 0136 | 测定崇宁赤道宿度 |
| 杨级历 | 1127 | 同上 | 0. 0132 | 明天历与纪元历平均值 |
| 统天历 | 1199 | 365. 2425 | 0. 0150 | 制定岁实消长法 |
| 授时历 | 1280 | 同上 | 同上 | 测定至元赤道宿度 |

---

① 根据现代天文学可知，由于太阳和月亮的引力作用，地球自转轴会沿着一半径约 23. 5 度的圆周缓慢地绕黄极旋转，周期为 25800 年。正是因此导致所有恒星缓慢东移的现象，并连带使赤道沿黄道西滑，而作为赤道坐标参考点的冬至点也缓慢西移。

② （南朝梁）沈约：《宋书·律历志》，中华书局 1975 年点校本，第 1725 页。

③ 《〈大衍历〉历议·日度说》云：一行《大衍历》论曰：“所谓岁差者，日与黄道俱差也，……则是分至常居其所，黄道不迁，日行不退，又安得谓之岁差乎”。见（唐）一行：《大衍历·日度议》。

④ 曲安京：《中国数理天文学》，科学出版社 2008 年版，第 183 页。

古代西方天文学则沿袭着古希腊传统，该传统将岁差解释为“恒星东移”的结果。在西方，最早提出岁差概念的是喜帕恰斯（Hipparchus，前190—前120），他认为发生东移的仅是黄道上的恒星，其他则相对不动。后来托勒密通过大量观测改正了这一认识，认为所有恒星均在东移，只不过黄道上恒星东移现象更明显。据此他提出恒星天球概念，将“恒星东移”纳入亚里士多德宇宙论体系中。[①] 托勒密将岁差定义为恒星黄经增加率，认为每百年黄经东移一度，回归年（Tropical year）不变。他认为恒星年（Sidereal year）是变化的，可根据岁差值和回归年的数值推算出来。但实际上，托勒密的回归年数值并不准确，而由回归年推算出来的恒星年的数值却更为准确。这曾引发后来天文学家关于此问题的争议，甚至导致后来哥白尼提出地球章动（Trepidation）的概念。[②] 明清之际西方天文学传入中国后，这一观念也影响到了清初历算家关于岁差问题的理解。

中国与西方关于岁差的解释是截然不同的。古代中国天文学认为恒星是经星，不能动移，而黄道是可以动的，黄道的西退导致了“岁周”与“天周”之不同，而绝不是“星移”所致。古代西方认为黄道是固定不动的，整个恒星天球沿黄道自西向东缓慢移动。中国天文学中关于恒星不动移之论与术数、分野以及占星相联系，而西方的“恒星东移”解释则是建立在亚里士多德宇宙论基础之上的。明清之际，西方岁差理论传入中国。那么，传教士是如何介绍这一理论的呢？当时中国天文学家对此又做何反应？中国天文学是否曾有关于岁差认识的一场转变？如果有的话，这一转变又是通过何种方式实现？本章试图探讨这些问题。

---

① O. Pedersen, *A Survey of the Almagest*, Odense, Odense University Press, 1974, pp. 246-247.

② Bernard R. Goldstein, Historical Perspectives on Copernicus's Account of Precession, *Journal for the History of Astronomy*, 25 (1994), pp. 189-197.

## 第一节 天球宇宙论中的恒星东移

明末，西方传教士初入华宣教的效果并不显著，几经周折之后，利玛窦等确立了从上层至底层的知识传教策略。长期以来，传教士被认为是缺乏教化的野蛮人，后来他们逐渐认识到，改变这种看法的最好的办法就是以技师之身份进入朝廷，而当时他们最被看好的技术就是天文学。认识到天算在中国政治与社会中的特殊地位，利玛窦曾强烈建议教会派遣精习天文历算的教士入华为中国政府推演天象，[①] 藉西方天算之长，间接传教。为使西法得到正统地位，传教士天文学家曾极力宣扬西法的优越，而西方的岁差理论易给人深刻印象且较易得到验证，于是这一理论成为他们彰显西法之优越的一个重要案例。[②]

较早提及西方岁差理论的文献是《经天该》[③]。该书的前两句歌诀中就引入了“恒星东移”之论。

> 垣高先论极出地，北向须寻不动处，欲知真极无本星，列宿皆旋斯独异。[④]

由此看出，作者提到列宿皆旋以及极星动移的现象，在其后来的歌句中并没有直接提及列宿如何旋转。但是通过将《步天歌》与《经天该》中所载经星位置对比可以发现列宿有东移之趋势。梅文鼎曾做此工作，在《中西经星同异考》中论曰：

---

① Pasquale D'Elia, *Galileo in China*: *Relations through the Roman College between Galileo and the Jesuit Scientist-Missionaries* (1610-1640), Cambridge: Havard University Press, 1960, p. 6.

② J. B. Henderson, Ch'ing Scholars' Views of Western Astronomy, *Harvard Journal of Asiatic Studies*, 1986, 46 (1): 121-148.

③ 《经天该》的作者与写作年代还存在争议，梅文鼎认为是利玛窦所作，而方豪、潘鼐则认为是李之藻（1565—1630年）所作。裴化行（H. Bernard，1889—1975）等认为是利玛窦、李之藻合作。石云里、宋兵则认为是明末王应麟于泰昌元年（1620年）所做。参考石云里、宋兵：《王应遴与〈经天该〉关系的新线索》，《中国科技史杂志》2006年第3期，第189—196页。

④ （明）利玛窦：《经天该》，《丛书集成初编》，中华书局1985年版，第1308页。

《经天该》，作于利氏初入之时，大致亦以三垣二十八宿为序，略同步天。然于入宿之经度有加详矣，而以岁差东行间与今表亦有出入。今于古歌之原入某宿而今实不同者，于各星下注明原属某宿，以便稽考。①

接下来，梅文鼏详细地列出了《步天歌》（古歌）和《经天该》（今歌）所载经星位置的异同。

《经天该》中并没有明确地给出“恒星东移”的论断，也没有描述恒星如何东移。利玛窦与李之藻合著的《浑盖通宪说·恒星位置图说》中有关描述更加明确。

凡经星以四万九千岁一周天［是为岁差］，亦时有移动，但其移也密百年之内所差未多，故可以定仪取之其细。②

可见，此书中明确给出了恒星东移的周期，并将此现象定义为岁差，不但如此还给出了何以“恒星东移”之现象难以觉察的原因。

古希腊学者曾构建一套天球宇宙论，该宇宙论将诸星镶嵌于坚硬的水晶天球中并随之旋转。托勒密最早提出恒星岁差东移的概念，给恒星东移运动安置了一层天球。③ 这一传统一直到近代初期还被一些学院派学者沿袭。西法传入之初有关岁差理论都是与西方天球宇宙论结合在一起的。如利玛窦的《乾坤体义》中就有关于岁差天的描述。利玛窦介绍的宇宙论为水晶天球体系，宇宙以地球为中心，天体附着在以地球为心的天球上随天球的运动而绕地球旋转。利玛窦介绍的体系中，天被分为十一重，最外重是永静不动天，次外是宗动天，再往里就是恒星天，然后是五星和太阳天，以及月球天。在此体系中，日、月、五星以及恒星天均绕地自西向东运动，离地球的距离决定了其旋转的速度。恒星天在外层，离地球较远，运动最缓慢，周期为四万九千年。

① （清）梅文鼏：《中西经星同异考》，薄树人主编：《中国科学技术典籍通汇·天文卷》卷六，河南教育出版社 1993 年版，第 969 页。

② （意）利玛窦、（清）李之藻：《浑盖通宪说》，朱维铮主编：《利玛窦中文译著集》，复旦大学出版社 2001 年版，第 370 页。

③ O. Pedersen. *A Survey of the Almagest*, Odense, Odense University Press, 1974, p. 239.

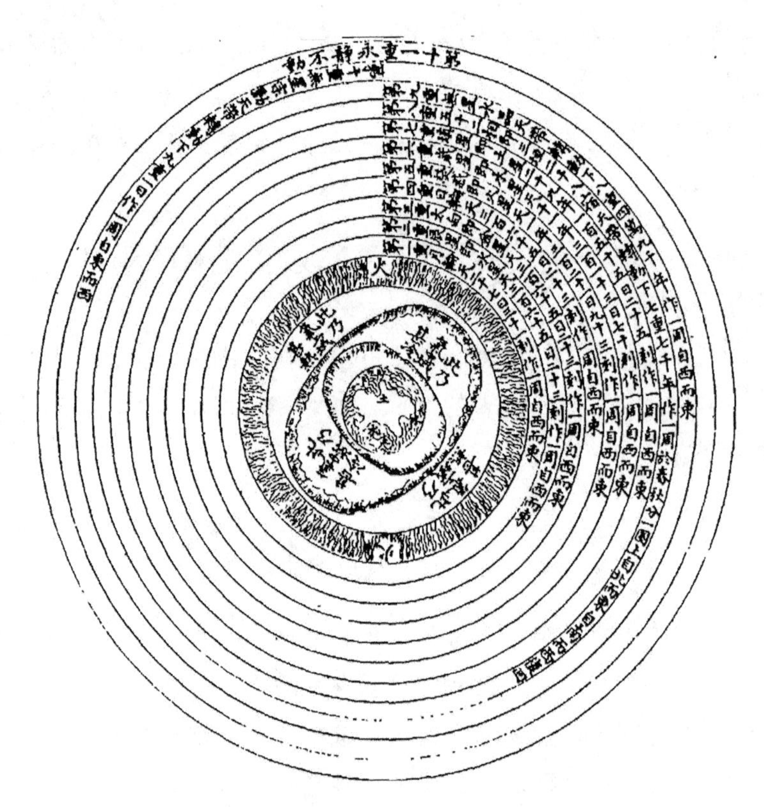


**图 5-1 《浑盖通宪》说中天球模型①**

由此看来，当时介绍的恒星东移之现象与宇宙论是紧密相关的。

后来刊行的《天问略》一书中对岁差问题的介绍与《乾坤体义》稍有不同。天被分为十二重，将恒星天分为南北岁差天和东西岁差天两重。东西岁差天用以解释恒星东移的现象，而南北岁差天可解释恒星南北向的运动现象。其论如下：

> 曰敝国历家详论此理，设十二重焉，最高者即第十二重，为天主上帝诸神处，永静不动广大无比，即天堂也。其内第十一重为宗动天，其第十第九动绝微，仅可推算而甚微妙，故先论九重未及十

① 其中最外层为永静不动天，内一层为宗动天，再向里分别为恒星、五行星天、月球天、地球等。

二也，……。①

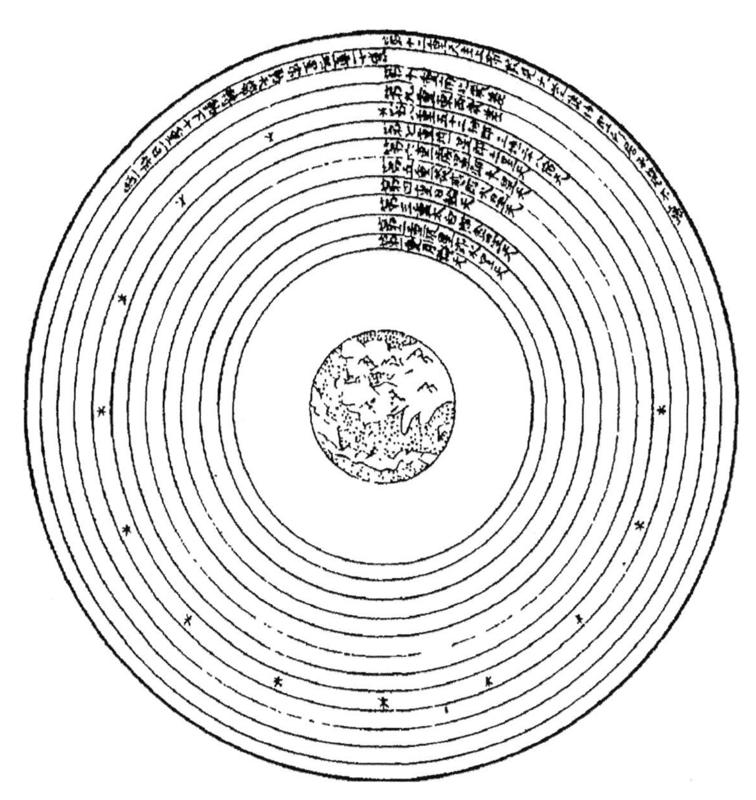

图 5-2　《天问略》中天球模型②

此论可能是受哥白尼的影响。哥白尼曾提出南北岁差的概念，为此赋予地球四种运动：沿赤道的周日运动、沿黄道的周年运动、沿黄道的东西运动、南北向运动。后两种运动可解释恒星的东西和南北运动，为东西岁差与南北岁差之源。尽管哥白尼的日心—地动说遭到了经院学者的反对，但他的南北岁差概念却被许多天文学家所接受，丁先生（Christopher Clavius，1538—1612）就是其中之一。丁先生认为宇宙中存在十一层天球，第八重为恒星天，在此

① （明）阳玛诺：《天问略》，薄树人主编：《中国科学技术典籍通汇·天文学卷》卷八，河南教育出版社 1993 年版，第 341 页。

② 其中最外层为永静不动天，内一层为宗动天，再向里分别为南北、东西岁差天，五行星天，月球天，地球等。

之上的第九重为东西岁差天，第十重为南北岁差天，第十一重为永静天。[1] 丁先生对入华传教士影响甚大，许多译著是根据他的著作编译而成的。阳玛诺在《天问略》中所述很可能源于丁先生的观点。

那么当时中士们对此理论作何反映呢？王英明的《历体略》（1612）中就曾提及恒星天以及恒星东移之论。“天有九重，第九重号为宗动天。体无星辰。带下八重天，转动一日一周。自东而西，第八重列宿天，二万四千五百一周……凡经星以二万四千四百年一周天是为岁差，但其移也密百年之内所差不多，故可以定度取之，中外星官三百六十未易，系列兹举大者，数十。”[2]

万历四十一年（1613），李之藻（1565—1630）奏请翻译西洋历法等书，列举了西方历法十四处优点，其中的第七点就谈及了“恒星东移”之论：

> 言天文历数，有中国书籍所未载者十四事：一、天包地外，……。七、岁差分秒多寡，古今不同，盖列宿天之外，别有两重之天，运动不同。其一东西差，出入二度二十四分；其一南北差，出入一十四分。各有定算，其差极微，往古不觉。[3]

和以前论述相比，李之藻对西方岁差理论的评述更为详细。在他看来，西方岁差理论的优越性不只体现在提出所有恒星均东移导致了所谓的岁差现象，而且表现在将恒星东移这一现象纳入传统的宇宙论中。这样西方天文学理论就表现出更强的说服力。李之藻在列举完西法十四处优点之后，进一步说：

> 凡此十四事者，臣观前此天文历志，诸书皆未论及，或有依稀揣度，颇与相近，然亦出无一定之见。惟是诸臣能备论之，不徒能论其度数而已，又能论其所以然之理。[4]

---

① Edward Grant, *Planets, Stars, and Orbs-The Medieval Cosmos*, 1200 - 1687, Cambridge: Cambridge University press, 1994, p. 318.

② （明）王英明：《历体略》，薄树人主编：《中国科学技术典籍通汇·天文卷》卷六，河南教育出版社 1998 年版，第 42 页。

③ （明）李之藻：《请译西洋历法等书疏》，《皇明经世文编》，见《续修四库全书》第 1655—1662 册，上海古籍出版社 1995 年版，第 5322 页。

④ （明）李之藻：《请译西洋历法等书疏》，《皇明经世文编》，见《续修四库全书》第 1655—1662 册，上海古籍出版社 1995 年版，第 5322 页。

可见李之藻认为，西法的优势不只在能论其度数，且能论其所以然之理。正是因此，李之藻建议朝廷翻译西法，以补中法不足。

以上皆为明清之际西学传入初期天文学著作中有关岁差问题的阐述。此时期传入的天文学比较注重理论方面，有些书籍还掺入了一些神学理论。由上文引述的《天问略》中的引文就可以看出。当时礼部正酝酿一场以西法参与改历的活动。据熊三拔后来回忆说，1615 年，礼部曾邀请他和庞迪我等翻译西洋历法，计算七政运动。[①] 但是，1616 年爆发了南京教案，熊三拔于万历四十五年（1617）被押解出境，泰昌元年（1620）卒于澳门。另外许多传教士被遣返回国，这就导致了在 1616 年到 1622 年间没有出现任何一本传播西学译述之作。[②] 后来，由于东北战事吃紧，需要购买或建造大炮，而传教士承诺可以帮忙，南京教案的紧张气氛才得以缓解。从 1623 年开始，又有一系列西学著作陆续问世，但其中很少涉及西方天文学理论。[③]

## 第二节　历算推步中的"恒星东移"

崇祯二年（1629），徐光启督修历法，翻译了大量西方天文学书籍，编入《崇祯历书》中。与 1616 年编译的天文书籍不同，此时期的书更注重实用性，尽管有"法源"部分对相关理论予以阐述，很显然这些内容不是《崇祯历书》的重点，书中更没有与宗教直接相关的论述。由于改历的需求，"恒星东移"之论不只是一种对岁差的诠释，而必须和算法、推步联系起来，成为能在历算中实际操作和运用的基本假设。这个新发展，最终使得主流天文学

---

① Ad Dudink, Opposition to the introduction of Western Science and the Nanjing Presecution (1616-1617), *Statecraft and Intellectual Renewal in Late Ming China*, Edited by Catherine Jamin, Peter Engelfriet. Boston, 2001, pp. 191-225.

② 樊洪业：《耶稣会士与中国科学》，中国人民大学出版社 1992 年版，第 39 页。

③ 1623 年到 1627 年间译出的西学著作有：《西学凡》《地震解》《职方外纪》《寰有诠》《西儒耳目资》《远镜说》《远西奇器图说》。这些书中，只有《寰有诠》与《远镜说》与西方天文学相关，但前者主要介绍亚里士多德哲学知识，而后者主要是在介绍望远镜这一仪器。在此期间没有像《表度说》《天问略》那样专门介绍西方天文学理论的译著出现。樊洪业：《耶稣会士与中国科学》，中国人民大学出版社 1992 年版，第 41 页。

最终接受了“恒星东移”理论。

编修《崇祯历书》之初，徐光启提出历法修订十事，其中第一条就是“议岁差之说”：

> 历法修正十事：其一，议岁差每岁东行。渐长渐短之数，以正古来百年、五十年、六十六年等多寡互异之说。①

当时礼部官员在讲开新局修法时还曾论及“恒星东移”：

> 至若岁差环转，岁实参差，天有纬度，地有经度，列宿有本行，月五星有本轮，日月有真会、似会，皆古来所未闻。惟西国之历有之，而舍此数法，则交食凌犯，终无密合之理。②

由此可见，“恒星东移”之论确实引起了当时历算家们的注意。

那么他们是如何将“恒星东移”纳入具体推步天体运动中去的呢？《恒星历指》有相关论述：

> 星行既依黄道，其向赤道时时迁改，欲从赤道求之，无法可得，故求赤道经纬必用黄道经纬。盖星之去离赤道无恒，而去离黄道有恒，黄道、赤道之相去离也又有恒，以两有恒求一无恒，无患不得矣。其推步则有多法：或用曲线三角形依乘除三率推算，为第一，此初法也；或用曲线三角形加减推算，为第二，此约法也；或用简平仪量度加减推算为第三，此简法也；或造立成表简阅得数，并免临时推算之烦，为第四，此因法也。③

所谓的星离黄道有恒是指恒星沿黄道东移，用现代数学方法可表示为：

$$\beta(t)=\beta(t_0)$$

$$\lambda(t)=\lambda(t_0)+p(t-t_0)$$

式中的 $\lambda$ 和 $\beta$ 分别指天体的黄经和黄纬，$p$ 是指恒星东移速率。因为恒星黄

---

① （明）徐光启：《徐光启集》，王重民编，上海古籍出版社 1984 年版，第 333 页。

② （明）徐光启：《徐光启集》，王重民编，上海古籍出版社 1984 年版，第 327 页。

③ （明）徐光启等：《新法算书》，纪昀主编：《影印文渊阁四库全书》第 788 卷，台湾商务印书馆 1983 年版，第 19 页。

纬基本不变，所以 $\beta(t)=\beta(t_0)$。因此，关键是求恒星的黄经，而求黄经关键是要确定 $\lambda(t_0)$ 和 p 值。《崇祯星表》是以崇祯元年（1628）天正冬至为历元，这主要参照了第谷星表。[①] 第谷星表发表在1602年，出版于丹麦和布拉格，其中所用为黄道坐标。《崇祯历书》星表中的黄经是由第谷星表中的黄经加岁差改正而来，黄纬则保持不变。第谷星表是以1600年为历元。第谷所给的岁差值为每年黄经增加51秒，故黄经增加23分25秒。《崇祯历书》星表不用分以下单位，故仅取黄经增加23分。[②] 在此基础上就可由球面三角形求得相应恒星的赤纬和赤经。《历象考成》的"恒星历理"部分对此有明确的交代：

> 今立法以历元甲子年各星黄道经度加岁差分得本年各星黄道经度，然后用弧三角法推本年各星赤道经纬度，设例如左。[③]

图5-3中甲为赤极，丙丁为赤道，乙为黄极，已戊为黄道。庚为星体所在。辛戊为黄经，对应着∠辛乙戊，庚辛为黄纬，此两数值已知。赤经对应的是壬丙，对应角是戊，庚壬为赤纬。整个求解赤经和赤纬的过程可以通过解△甲乙庚来完成。在△甲乙庚中，甲乙为黄赤大距为23°29′30″，乙庚弧=180°-庚辛，∠甲乙庚=180°-∠辛戊。由球面三角公式可得 $\cos$ 甲庚 $=\cos$ 甲乙 $\cdot\cos$ 乙庚 $+\sin$ 甲乙 $\cdot\sin$ 乙庚 $\cdot\cos\angle$ 甲乙庚，庚壬=180°-甲庚为赤纬。又因为 $\frac{\sin\angle\text{乙甲庚}}{\text{乙庚}}=\frac{\sin\angle\text{甲乙庚}}{\text{甲庚}}$，所以 $\sin\angle$ 乙甲庚 = 乙庚 $\cdot\frac{\sin\angle\text{甲乙庚}}{\text{甲庚}}$。∠乙甲庚对应着星体的赤经。

"恒星东移"现象将会导致中星位置的计算，而中星表的编制是中国历算传统中重要的一项。清初历算家胡亶曾于康熙八年（1669）撰成《中星谱》一书，其中关于中星时刻之推算就考虑了"恒星东移"之效应。

---

① 据孙小淳研究，在编制《崇祯星表》过程中，传教士们还参照了《巴耶尔星图》以及《格林伯格星表星图》，星表的南天增星很可能是传教士在来华途中所测。参考孙小淳：《〈崇祯历书〉星表与星图》，《自然科学史研究》1995年第4期，第323—330页。

② 孙小淳：《〈崇祯历书〉星表与星图》，《自然科学史研究》1995年第第4期，第323—330页。

③ （清）何国宗、梅瑴成等：《历象考成》，纪昀主编：《影印文渊阁四库全书》第790卷，台湾商务印书馆1983年版，第604页。

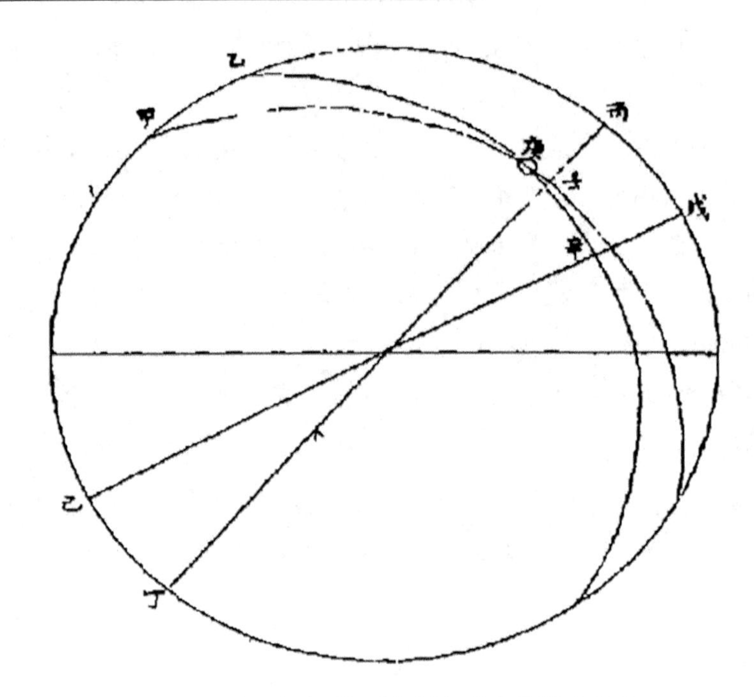


图 5-3 《历象考成》中恒星经纬度推算示意图

表 5-2 《中星谱》与《历学会通》中星对照表

| 《中星谱》春分中星时刻 | 《历学会通·正集·卷十》 | 《中星谱》春分时刻的比较 | 《历学会通·正集·卷十》 |
| --- | --- | --- | --- |
| 井宿——酉正时刻 | 酉初 | 轸宿——子初三刻 | 子正二 |
| 天狼——酉正时刻四分 | 卯（酉）正九 | 角宿——丑初初刻六分 | 丑初四 |
| 南河南星——戌初一刻五分 | 戌初三 | 亢宿——丑初三刻八分 | 丑初五 |
| 北河南星——戌初一刻八分 | 戌初五 | 大角——丑初三刻十三分 | 丑初八 |
| 鬼宿——戌正初刻十分 | 戌正八 | 氏宿——丑初二刻 | 丑正 |
| 柳宿——戌正一刻五分 | 戌正四 | 贯索大星—寅初一刻四分 | 寅初三 |
| 星宿——亥初初刻十分 | 亥初六 | 房宿——寅初二刻七分 | 寅初五 |
| 张宿——亥初二刻三分 | 亥初二 | 心宿——寅初三刻十四分 | 寅正九 |
| 轩辕大星——亥初三刻四分 | 亥初二 | 尾宿——寅正一刻八分 | 寅正五 |
| 翼宿——亥正二刻十二分 | 亥正八 | 帝座——寅正三刻十三分 | 寅正八 |
| 五帝座——子初二刻 | 子正 | 箕宿——卯初二刻十一分 | 卯初二 |

据考察《中星谱》所选用恒星为《历学会通·正集》卷10中提及的45星，但各星中天时刻却与之不同。[①] 对此，胡亶指出：该结果（《历学会通》）“距今四十年，经度约应东移半度强，纬度亦稍有所移。”[②]

引入“恒星东移”之论后，需要调整的不只是恒星位置的计算方法，因为推步七政均以恒星坐标系为参考，计算七政行度时也需纳入恒星东移的因素。《日躔历指》中有关“求太阳躔宿度分”就有“恒星沿黄道东移”的修正。首先是日所在宿度的计算。

> 十二宫距宿表，乃崇祯元年所算者。因星行历元以后每年加五十一秒，十年加八分三十秒，二十年加十七分〇〇秒。[③]

《历象考成》的论述更明了：

> 以积年与岁差五十一秒相乘，得数与历元甲子年黄道宿钤相加，得所求本年黄道宿钤。察实行足减本年黄道宿钤内某宿度分，则减之，余为某宿度分。[④]

可以看出，该法直接将日躔行度在黄道上计算。而之前的《大统历》却是先在赤道上计算日度。

> 推天正冬至日躔赤道宿次，置中积，加周应（应减距历元甲子以来岁差），满周天去之，不尽，起虚七度，依各宿度去之，即冬至加时赤道日度。如求次年，累减岁差，即得。[⑤]

实际上，中国古代天文学关于黄道岁差与赤道岁差的认识一直存在混乱。最初岁差概念是指赤道岁差，认为是冬至点沿赤道西退导致了恒星年与回归年不同。刘焯（544—610）最早提出黄道岁差，认为“岁差皆自黄道命之，

---

① 陈美东：《中国科学技术史·天文学卷》，科学出版社2003年版，第639页。

② （清）胡亶：《中星谱》，薄树人主编：《中国科学技术典籍通汇·天文卷》卷六，河南教育出版社1983年版，第423页。

③ （明）徐光启等：《新法算书》，纪昀主编：《影印文渊阁四库全书》第788卷，台湾商务印书馆1983年版，第400页。

④ （清）何国宗、梅瑴成：《历象考成》，纪昀主编：《影印文渊阁四库全书》第790卷，台湾商务印书馆1983年版，第625页。

⑤ （清）张廷玉：《明史》，《历代天文律历等志汇编（十）》，中华书局1976年版，第3703页。

其每岁周分，常当南之轨，与赤道相交，所减尤多。”值得注意的是，刘焯认为赤道岁差小于黄道岁差，用现代数学解释，即赤道岁差是黄道岁差在黄道上的投影。后来的一行没有采用刘焯关于岁差的论述，将岁差理解为“赤道岁差”，所谓“黄道不迁，日行不退”，认为岁差应“皆自赤道推之”。而所谓的“黄道岁差”[①] 只是赤道岁差的投影。一行还给出了由赤道岁差推求黄道岁差的计算方法，即所谓的“今有术”。[②] 后来历算家关于岁差的认识基本上承袭了一行的说法。如在“求天正冬至日躔黄道宿次”中《大统历》术文为：

置冬至加时赤道日度，以至后赤道积度减之，余以黄道率乘之。如赤道率而一，得数以加黄道积度，即冬至加时黄道日度。[③]

术书所提的赤道日度是上面已经加入岁差修正的日度数。由上文可见，“恒星东移”之论的传入澄清了对黄道岁差与赤道岁差认识上的混乱。对此，清初历算家王锡阐有评述：

然西历以岁实求平岁，以均数求定岁，则所主者，消长之说也。所消小余，视郭历更促，不知亿万年后，将渐消至尽，亦消极复长耶。又言经星东行，故节岁之外，别有星岁。经星常为平行，星岁亦无消长。以中法通之，星行者，即古之岁差；星岁者，即古之天周。异名同理，无关疏密。唯古以岁差系赤道，今以岁行系黄道，则新法为善尔。[④]

王锡阐还连同岁实消长问题讨论了岁差现象。所谓岁实消长是指回归年的长

---

① 刘焯的《皇极历》曾提出黄道岁差，给出过黄道岁差值。但那不是考虑到恒星赤纬变化的结果，而是由于刘焯认识到岁的长度应在黄道上规算。一行的《大衍历》继承了刘焯推算黄道日度的原理，并对黄道岁差和赤道岁差加以讨论。他提出应以“今有术”从赤道变黄道。然立法之体，宜尽其原，是以开元历皆自赤道推之，乃以今有术从变黄道。见王应伟：《中国古历通解》，辽宁教育出版社1998年版，第107页。

② 白尚恕、李迪：《中国历史上对岁差的研究》，《内蒙古师院学报（自然科学）》1982年第1期，第84—89页。

③ （清）张廷玉：《明史》，《历代天文律历等志汇编（十）》，中华书局1976年版，第3704页。

④ （清）王锡阐：《晓庵遗书·杂著》，薄树人主编：《中国科学技术典籍通汇·天文卷》卷六，河南教育出版社1998年版，第594页。

度也是变化的，有消长之变，且消长率不定。同时，王锡阐也注意到恒星东移率也是变化的。

> 识者欲以黄赤极相距远近求岁差、朓朒，与星岁相较为节岁消长，始终循环之法。夫距度既殊，则分至诸限亦宜随易。用求差数，其理始全。然必有平行之岁差，而后有朓朒之岁差。有一定之岁实，而后有消长之岁实。以有定者纪其常，以无定者通其变，迁乃可垂久而无戾矣。①

王锡阐所论还是很中肯的，既道出了中西之异同，同时点出了西历所长。他还曾指出计算岁差的原理及方法。

由于考虑了恒星东移的效应，新法中求月亮、五星宿度以及推日月交食等法与传统历法相比都有很大不同。关于求月亮运动宿度的问题，《历象考成》云：

> 依日躔求宿度法：求得本年黄道宿钤，察黄道实行足减本年黄道宿钤内某宿度分，则减之，余为黄道宿度。②

另外，求五星运动宿度也需考虑恒星东移效应，相关论述见于《历象考成·下编》卷五—卷八。

关于交食预算也需用岁差校正宿度，清初历算家梅文鼎曾著《交食蒙求》一书，其中有关交食计算就考虑了“恒星东移”的效应。

> 置日实宫命黄道宫名，即食甚时黄道宫度。以各宿黄道宿钤近小者去减黄道宫度，即得食甚时黄道宿度。法以所求年距历元戊辰之算乘岁差五十一秒，加入宿钤，然后减之，如加岁差后宿钤，转大于食甚，黄道不及，减退一宿，再如法减之。以黄道宫度入一卷

---

① （清）王锡阐：《晓庵遗书·杂著》，薄树人主编：《中国科学技术典籍通汇·天文卷》卷六，河南教育出版社 1998 年版，第 595 页。

② （清）何国宗、梅瑴成等：《历象考成》，纪昀主编：《影印文渊阁四库全书》第 790 卷，台湾商务印书馆 1983 年版，第 638 页。

升度表对度取之，即得所变食甚时赤道宫度。[1]

梅文鼎是在研究《西洋新法历书》的基础上撰写的《交食蒙求》。

由此可见，“恒星东移”之论影响的不只在于宇宙论方面，还在历算层面上。明清之际官修历书中日、月、五星之计算均考虑了“恒星东移”的效应，而受此影响的历算学者也将此论纳入其算法当中。实际上，“恒星东移”之论由于与中国传统天文学对恒星的认识不符，尤其与传统的占星、术数理论相左，曾引发保守士人与传教士天文学家间激烈争议。

## 第三节 清初关于“恒星东移”的争论

万历四十四年（1616）发生的南京教案，开启了明、清反教的先声[2]。虽然传教士因为崇祯皇帝决心修改历法和为明朝修建火器，而得以走出教案的阴影，进入朝廷，但这也使他们随即卷入历法的争斗中。[3] 明末士人反教的观点集中在崇祯十三年（1640）出版的《圣朝破邪集》中。其中主要是反天主教的言论，对教士传入的天文学知识很少论及，《历法论》是不多的几篇涉及天文历法的文章。文中隐约提及西方的“恒星东移”之论，该文首先以赞颂之口吻历数了前朝历法、占星等术，然后在“四宿引证”中论曰：诸宿（昴宿）移动是“布新除旧，天下革命”之象。[4] 但这些反教言论并没有动摇传教士天文学家的地位。

明末，保守士人对传教士的攻击多集中于宗教教义和文化传统方面，对西法在技术层面的抨击很少[5]，对“恒星东移”的驳斥更为鲜见。在《明史·

---

① （清）梅文鼎：《历算全书》，纪昀主编：《影印文渊阁四库全书》第794卷，台湾商务印书馆1983年版，第697页。

② J. Gernet, *China and the Christian Impact*. Cambridge: University of Cambridge, 1985. pp. 40–47.

③ 祝平一：《跨文化知识传播的个案研究：明清之际地圆说的争议，1600—1800》，《历史语言研究所集刊》1998年第3期，第589—670页。

④ （明）徐昌治：《圣朝破邪集》，中文出版社1984年版，第1488页。

⑤ 明末保守士人并非完全敌视西方历算技术，当时作为西法竞争对手的魏文魁还曾向徐光启等讨要三角函数表。具体可参考祝平一：《三角函数表与明末的中公历法之争——科学的物质文化试探》，《大陆杂志》1999年第6期，第9—18页。

天文志》所列崇祯元年（1628）徐光启等所测的二十八星宿黄、赤经度中，已引入“恒星东移”之论，但终因崇祯朝西历未得颁行，故此一新订的二十八星宿度值在明代可能未被采用。[①] 明清鼎革之际，汤若望成功地率传教士天文学家获得清朝钦天监的领导权，并自顺治元年（1644）起正式以西法为清政府制历。尽管“恒星东移”之论似乎在明末并未引起太大的震动，但是随着西法正式启用，该论却成为保守士人攻击对象。

在中国传统天文学框架中，恒星（即经星）只有自东向西的周日旋转，而没有东移之趋势，而“恒星东移”之论的正统化势必会引起传统知识体系的混乱，故此论在当时引起相当大的反弹。当时对西法抨击最为猛烈影响最大的当属杨光先。他曾于顺治十六及十七年（1660—1661）连番上书攻击西历。但此反击因顺治与汤若望的良好关系而未奏效。直到康熙三年（1664），杨光先在鳌拜等四辅助大臣掌权的新政治环境下，掀起“历狱”，夺回钦天监监正位置。[②] 当时，杨光先已经意识到，对传教士天文学家仅从宗教角度提出的非难不会使得朝廷禁止外来宗教，因为汤若望优越的科学知识已使他能有效地对抗外来的非难与变故，只有剥夺这层保护伞，他才可能彻底地实现清除夷人的目的。所以杨氏对汤若望等传教士的发难在两个层面展开：一方面他把基督教作为一种异教予以抨击，另一方面他批驳了传教士介绍的地理观和天文观。[③] 他对西法的抨击主要体现在《摘谬十论》中，其中五、六两论与“恒星东移”之论有关：

> 五谬　移寅宫箕三度入丑宫之新：查寅宫宿度，自尾二度入寅宫起，始入丑宫。今冬至之太阳实躔寅宫之箕三度，而新法则移箕三

---

① 黄一农：《汤若望与清初公历之正统化》，见吴嘉丽、叶鸿洒主编：《新编中国科技史》，银禾文化事业公司 1990 年版，第 465—490 页。

② 杨光先起初的目的并不是夺得钦天监监正位置，只是想清除钦天监中的夷人。接任钦天监后，曾连续五次上书请求离职，用席文的话说，他属于“堕入了自设的陷阱”。参考：E. Menegon，*Yang Guangxian's opposition to Adam Schall：Christianity and Western Science in his work Bu de yi*；N. Sivin，*On "China's Opposition to Western Science during Late Hing and Early Ch'ing"*，1956，56（2），pp. 201-205.

③ E. Menegon，Yang Guangxian's opposition to Adam Schall：Christianity and Western Science in his work Bu de yi. 陈村富主编：《宗教与文化论丛》，东方出版社 1995 年版，第 227 页。

入丑宫，是将天体移动十一度矣，一宫移动，十二宫无不移动也。[1]

中国古代天文学将岁差仅仅看作是冬至点沿赤道的西退，是冬至点移动，而非星宿移动。杨光先是在传统岁差理论基础上来指责西法，在他看来，冬至点是变动的，而“十二宫”移动则不可思议。

对杨光先而言，更不可思议的是由于恒星沿黄道东移而导致的觜、参两宿的倒置。觜与参是传统二十八宿中最贴近的两宿。由于岁差的影响，此两宿距星的赤经愈来愈近，13 世纪末以后，传统觜前参后的次序甚至变成参前觜后。[2] 汤若望等所绘星图就已加入了这一变化，其中觜、参二宿与传统星宿顺序颠倒。

图 5-4 中，二宿按顺时针的顺序是参先觜后，与传统星图顺序相反。对此，杨光先曾猛烈批判：

> 六谬 更调觜参二宿之新：四方七宿俱以木、金、土、日、月、火，水为次序，南方七宿：井、鬼、柳、星、张……。新法更调参水猿于前，觜火候于后，古法火、水之次序，四方显列其一方矣。[4]

在杨氏看来，将觜、参两宿倒置，不仅会导致水火颠倒，且十二生肖中的“猴”亦将因此变成猿[5]。经核查，当时由传教士天文学家所编制的历书

① （清）杨光先：《不得已》，见薄树人主编：《中国科学技术典籍通汇 · 天文学卷》卷六，河南教育出版社 1998 年版，第 922—923 页。

② 黄一农：《清前期对觜、参两宿先后次序的争执——社会天文学史之一个案研究》，杨翠华、黄一农主编：《近代中国科技史论集》，中国台湾“中央研究院”近代史研究所 1991 年版，第 71—94 页。

③ （明）徐光启等：《新法算书》，纪昀主编：《影印文渊阁四库全书》第 788 卷，台湾商务印书馆 1983 年版，第 91 页。

④ （清）杨光先：《不得已》，见薄树人主编：《中国科学技术典籍通汇 · 天文学卷》卷六，河南教育出版社 1998 年版，第 923 页。

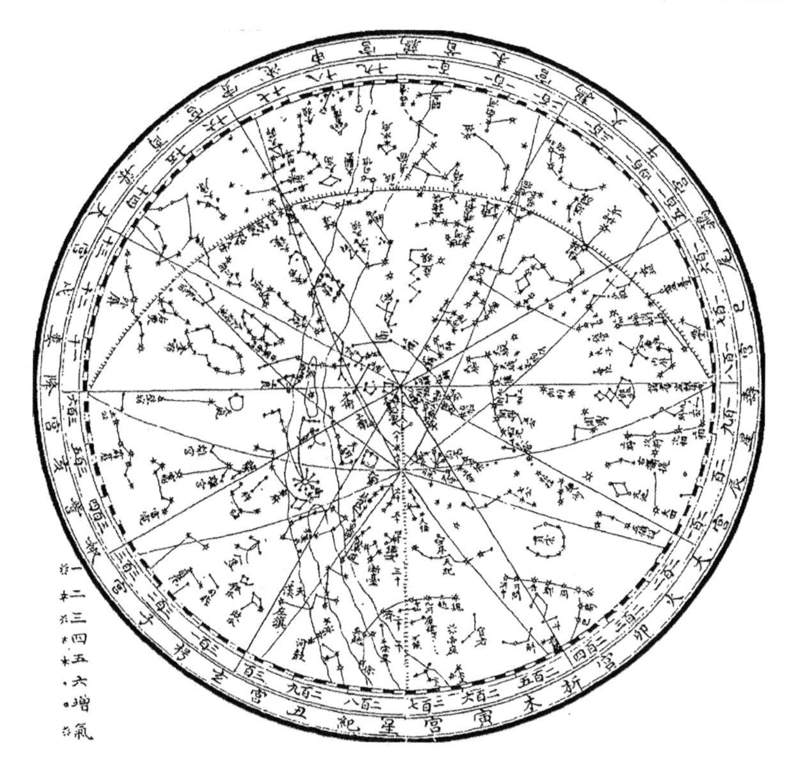

**图 5-4　汤若望所制星图①**

中仍依惯例定是年（顺治十三年）的生肖为属猴。②

关于岁差，杨光先在《孽镜》一书中有论述。

> 岁差之差非差错之差也。天行一岁有一分五十秒之差，六十六年八月有一度之差，天之定体也。知岁差之定体，而羲和之法、回回之法、西洋之法殊途而同归矣。然羲和之法所以善于回回、西洋

---

① 中国自古将周天二十八星宿分属四方，每一方所辖七宿从右到左依序分别对应于木、金、土、日、月、火、水等七政，又二十八星宿亦各与一灵禽相配。术家并将全天均分为十二宫，以十二支命名，其中子、午、卯、酉称为四正宫，寅、申、巳、亥为四孟宫，辰、戌、丑、未为四季宫。这样就有十二宫，十二宫又分别对应十二种灵禽，称为十二生肖。其中觜宿对应火，属猴，所谓“觜火猴”，而参宿对应水，属猿，所谓“参水猿”，而觜、参两宿之倒置势必会导致传统术数、占星的混乱。

② 黄一农：《清前期对觜、参两宿先后次序的争执——社会天文学史之一个案研究》，杨翠华、黄一农主编：《近代中国科技史论集》，中国台湾“中央研究院”近代史研究所 1991 年版，第 71—94 页。

者，二家以三百六十度配岁之三百六十日三时。其间以短为长，未免有迂曲之算，岂若羲和以三百六十五度二十五分配岁之三百六十五日三时之为直焉。[①]

由此看来，杨光先认为中法关于岁差之界定的优势在于其制度方面，以天行之度配岁度。由其论述可以看出，杨氏坚持中国传统的岁差理论，即“天自为天，岁自为岁”的说法，认为“天行一度，岁有一分五十秒之差”。在他的知识体系中，经星不可能东移，否则顺序就会变更，而此变更会带来混乱，这正是他抨击西法之处。然而，最终直接导致汤若望等传教士天文学家锒铛入狱的不是《摘谬十论》，而是杨氏于1659年所做的《选择议》，对此杨光先都始料未及。[②]

后来，南怀仁等传教士凭借康熙亲政及鳌拜被捉政治局势丕变之际，自康熙七年（1668）起为“历狱”翻案，对当时钦天监中回回天文学家及杨光先大肆攻击。南怀仁指出依“大统历”和“回历”所推日影、昼夜时刻、太阳出入方位等均存在较大偏差，远不如新法准确。当时康熙亲自主持该案，由于他自幼曾追随南怀仁修习西法，相当欣赏西洋历算，对阴阳选择术又非常反感，故形势对杨光先等极为不利。康熙七八年之交，杨光先曾上一疏，希望能说服皇帝拒行“天主教之法”而用“尧舜相传之法”。[③] 疏中曾提及“恒星东移”之论：

怀仁驳明烜之历又曰：二十八宿东行，夫二十八宿西行，举头即能见之，而谓二十八宿东行，不知历日不肯作此言，即三岁孩童亦不肯作此言矣！[④]

可见，杨光先当时对“恒星东移”之论还耿耿于怀，希冀以此“违背常

① （清）杨光先：《不得已》，见薄树人主编：《中国科学技术典籍通汇·天文学卷》卷六，河南教育出版社1998年版，第939页。

② 黄一农：《择日之争与康熙历狱》，《清华学报》1991年第2期，第247—280页。

③ 黄一农：《清初天主教与回教天文家间的争斗》，《九州岛学刊》1993年第3期，第47—69页。

④ ［比］南怀仁：《熙朝定案》，见韩琦、吴旻校注：《熙朝崇正集、熙朝定案（外三种）》，中华书局2006年版，第74页。

识之论”说服皇帝，但此论也确实暴露了杨光先不明历理、善强词夺理之弊。“奉旨称：“历法见令诸王、贝勒、大臣等会议，杨光先若实有所见，应于众议之处说出，且前有天文最为精微，历法关系国家要务，尔等勿怀有夙仇，各执己见，以己为是，以彼为非，互相争竞，孰是者遵行，非者即改之旨甚明，杨光先不候定义，据称为不可用，阻挠具奏，殊为可恶，理应从重处治，姑从宽免，著饬行。”① 最终，南怀仁凭借赌测日影获胜成功，西洋新法在钦天监中长期居于主导地位。②

南怀仁在康熙四年（1665）获赦后，就潜心细绎杨光先所布的西法“十谬”，经条分缕析后，以“言必有凭，法必有验”的态度完成《不得已辨》一书。由于此书的书名与利类思（Lodovico Buglio，1606—1682）的《不得已辨》完全一样，故亦曾称之为《历法不得已辨》。③ 对关于岁差的第五谬《不得已辨》论曰：

> 光先五摘总谓新法说天上星宿移动与前人所定十二宫主宿分野等不合。试问或强天以合人之法为准乎？亦将该人定之法以合于天为准乎？论星宿移动，应先知天上有两动，一自东向西，一自西向东。自东而西者，日、月、五纬二十八宿明白可见，兹不必解。自西而东者，日月五星不难分别，二十八宿之行动甚微，故为难知，非一代人可考究。④

南怀仁所辩可谓一语中的，到底应该是“强天以合人之法”，还是“将人定之法合乎于天”，这在西方本不是一个问题，但在中国这样一个以儒家传统为主的国度里这就是一个必须回答的问题。其实杨光先所提问题很简单，即：如果按照西法行事，人定之法合于天，那古圣先贤的位置怎么摆放？以杨光先为代表的保守派士人主张剔除西法，坚持“宁使中夏无好历法，不可

---

① ［比］南怀仁：《熙朝定案》，见韩琦、吴旻校注：《熙朝崇正集、熙朝定案（外三种）》，中华书局2006年版，第75页。

② 黄一农：《汤若望与清初公历之正统化》，见吴嘉丽、叶鸿洒主编：《新编中国科技史》，银禾文化事业公司，第465—490页。

③ 黄一农：《康熙朝涉及“历狱”的天主教中文著述考》第25卷，《书目季刊》1991年第1期，第12—27页。

④ ［比］南怀仁：《不得已辨·辨光先第五摘》，中国科学院自然科学史所线装书阅览室馆藏。

使中夏有西洋人”的说法。[①] 而作为入主中原的满族皇帝来说，开国之初即将天命立基于儒家传统，同时亦须精确历法确立其皇朝的合法地位，西法正好可以满足当时的需要。如何调和双方在观念上的冲突是顺治帝与康熙帝所面临的问题[②]。至康熙末年，此矛盾才通过“西学中源”说得以解决。

另外，南怀仁还详细地解释了何以更调觜、参二宿。

> 辨光先第六摘以为新法（更调觜、参之谬）。光先之摘六谬，意谓觜属火，参属水，则觜在参前，今新法相反。然则觜尾等属火之宿，比参壁等属水之宿宜更高而离地更远，不宜在同天矣。如必以所属而定其序，则水星必属水，土星必属土，土重水轻，水星宜在土星之上。不知土星本在五星最高之天。水星本在五星最下之天，与光先之论正相反。夫以水、火分属觜、参者，此出人意安排之次第，而列宿逐渐东移，实天行度之自然。新法之定参先、觜后，本诸测候，所谓顺天以求合。泥水、火之序而谓参必不先，觜必不后，未免自人以验天。……据图以考之，则光后判矣。古昔依赤道经度觜在参之西，今在其东也。盖二十八宿不以赤道之极为本行之极，而以黄道之极为极。其依黄道行，古今如一，无彼此先后近远之变易。其变易全由于过赤道之经弧而纬南北多寡不等。[③]

其中所谓土重、水轻之论应来自亚里士多德宇宙论，其谓地界由土、水、火、气四元素组成，而土最重居宇宙之中。当时，尽管亚氏理论受到了挑战，但一些经院学者对此还深信不疑。南怀仁正是以此论反驳传统的理论。进而，南怀仁给出了觜、参更调之原理图。从下文可知，杨光先曾通过改变距星的方法保持传统星宿次序。对此，南怀仁论道：

> 史载元太子论德当著历议，发明新历，顺天求合之征。考证前

---

① （清）杨光先：《不得已》，见薄树人主编：《中国科学技术典籍通汇·天文学卷》卷六，河南教育出版社1998年版，第941页。

② 满清皇帝做此努力始于顺治帝，可由顺治赐予汤若望的“金石盟——御制天主堂帖”碑文看出。见祝平一：《金石盟——〈御制天主堂碑记〉与清初的天主教》，《“中央研究院”历史语言研究所集刊》2004年第2期，第389—421页。

③ ［比］南怀仁：《不得已辨·辨光先第六摘》，中国科学院自然科学史所线装书阅览室馆藏。

人附会之失。今安得再起斯人，而为《时宪历》一发明一考证乎。最可骇者，光先擅改距星以求济其邪说。夫距星乃各宿之一星，于各宿众星中简其一，以定彼此相距之度。汉唐以来，千年唯一永无更易。只因十四年钦天监辨吴明炟之妄驳，证以史载汉唐宋元距度以渐而异，光先遂变为历代距星不同之说，以相狂惑，有是理乎?[①]

可见，当时双方围绕星宿距星问题有一场激烈的争论。就其所论可见，南怀仁取得了胜利。

杨光先虽因未能造出精确历法而惨败，但其对当时以及后来学者的影响非常大。与我们今天的评价不同，在清代许多学者眼里，[②] 杨光先并不是一个夜郎自大开历史倒车的丑角，而是一个壮志未酬悲剧式的英雄。[③] 尽管他的推步能力不为后人称道，但其对天主教进行抨击的做法却被当时和后来的学者们赞扬。[④]

康熙十一年（1672），杨燝南向传教士及其天文学发起了最后一次进攻，欲为杨光先平反，此事或为中国保守知识分子最后一次因抨击西法所引起的案件。经康熙帝命大臣、科、道等官共同会验，结果燝南败，被判杖责，并徒三年。此案的判决益发巩固了西法在钦天监中的地位。[⑤] 康熙对此案极其关注，据《康熙起居注》记载，康熙十一年八月十二日，康熙帝召素通历法的学士熊赐履（1635—1709）至懋勤殿，告以“治历明时，国家重务”，命其务必慎重处理此事，并问其对新、旧法聚讼纷纭的看法，赐履对曰：

就中款项甚多，难以枚举。即如岁差，旧法是太阳退数，换宫不换宿，换太阳宫，不换经星宫，新法是经星进数，换宿兼换宫，

---

① ［比］南怀仁：《不得已辨·辨光先第六摘》，中国科学院自然科学史所线装书阅览室馆藏。

② 对杨光先的看法，清代前后有一个转变。可参考黄一农：《康熙朝汉人士大夫对“历狱”的态度及其所衍生的传说》，《汉学研究》1993 年第 2 期，第 137—161 页。

③ 刘钝：《清初民族思潮的嬗变及其对明代天文学数学的影响》，《自然辩证法通讯》1991 年第 3 期，第 42—52 页。

④ 嘉庆年间钱大昕评道：“杨君于步算非专家，又无有力助之者，故终为彼所诎。然其诋毁耶稣异教，禁人传习，不可谓无功于明教者矣。”钱大昕：《〈不得已〉跋》，见（清）杨光先：《不得已》，第 501 页。

⑤ 黄一农：《杨燝南——最后一位疏告西方天文学的保守知识分子》，《汉学研究》1991 年第 1 期，第 229—245 页。

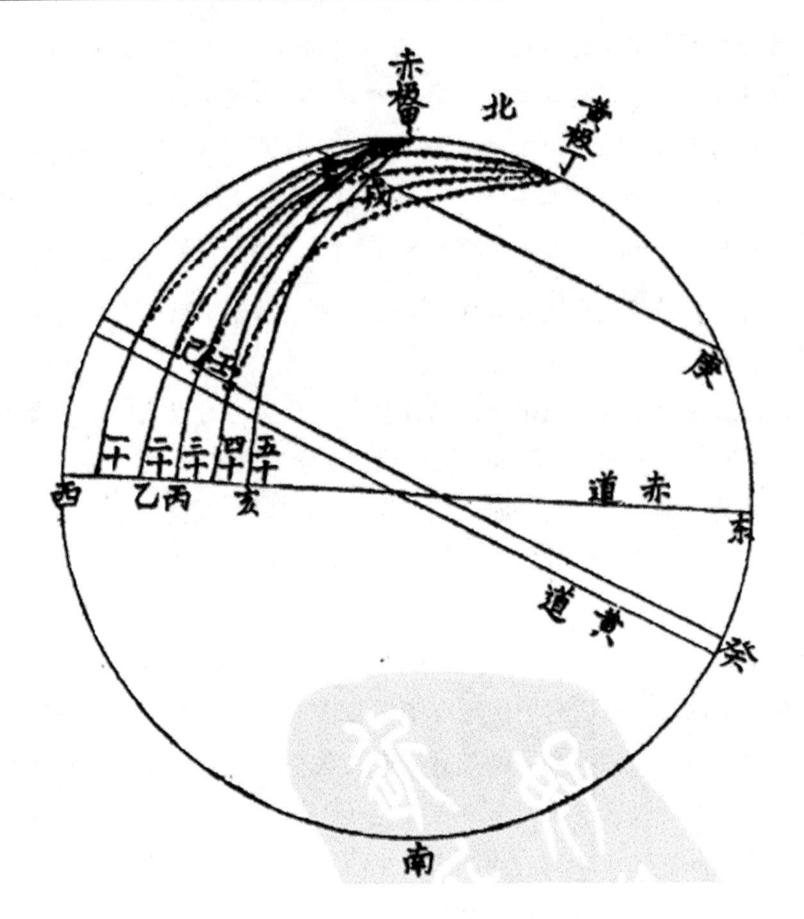


图 5-5 《不得已辨》中恒星东移图

换经星宫，不换太阳宫。所以旧法虽有岁差，宫宿不动，新法日积月累，宫宿挪移，是以向来一切推算占候、阴阳五行、生克衰旺之说，都难以取合，此亦聚讼之一端也。至于岁实参差、岁差环转、节气游移、觜、参颠倒，种种不同，大相径庭，是以纷纷辨论。①

就其所述，可见熊氏对新、旧法间争执的重点认识得比较清楚。他指出由于双方的天文观念不同，致使建立在此基础上的推算占候、生克衰旺之说

① （清）康熙：《康熙起居注》第一册，中国第一历史档案馆整理，中华书局 1984 年版，第 52 页。

根本无法调和，此即为双方聚讼的症结。康熙帝在听取熊赐履的意见后，相当理性地认为唯有“理明数着，吻合天行”者，方为真确。[①]

由以上的论述可以看出，“恒星东移”之论引发的不仅是历法技术层面的冲突，更是两种文化的碰撞。从一定意义上说，“恒星东移”之论很像是传教士天文学家与保守士人间权力角逐中的一枚棋子，传教士天文学家欲借此彰显西法优越，保守士人将其作为攻击传教士及其天文学的着力点之一。而双方的争论并不在同一个层面上，杨光先等保守士人对此论的批驳主要集中于传统秩序、礼法等方面，认为传教士们宣扬的此论会破坏秩序、祸乱法度。而传教士天文学家们的反驳则集中于历算技术方面，他们所强调的是制定的历法要与天合。

与保守士人相比，当时的一些精通历算的士人对“恒星东移”之论却持一种较为平和的态度。明末清初，私习天文之禁有所松动，再加上西方天文学的传入，出于中国的科学传统和社会的实际需要，一些士人开始研习历算之学。[②] 由于当时传统历算书籍寥寥无几，而传教士翻译的西洋历算书籍却较易获得，绝大部分士人是通过研习这些译著来了解历算知识的。[③] 那么，对此论持较友好态度也就可想而知了。

熊明遇（1579—1649）其人其书对当时以及后来的士人影响较大。他的《格致草》可说是明代耶稣会士把西方学问译介来华的风潮中以非教徒身份最早研究西学的专门著作。[④] 万历四十一年，熊明遇进京，曾结识耶稣会士庞迪我、熊三拔、阳玛诺、毕方济（Franc ois Sambiasi，1582—1649）、徐光启等人，醉心于研究耶稣会士传入的西学。[⑤] 同年，他又为熊三拔《表度说》

① 黄一农：《杨燝南——最后一位疏告西方天文学的保守知识分子》，《汉学研究》1991 年第 1 期，第 229—245 页。

② 王扬宗：《略论明清之际西学东渐的特点与中西科学互动》，《国际汉学》2000 年第 6 辑，第 318—336 页。

③ 祝平一：《反西法：《定历玉衡》初探》，卓新平主编：《相遇与对话：明末清初中西文化交流国际学术研讨会文集》，宗教文化出版社 2003 年版，第 348—365 页。

④ 冯锦荣：《明末熊明遇〈格致草〉内容探析》，《自然科学史研究》1997 年第 4 期，第 304—328 页。

⑤ 冯锦荣：《明末熊明遇〈格致草〉内容探析》，《自然科学史研究》1997 年第 4 期，第 304—328 页。

撰序，明言耶稣会士精于天学，在推岁差、节度定纪方面，尤为出色。[①] 大概就在徐光启上奏《条议历法修正岁差疏》时，熊明遇与钦天监官员周子愚论岁差之理，讥诋周子愚以“天老，日行迟，阳渐衰故也”解释岁差，为“拘世儒腐说”。[②]《格致草》是熊明遇于崇祯年间修订旧作而成的天文著作。[③] 据考察，该书传承了包括熊三拔《简平仪说》《表度说》《天问略》，傅汎际的《寰有诠》等天文历算、自然哲学译著。[④]

《格致草·岁实》曾讨论岁差问题，文中论曰：

> 太阳之岁有二：其一从某节某点二分二至之类皆名节，亦皆名点行天一周，而复于元节、元点，是名“太阳之节气岁”；若太阳会于某星行天一周，而复与元星会，是名“太阳之恒星岁”。恒星有本行，自西而东。假如今年春分，太阳会某恒星，至来年春分，此星已行过春分若干分矣。太阳至春分，则已满节气岁之实，而尚未及元星若干分，即又频若干时刻，遂及于元星而与之会，乃满恒星岁之实。故恒星岁实必多于节气岁实，历家必以节气为限，而其与恒星岁实差，虽甚微，亦差也。[⑤]

可见，熊氏对西方岁差理论有比较深入地了解，其中所谈的“太阳之节气岁”和“太阳之恒星岁”应分别是现代天文学所谓的“回归年”和“恒星年”。进一步，他还引入了岁差现象的物理解释。[⑥]

熊明遇的一些主张对当时的知识分子如方孔炤（1591—16555）、方以智

---

① （意）熊三拔：《表度说》，见李之藻主编：《天学初函》第5册，台湾学生书局1978年版，第2527页。

② （明）熊明遇：《格致草》，薄树人主编：《中国科学技术典籍通汇·天文卷》卷六，河南教育出版社1993年版，第68页。

③ 据冯锦荣推测：《格致草》初刻不应早于《崇祯历书》编纂完成的时候，即崇祯七年（1634）12月。参见冯锦荣：《明末熊明遇〈格致草〉内容探析》，《自然科学史研究》1997年第4期，第304—328页。

④ （明）徐光台：《明末清初西学对中国传统占星气的冲击与反应：以熊明遇〈则草〉与〈格致草〉为例》，《暨南史学》2006年第4期，第284—304页。

⑤ （明）熊明遇：《格致草》，薄树人主编：《中国科学技术典籍通汇·天文卷》卷六，河南教育出版社1993年版，第90页。

⑥ （明）熊明遇：《格致草》，薄树人主编：《中国科学技术典籍通汇·天文卷》卷六，河南教育出版社1993年版，第101页。

(1611—1671) 父子都产生过深刻的影响。1619 年熊明遇在福宁会事任内，曾在方氏父子前展现他所学的西学，方以智的《物理小识》一书中曾多次引用熊明遇《格致草》中的资料。[①] 后来，方以智感觉熊氏之学有限，于是结交于毕方济、汤若望等西洋传教士，通览西学著作三十余部，故其著作曾引西学译著十余种。[②]

关于岁差，方以智并不完全赞同熊明遇的说法。他对岁差的态度则复杂得多。[③]《物理小识・卷一》论曰：

> 岁差之说纷矣，智决之曰，岁差者，恒星行度历差于静天之度。而岁实日周，遂与恒星之度违也，日一年从西向东，行二十八宿三百六十五度四分度之一，尚差一分余而至六十余年差一度，约积三万年不足而复于原宿之度矣。[④]

可见，方以智并不否认"恒星东移"现象，在他看来，岁仅指回归年，永远不差，岁差只是恒星东行而与日躔造成的差异。但是，历来岁差数据不同，方以智据此认为恒星东移每年不同。或许是受到穆尼阁（Mikolaj Smogulecki，1611—1656）的地有游动之说的影响，[⑤] 方以智认为不可能得出一个始终不变的岁差值，认为应该随时测定，即所谓的"随时测验盈虚在其中矣"。[⑥]

清顺治十六年（1659），方以智禅游江西，引徒谈经，揭暄（约 1610—

① （明）徐光台：《西学传入与明末自然知识考据学：以熊明遇论冰雹为例》第 37 卷，《清华学报》2007 年第 2 期，第 117—157 页。

② 林庆彰：《明代考据学研究》，台湾学生书局 1986 年版，第 483 页。

③ 孙承晟：《明清之际士人对西方自然哲学的反应——以揭暄〈昊书〉和〈璇玑遗述〉为中心》，中国科学院自然科学史研究所 2005 年版，第 70 页。

④ （清）方以智：《物理小识》，戴念祖主编：《中国科学技术典籍通汇・物理卷》卷一，河南教育出版社 1995 年版，第 342 页。

⑤ 事实上，方以智之父方孔炤与黄道周曾不同于以往历家的岁差测量，而是用易准差测算，并用商法，指出地球每年右转 156 分 25 秒，64 年右转一度，此即为所谓的岁差。参见陈美东：《中国科学技术史・天文卷》，科学出版社 2003 年版，第 640 页。

⑥ （清）方以智：《物理小识》，戴念祖主编：《中国科学技术典籍通汇・物理卷》卷一，河南教育出版社 1995 年版，第 343 页。

1702）曾与方氏交游论学，并对方以智执弟子礼。[①] 在岁差问题上，揭暄认为“恒星东行”确实，但诸星东行不一，有快有慢，这与方以智所论类似，但对其解释不同。

> 天有一定之至，日有一定之躔，岁岁如常，原无所差，又何算之，可言邪？古来传讹，迄今未审耳！何也？盖经纬诸星皆是活珠，皆有不及，皆能自西滚东，世固不知，遂谓天有余而岁不足，名曰岁差。经纬诸星皆有倒滚，皆为天日激掣而成小轮，皆有浮沉离合顺逆迟疾之不同，故有自东而西较健行多进者。世亦不知，遂谓差有可算，而必执一法以求之，故诸说皆非也。[②]

揭暄曾构建一“元气漩涡”理论体系，在他看来，由于旋涡的不均匀性，不只七政的运动不一致，所有恒星的“倒滚”（右旋）也各不相同。进一步，揭暄提出，所有恒星的东行轨迹均不一致，因此，根本不可能有一个统一的岁差。进而，他提出：“是不可谓之岁差，但可谓之星差，不可谓之星差，但可谓列星每日周天不及，百十年离日至几何度分，或迟或速，其数不等也。”[③] 因此，不必算岁差。由于所选星不同，所选时段有异，岁差亦参次变化。揭暄认可恒星沿黄道东移的说法，并曾以此论证“觜、参倒置”之现象。《卷四·诸星转徵》对此论曰：

> 盖黄道于赤道有远有近，列星行近赤道极，所过距星线渐密，其本宿赤道弧较小，行远赤道极，所过距星线渐疏，其本宿赤道弧较大，赤道非真本极，如觜昔在参前，近二百年来则在参后，历代渐减者也。他星移动，类皆如是。[④]

---

① 石云里：《璇玑遗述提要》，见薄树人主编：《中国科学技术典籍通汇·天文卷》卷六，河南教育出版社 1993 年版，第 275 页。

② （清）揭暄：《璇玑遗述》，见薄树人主编：《中国科学技术典籍通汇·天文卷》卷六，河南教育出版社 1993 年版，第 365 页。

③ （清）揭暄：《璇玑遗述》，见薄树人主编：《中国科学技术典籍通汇·天文卷》卷六，河南教育出版社 1993 年版，第 366 页。

④ （清）揭暄：《璇玑遗述》，见薄树人主编：《中国科学技术典籍通汇·天文卷》卷六，河南教育出版社 1993 年版，第 338 页。

当时的一些士人，并没有停留在简单地接受或批判“恒星东移”这一层次上，还曾将“恒星东移”作为一事实用以论证古来就争论不休的天体“左右旋问题”①。古人将天体自东向西旋转，称为左旋，而将自西向东运动，叫作右旋。明前，左旋说与右旋说论争的焦点在于：日、月、五星是右旋还是左旋。② 而“恒星东移”之论有利于“右旋说”。黄宗羲（1610—1695）之子黄百家（1643—1709）就曾用此论论证该说。黄百家曾以布衣身份于1679—1690年间在京修撰《明史》，期间曾与南怀仁等传教士有过密切交往。③ 关于日、月、五星左、右旋之争的论述，主要集中在《黄竹农家耳逆草·天旋篇》（1697—1700）中，余则散在《宋元学案·横渠学案上》（1700—1709）中。黄百家曾将“恒星亦右旋”（即当时传来的关于岁差成因的新解释）引入左、右旋之争中，并蕴含在其关于日月五星运行迟疾之殊的机制中。④ 在黄氏看来，不仅日月五星右旋，恒星也同样存在着右旋运动，只是“恒星更高无极”，以至“测恒星地球如灰尘一点，不起半径差算”，因此，恒星的视运动极其微小，“二万五千余年”一周天。他论道：后历悟恒星亦动，但极微耳，此岁差之所由生”以及“恒星亦右旋”。

由此看来，西方岁差理论确曾引起当时士人们的关注，曾激发他们对岁差以及恒星运动甚至整个宇宙的一些新思考。士人们对“恒星东移”之论并非简单的接受，一些人曾对此论进行过批判，甚至将其纳入自己构建的理论框架中。更有一些士人以此为据来论证古来争论不休的天体“左、右旋”运动问题。在历算家那里，“恒星东移”之论与算法、推步联系起来，成为能在历算中实际操作和运用的基本假设。

---

① 关于“左、右旋”问题的讨论可参考：陈美东：《中国古代日月五星右旋说与左旋说之争》，《自然科学史研究》1997年第2期，第147—160页。

② 陈美东：《中国古代日月五星右旋说与左旋说之争》，《自然科学史研究》1997年第2期，第147—160页。

③ 韩琦：《从〈明史〉历志的纂修看西学在中国的传播》，《科史薪传——庆祝杜石然先生从事科学史研究40周年学术论文集》，辽宁教育出版社1997年版，第61—70页。

④ 杨小明：《黄百家与日月五星左、右旋之争》，《自然科学史研究》2002年第3期，第222—231页。

## 第四节 “恒星东移”——“西学中源”脉络下的重构

讨论明清之际历算问题，“西学中源”[①] 说这一议题很难回避。此说由于中西学术之争而产生，同时随着中西之争的发展而变化。[②] 明末，士人用此说是为了淡化中西之争，缩小中西学术的隔阂，随着时势的变化，此说又成为清初某些遗民学者借以贬斥甚至抵制西学的思想依据。康熙中叶以后，康熙皇帝为了熄中西之争，采纳西方科学，曾大力提倡和宣扬“西学中源”说，使此说成为清代官方钦定的学说。[③] 康熙是中国历史上少有的具有一定科学造诣的皇帝，其学习天文历算之由，则是在他少年登基不久发生的历争。[④] 然而，康熙的科学修养并不高明，对中算、中历缺乏了解，几乎不可能讲明中西法得失。[⑤] 因此，欲以理服人，真正平息中西历争，还须由兼通中西历算的学者来完成，梅文鼎正可满足康熙帝当时这一需求。通过重新解读以往的历算典籍，梅文鼎从技术角度挽合了西洋历算中的知识和古圣先贤流传下来的历算传统。

梅文鼎开始历算研究大概在杨光先挑起历算争端前后。[⑥] 关于中西历学关系问题，梅文鼎曾有从“权舆”说向“西学中源”说的转变。[⑦] 他曾应李光地（1642—1718）之邀而作《历学疑问》（1691—1692 年作，1699 年刊行），

① “西学中源”一词最初由江晓原提出，此说主要是就天文历法而言，因数学与天文历法关系密切，也曾涉及。后来推广到其他领域。参见江晓原：《试论清代“西学中源”说》，《自然科学史研究》1988 年第 2 期，第 101—108 页。

② 王扬宗：《“西学中源”说在明清之际的由来及其演变》，《大陆杂志》1995 年第 6 期，第 39—45 页。

③ 王扬宗：《康熙、梅文鼎和“西学中源”说》，《传统文化与现代化》1995 年第 3 期，第 77—84 页。

④ 王扬宗：《明末清初“西学中源”说新考》，《科史薪传——庆祝杜石然先生从事科学史研究 40 周年学术论文集》，辽宁教育出版社 1997 年版，第 71—84 页。

⑤ 王扬宗：《康熙、梅文鼎和“西学中源”说》，《传统文化与现代化》1995 年第 3 期，第 77—84 页。

⑥ 李俨：《梅文鼎年谱》，《清华大学学报（自然科学版）》1925 年第 2 期，第 609—634 页。

⑦ 王扬宗：《康熙、梅文鼎和“西学中源”说》，《传统文化与现代化》1995 年第 3 期，第 77—84 页。

该书针对清初历争而阐述了中西历学观，要点在于既承认西历之长，认同清朝用西法的合理性，又认为中国具有悠久的历法传统，不可忽视。梅文鼎这一折中中西的观点，具有平息清初以来历争的作用。①

在《历学疑问》中，梅文鼎明确赞同“恒星东移”的说法，《历学疑问·论恒星东移有据》论曰：

> 西法谓恒星东行比于七曜，今考其度，盖即古历岁差之法耳。岁差法昉于虞喜，而畅于何承天、祖冲之、刘焯、唐一行，历代因之，讲求加密。然皆谓恒星不动，而黄道西移，故曰天渐差而东，岁渐差而西。所谓天即恒星，所谓岁即黄道分至也。西法则以黄道终古不动而恒星东行。……其差数本同，所以致差者则不同耳。然则何以知其必为星行乎？曰西法以经纬度候恒星，则普天星度俱有岁差，不止冬至一处，此盖得之实测，非臆断也。②

可见，作《历学疑问》时，梅氏对中、西岁差之论还是保持着一个比较公允的态度。认为西法优于中法，岁差不仅是冬至点差，所有恒星均差。此非臆断而实测所得。梅氏进而给出何以是所有“恒星东移”之证据：

> 盖有三事可以相证。其一，唐一行以铜浑仪候二十八舍，其去极之度皆与旧经异，今以岁差考之……其一，古测极星即不动处，齐梁间测得离不动处一度强，至宋熙宁测得离三度强，至元世祖至元中测得离三度有半，向使恒星不动则极星何以离次乎？其一，二十八宿之距度古今六测不同……如此则恒星之东移信矣。③

文后，梅文鼎还给出了《新唐书》所载一行所测与旧测（开元占经中）二十八宿距星去极度之比较，这些数据恰可说明诸距星均沿黄道东移。

---

① 王扬宗：《康熙〈三角形推算法论〉简论》，《或问》2006年第12期，第117—123页。

② （清）梅文鼎：《历算全书》，纪昀主编：《影印文渊阁四库全书》第794卷，台湾商务印书馆1983年版，第23页。

③ （清）梅文鼎：《历算全书》，纪昀主编：《影印文渊阁四库全书》第794卷，台湾商务印书馆1983年版，第23—24页。

表 5-3（1）　《新唐书·天文志》载二十八宿距星新测与旧测去极度比较[①]

| | 牵牛 | 须女 | 虚 | 危 | 营室 | 东壁 | 奎 | 娄 | 胃昴 | 毕 | 觜觿 | 参 | 东井 |
|---|---|---|---|---|---|---|---|---|---|---|---|---|---|
| 旧测 | 百六度 | 百度 | 百四度 | 九十七度 | 八十五度 | 八十六度 | 七十六度 | 八十度 | 七十四度 | 七十八度 | 八十四度 | 九十四度 | 七十度 |
| 唐测 | 百四度 | 百一度 | 百一度 | 九十七度 | 八十三度 | 八十四度 | 七十三度 | 七十七度 | 七十二度 | 七十六度 | 八十二度 | 九十三度 | 六十八度 |

以上十四宿去极之度，古测大而唐测小，是由于所测去极之度小于古测，由此看来这些星相对赤道自南而北运动。

表 5-3（2）　《新唐书·天文志》载二十八宿距星新测与旧测去极度比较

| | 舆鬼 | 柳 | 七星 | 张 | 翼 | 轸 | 角 | 亢 | 氐 | 房 | 心 | 尾 | 箕 | 南斗 |
|---|---|---|---|---|---|---|---|---|---|---|---|---|---|---|
| 旧测 | 六十八度 | 七十七度 | 九十一度 | 九十七度 | 九十七度 | 九十八度 | 九十一度 | 八十九度 | 九十四度 | 百八度 | 百八度 | 百二十度 | 百一十八度 | 百一十六度 |
| 唐测 | 六十八度 | 八十度半 | 九十三度半 | 百度 | 百三度 | 百度 | 九十三度半 | 九十一度半 | 九十八度 | 百一十度半 | 百一十度 | 百二十四度 | 百二十度 | 百一十九度 |

以上十四宿去极度古测小而唐测大，是所测去极之度多于古测，由此看来这些星相对赤道自北向南运动。梅文鼎之前，李天经、南怀仁都曾论证过“恒星东移”，但他们的论据多取自西方天文学论著。相比较之下，梅氏以古证今的做法更具说服力。

梅文鼎晚年的《历学疑问补》[②] 是致力于宣扬“西学中源”说的作品。关于中西学关系，该书提出如下几点：1. 历法乃从中土往西方传播，各地之历法皆中法之衍流；2. 为了配合各地之信仰，设定不同的齐日，异地之人因

---

① 表 5-3 中数据原载于《新唐书·天文志一》，后被梅文鼎征用论证“恒星东移”说。

② 据祝平一推测，《历学疑问补》成书于1719—1720年之际。梅氏逝于1721年，《历学疑问补》是他最后一部著作。参见祝平一：《伏读圣裁——〈历学疑问补〉与〈三角形推算法论〉》，《新史学》2005年第1期，第51—84页。

而制定了不同历法；3. 所有的历法中，只有阴阳合历的历法合于自然。[①] 在梅文鼎看来，中法一直优于西法，只是明末译历时，未明法意，使中法之长隐没不显。

关于岁差，梅文鼎一改《历学疑问》中的说法，认为古法“天自为天、岁自为岁”胜于西法。

> 唐一行始定用岁差，分天自为天、岁自为岁。故冬至渐移，而宫度不变，以后历家遵用之。所以明季言太阳过宫以雨水三朝过亥，二也。若今西历则未尝不用岁差，而十二宫又复随节气而移，三也。三者之法未敢断其孰优，然以平心论之，则一行似胜。何以言之，盖既用岁差，则节气之躔度，年年不同。[②]

那么如何对待“恒星东移”这一现象呢？梅文鼎认为宫、宿不同，天上有十二宫，附着于黄道，二十八宿是星象。十二宫恒久不变，而二十八宿岁岁不同，致使“中气日与交宫之日”不同。他认为宫按照太阳行度定，而宿就是星象，不可混杂。《历学疑问补》论曰：

> 如昼夜平即为二分，昼极长即为夏至，不必问其日躔是何宫度，是之谓岁自为岁也。必太阳行至降娄，始命为日躔降娄之次。太阳行至鹑首，始命为日躔鹑首之次。不必问其为春分后几日，夏至后几日，是之谓天自为天也。[③]

另外，梅文鼎指出：“黄道宫度起冬至，各宿黄道起距星也。”[④] 这样，通过将“宫、宿”区分，梅文鼎将“恒星东移”之论纳入“天自为天、岁自为岁”的框架之中。

---

① 祝平一：《伏读圣裁——〈历学疑问补〉与〈三角形推算法论〉》，《新史学》2005 年第 1 期，第 51—84 页。

② （清）梅文鼎：《历算全书》，见纪昀主编：《影印文渊阁四库全书》第 794 卷，台湾商务印书馆 1983 年版，第 94 页。

③ （清）梅文鼎：《历算全书》，见纪昀主编：《影印文渊阁四库全书》第 794 卷，台湾商务印书馆 1983 年版，第 66—67 页。

④ （清）梅文鼎：《历算全书》，见纪昀主编：《影印文渊阁四库全书》第 794 卷，台湾商务印书馆 1983 年版，第 721 页。

其实，梅文鼎区分“宫、宿”此举并非首创，南怀仁在《不得已辨》中就曾有相似论证：

> 以新法论，十二宫之度数，不在列宿天，实在宗动天，与二十四节气之度数相同。所云宗动者……所以十二宫是永不移动者，乃万世推算之原也。[①]

南怀仁指出，十二宫属宗动天，二十八宿属恒星天，两者不同。此论与西方传统宇宙论并不冲突，西方传统宇宙论认为“恒星天”与“宗动天”本属两层不同的天球。但是在西方的天文体系中，黄道十二宫属星象，应该在“恒星天”中，南怀仁在此将其归入“宗动天”或是迎合中国传统的需要。有意思的是，南怀仁曾于康熙八至十二年间（1669—1673）设计了6件大型铜仪，其中的天体仪上不但有西方黄道十二宫，还有传统的十二次、十二辰、二十四节气、二十八宿等刻度。[②] 这一器物也许正是在融合中西传统意向之下制作而成。

梅文鼎因为和康熙皇帝的直接联系，[③] 成了评判中西历算问题上最高度可信之人。同时代以及后代学者纷纷援引梅氏的观点。进而，梅文鼎的看法，便在大家援引下，在历算家之间扩散，[④] 形成了清代历算家对于传统历算的独特解释。[⑤] 在这一历史诠释下，西方的岁差理论，融入原来的历算传统。

梅文鼎同时代的徐发[⑥]著有《天元历理全书》一书。其中也曾论及“星宿移动”的“中源”之说。《天元历理全书·考古之三》论曰：

---

① ［比］南怀仁：《不得已辨·辨光先第五摘》，中国科学院自然科学史所线装书阅览室馆藏。

② 伊世同：《康熙天体仪：东西文化交流的证物》，魏若望主编：《传教士·科学家·工程师·外交家南怀仁（1623—1688）》，社会科学文献出版社2001年版，第171—185页。

③ 梅文鼎和康熙皇帝曾于康熙四十四年（1705）会面，一连三天在舟中讨论历算问题。虽然旁人对他们讨论的内容不得而知，但从梅文鼎的赋诗及《历学疑问补》的第一问，大体可以推知他们讨论的是中、西历算的关系。参见王扬宗：《康熙、梅文鼎和“西学中源”说》，《传统文化与现代化》1995年第3期，第77—84页。

④ J. Porter, The Scientific Community in Early Modern China, *Isis*, 1982, 73 (4), pp. 529-544.

⑤ 祝平一：《跨文化知识传播的个案研究：明清之际地圆说的争议，1600—1800》，《历史语言研究所集刊》1998年第3期，第589—670页。

⑥ 徐发之弟徐善（1634—1690年）曾到北京参与《明史·历志》的编纂工作，著有《徐氏四易》《春秋地名考》等。参考刘钝：《梅文鼎与王锡阐》，陈美东主编：《王锡阐研究论文集》，河北科技出版社2000年版，第10—133页。

> 假令太阳一百年前在于寅宫初度，一百年后仍在寅宫初度，其前百年寅宫初度之宿乃箕七度，后百年寅宫初度之宿乃箕五度，是百年后寅宫初度非百年前之寅宫初度也，其宫定而宿不定。则郭氏以子中为虚宿六度者，亦未可定论也。按此所论，差理最为详明。若天竺法，宫定而宿不定，实古法也。即《尧典·中星》与《周书·月令》之意。盖外国之法，原是中土圣人所传而守之不变者。中土自秦火散失，汉人变法，而外国之遗反为奇秘矣。……仲尼祖述尧舜，其有悖尧典制度而独取建寅哉。西法实得中星之制，此其四。此四者皆唐虞之遗，而外国能守之。中土之士，反多疑为注疏之谬也。今汤道未毅然断之，移易宫度，诚有见矣。[①]

可见，徐发对宫、宿关系的论述与梅文鼎的几乎相同，[②] 也认为宫定而宿不定，且认为西法源于中法。所不同的是，徐发认为西法在岁差问题上的认识比中法优越，其原因是西法守住了古代中法之传统，而中法自秦代有断失。

徐发的“西学中源”说观点很可能受到康熙的影响。为平息中西学不同而产生的争论，康熙也曾倡导“西学中源”说，[③] 认为西学与中学（主要是历算学）同源，但与梅文鼎不同的是，康熙认为后来的中国历算家不争气，没有守住老祖宗留下来的传统，而西方则“守之不失”。在《三角形推算法论》中康熙论曰：

> 历原出自中国，传及于极西，西人守之不失，测量不已，岁岁增修，所以得其差分之疏密，非有他数也。……唐一行、元郭守敬不过借回回历少加润色，偶合一时而已，亦不能行久。[④]

---

① （清）徐发：《天元历理全书》，《续修四库全书》编纂委员会主编：《续修四库全书》第1032册，1991年，第518—519页。

② 笔者无法找到关于徐发生卒以及《天元历理全书》创作时间的史料，但根据徐发其弟徐善的生年，大致可判断他与梅文鼎是同时代人。梅文鼎《历学疑问补》刊刻于1721年，应晚于《天元历理全书》写作年代，由此推断，徐发此论受《历学疑问补》影响的可能性不大，此论很可能受南怀仁的影响。

③ 韩琦：《君主与布衣之间：李光地在康熙时代的活动及其对科学的影响》，《清华学报》1996年第4期，421—445。

④ （清）康熙：《三角形推算法论》，《康熙帝御制文集》，台湾学生书局1966年版，第1624—1625页。

可见，康熙认为历法之源根本没什么好争的——源出于中国，只是西方人不断地测量、改进，从而使历法加精。中人则“因俗就易，以功名仕宦为重，敬受天时为轻，”而不及西人。其实康熙一直深信西法优越，但由于礼仪之争日益加深，康熙帝已怀疑传教士的忠诚，加之为平息中西法之争，最终渐渐改变了对待西学的态度。康熙之论在当时影响甚广，[①] 因为《三角形推算法简论》一文不仅曾在乾清门听政时宣讲，康熙还命人译成满文。[②] 所以徐发对岁差“中源”问题的阐述很可能受到了康熙影响。

尽管徐发与梅文鼎在“西学中源”说问题上存在分歧，但在岁差问题上，他们有一个共识，即通过“宫、宿”分别的方式将“恒星东移”之论纳入传统的“天自为天、岁自为岁”的框架中。即一方面承认西学“恒星东移”的客观性，另一方面也不否认古来“天自为天、岁自为岁”的说法。

梅文鼎所构想出来的历算史，最终成为清代历算家的主要历史记忆。[③] 他对岁差问题的看法，也就成为后来历算学者的共同遗产。后来的江永[④]就认同梅文鼎对岁差的论述，还曾设计出几幅岁差图（图 5-6），用以明示“恒星东移”之效应。[⑤] 而据杰纳森·波特（Jonathan Porter）对《畴人传》的研究，17 世纪和 18 世纪梅文鼎和江永在清代历算界援引最高。[⑥] 相比较之下，“恒星东移”之论由于较容易得到验证，且易融入中国传统的岁差理论，接受起来远比其他西方学说更容易。比如几乎和梅文鼎同时代的张雍敬不接受“地

---

① 《三角形推算法论》影响很大，康熙曾在很多场合和文人、大臣谈起，当时文人都很熟悉此文。参见韩琦：《白晋的〈易经〉研究和康熙时代的“西学中源”说》，《汉学研究》1998 年第 1 期，第 185—200 页。

② 王扬宗：《康熙〈三角形推算法论〉简论》，《或问》2006 年第 12 期，第 117—123 页。

③ 祝平一：《跨文化知识传播的个案研究：明清之际地圆说的争议，1600—1800》，《历史语言研究所集刊》1998 年第 3 期，第 589—670 页。

④ 江永曾就某些问题对梅文鼎提出质疑，此举曾引发梅文鼎之孙梅瑴成强烈抨击。但在岁差问题上，江永基本上赞同梅文鼎的说法，认为“天自为天、岁自为岁”理更明，江氏云“徐文定公译历书，谓镕西洋之精筭，入大统之型模，则此处宜为改定，使天自为天、岁自为岁，则岁差之理明。”故梅文鼎之孙梅瑴成对江永的批驳没有道理，很可能梅氏没有理解江永的论证。

⑤ 此“岁差图”由八个同心圆组成。圆外为周天刻度以及二十八宿的划分，其里为十二次，再往里是二十四节气。通过此图，只要知道了岁差的平均值和某年冬至点便可从图上找到多年以前或以后冬至点的黄经。见（清）江永：《数学》，《丛书集成初编》，中华书局 1985 年版，第 313—314 页。

⑥ 17 世纪梅文鼎的引用率最高，18 世纪江永的引用率最高。参见 J. Porter，The Scientific Community in Early Modern China，*Isis*，1982，73（4），pp. 529-544。

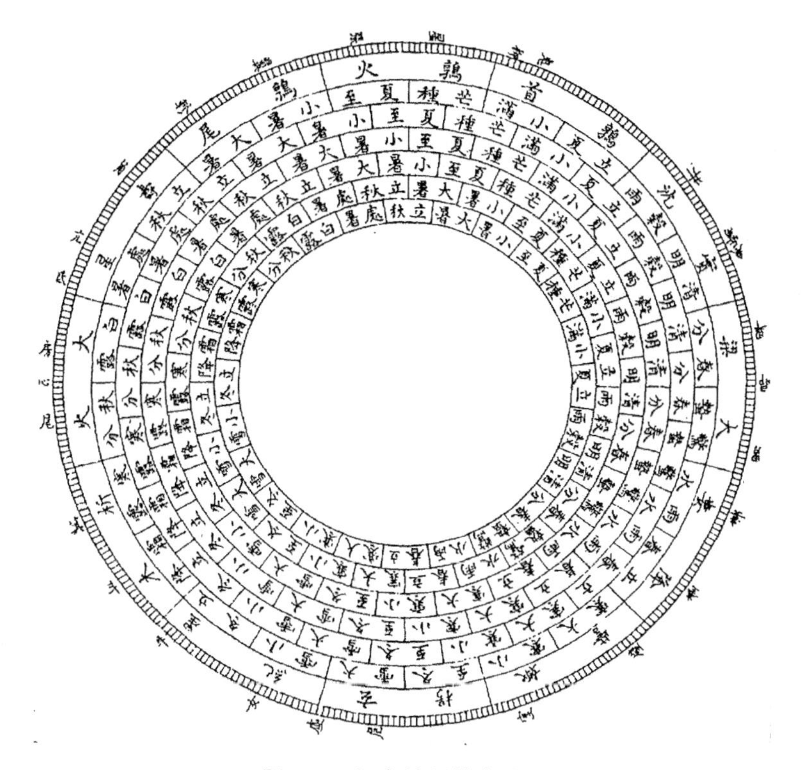

图 5-6　江永绘制的岁差图

圆”说，曾与梅文鼎争辩地球形状问题，① 他曾著有《定历玉衡》一书，试图通过重建传统古法驳斥西法。但张氏认可“恒星东移”之论，并试图将其融入传统的分野理论。②

中西方天文学有不同的传统，岁差问题就是一个体现。在古代西方天文学框架中，岁差是恒星天球东移的结果，是一个与宇宙论有密切联系的概念。而古代中国天文学家则将岁差看作是一个历算的概念，在换算“恒星年”以及“回归年”时需要用到的常数，大部分历算家都不去关注岁差背后的物理意义及宇宙论解释。另外，尽管一些历算家（如唐代一行，元代郭守敬）已

① 祝平一：《反西法：〈定历玉衡〉初探》，卓新平主编：《相遇与对话：明末清初中西文化交流国际学术研讨会文集》，宗教文化出版社 2003 年版，第 348—365 页。

② （清）张雍敬：《定历玉衡》，《续修四库全书》第 1040 册，上海古籍出版社 1995 年版，第 506—509 页。

觉察到恒星在缓慢东移现象，但却对此存而不论或将其归为仪器的误差。至明末西洋传教士来华之前，中国天文学没有形成“恒星东移”理论，而这些认识又与占星、术数等息息相关。明清之际，西方岁差理论的传入导致中国天文学关于岁差认识的一场转变。这一转变并非一蹴而就的，而是经历了几个阶段。1616年之前，译介的岁差概念更注重理论方面，强调其是宇宙论的一部分。而当时士人也多从此方面来阐释岁差概念。后来，出于改历的需要，岁差概念和算法、推步联系起来，成为能在历算中实际操作和运用的基本假设。明清之际官修或钦定历书中日、月、五星之计算均考虑了“恒星东移”的效应，而受此影响的历算学者也将此纳入此算法当中。对当时精通历算的天文学家来说，承认“恒星东移”固然会使得历算精度进一步提高，但由于天的运动被中国传统文化赋予了一些特殊的意义，接受“恒星东移”这一外来的观念势必会引起传统知识体系的混乱。保守士人正是借此抨击西方天文学和西洋传教士。清初，为争夺钦天监控制权，传教士天文学家与保守士人间曾展开激烈争斗，“恒星东移”之论曾卷入这场争斗当中。这场争斗随当时政治局势的变化而出现了几次波折，“恒星东移”之论曾被双方征引为己方辩护或抨击对方。最终，西法获胜，传教士天文学家获准掌控钦天监，但双方的矛盾并未消除，为平息这一矛盾，康熙曾提倡“西学中源”说，将此说定为钦定学说。而这需要精通历算的学者从技术方面进行完善，当时正好有一些谙熟历算的学者游离于这场争论之外，他们中大多数对西学持较平和的态度，致力于会通中西的工作。正是在这些人的努力下，“恒星东移”之论被纳入中国传统的岁差理论框架之中。

# 第六章 《历象考成》中的太阳运动模型

清初钦天监编算岁次历书依据的是《西洋新法历书》，此书由汤若望根据《崇祯历书》改编。后来南怀仁对《西洋新法历书》做了修正，于康熙十七年制成《康熙永年表》，此后岁次历书的编算以此为据。南怀仁的修正仅限于数表，未涉及天体运动模型。后来，康熙在其晚年时决定在蒙养斋开局修历，制成《钦若历书》，雍正初改名为《历象考成》，于雍正四年正式颁行。[①]相对于《西洋新法历书》，《历象考成》最明显的改变是日躔模型，改偏心圆结构为本轮—均轮结构。学界对《历象考成》中的日躔模型虽有关注，并未涉及此模型建构及其参数计算等问题。[②]《历象考成》中的日躔模型为何如此改变？模型中的参数及其计算是否也发生了变化？改变后的计算精度是否有明显的提升？本章试图对以上问题进行探讨。

---

① （民）赵尔巽等：《清史稿》第7册，中华书局1976年版，第1669页。

② 桥本敬造在《历象考成の成立》一文中曾论及日躔模型，但并未做深入分析，且其中有些错误。比如，认为《历象考成》日躔模型的两心差 e = 0. 0358977 是基于二至（夏至、冬至）的观测数据计算出来的，而基于春分、秋分和立夏三节气观测数据计算的结果是 e = 0. 0358415。其实《历象考成》中的两心差的数据确实是基于二至的数据计算而得，但其结果是 e = 0. 0358416，与《西洋新法历书》和《康熙永年表》的相同。而 e = 0. 0358977 的结果则是根据春分等三节气的数据计算而来的，《历象考成》的编者认为此法有误，故此在计算太阳位置时没有采用这一参数；大桥由纪夫在《历象考成中的太阳运动论》讨论了《历象考成》中的日躔模型，并未涉及双轮模型的由来问题及天文观测和理论计算之间的关系问题，且武断地将双轮模型等同于椭圆模型。以上二文的主要问题是没有深入《历象考成》日躔模型建构的细节问题。参考自：1. 桥本敬造：《〈历象考成〉の成立——清代初期の天文算学》，薮内清、吉田光邦编：《明清时代の科学技术史》，京都大学人文科学研究所1970年版，第49—92页；2. 大桥由纪夫：《〈历象考成〉中的太阳运动论》，《内蒙古师范大学学报（自然科学汉文版）》2007年第6期，第662—665页。

## 第一节 编修《历象考成》的缘起

康熙决定编纂《历象考成》的一个直接原因是他发现钦天监依新法推算有误。康熙初年发生了震惊朝野的历算之争，日影观测在平息这一争议的过程中起了决定性作用。这一争议甚至成为康熙帝修习历算学的重要原因，而在历算学中，康熙尤其善于测算日影。他甚至以此作秀而达到控制汉人的目的。[①] 1711 年，康熙发现钦天监用西法计算夏至时刻有误，与其实测夏至日影不符，于是对大臣说：

> 天文历法，朕素留心。西洋历，大端不误，但分刻度数之间，久而不能无差。今年夏至，钦天监奏闻午正三刻。朕细测日影，是午初三刻九分，此时稍有舛误，恐数十年后，所差愈多。犹之钱粮，微尘秒忽，虽属无几，而总计之，便积少成多，此事实有验证，非此书生作为，可以虚词塞责也。[②]

就节气推算不准的问题，康熙询问了刚到京不久的耶稣会士杨秉义（Franz Thilisch，1670—1716），他利用利酌理（Giovanni Battista Riccioli，1598—1671）表计算，所得结果与钦天监的计算果然不一致，康熙这才知道西方已有新的天文表，于是命皇三子胤祉等向传教士学习。后来，在王兰生等人的建议下，康熙五十二年（1713）九月二十日，康熙命诚亲王率何国宗、梅瑴成等编纂御制历法、律吕、算法诸书，并制乐器，在畅春园蒙养斋开局。蒙养斋设在畅春园内，是一个临时性的修书机构，主要编纂《历象考成》《数理精蕴》等书。在此之前，曾在全国征访精通历算、音乐及其他有特长的人才，包括梅瑴成在内的官生应征入馆。《历象考成》的成书大概经过了两个阶段，首先在畅春园和全国各地进行测量，之后在传教士的指导下进行计算

---

① 韩琦：《科学、知识与权力——日影观测与康熙在历法改革中的作用》，《自然科学史研究》2011 年第 1 期，第 1—18 页。

② （清）康熙：《圣祖实录（三）》卷 248，中华书局 1985 年版，第 456 页。

和编纂。[①]

1711 年的日影观测改变了康熙对西学的看法，认为欧洲天文学的精度并不高。这成为日后编撰《历象考成》的直接原因。而由于日影计算的精度最终由日躔模型决定，康熙帝对日影测算的关注也许正是《历象考成》的编者改变日躔模型的主要原因。

## 第二节 《崇祯历书》中的日躔模型

《历象考成》中的日躔模型为双轮结构，是对偏心圆结构的调整。偏心圆结构源于古希腊天文学。最初，古希腊天文学家阿波罗尼（Apollonius）和喜帕恰斯使用偏心圆模型描述太阳运动，后被托勒密（Claudius Ptolemaeus，约 90—168）继承，载入《至大论》中，成为其他天体运动模型的基础。[②]《至大论》给出了求解太阳运动模型及其参数的方法，丹麦天文学家第谷对此方法进行了一些修正。《崇祯历书》中的日躔模型采用了传统的偏心圆结构，参数的计算采用了第谷方法。

所谓的偏心圆模型是这样的：如图 6-1 所示，地球并不在太阳的运动中心 M 上，而是在 O 点。太阳以 M 为中心做匀角速圆周运动，而在观测者所在的 O 点上看太阳的角速度并不均匀。远地点（A）附近运行最慢，近地点（Π）附近运行最快。此模型有三个参数：第一，太阳以 M 为中心的平行速度，就是所谓的平速度。知道这个参数就可以求出平黄经，即图中的 K 值；第二，远地点位置，通过与春分点的角度度量；第三，偏心距，又名两心差，即图中 OM 长度，通过与本天半径的比值度量。知道后两个参数就可以求出角 c，也就是太阳真黄经与平黄经之差。平黄经加或减此差值就可求出真黄经。托勒密用三个观测数据推算出了这三个参数，分别是：春、夏两节气的时间间隔，以及回归年长度。

---

① 韩琦：《“蒙养斋”的设立与〈历象考成〉的编纂》，陈美东主编：《中国科学技术史（天文学卷）》，科学出版社 2003 年版，第 665—667 页。

② Olaf Pedersen, *A Survey of the Almagest*, Odense University Press, 1974, p. 122.

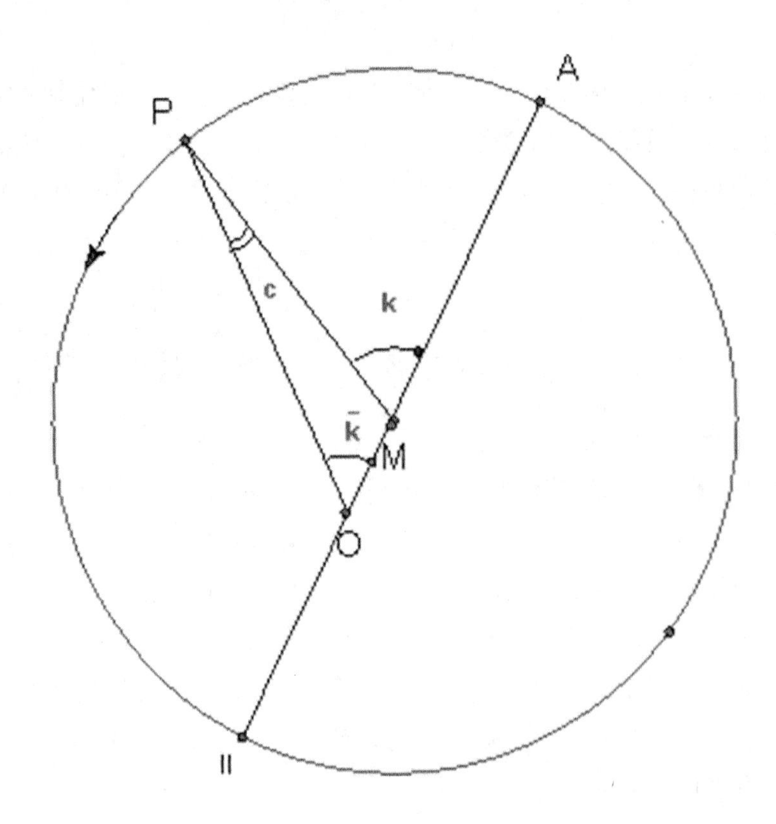


图 6-1　太阳运动的偏心圆模型

托勒密认为远地点是固定不动的。早期伊斯兰天文学家 Thabit b. Qurra 更正了这一认识，认为远地点在向着经度增加的方向运动，速度与岁差速度相等，每年 50 秒。① 第谷基于长时间观测对太阳模型参数进行了修正，认为远地点位于距离春分 95°30′的位置，并且以每年 45 秒的速度向着经度增加的方向运动，两心差为 0.03584。② 第谷认为太阳在夏至时位于远地点附近，速度较慢，此位置附近太阳视赤纬在单位时间内变化较小，观测误差较大，故此在计算太阳运动模型参数时并没有利用太阳在夏至点的观测数据，而是改为

① Neugebauer O.，Thabit ben Qurra "On the Solar Year" and "On the Motion of the Eighth Sphere"，*Proceedings of the American Philosophical Society*，1962，106（3），pp. 264-299.

② J. L. E. Dreyer，*Tycho Brahe：a Picture of scientific life and work in the sixteenth century*，Edingburgh：Adam and Charles Black，1890，p. 333.

距离春分45度时的观测数据，这也就是传入中国后中国历算家认为的“立夏”位置。

明末传教士天文学家在编译《崇祯历书》时主要参考了《丹麦天文学》（*Astronomia Danica*，1622）一书，此书作者为第谷的弟子隆戈蒙塔努斯（Christen Sørensen Longomontanus，1562—1647），传教士天文学家翻译为色物力诺，音译自他中间的名字（Sørensen）。① 《日躔历指》中的日躔模型为偏心圆结构，两心差为358416，本天半径为一千万，远地点位置为夏至后5°30′，远地点以每年45秒的速度运动。可见，《崇祯历书》中日躔模型数据与第谷数据基本相同。② 不但如此，《日躔历指》还给出了计算两心差和最高点位置的推算过程。③

计算假定两个圈：即太阳的实行圈，丙壬戊申圆；视行圈，卯庚巳辛圆。实行圈以甲为心，太阳在其上匀速圆周运动；地球在乙点，看到太阳在视行圈上变速运动。太阳由春分戊行四十五度至壬，而从地球乙看弧度为巳庚，依据日行时间和平行速度计算之弧长$\overset{\frown}{\text{庚巳}}$为45°27′34″。同理，春分到秋分的弧长$\overset{\frown}{\text{巳卯辛}}$为184°05′24″，因此，$\overset{\frown}{\text{辛未巳}} = 175°54'36''$。

在Δ甲未巳中已知：∠巳未庚＝22°43′47″，∠未甲巳＝135°，可得：∠甲巳未＝22°16′15″。进而得出：$\overset{\frown}{\text{辛未}} = 2\times\angle\text{甲巳未} = 44°32'30''$，求出：$\overset{\frown}{\text{未巳}} = \overset{\frown}{\text{辛未巳}} - \overset{\frown}{\text{辛未}} = 131°22'10''$，利用弧和弦关系求得：$D_{\text{未巳}} = 18225868$。在⊿子未巳中，已知：$D_{\text{未巳}}$和∠甲巳未，可得：$D_{\text{子未}} = 6907168$。在⊿子甲未中，∠子甲未＝∠庚甲巳＝45°，且已知$D_{\text{子未}}$，可得：$D_{\text{甲未}} = 9768210$。又因：$\overset{\frown}{\text{庚未}} = \overset{\frown}{\text{未巳}} + \overset{\frown}{\text{巳庚}} = 176°49'44''$，可得：$D_{\text{庚未}} = 19992342$；最终求得：$D_{\text{甲午}} = \frac{D_{\text{庚未}}}{2} - D_{\text{甲午}} = 227961$。

① Keizo Hashimoto, Longomontanus's Astronomia Danica in China, *Journal for the History of Astronomy*, 1987, 18, pp. 95-110.

② 第谷的两心差以本天半径为1进行计算，而《崇祯历书》中则以10000000为本天半径，以358416除以10000000得0.0358416，若约掉后两位数，与第谷数据相同。

③ （明）徐光启编纂、潘鼐汇编：《崇祯历书》，上海古籍出版社2009年版，第55—57页。

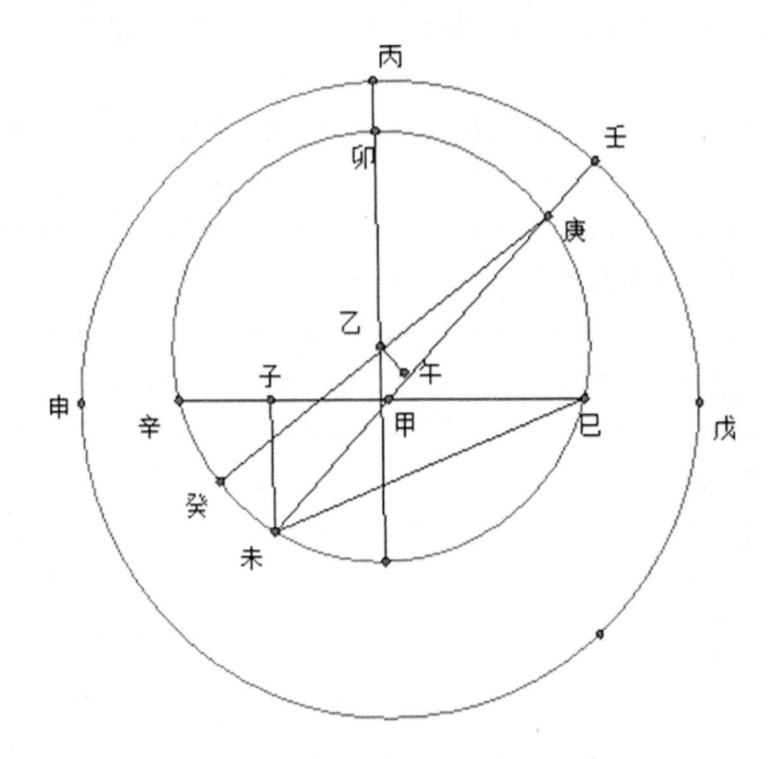


图 6-2　《日躔历指》中的太阳模型

又：$\overset{\frown}{\text{癸未}}=180°-\overset{\frown}{\text{庚未}}=3°10'16''$；$\angle$乙庚午$=\dfrac{\overset{\frown}{\text{癸未}}}{2}=1°35'08''$，求得：$D_{\text{乙午}}=R\times\mathrm{Sin}\angle\text{乙庚午}=276540$。又在⊿甲乙午中，已知$D_{\text{甲午}}$和$D_{\text{乙午}}$，最终求得：$D_{\text{甲乙}}=\sqrt{D_{\text{乙午}}{}^2+D_{\text{甲午}}{}^2}=358416$；$\angle\text{乙甲午}=\arctan\dfrac{D_{\text{乙午}}}{D_{\text{甲午}}}=50°30'$

$D_{\text{甲乙}}$即两心差，$\angle$乙甲午$+45°=95°30'$，为最高点距离春分点的角度。计算过程中有一些明显的错误，如$\overset{\frown}{\text{未巳}}=\overset{\frown}{\text{辛未巳}}-\overset{\frown}{\text{辛未}}=175°54'36''-44°32'30''=131°22'6''$，但书中得到的却是$131°22'10''$。尽管如此，最终的结果却是正确的。推测这一错误为转译或抄写所致。[①] 另外还有两个问题：一、模型图

① 检查现存的《日躔历指》的几个版本，发现此处数据完全一致，而最终结果却与第谷的数据无异，故推测为转译所致。

与实际的计算并不对应。图 6-2 中有两个圆，大圆为太阳实行圈，即本天，小圆为太阳视行圈，两圆半径在文中并未明确规定，但却进行弧与弦的换算，即基于$\overset{\frown}{\text{未巳}}$求得 $D_{\text{未巳}}$等于 18225868，而这一步骤是整个计算的关键。二、未注明是基于何时测算的数据计算的参数。按其预设，两心差不变，而最高点位置却为时间的函数，故此不同时间的最高点位置应该不同。后来的《历象考成》的日躔模型的计算解决了这些问题。

康熙十七年，南怀仁完成《康熙永年表》，日躔模型及其中的两心差数据不变，只是对远地点位置进行了修正。①《西洋新法历书》二百恒年表原定康熙十七年高冲为 97°37′29″，而《永年表》的数据改为 97°04′04″，并改远地点每年东行 45″为 61″。②

## 第三节 《历象考成》中的日躔模型

《历象考成》中的日躔模型如图 6-3 所示：甲为地心，是本天（大圆）的中心，本轮（次大圆）心携本轮绕本天东行（逆时针），速度为日平行速度 59′08″20‴，均轮（小圆）心携均轮绕本轮西行（顺时针），速度略低于日平行速，为 59′08″09‴，两者的差值等于远地点日平行速。③ 太阳绕均轮心东行，速度为均轮心绕本轮周速度的两倍 59′08″09‴×2＝1°58′16″18‴。图中本轮半径为两心差的四分之三，而均轮为两心差的四分之一。以均轮心绕本轮周的日平行速度为引数，可以求得均数。可见，小轮的作用在于体现太阳远地点的运动。

① （清）高宗敕撰，张廷玉等奉敕撰：《清朝文献通考》，浙江古籍出版社 1988 年版，第 7158 页。

② 文中用′表示弧分，″表示弧秒，‴表示弧微。

③ “在最高行及本轮均轮半径”一节的注释部分指出（最高点）每年东行一分一秒一十微，即本轮心每岁之行，速于均轮心每岁之行一分一秒一十微也。若以《考成》惯用的度分秒之间的进位为 60 计算，最高点年平行为 3670 微，3670 微/365 约等于 10.4 微，而编者给出的两轮运动的差值应为 12 微。故此，编者在此犯了一个计算错误。但事实上，在实际计算太阳均数时却没有考虑这一差异。参考自（清）允禄、允祉等：《御制律历渊源》，《故宫珍本丛刊 · 天文算法》第 389 册，海南出版社 2000 年版，第 97—100 页。

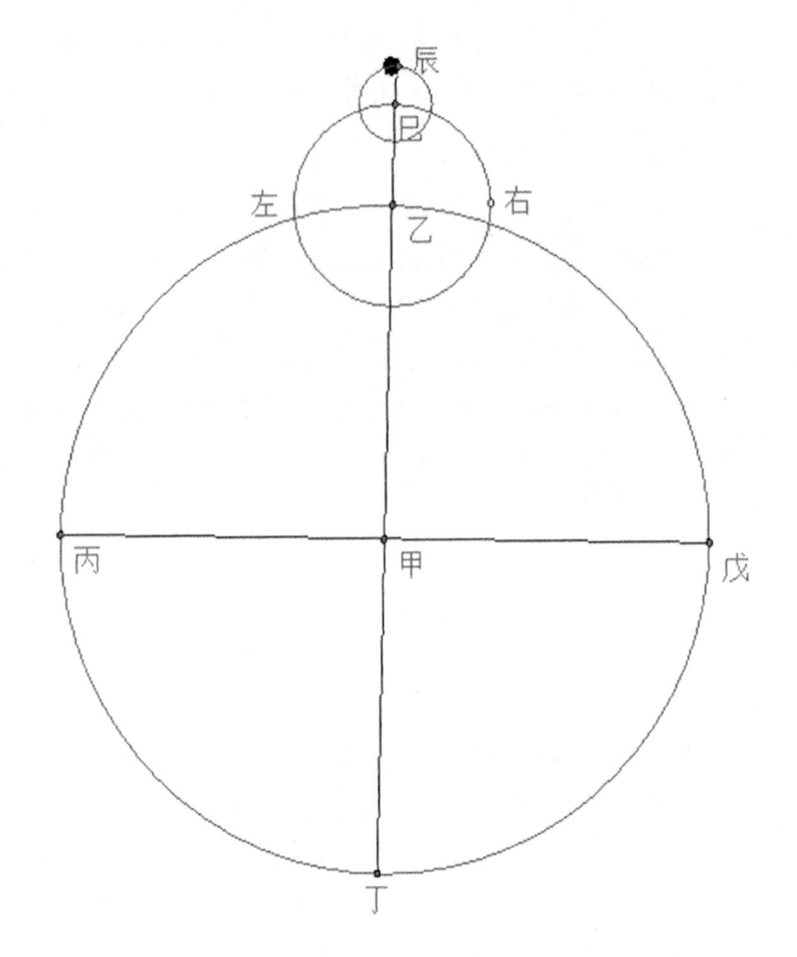


**图 6-3　《历象考成》中的双轮模型**

如果本轮模型中本轮半径等于偏心圆模型中的偏心距，本轮模型与偏心圆模型等价，那么《历象考成》中的本轮—均轮结构就是对《崇祯历书》中偏心圆模型的修正，其目的是使计算与真实的天体运动相符。对此《历象考成》的叙述如下：

是故用两心差之全数以推盈缩，惟中距与实测合，最高前后两象限，则失之小，最卑前后两象限则失之大。所以又用均轮以消息其数。方与实测相符。今于其相合者，得最高及两心差之由来。于其不合者，得本轮均轮所由设。推算之法，并述于左。①

在编者看来，用原来偏心圆模型的两心差推盈缩数只有中距位置［距离最高或最低九十度时］推算与实测相合，而在远地点前后推算失之小，近地点前后失之大。若加上一个均轮，计算与实测相符。另外，《历象考成》还给出了推算与观测不符的深层次原因，即模型参数计算方面的偏误：

> 盖目今春分、秋分、立夏皆不正当最高、最卑、中距之度，故太阳之自最卑至中距，自中距至最高，其行度必有不同。所以用实测节气推两心差及最高所在皆不相合。是故历家于本轮半径分设一均轮，以消息四象限行分，而后与实测相符，此均轮之法所由立也。②

对此，编者指出，原来的利用春分、秋分、立夏等位置的观测数据计算两心差及最高点的方法存在问题，即太阳在此三点时已不正当最高、最卑、中距之度，故此太阳从最卑至中距，自中距至最高，行度已有所不同。《历象考成》所述太阳在春分、秋分、立夏等时已不对应最高、最卑及中距等位置，这是事实。但是，第谷利用此法计算太阳模型参数时，这三个时刻与最高、最卑和中距也不相应，他只是沿用了托勒密的方法。而之所以选用立夏时刻，是由于他认为夏至点的观测误差较大。事实上，最高、最卑、中距的位置恰恰是需要通过观测数据推算而来的。所以，《历象考成》的编者在此的论述有本末倒置之嫌，导致这一问题的主要原因是编者需要根据《康熙永年历表》中的数据来推算新模型中的参数。最终，《历象考成》中的模型参数与《永年表》中的完全相同。而双轮结构只是一个表面变化。

《历象考成》给出了按照《西洋新法历书》的方法计算两心差及最高的详细计算过程。首先测算了康熙五十六年（1717）太阳在春分、立夏、秋分三点时刻（数据见表 1 第 2 列），然后根据此三数据计算两心差及远地点位

① （清）允禄、允祉等：《御制律历渊源》，《故宫珍本丛刊·天文算法》第 389 册，海南出版社 2000 年版，第 91 页。

② （清）允禄、允祉等：《御制律历渊源》，《故宫珍本丛刊·天文算法》第 389 册，海南出版社 2000 年版，第 97 页。

置。图6-4中甲为地心，以甲为心的乙丙丁戊圆为黄道，表示太阳的平行，子丑寅卯圆为不同心天，表示太阳的实行。事实上，图中所表示的关系就是以太阳沿子丑寅卯圆运动，而地球并不位于此圆的中心。

**表6-1　旧法三节气太阳实测位置**

| 节气 | 原文 | 现代时间 | 太阳实际位置 | 测算值 | 误差 |
|---|---|---|---|---|---|
| 春分 | 二月初八日癸巳亥初二刻六分四十七秒 | 3月20日21：36′47″ | 359°51′13.9″ | 360 | 8′46.1″ |
| 立夏 | 三月二十四日己卯亥正二刻一分三十六秒 | 5月5日22：31′36″ | 44°52′37.9″ | 45 | 7′22.1″ |
| 秋分 | 八月十九日庚子申初二刻四分零三秒 | 9月23日15：34′03″ | 180°5′57.0″ | 180 | 5′57.0″ |

根据实测得：$T_{子癸}=T_{立夏}-T_{春分}=46$日54分49秒；

$T_{子寅}=T_{秋分}-T_{春分}=186$日1077分16秒；

已知：$V_{日平行}=59°08''20'''$

$\overset{\frown}{子癸}=T_{子癸}\times V_{日平行}=45°22'38''16'''$

$\overset{\frown}{子寅}=T_{子癸}\times V_{日平行}=184°04'03''58'''$

$\overset{\frown}{戊辛}=45°$；$\overset{\frown}{戊丙}=180°$；$R_{丑壬}=10^7$

现在需要求：两心差 $D_{甲壬}$；远点角 $\theta_{子丑}$

推得：$\overset{\frown}{寅辰卯子}=360°-184°4'3''58'''=175°55'56''02'''$；$\angle 子甲辰=135°$；

$\angle 甲辰子=\frac{1}{2}\times\overset{\frown}{乙癸}=22°41'19''08'''$；$\angle 甲子辰=22°18'40''52'''$。

所以：$\overset{\frown}{寅辰}=\angle 甲子辰\times 2=44°37'21''44'''$；

$\overset{\frown}{子卯辰}=\overset{\frown}{寅辰卯子}-\overset{\frown}{寅辰}=131°18'34''18'''$

$$D_{子辰}=2\times R_{壬丑}\times\cos\frac{\overset{\frown}{子卯辰}}{2}=18221562;$$

$$D_{甲辰}=D_{子辰}\times\frac{\sin\angle 甲子辰}{\sin\angle 子辰甲}=9782998$$

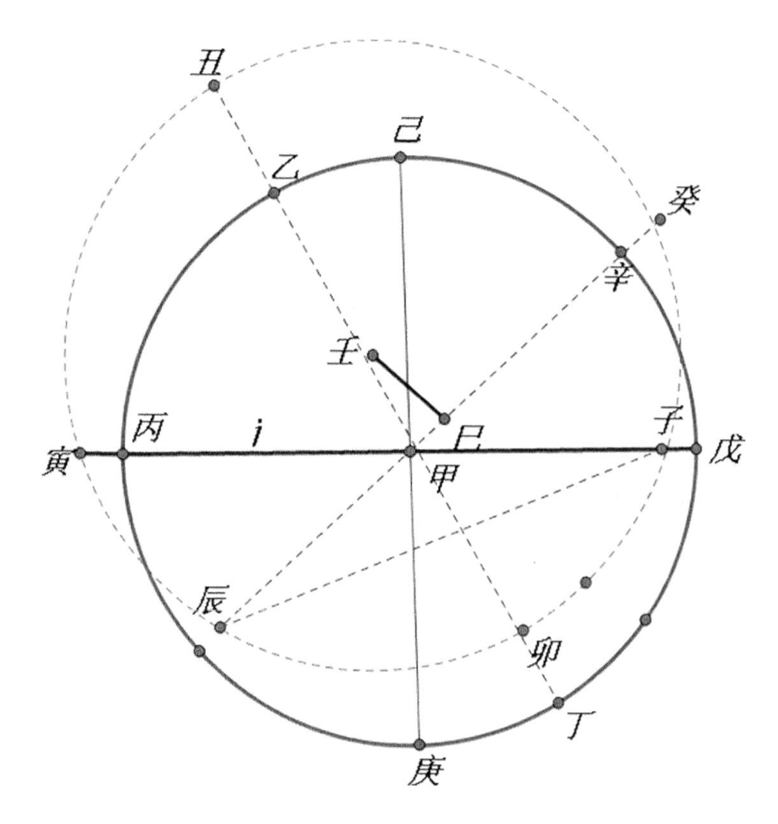


**图 6-4　《历象考成》中计算参数的旧法模型**

$\overset{\frown}{\text{又癸子辰}}=\overset{\frown}{\text{子辰}}+\overset{\frown}{\text{子卯辰}}=176°41'12''34'''$

$D_{\text{壬巳}}=R_{\text{壬甲}}\times\cos\left(\frac{\overset{\frown}{\text{癸子辰}}}{2}\right)=289089$；

$D_{\text{辰巳}}=R_{\text{壬甲}}\times\sin\left(\frac{\overset{\frown}{\text{癸子辰}}}{2}\right)\ 9995820$；

$D_{\text{甲巳}}=D_{\text{辰巳}}-D_{\text{甲辰}}=9995820-9782998=212822$

在⊿壬巳甲中，甲巳 = 212822，壬巳 = 289089

可求出：$D_{\text{甲壬}}=358977$；$\overset{\frown}{\text{子丑}}=98°38'25''55'''$；

此算法与《崇祯历书》中的并无本质区别。不同的是，计算过程没有明显的错误，且两圈大小相同，规定圆半径为一千万，这样也就不存在《崇祯历书》中图实不符的问题。但是，依据此法计算的偏心距和远点角与《康熙永年表》所载数据并不相等，据此，《历象考成》指出这一方法存在问题，需用新的方法计算。

新方法是先求远地点位置，然后求两心差。远地点位置是先基于《康熙永年表》大致推算出来，然后通过观测数据准确地计算。按《永年表》所载，康熙五十六年天正冬至时太阳远地点位于97°43′49″，亦即在夏至后7度至8度之间。与此对应，近地点位于冬至后7度8度之间。于是，《历象考成》编者测算了太阳分别在夏至后7度及8度和冬至后7度和8度的四个时刻，见表6-2。基于这四个时刻推求实际的远地点位置。按定义远地点与近地点是太阳的盈缩限，故此从远地点至近地点和反之从近地点到远地点的时间间隔相等，都等于周年日平行的一半。而按实测所得，未宫七度至丑宫七度的时间间隔大于日平行半周的间隔，而未宫八度至丑宫八度的时间间隔却小于日平行半周的间隔。可以断定，远地点在未宫七度至八度之间，而近地点则在丑宫七度至八度之间。《历象考成》主要使用了差值算法来确定远地点及近地点的准确位置，示意图见图6-5：

$T_{辰午}$=未宫七度至丑宫七度的时间

$T_{巳未}$=未宫八度至丑宫八度的时间

$T_{岁半周}$=182日14时54分22.5秒

$T_{辰午}$=182日16时12分16秒56微>$T_{岁半周}$

$T_{巳未}$=182日14时27分30秒20微<$T_{岁半周}$

令：$\Delta_{增}=T_{辰午}-T_{岁半周}$=1时17分54秒26微

$\Delta_{减}=T_{岁半周}-T_{巳未}$=26分52秒10微

$\Delta_{增}+\Delta_{减}$=1时44分46秒36微，此为在未宫七度至八度或丑宫七度至八度间的时间，所过度数为1度。而$\Delta_{增}$则为从未宫七度至远地点所经的时间，这样根据比例法就可求出远地点距离未宫七度的角度。

$$S_{最高至未七}=\frac{\Delta_{增}}{\Delta_{增}+\Delta_{减}}*60.00.00'=44'36''48'''$$

故此远地点位于：97°44′36″48‴

《历象考成》给出了此数与《康熙永年表》中的对比关系。按其所述，7

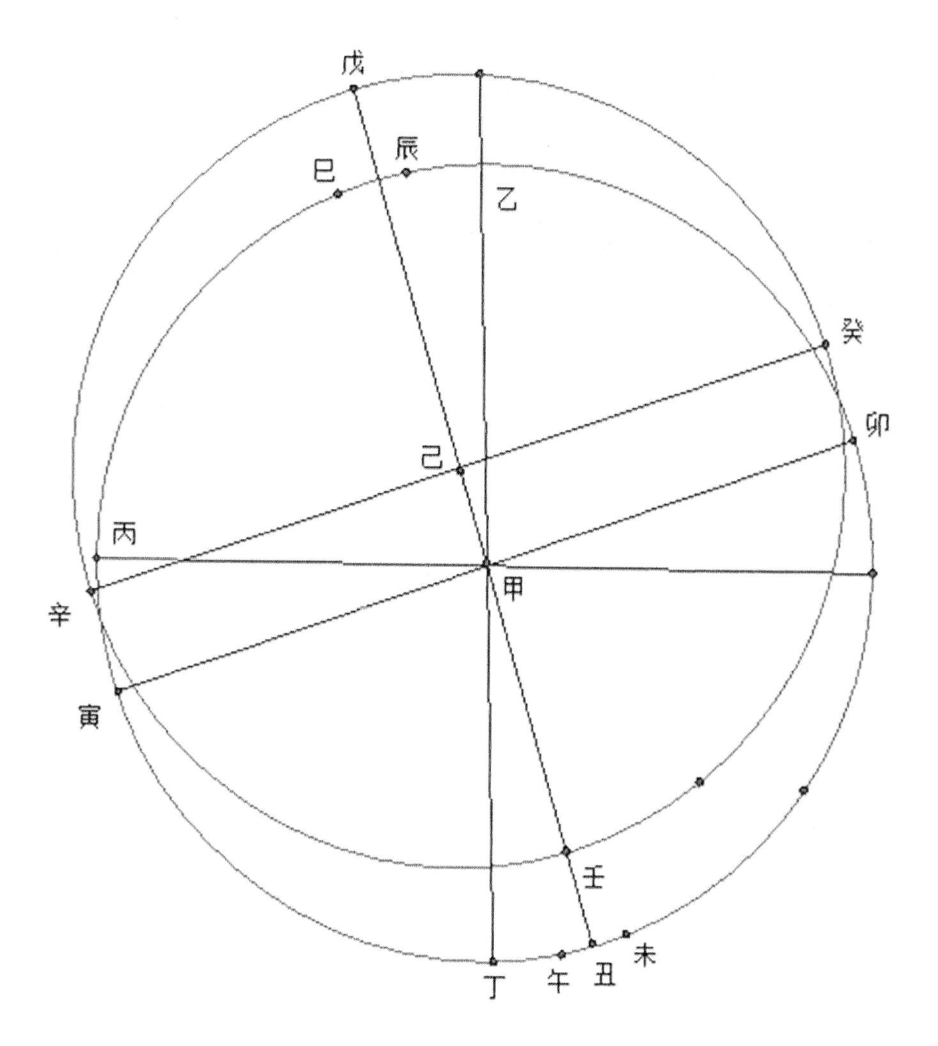


**图 6-5 《历象考成》中计算参数的新法模型**

度 44 分 36 秒 48 微是秋分后远地点所在位置，此数比《康熙永年表》中所列丁酉年天正冬至多四十七秒，而比戊戌年天正冬至少十五秒。如果考虑秋分恰在距离上一年冬至 3/4 周岁、距离本年冬至 1/4 周岁这一点上，此数恰恰符合远地点每年 61 秒缓慢朝着精度增加方向运动一致。故此，所测与永年表相合。

表 6-2　新法四时刻太阳位置

| 次序 | 原文 | 现代时间 | 太阳实际位置 | 测算值 | 误差 |
|---|---|---|---|---|---|
| 1 | 五月二十一日甲戌辰正一刻零四十秒四十五微未宫七度 | 6 月 29 日 8:15′40″45‴ | 96°58′59.4″ | 97 | 1′06″ |
| 2 | 五月二十二日乙亥巳初一刻一十四分五十七秒二十七微未宫八度 | 6 月 30 日 9:29′57″27‴ | 97°59′7.0″ | 98 | 0′23″ |
| 3 | 十一月二十七日丁丑子正一刻一十二分五十七秒四十一微丑宫七度 | 12 月 29 日 0:27′57″41‴ | 276°57′43.8″ | 277 | 2′16.2″ |
| 4 | 十一月二十七日夜子初三刻一十二分二十七秒四十七微丑宫八度 | 12 月 29 日 23：57′27″47‴ | 277°57′37.4″ | 278 | 2′22.6″ |
| 5 | 秋分后丙午日巳正一刻一十三分四十九秒过中距 | 9 月 29 日 10:28′49″ | 185°47′18.8″ | 185°41′27.13″ | 5′51.67″ |

进而，《历象考成》给出了测算两心差的方法，其原理如下：由于远地点与近地点是盈缩差的起算点，故此实行与平行相合。而经过四分之一周岁后，太阳达到中距位置，此时平行与实行相差最大。《历象考成》的编者认为此差值的正切值就是两心差。首先需求出过近地点的准确时间，《历象考成》说是按比例法求得本年五月二十二日乙亥寅初初刻一分三十七秒四十五微。其计算公式应该如下：

$$T_{最高}=T_{辰}+\frac{44'36''}{V_{日平行}}\times T_{日}$$

《历象考成》给出的时间是：丁酉年五月二十二日乙亥寅初初刻一分三十七秒四十五微。以此数加周岁四分之一，91 日 7 时 27 分 11 秒 15 微，得秋分后丙午日巳正一刻一十三分四十九秒过中距（见表 6-2 的第 5 行），此时太阳所处平位置为：187°44′36″。而依据观测所得太阳之实际位置为：185°41′27.13″。于是可以求出平行与实行之差为：2°03′09″40‴，检其正切得：358416。此结果与《康熙永年表》中的相同。

可见，《历象考成》首先根据《康熙永年表》大致确定近地点所在位置，在此前后测量，求出逼近此位置的整度数值，通过差值计算，求出近地点所在。在此基础上，求出日行中距平行与实行之差，求此差值正切，即为中心差。其方法与其说是根据实际观测计算的，不如说是根据已有的结果凑出来的。

# 第四节 精度问题

最后，我们来讨论两个精度问题。一、推算模型参数所用数据精度；二、模型的精度。表 6-1 和表 6-2 中的数据均对应太阳所处的特殊位置，不可能完全通过观测所得，需在观测的基础上利用差值算法求得。对比表 6-1 和表 6-2 的测算数据可发现一个明显的问题，表 6-1 中的数据精确到秒，而表 6-2 中的却精确到秒的下一位微。进而，我们求取了《历象考成》所载推算日躔模型的两次观测数据的误差。在此过程中，以天文软件 Skymap 推算的数据为准，[①] 具体的步骤如下：首先，将《历象考成》中所列时间转化成现代时间，然后将此时间及北京地理经、纬度输入软件中，求取当时的太阳黄经值，然后将此值与按《历象考成》推算的值作差，求得黄经误差。表 6-1 为丁酉年所测的春分、立夏、秋分数据，其中第 2 列为《历象考成》给出的推算时间，第 3 列为转化的现代时间，第 4 列是根据 Skymap 推算的太阳位置，第 5 列为《历象考成》测算的位置，第 6 列为误差。表 6-2 的安排与此相同，其中前 4 行是计算近地点位置的观测数据，第 5 行是计算两心差的观测数据。表 6-1 的三次误差比较接近，而表 6-2 中的前四行误差比较接近，第 5 行相比较要大得多。可见，尽管依据表 6-2 推算的参数与之前的基本相同，但表 6-2 的数据比表 6-1 中的要准确得多。

那么，根据这一模型推算出来的数据是否比《西洋新法历书》中的精度有明显提升呢？日躔模型决定了均数算法，进而决定了均数表中的数据。对比《西洋新法历书》和《历象考成》中计算太阳位置的数表，除均数表数据有明显差异外，其他数表基本相同。[②] 因此，依据《历象考成》与《西洋新法历书》计算的太阳位置的差异最终能反映出基于日躔模型的均数算法精度。

---

① 据宁晓玉和刘次元研究，Skymap 软件是相当精确的一款天体位置回推软件，其对于历元后的太阳位置的推算是相当精确的。参考自宁晓玉、刘次元：《适用于古天文研究的计算机软件》，《时间频率学报》2006 年第 1 期，第 66—75 页。

② 时差或日差的数表不同，《历象考成》在计算“时差”（《西洋新法历书》为“日差”）时考虑了太阳远地点每年的移动，《西洋新法历书》没有考虑。但这一差异相当微小，可忽略不计。

清代每年颁行的岁次时宪历（书）中都载有二十四节气表，由于清代采用定气注历，节气时刻即等于实际太阳在相应位置的时刻，① 不同时期的二十四节气时刻最终能体现不同模型的计算精度。为此我们求取了顺治三年、雍正十一年、道光二十二年历书中二十四节气时刻精度。这些数据分别根据《西洋新法历书》《历象考成》和《历象考成后编》推算，能大体反映出这些模型的精度。在此过程中使用了 Skymap 软件。计算过程与上文计算用于推算日躔模型的观测数据的误差基本相同：也是首先将“岁次历书”中所列时间转化成现代时间，② 然后将此时间及北京地理经、纬度输入 Skymap 软件中，求得当时的太阳黄经值，将此值与按几种历书推算的值作差，求得黄经误差。另外，为直观反映模型精度，我们以二十四节气太阳所在位置为横坐标，以相应位置的黄经差为纵坐标，作折线图 6-6。由图可见，根据《历象考成》推算的太阳位置相对于根据《西洋新法历书》推算的数据精度没有明显提升，而根据《历象考成后编》计算的精度提高了很多，这是由于其采用了精准的椭圆模型。

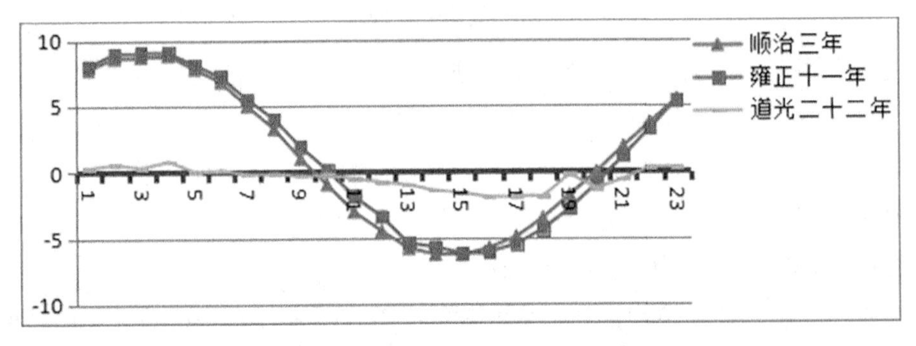


**图 6-6　岁次历书节气时刻误差③**

① 王广超：《明清之际定气注历之转变》，《自然科学史研究》2012 年第 1 期，第 26—36 页。

② 日期的转换参考了郑鹤声编的《近世中西史日对照表》，时分秒的转换则根据干支纪时规则转换。郑鹤声：《近世中西史日对照表》，中华书局 1981 年版。

③ 图中横坐标表示节气时刻，纵坐标为历书所载数据相对于 Skymap 回推数据的差值，单位是角分。历书中的数据主要参考自：大清顺治三年岁次丙戌时宪历，国家图书馆善本库顺治三年藏本；大清雍正十一年岁次癸丑时宪历，国家图书馆善本库雍正十一年藏本。大清道光二十二年岁次壬寅时宪书，早稻田大学藏本。

由以上可知，节气时刻推算与实测不符是康熙决定编纂《历象考成》的直接原因，而《历象考成》改偏心圆的日躔模型为双轮结构表面上也正是出于计算应与观测相合的考虑，这一结构将远地点运动因素放入太阳运动模型中。由偏心圆结构改为双轮结构，表面看来是一个明显的改观，但是，通过分析发现，基于《历象考成》日躔模型推算出的均数推算法精度相比《西洋新法历书》中的并没有明显提升，主要原因是两个模型的参数基本相同。但是，作为建构此模型以及推算模型参数的主要依据的观测数据却要准确得多，为符合之前《康熙永年表》中的数据，编者改变了模型参数的计算方法。

# 第七章　中国传统历算中日躔十二次的演变

中国古代历算有一套相对独立的研究传统。在其演进过程中，测算的精致化和外来因素的影响是两条重要线索。外来影响往往成为历算精致化的契机或动因。隋唐时期印度天文学的引进，宋元时期伊斯兰天文学的引入，为中国传统历算带来新的活力，使其在精致化进程中更进一步。明清时期西洋天文学的传入，使得传统历算发生了革命性的转变。过去有关中国传统历算的研究，主要集中在历算理论的演变或一些重要数表的精致化方面，[①] 对外来因素的影响关注并不充分。本章试图以传统历算中日躔次（宫）的计算为中心，探讨中国传统历算的演进历程。日躔次（宫）时刻是历书中一个重要项目，宋元之后成为岁次历书中确定吉凶祸福的重要依据。然而，学界关于十二次的研究大多不完整，或是集中于十二次起源的探讨，或是着力于隋唐时期十二宫与十二次关系的分析。实际上，十二次概念最早可追溯至春秋或更早时期，汉代历书中出现了日躔十二次与二十四节气的对应关系。隋唐时期，印度天文学传入中国，对传统日躔十二次产生深刻影响。北宋时期行用的《观天历》中出现了日躔黄道十二宫计算方法，后世历算家对此算法进行了优化。由于未考虑岁差因素，传统历法中十二次宿度与实际不符。明末清初，西方天文学传入中国，日躔黄道十二宫的计算发生了根本性转变。表面变化是，日躔入宫时刻与二十四节气时刻由明代历书中的相差数日转变为精确对应。深层次的变化则体现在宇宙论、计算与观测的关系方面，之前的历算体系缺乏宇宙论方面的考虑，而在新法中，宇宙论、计算和观测是自洽统一的。

---

① 陈美东先生和张培瑜先生曾对中国古代历法中的中心差理论、日躔表、月离表的演进进行过深入而详细的讨论，主要聚焦于算法、算理的演进和误差改进等方面。详见陈美东：《古历新探》，辽宁教育出版社 1995 年版；张培瑜等：《中国古代历法》，中国科学技术出版社 2008 年版。

但是，清代历算家和保守士人对日躔十二宫的转变持反对态度，认为改西法十二宫是违背传统的做法。总之，日躔十二次（宫）的精致化以及在外来因素影响下的转变从一个侧面反映了中国传统历算的演进过程。

## 第一节　早期十二次的形成

关于十二次及其起源，《中国古代天文学词典》如下定义：

> 十二次，中国古代一种划分周天的方法。它是将天赤道带均匀地分成12等份，使冬至点正处于一分的正中间，这一分就成为星纪。从星纪依此向东为星纪、玄枵、娵訾、降娄、大梁、实沈、鹑首、鹑火、鹑尾、寿星、大火、析木，统称为十二次。一般认为，十二次源于对木星的观察。古人很早就知道木星大约十二年一周天，所以据此于春秋或更早的时期创立了十二次，以用木星所在次来纪年。[①]

上面的叙述存在很多问题。首先，作为一种划分周天方法的十二次的形成并非一蹴而就，而是经历了一个过程。其次，当今学术界对十二次起源还有分歧，有两种主流的观点。一种观点认为，十二次缘起于古人对木星的观察，潘鼐先生持此观点。潘先生认为，周代天文家已认识到木星约十二年一周天，据此创立了十二次。这种说法的主要依据是早期文献中所提及的十二次一般同岁星（木星）的位置相关。[②] 比如《国语》中有“武王伐殷，岁在鹑火”的说法，其中的“鹑火”就是十二次之一。[③] 但是，十二次究竟从何而来，命名体系是如何建立的，这些问题在第一种观点的解释框架内很难澄清。

第二种观点认为，十二次源于对星象的划分，钱宝琮先生持此观点。钱先生认为，春秋以前的天文家观察星象以叙四时，对于赤道附近的星座尤其

① 徐振韬主编：《中国古代天文学词典》，中国科学技术出版社2009年版，第200页。

② 潘鼐：《中国恒星观测史》，学林出版社2009年版，第43—44页。

③ 《国语》中有“武王伐殷，岁在鹑火”的说法。见吴韦昭注：《国语·卷三》，明万历己未（1619）闵齐伋刻，清康熙癸未（1679）金谷园补刻印本。

关注，形成了苍龙、朱雀、白虎、玄武的划分。进而，又将上述四宫之星各分为三，共十二份，名为十二次。当时的天文家已经测得木星绕日大约 12 年一周天，遂将十二次与木星的运动规律联系起来。比如，于某年之正月见木星晨出东方在星纪之次，第二年当以二月晨出东方在玄枵之次，第三年三月晨出东方在娵訾之次，以此类推，十二年后当复原位，于是将木星命名为岁星。[①] 这种观点的主要证据是十二次的一些命名依据四象而定，比如鹑首、鹑火、鹑尾是对朱雀的细分。但是，其他次的名称是因何而来，与另外三象的关系如何，这种观点的解释并不圆满。两种观点各有其支持的证据，但这些证据均不完善，所以十二次到底因何起源，其早期是如何发展的，现在还难以下定论。

但是，依据现有的信息，可以确定十二次的划分及命名至汉代才最终成型。《汉书·律历志》及《周礼·春官·保章氏》郑玄注中有完整的十二次名称，分别是：星纪、玄枵、娵訾、降娄、大梁、实沈、鹑首、鹑火、鹑尾、寿星、大火、析木等。据钱宝琮先生考证，汉代的十二次与春秋时期的十二次的名称有所不同。[②] 另外，春秋时的四宫所占赤道经度宽狭不一，十二次的宽狭也不均匀，但到汉代，十二次的赤道经度基本是平均的。表 7-1 是《汉书·律历志》中所载二十八宿距度，表 7-2 所载十二次所对二十八宿起止度数，其中最后一列是十二次距度，依据二十八宿距度和十二次所对的二十八宿起止度数推算而来。每次约计各占赤经 30 度，有些次为 31 度，共计 365 度。

汉代十二次在两方面继承了春秋时期的方案。第一，星纪次依据冬至点确定。春秋时期的历术注重日南至的测定，因为当时冬至日躔在牵牛附近，故称牵牛星座所在之次为星纪，且将其作为日躔之起点。汉代及之后历算家在厘定十二次所对二十八宿起止度数时，仍以冬至点对应星纪宫，并以此为起点确定其他十一次所对宿度。这在客观上确定了一个相对固定的赤道坐标

① 钱宝琮：《论二十八宿之来历》，见《李俨钱宝琮科学史全集》第 9 卷，辽宁教育出版社 1998 年版，第 348—372 页。

② 钱宝琮：《论二十八宿之来历》，见《李俨钱宝琮科学史全集》第 9 卷，辽宁教育出版社 1998 年版，第 348—372 页。

系，后来随着岁差现象的发现，这一赤道坐标系相对于二十八宿有一个循迁的效应。第二是十二次所对应的封地。春秋时期有十二诸侯，十二个封地，当时的天文家遂以十二次相对应，希望透过星象分辨州国之吉凶。比如星纪对应吴越之州国，玄枵对应齐之州国，娵訾对应卫之分野，详见表 7-2。《汉书·律历志》所载十二次分野信息与春秋时期的基本相同。

**表 7-1　《汉书·律历志》二十八宿距度**

| 角 | 亢 | 氐 | 房 | 心 | 尾 | 箕 | 南斗 | 牵牛 | 须女 | 虚 | 危 | 营室 | 东壁 |
|---|---|---|---|---|---|---|---|---|---|---|---|---|---|
| 12 | 9 | 15 | 5 | 5 | 18 | 11 | 26 | 8 | 12 | 10 | 17 | 16 | 9 |
| 奎 | 娄 | 胃 | 昴 | 毕 | 觜 | 参 | 东井 | 舆鬼 | 柳 | 七星 | 张 | 翼 | 轸 |
| 16 | 12 | 14 | 11 | 16 | 2 | 9 | 33 | 4 | 15 | 7 | 18 | 18 | 7 |

《汉书·律历志》将日躔十二次与二十四节气对应起来，有所谓“凡十二次，日至其初为节，至其中，斗建下为十二辰，视其建而知其次。”的说法。[①] 后来《晋书·天文志》中亦有“十二次度数”专题，与《汉书·律历志》中的十二次所对应的宿度相同。[②]

**表 7-2　《汉书·律历志》所载十二次与二十八宿、二十四节气对应关系**

| 十二次 | 二十八宿起止度数 | 二十四节气 | 分野 | 距度 |
|---|---|---|---|---|
| 星纪 | 斗 12-女 7 | 大雪、冬至 | 吴越之分野属扬州 | 30 |
| 玄枵 | 女 8-危 15 | 小寒、大寒 | 齐之分野属青州 | 30 |
| 娵訾 | 危 16-奎 4 | 立春、惊蛰 | 卫之分野属并州 | 31 |
| 降娄 | 奎 5-胃 6 | 雨水、春分 | 鲁之分野属徐州 | 30 |
| 大梁 | 胃 7-毕 11 | 谷雨、清明 | 赵之分野属冀州 | 30 |
| 实沈 | 毕 12-井 15 | 立夏、小满 | 魏之分野属益州 | 31 |
| 鹑首 | 井 16-柳 8 | 芒种、夏至 | 秦之分野属雍州 | 30 |
| 鹑火 | 柳 9-张 17 | 小暑、大暑 | 周之分野属三河 | 31 |
| 鹑尾 | 张 18-轸 11 | 立秋、处暑 | 楚之分野属荆州 | 30 |

① 班固:《汉书·律历志》，见《历代天文律历等志汇编（五）》中华书局 1976 年版，第 1410 页。
② 班固:《汉书·律历志》，见《历代天文律历等志汇编（五）》中华书局 1976 年版，第 722 页。

续表

| 十二次 | 二十八宿起止度数 | 二十四节气 | 分野 | 距度 |
| --- | --- | --- | --- | --- |
| 寿星 | 轸 12–氐 4 | 白露、秋分 | 郑之分野属兖州 | 31 |
| 大火 | 氐 5–尾 9 | 寒露、霜降 | 宋之分野属豫州 | 30 |
| 析木 | 尾 10–斗 11 | 立冬、小雪 | 燕之分野属幽州 | 31 |

总之，十二次大约产生于春秋时期，成型于汉代。早期的天文家将十二次与木星的运动联系起来，配之以十二州国，占验州国的吉凶。早期十二次的度数并不均匀，且名称也不确定。至汉代，出现了相对比较固定的十二次名称，度数大体均匀，将二十四节气与十二次对应起来。汉代天文家依据星纪次确定十二次，而星纪由冬至点决定，这就使得十二次成为相对固定的赤道坐标系。

## 第二节 日躔十二次在唐宋时期的转变

隋唐时期的历算家放弃了十二次与节气的对应，而突出其在分野和星占方面的意义。据《旧唐书·天文志》记载，一行根据李淳风（602—670）撰《法象志》，重新测定了十二次分野所对宿度，以唐之州县相配。相比较之前的十二次分野表，唐代天文志的分野信息更加详细，比如玄枵次对应的地理如下："自济北东踰济水，涉平阴，至于山茌，循岱岳众山之阴，东南及高密，又东尽莱夷之地，得汉北海、千乘、淄川、济南、齐郡，及平原渤海九河故道之南，滨于碣石，古齐、纪、祝、淳于、莱、谭、寒及斟寻，有过、有鬲、蒲姑氏之国，其地得陬訾之下流，自济东达于河外，故其象著为天津，绝云汉之阳……。"[①] 实际上，这得益于唐代历算家所做的天文大地测量，体现了统治者希望透过星象洞察属下诸州国的治乱从而控制帝国的意图。

---

① （宋）欧阳修：《新唐书·天文志一》，《历代天文律历等志汇编（三）》，中华书局 1978 年版，第 673 页。

**表 7-3 《新唐书》所载十二次起止宿度①**

| 十二次 | 起止度数 | 分野 |
| --- | --- | --- |
| 玄枵 | 女 5—危 12 | 自济北郡东逾济水，涉平阴，至于山茌，东南及高密，东尽东莱之地，又得汉之北海、千乘、淄川、济南、齐郡，及平原、渤海，尽九河故道之南，滨于碣石，自九河故道之北，属析木分也。 |
| 娵訾 | 危 13—奎 1 | 自王屋、太行而东，尽汉河内之地，北负漳、邺，东及馆陶、聊城，东尽汉东郡之地，其须昌、济东之地，属降娄，非室韦也。 |
| 降娄 | 奎 2—胃 3 | 南届巨野，东达梁父，以负东海。又东至于吕梁，乃东南抵淮水，而东尽于徐夷之地，得汉东平、鲁国。奎为大泽，在娵訾之下流，滨于淮、泗，东北负山，为娄、胃之墟。 |
| 大梁 | 胃 4—毕 9 | 自魏郡浊漳之北，得汉之赵国、广平、巨鹿、常山，东及清河、信都，北据中山、真定，又北尽汉代郡、雁门、云中、定襄之地，与北方群狄之，国皆大梁分也。 |
| 实沈 | 毕 10—井 11 | 得汉河东郡，及上党、太原，尽西河之地。又西河戎狄之国，皆实沈分也。 |
| 鹑首 | 井 12—柳 6 | 自汉之三辅及北地上郡、安定，西自陇坻至河西，西南尽巴蜀汉中之地，及西南夷犍为、越巂、益州郡，极南河之表，东至牂柯，皆鹑首分也。 |
| 鹑火 | 柳 7—张 14 | 北自荥泽、荥阳，业京、索，暨山南，得新郑、密县，至於方阳。又自洛邑负河之南，西及函谷南纪，达武当、汉水之阴，尽弘农郡。古成周、虢、郑、管、郐、东虢、密、滑、焦、唐、申、邓，皆鹑火分也。 |
| 鹑尾 | 张 15—轸 9 | 其分野自房陵白帝，而东尽汉之南郡、江夏，东达庐江南郡、滨彭蠡之西得汉、长沙、武陵、桂阳、零陵郡，又逾南纪尽郁林合浦之地，荆楚郧鄀罗权巴夔与南方蛮貊殷河南之南其中一星主长沙国逾岭徼而南，皆瓯东青丘之分。 |
| 寿星 | 轸 10—氐 1 | 自原武、管城、滨河、济之南，东至封丘、陈留，尽陈、蔡、汝南之地，逾淮源至于弋阳，西涉南阳郡，至于桐柏，又东北抵嵩之东阳。古陈、蔡、随、许，皆属寿星分。 |
| 大火 | 氐 2—心 6 | 得汉之陈留县，自雍丘、襄邑、小黄而东，循济阴，界于齐鲁，右泗水，达于吕梁，乃东南抵淮，西南接太昊之墟，尽济阴、山阳、楚国丰沛之地，自商、亳以负北河，阳气之所升也，为心分。自丰、沛以负南河，阳气之所布也。 |
| 析木 | 心 7—斗 8 | 自渤海、九河之北，尽河间、涿郡、广阳国，及上谷、渔阳、右北平、辽东、乐浪、玄菟，古之北燕、孤竹、无终，及东方九夷之国，皆析木之分也。 |
| 星纪 | 斗 9—女 4 | 自庐江、九江，负淮水之南，尽临淮、广陵至于东海，又逾南河，得汉丹阳、会稽、豫章郡，西滨彭蠡，南涉越州，尽苍梧、南海，古吴越及东南百越之国，皆星纪分也。 |

由表 7-3 可知，《新唐书·天文志》中十二次的起止宿度相对于《汉

① （宋）欧阳修：《新唐书·天文志一》，《历代天文律历等志汇编（三）》，中华书局 1978 年版，第 722—727 页。

书·律历志》中的数据有较大的偏差，这实际上是由于恒星岁差所致。关于恒星岁差的成因，本书第五章已有讨论。在中国，晋代虞喜（281—356）最早指出岁差现象。但其后很长一段时间内，岁差概念并没有被纳入历法计算中。南北朝时期祖冲之（429—500）最早将岁差概念引入历法推算，曾遭到当时士大夫的极力反对，认为这是“诬天背经”的做法。至唐初，李淳风等历算家仍不接受岁差概念。一行在《大衍历》中提出“天为天，岁为岁，乃立差以追其变，使五十年退一度”，岁差概念才引入历算体系。

中国天文学以冬至点确定星纪次，在此基础上确定其他次位置。由于上述岁差效应，分至点相对于二十八宿有一个缓慢移动，十二次所对二十八宿势必将年年不同。但是由于这一运动速度比较缓慢，短时间内难以觉察其效果。从汉唐之间的时间跨度足以显现出较大的偏差。实际上，唐代历算家已经注意到岁差对十二次的影响，《新唐书·天文志》中就有关于十二次与岁差的论述：

> 古之辰次与节气相系，各据当时历数，与岁差迁徙不同。今更以七宿之中分四象中位，自上元之首，以度数纪之，而著其分野，其州县虽改隶不同，但据山河以分尔。①

也许正因此，唐代历算家所列十二次分野表中，并没有对应的节气。但是，唐代历算家并没有将岁差现象理论化，建立十二次起止宿度的计算公式。而只有一个“天自为天、岁自为岁”的笼统说法，即将恒星年和回归年区别来看，用岁差概念对二者进行换算。后世历算家也没有将岁差问题纳入十二次宿度变化之中，这就为此后日躔十二宫的准确计算造成了很大困难。这一问题直至明末西洋岁差理论传入之后才得以解决。

隋唐时期另一个重大的转变是由于印度天文学的传入。隋初，黄道十二宫概念经由汉译佛经传入中国。众所周知，黄道十二宫是西方划分星空的坐标体系，由古巴比伦人于公元前2100年左右创建。古巴比伦人将黄道带分为十二部分，分别用十二种物象表示。公元前800年左右，十二宫传到古希腊，

---

① （宋）欧阳修：《新唐书·天文志一》，《历代天文律历等志汇编（三）》，中华书局1978年版，第722—727页。

经希腊天文学家改造，成为天文学的基本坐标系。后来，十二宫体系大约于公元元年前后传到古印度，于隋唐时期随佛教经典传入中国。现在所知最早载有黄道十二宫名称的汉译佛经是隋代耶连提耶舍所译的《大乘大方等日藏经》，译出时间为隋朝初年（约581）。[①] 十二宫的译名体系几经变迁，最终于唐末五代时期定型，杜光庭编纂的《玉函经》的译名为：白羊、金牛、阴阳、巨蟹、狮子、双女、天秤、天蝎、人马、摩羯、宝瓶、双鱼。唐玄宗开元六至十二年（718—724）间，翟昙悉达编译《九执历》，使用了黄道十二宫的概念，规定春分所在的白羊宫为股羖（黑色的公羊）首，秋分点所在的天秤宫为秤首。[②] 一行（673—727）在《大衍历》注引中也有"天竺所云十二宫，即中国之十二次。郁车宫者，降娄之次也"的说法。[③] 据查，当时降娄次起于"奎二度"余，终于"胃一度"，中点为"娄一度"，确与郁车宫（白羊宫）基本对应。但是，一行对十二宫与十二次的讨论仅限于此，他所主持编著的《大衍历》中没有十二宫与十二次详细对应方案。可以肯定的是，一行所知绝非仅此而已，一方面他从天文大地测量中获得了很多当时不为人知的资料，另一方面，他从当时印度天文学中也获取了很多历算和宇宙论方面的信息。存在这样一种可能，一行曾试图将当时传入的天竺天文学融入传统历算，将黄道十二宫与传统十二次融合，但在当时却遇到相当大的困难，所以他的讨论仅此而已。但是，一行的努力在宋代历法中结出了果实，其表现就是宋代历法中出现了日躔十二宫的计算方法。

宋代天文历法中关于十二次讨论有两个大的转变。首先是在历法中出现了日躔黄道十二宫算法，其次是《天文志》中不再载有十二次分野信息，这些信息仅在《律历志》中略有提及。本书作者遍览《历代天文律历等志汇编》，发现最早给出太阳过黄道十二宫时刻算法的是北宋时期行用的《观天历》。《观天历》系由皇居卿于宋哲宗元祐六年（1091）撰成，绍圣元年

---

① 陈美东：《古历新探》，辽宁教育出版社1995年版，第396页。

② （唐）翟昙悉达：《开元占经》，薄树人主编：《中国科学技术典籍通汇·天文学卷》卷五，河南教育出版社1993年版，第875页。

③ （宋）欧阳修：《新唐书·历志四下》，《历代天文律历等志汇编（七）》，中华书局1978年版，第2252页。

(1094) 颁行，崇宁元年（1102）停用，改用《占天历》。[①] 其中所谓的黄道十二宫沿用了十二次的名称，由此推测，日躔入宫的计算可能与由印度传入的十二宫体系有关。不过，《观天历》中日躔黄道十二宫的计算与西方的有所不同：首先，将赤道带均匀地分十二等份，得到赤道十二宫；进而，过每个分点的赤经圈与黄道相交，遂将黄道分成十二份，则成黄道十二次或宫。《观天历》载有完整的推算太阳过宫日时刻算法，其步骤如下：

首先，求天正冬至加时黄道日度；然后，推求冬夏二至初日晨前夜半黄道日度；在此基础上，求出每日晨前夜半黄道日度。排列成表，用此表查出过宫日。最后利用内插法推算过宫时刻。推求时刻算法的术文如下：

> 求太阳过宫日时刻：置黄道过宫宿度，以其日晨前夜半黄道宿度及分减之，余以统法乘之，如其太阳行分而一，为加时小余。如发敛求之，即得太阳过宫日时刻及分。[②]

术文中的统法为12030，即一天所分成的份数。按其所述可得加时小余的公式如下：

$$\text{太阳过宫时刻}=\frac{(\text{黄道过宫宿度}-\text{其日晨前夜半黄道宿度及分})\times 12030}{\text{当日太阳行度及分}}$$

实际上，从当天的晨前夜半到下一天的晨前夜半黄道日度之间的度数就是太阳在这一天内实际走过的黄道度数，即所谓的“太阳行度”。在这一天内，把太阳运动看成均匀的，即可据以上公式可求出过宫时间。如果求具体的辰、刻、分，需以辰法（2005）、刻法（1203）和秒母（36）约之，这就是术文中所说的如发敛求之。

表7-4列出了《观天历》中十二宫所在宿度及分野和辰次关系。分野信息相对《新唐书·天文志》中的非常简单，与《汉书·律历志》和《晋书·天文志》中的相同。十二次所对应的起止宿度与之前的不同，我们推测此表中的数据为实际观测所得：

---

① 王应伟：《中国古历通解》，辽宁教育出版社1998年版，第640页。

② （元）脱脱：《宋史·律历志十》，见《历代天文律历等志汇编（八）》，中华书局1976年版，第2753页。

**表 7-4　《观天历》十二宫所对宿度及分野①**

| 十二宫 | 起始宿度 | 分地 |
|---|---|---|
| 娵訾次 | 危 15.25 | 卫之分 |
| 降娄次 | 奎 3.5 | 鲁之分 |
| 大梁次 | 胃 5.5 | 赵之分 |
| 实沈次 | 毕 10.5 | 晋之分 |
| 鹑首次 | 井 12 | 秦之分 |
| 鹑火次 | 柳 7.5 | 周之分 |
| 鹑尾次 | 张 17.25 | 楚之分 |
| 寿星次 | 轸 12 | 郑之分 |
| 大火次 | 氐 3.25 | 宋之分 |
| 析木次 | 尾 8 | 燕之分 |
| 星纪次 | 斗 9 | 吴之分 |
| 玄枵次 | 女 6.25 | 齐之分 |

此后的《纪元历》也载有“太阳入宫日时刻”算法，与《观天历》的完全相同，但未给出十二宫所在宿度，很可能其使用了与《观天历》相同的数据。

总之，唐宋时期是中国传统历算发展的重要转折期。在此期间，历算中的观测水平和计算技术得到了大幅提升。这一方面是由于唐宋时期的历算家在传统历算精致化方面的推进，另一方面得益于域外天文学特别是印度天文学的传入。但是，也正在这一时期形成了历算与宇宙论之间的分流。其主要的表现是，一行之后历算家不再关注或讨论有关宇宙论方面的内容，而仅致力于测量与计算的提高。这就使得传统历算尽管其测算精度在不断提高，但是解释力和算法的自洽性却远远不足。日躔十二次（宫）的计算方面就是一个典型的例子。从上述计算程序可知，黄道十二宫通过赤道十二次换算而成，表面看来这一算法融合了中西两方面的元素，但却缺少理论方面的考虑。与此相应的是关于岁差问题的理论化。尽管早在晋代虞喜就认识了岁差的存在，唐代一行将岁差概念引入历算体系，但却缺乏理论化的考虑，没有出现十二

① （元）脱脱：《宋史·律历志十》，见《历代天文律历等志汇编（八）》，中华书局 1976 年版，第 2754 页。

次所对宿度变化的变换公式，这就使得十二次所对二十八宿起止度数难以精确地推算，而只能通过不断地实测修正之前的数据。

## 第三节 日躔十二次在元明时期的改进

一般认为，元代郭守敬等编订的《授时历》在测算方面是中国传统历法的集大成者。《授时历》有所谓“日躔黄道入次时刻”算法，与宋历中“入宫”的称谓略有不同，但在具体操作方面并无本质差别。推算步骤大体如下：首先，推算天正冬至赤道日度，用线性内插法求得对应的黄道日度；然后，求出四正（春正、夏正、秋正、冬正）定气黄道日度；根据日行盈缩规律求出每日日差，在四正基础上加减盈缩日差，求出每日晨前夜半黄道日度。排列成表，据十二次起止宿度表中的数据求得太阳是在哪一天入次。最后，求出日躔黄道入次时刻。术文与《观天历》的基本相同。

> 推日躔黄道入十二次时刻：置入次宿度，以入次日夜半日度减之，余以日周乘之，为实；以入次日夜半日度与明日夜半日度相减，余为法，实如法而一，得数以发敛加时求之，即入次时刻。①

表面看来，《授时历》算法的改进只体现在计算起始点方面：宋代历法基于二至计算每日晨前夜半黄道日度，而《授时历》则以四正为起始点。实际情况是，《授时历》中的太阳运动推算方法更加细密。历史上，北齐张子信首先发现了太阳运动的不均匀性。隋末刘焯及其以后的天文学家都认为日月五星的运行在一定时期内是等加速的或等减速的。从隋《大业历》开始，各历给出了日躔表，即太阳不均匀性运动的改正表，基于此就可根据二次差内插公式得出太阳运动的近似结果，即可求得给定时间太阳所在的位置。宋代历法中太阳运动的计算均采用二次内插法，上述《观天历》关于太阳运动的计算就采用了二次内插。而《授时历》所载太阳运动度数的算法为时间的三

---

① （明）宋濂：《元史·历志三》，见《历代天文律历等志汇编（九）》，中华书局 1978 年版，第 3393 页。

次内插。因此,《授时历》的计算结果更为精密。按其所述,《授时历》将日周分为四份,以四正即冬至、春分、夏至、秋分为分点。太阳在冬至点时运行最快,后 88.909225 日为盈初限,前 88.909925 日为缩末限;夏至后 93.712052 日为缩初限,前 93.712052 日为盈末限。进而将每一象限分为六段,并给出平差、一差和二差,运用招差术即可推得每日盈缩,即日差,累计日差并日平行即可求得每日行定度。①

另外,《授时历》还给出了十二次起止宿度,作为推算日躔十二次的基础数据。与《观天历》的明显不同,推测此为实测所得。从其小数点后有效数位可知,这些数据测算精度明显高于宋代《观天历》。

**表 7-5　《元史·授时历经》十二次所对宿度及辰次②**

| 十二次 | 宿 |
|---|---|
| 娵訾 | 危 12.6491 |
| 降娄 | 奎 1.7363 |
| 大梁 | 胃 3.7456 |
| 实沈 | 毕 6.8805 |
| 鹑首 | 井 8.3494 |
| 鹑火 | 柳 3.8680 |
| 鹑尾 | 张 15.2606 |
| 寿星 | 轸 10.0797 |
| 大火 | 氐 1.1452 |
| 析木 | 尾 3.0115 |
| 星纪 | 斗 3.7685 |
| 玄枵 | 女 2.0638 |

明代《大统历》承袭自元代《授时历》,日躔黄道十二次日时刻及分计算法与《授时历》完全相同,次、宿关系也未改变。由于岁差的原因,十二次和二十八宿的对应关系逐年改变,积累至明末则已有相当大的偏差。晚明

① 张培瑜等:《中国古代历法》,中国科学技术出版社 2008 年版,第 617 页。

② (明)宋濂:《元史·历志三》,《历代天文律历等志汇编(九)》,中华书局 1978 年版,第 3392 页。

士人邢云路指出《大统历》宫度交界的偏误，“云路又当论大统宫度交界，当以岁差考定，不当用授时三百年前之数。”[①] 另外，由于日躔次或宫的时间是根据太阳实行度推算的，而节气采用平气注历，即在天正冬至基础上加气策推算而成，因而节气日时与日躔入次日时并不对应，而有数日之差。这一差异体现在元明两代每年颁行的“岁次大统历书”中。现有一些残存的元代岁次授时历书，根据《授时历》编算，其中节气时刻与日躔十二次时刻并无精确对应关系。[②] 如《大明嘉靖六年岁次丁亥大统历》三月十三日庚寅午初初刻谷雨，三月中；二十八日己巳申正二刻，立夏，四月节。而该月二十一日戊戌申初三刻日躔大梁。[③]

可以肯定，元代《授时历》中日躔十二次的测算比宋代《观天历》更加细密。但是，由于仅关注测与算两个方面，以郭守敬为首的中国传统历算家缺乏对天体运动现象物理原因的探索。在日躔十二次的计算中有两方面的体现。第一是关于十二次的规定，中国传统十二次或宫，它不是直接对黄道的划分，而是基于赤道十二宫推演而来的。第二，中国古代历算家尽管已经认识了岁差现象，即太阳的恒星年和回归年的差异，但仅用于回归年和恒星年的换算，并没有明确提出恒星天整体偏移的理论，没有十二次（宫）所对二十八宿起止度数的公式，只能凭借实测修正多年之前的数据。直到明末，十二次宫宿交度出现了很大偏差。也许正是由于缺乏天体运动的物理方面的考虑，传统历算在经历了《授时历》的巅峰之后，开始呈现衰微之势。

## 第四节 西洋新法中的日躔十二宫

明末，西方天文学传入中国，在此影响下，中国天文学发生了一场革命

---

① （清）张廷玉：《明史·历志》，《历代天文律历等志汇编（十）》，中华书局1976年版，第3539页。

② 张培瑜：《黑城出土残历的年代和有关问题》，《南京大学学报》1994年第2期，第170—174页。

③ 国家图书馆古籍影印室编：《明代大统历日汇编·二》，北京图书馆出版社2007年版，第129—137页。

性的转变。这场转变不仅体现在算法、算理方面，也体现在每年颁行的岁次历书当中。考察明清两代的岁次历书，发现最重要的改变集中在日躔十二宫的计算方面：清代历书中日躔十二宫时刻与相应的中气精确对应，明代岁次历书中两者却有数日之差。本节对明清岁次历书中日躔十二次计算的转变进行考察。从中可见，传教士通过移花接木之法，将西方黄道十二宫嫁接于中国传统十二次之上，引入西方天文学体系。表面的变化包括：采用西方十二宫坐标体系；改定气注历，岁次历书中日躔入次时间与中气时间精确对应。更深层次的变化是采用了西方的天体运行模型和宇宙论，相较传统历算，宇宙论和历算趋于自洽。这一转变招致中国士人的强烈反对，他们认为，新法采用十二宫不符合中国历法传统。

中西方天文学分属不同的研究传统。西洋天文学以黄道坐标系为主，十二宫为其基本坐标。而中国古代天文学则以赤道坐标为主，二十八宿是基本坐标体系。① 但实际上，中国古代十二次（宫）作为一种隐在坐标系，计量太阳的位置，为星占和分野提供解释依据。在早期传教过程中，利玛窦曾试图了解中国传统历算，但由于不理解赤道坐标系，他觉得中国的历算是荒谬可笑的。② 为此，他开始着手引进西方的黄道坐标系。他曾与中国士人翻译一些西方天文学经典，其中着重介绍了黄道十二宫概念。《浑盖通宪图说》是比较早的介绍黄道十二宫的译著。本书以介绍西方星盘（Planispheric Astrolabe）的原理和使用为主，署名为“李之藻演”，然而学界认为是由利玛窦口译、李之藻笔述而成。③ 书中介绍了西方的黄道十二宫，宫名沿用回回历法的名称：白羊宫、金牛宫、阴阳宫、巨蟹宫、狮子宫等。另外，《浑盖通宪图说》中提出一套十二宫与二十四节气的精确对应方案，④ 详见表 7-6。这一

① 李约瑟先生认为，古代中西方天文学分属不同的体系，许多方面存在差异，但主要是两方面：第一，中国天文学是赤道—北极体系，而西方的则是黄道体系；第二，中国天文学与政治关系紧密，而西方天文学则是僧侣或独立学者的学问。

② 自利玛窦一直到南怀仁，来华传教士天文学家一般认为中国的科学是劣等科学，中国的天文学是荒谬可笑的。

③ 安大玉：《明末平仪（Planispheric Astrolabe）在中国的传播——以〈浑盖通宪图说〉中的平仪为例》，《自然科学史研究》2002 年第 4 期，第 299—319 页。

④ 李之藻撰：《浑盖通宪图说》，纪昀主编：《影印文渊阁四库全书》第 789 卷，台湾商务印书馆 1983 年版，第 878—879 页。

方案在明末学界有一定的影响，王英明在《历体略》中使用了这一方案。

表 7-6 《浑盖通宪图说》中十二宫与二十四节气的对应关系

| 十二宫 | 节气 | 黄经（度） |
|---|---|---|
| 白羊 | 春分 | 0 |
| | 清明 | 15 |
| 金牛 | 谷雨 | 30 |
| | 立夏 | 45 |
| 阴阳 | 小满 | 60 |
| | 芒种 | 75 |
| 巨蟹 | 夏至 | 90 |
| | 小暑 | 105 |
| 狮子 | 大暑 | 120 |
| | 立秋 | 135 |
| 双女 | 处暑 | 150 |
| | 白露 | 165 |
| 天秤 | 秋分 | 180 |
| | 寒露 | 195 |
| 天蝎 | 霜降 | 210 |
| | 立冬 | 225 |
| 人马 | 小雪 | 240 |
| | 大雪 | 255 |
| 摩羯 | 冬至 | 270 |
| | 小寒 | 285 |
| 宝瓶 | 大寒 | 300 |
| | 立春 | 315 |
| 双鱼 | 雨水 | 330 |
| | 惊蛰 | 345 |

《崇祯历书》是由传教士和中国士人基于多种西方天文论著汇编而成，分五批进呈。第一批进呈的《测天约说》中有关于黄道十二宫与二十四节气的介绍，此书由德国传教士邓玉函翻译。或许是出于融通中西的考虑，其中的

十二宫名采用了传统十二次的名称，以冬至点为起点，将黄道均分为十二份，每一份为一宫。并规定：太阳交宫时刻为中气，交宫中点为节气。因此，在新法体系中，入中气时刻与入宫时刻一致，而节气时刻与入宫中点对应。二十四节气与十二宫对应关系如表7-7所示。需要指出的是，这一策略固然便于西方天文学概念的引入和建立，但后来却成为中国士人诟病西学的着力点。

**表7-7　《测天约说》中十二宫与二十四节气对应表**

| 节气 | 十二宫 | 黄经（度） |
| --- | --- | --- |
| 冬至 | 星纪 | 270 |
| 小寒 | | 285 |
| 大寒 | 玄枵 | 300 |
| 立春 | | 315 |
| 雨水 | 娵訾 | 330 |
| 惊蛰 | | 345 |
| 春分 | 降娄 | 0 |
| 清明 | | 15 |
| 谷雨 | 大梁 | 30 |
| 立夏 | | 45 |
| 小满 | 实沈 | 60 |
| 芒种 | | 75 |
| 夏至 | 鹑首 | 90 |
| 小暑 | | 105 |
| 大暑 | 鹑火 | 120 |
| 立秋 | | 135 |
| 处暑 | 鹑尾 | 150 |
| 白露 | | 165 |
| 秋分 | 寿星 | 180 |
| 寒露 | | 195 |
| 霜降 | 大火 | 210 |
| 立冬 | | 225 |
| 小雪 | 析木 | 240 |
| 大雪 | | 255 |

首批进呈的历书中还包括《日躔历指》，此书详细地介绍了太阳运动模型和计算太阳运动的算法。由于规定入宫时刻与中气时刻严格对应，《日躔历指》只给出了节气时刻的计算法，没有专门讨论日躔入宫的计算方法。清代岁次时宪历（书）依据《崇祯历书》改变的系列历书推算而成，其中的太阳入中气时刻与日躔入次时刻相同，只是出于精简考虑，省略了入次时刻后面的分数。以《大清道光二十二年岁次壬寅时宪书》为例，正月十日己未辰正初刻三分雨水中，而后面的历注中则说："（正月）十日己未辰正初刻后日躔娵訾之次，宜用甲丙庚壬时"[①]。经考察，除了入次时刻之外，其他术文均与明代岁次大统历书完全相同。

《日躔历指》中节气时刻的计算大体分为三步：先求天正冬至时刻，次求本年节气日率，最后以节气日率逐一加天正冬至日干支及时刻，确定每一个节气的干支及时刻。天正冬至时刻和节气日率的推算涉及两个相互关联的概念：一是高冲，二是均数。高冲就是现代天文学所谓的远地点，术文中所谓的最高冲度分就是远地点与冬至时刻的距离。高冲点实际上就是加减差的起始点，可以看作古历所谓的盈初缩末限。在中国传统古历中，盈初缩末限是固定的，如《授时历》以冬至点为盈初缩末限。而《日躔历指》中高冲位置则以 61 秒/年速度匀速运动。而所谓的均数，可理解为中心差，是天体的实际行度与平行度之差。确定均数的关键是求得日平行点与高冲位置的度数，即平日与天正冬至的距度减去高冲度数，然后以此为自变量查均数表求出均数。《崇祯历书》给出了与推算十二宫相关的太阳平行表、均数表及变时表，据此通过加减法就可推算出日入宫的时间。

实际上，上述所有的计算都基于一系列立成表，而这些表则封装了复杂的三角函数运算。根据给出的立成表，只要进行简单的加减运算就可以求出日躔入宫时刻。诸立成表中，均数表尤为关键，其数据是根据太阳运动模型和几何知识推算出来的。《日躔历指》中太阳运动模型为偏心圆，如图 7-1 所示。太阳在以甲为偏心圆的模型中变速运动，离甲远的地方速度小，而近的地方速度大。

---

① 《大清道光二十二年岁次壬寅时宪书》，钦天监，道光二十一年，早稻田大学图书馆藏。

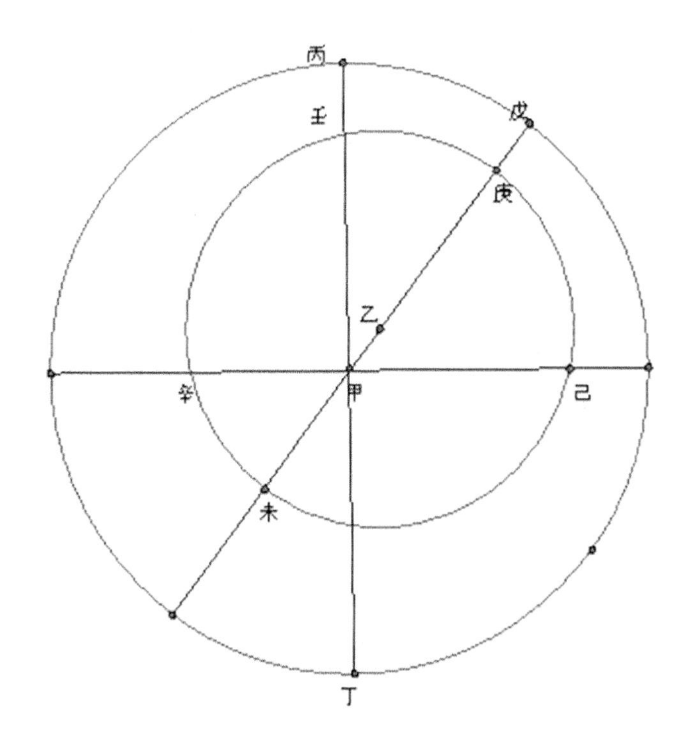


**图 7-1　《日躔历指》中的日躔模型**

日躔模型中包括三个参数：平速度，即太阳运动的平均速率；偏心距，图 7-1 中的甲乙距离，一般以本天半径比值确定；远地点位置，一般通过远地点与春分点的角度度量，即图 7-1 中的庚己。这些参数通过观测数据计算所得，《日躔历指》给出了计算步骤，与丹麦天文学家第谷（Tycho Brahe，1546—1601）的基本相同。①

实际上，以上的模型不仅提供了计算方面的依据，同时还具有宇宙论方面的意涵。图 7-1 中内圈为太阳运动的轨道，而外圈则为黄道。对此，《测天约说》有专门的论述：

> 天之运动，三曜皆有两种运动，宜以两物测之，犹布帛之用尺度也。七政恒星皆一日一周，自东而西，则以赤道为其尺度。又各

① Dreyer J. L. E. Tycho Brahe, *A Picture of Scientific Life and Work in the Sixteenth Century*, Edingburgh: Adam and Charles Black, 1890, p. 333.

有迟速本行，自西而东，则以黄道为其尺度。凡动天皆宗于宗动天，故黄赤二道皆系焉。[①]

可见，新法中黄道并非日行之道，而是位于宗动天，为天体运动的参考。实际上，耶稣会士来华之际，正值西方天文学革命之时，但当时的传教士对日心说鲜有提及，致力于介绍传统的地心说。在五花八门的地心模型中，关于黄道的安置基本一致，均位于宗动天。宗动天位于恒星天之上，永静天之下，匀速运动，为诸天球的运动提供参照。《五纬历指》是最后一批进呈的历书，其中有关于宗动天实际所在位置及与诸天球运动关系的详细介绍：

正解曰：地体不动，宗动天为诸星最上大球，自有本极，自有本行，而向内诸天其各两极皆函于宗动天中，不得不与偕行。如人行船中，蚁行磨上，自有本行，又不得不随船磨行也。[②]

综上，《崇祯历书》等系列历书以黄道为基本坐标系，十二宫和二十四节气是对黄道的划分。在新法体系中，黄道具有实际的物理意义，位于诸天球之上的宗动天上，是诸天球运动的基本参照。《崇祯历书》并没有直接讨论日躔黄道十二宫的计算方法，而只给出了二十四节气的计算。其算法基于太阳运动模型，其中参数基于观测数据的计算而得，模型本身则以更深层的宇宙论为基础。由此可见，其观测、算法、模型和宇宙论是高度自洽的。有意思的是，这套高度自洽的计算体系是建立在黄道十二宫这一坐标体系之上的，而黄道十二宫却是通过中国传统十二次这一桥梁建立的。从一定意义上说，传教士和与其合作的士人们通过移花接木之法将西方黄道十二宫引入中国。实际上，清代历算家对传教士的这一做法有深刻的认识，《明史》有云：

黄赤宫界十二宫之名见于尔雅，大抵皆依星宿而定，故宫有一定之宿，宿有常居之宫，由来尚矣。唐以后始用岁差，然亦天自为天、岁自为岁，宫与星仍旧不易。西洋之法以中气过宫，而恒星既

① （明）徐光启等纂修，（德）汤若望重订：《西洋新法历书》，见薄树人主编：《中国科学技术典籍通汇·天文学卷》卷八，河南教育出版社1998年版，第1032页。

② （明）徐光启等纂修，（德）汤若望重订：《西洋新法历书》，见薄树人主编：《中国科学技术典籍通汇·天文学卷》卷八，河南教育出版社1998年版，第1504页。

有岁进之差，于是宫无定宿，而宿可以递居各宫。此变古法之大端也。[①]

尽管史官未对此变故进行褒贬评价，从其叙述也可看出这一转变的重要性。实际上，西洋历法这样一套高度自洽的计算体系在引入过程中即显现出巨大的威力，表现在日月食等特殊天象的预测，以及对天体运动的解释力方面。但是，当这样一套体系从幕后走到台前，尤其是在清初正统化之后，却引起中国士人的强烈反对。

## 第五节　清代历算家围绕十二宫的争论

明清鼎革之际，汤若望乃将刊刻的《崇祯历书》改编为《西洋新法历书》进呈给新朝廷，获得认可，掌管钦天监。此后，传教士天文学家开始排挤监中旧臣。这些举措引发原钦天监官员以及保守士人的激烈反对。后来在顺治帝（1638—1661）驾崩、康熙（1654—1722）登基这一政治局势丕变之际，以杨光先（1597—1669）为首的保守士人发起对传教士的攻击，引发震惊朝野的“历狱”事件。汤若望等西方传教士锒铛入狱，一些中国信徒甚至被砍头。[②] 杨光先对传教士天文学家的指责在天文学和宗教两个方面，天文学方面比较有代表性的著作是《摘谬十论》，其中的第五摘即指出清初时宪历存在的宫、宿的问题。

五谬移寅宫箕三度入丑宫之新：查寅宫宿度，自尾二度入寅宫起，始入丑宫。今冬至之太阳实躔寅宫之箕三度，而新法则移箕三度入丑宫。是将天体移动十一度矣。一宫移动，十二宫无不移

① （清）张廷玉：《明史·天文志一》，《历代天文律历等志汇编（四）》，中华书局1976年版，第1259—1260页。

② 黄一农：《汤若望与清初西历之正统化》，见吴嘉丽、叶鸿洒主编：《新编中国科技史》，银禾文化事业公司1990年版，第465—490页。

动也。①

关于宫、宿问题，杨光先坚持传统天文学的观点，认为十二宫是星象，应基于二十八宿来划定。他所说的“自尾二度入寅宫起，始入丑宫”，实际上是《大统历》的分法，而按新法推算则在寅宫箕三度入丑宫。其实，由于岁差原因，所有恒星均有缓慢东移运动，而若假定黄道十二宫固定不变，势必会出现杨光先所指摘的问题，这在杨氏看来是不可思议的。

“历狱”后，京城中还有几位精通天算的耶稣会士，其中尤以南怀仁的水平最高。南怀仁为比利时传教士，于顺治十七年奉召从陕西入京，纂修历法。② 自康熙四年获赦后，南怀仁开始潜心研究杨光先所作的《摘谬十论》，经仔细分析后，著成《不得已辨》一书，针对杨光先对宫、宿的指摘。南怀仁说：

> 以新法论十二宫之度数，不在列宿天，实在宗动天，与二十四之节气度数相同。所云宗动者，不依七政恒星，而能为七政恒星之准则，历家谓之天元道、天元极、天元分，终古无变异也。盖春秋二分定在黄道于赤道相交之处，冬夏二至定在黄道于赤道极南、极北之纬。丑宫包含冬至、小寒两气，其余宫无不皆然。所以十二宫是永不移动者，乃万世推算之源也。诸天如水流东行，日月诸星因之。③

文中，南怀仁首先对宫和宿的关系进行了澄清，认为十二宫不在列宿天，而在宗动天，即列宿天之上，二十四节气也是对黄道的划分，故也在宗动天之上。这是西方传入的正统的宇宙论，与《西洋新法历书》中的表述同出一辙。进而，南怀仁对宗动天进行了界定，即其“不依七政恒星，而能为七政恒星之准则”。黄道位于宗动天，故此，十二宫永不移动，乃万世推算之源。在南怀仁看来，这个宇宙论是宇宙的本体，宗动天和黄道十二宫确有其存在

---

① （清）杨光先：《不得已》，见薄树人主编：《中国科学技术典籍通汇·天文学卷》卷六，河南教育出版社1998年版，第923页。

② （清）黄伯禄：《正教奉褒》，见韩琦、吴旻：《熙朝崇正集、熙朝定案（外三种）》，中华书局2006年版，第288页。

③ ［比］南怀仁：《不得已辨》，中国科学院自然科学史研究所线装书库。

的物理机制。

杨光先的天算水平不算高明。从其论述可以看出，他是将客观存在的岁差现象以及主观界定的宫、宿的划分和节气等问题混杂在一起讨论，并没有理解中西历法的分歧所在。相比较之下，清初遗民王锡阐（1628—1682）对西法十二宫的批判更具说服力。王锡阐是明末清初在江南遗民圈子中的活跃人物。明亡后他曾先后投水、绝食以求殉国，拒不仕清。在其天文著作《晓庵新法》中，以崇祯元年（1628）为“历元”，以南京为“里差之元”。他对西法总体评价是：“谓西历善矣，然以为测候精详可也，以为深知法意未可也。安其误而不辨未可也。”关于西法宫、宿的划分，王锡阐认为这是不知法意的表现：

> 况十二次舍命名系依星象，如随节气循迁，虽子午不妨易地，而元枵、鸟咮亦无定位耶，不知法意也。[①]

王氏的意思是，十二次舍的命名是从星象而来的，既然如此，就应该依据星象而划分，如传统历法那样。而不应该固定在黄道上，随二十四节气循迁，否则将会引起混乱。王锡阐认为西法强在“书器尤备，测候加精”，最初徐光启翻译西法的初衷是不错的，“欲求超胜，必须会通，会通之前，必须翻译，翻译有绪，然后令甄明大统，深知法意者，参详考定其意。原欲因西法而求进，非尽更成宪也。”只是不承想，继任者“仅能终翻译之绪，未遑及会通之法，至矜其师说，齮龁异己，廷议纷纷”[②]。

梅文鼎（1633—1721）比王锡阐年幼五岁，开始历算研究正值杨光先挑起历争前后。由于是从中法入手研究历算，在早年的研究工作中表现出一定的崇中抑西的倾向。后来，在接触到《崇祯历书》后，通过认真研究，转向以西法为主。[③] 梅氏曾应李光地（1642—1718）之邀而作《历学疑问》（1691—1692 年作，1699 年刊行），其中的“论恒星东移有据”一节中，梅

---

① （清）王锡阐：《晓庵新法》，见薄树人主编：《中国科学技术典籍通汇·天文学卷》卷六，河南教育出版 1998 年版，第 434 页。

② （清）王锡阐：《晓庵新法》，见薄树人主编：《中国科学技术典籍通汇·天文学卷》卷六，河南教育出版 1998 年版社，第 593—594 页。

③ 严敦杰：《梅文鼎的数学和天文学工作》，《自然科学史研究》1989 年第 2 期，第 99—107 页。

文鼎对中西方岁差理论进行了讨论，提到“西法则以黄道终古不动而恒星东行”的问题，承认西法恒星东移理论“得之实测，非臆断也”。[①]

后来，梅文鼎转向了“西学中源”说。[②] 关于西法十二宫的规定，梅氏在《历学疑问补》中的说法与之前《历学疑问》中的有所不同：

> 何则天上有十二宫，宫各三十度，每岁太阳以一中气、一节气共行三十度，满二十四气，则十二宫行一周。故历家恒言太阳一岁周天也，然而实考其度，则一岁日躔所行必稍有不足，虽其所欠甚微。积至年深，遂差多度，是为岁差。历家所以有天周、岁周之名。……所以太阳过宫与中气必不同日，其法原无错误，其理亦甚易知。徐李诸公深于历术，岂反不明斯事，乃复合为一，真不可解。[③]

可见，梅文鼎认为新法将日躔入宫时刻与二十四节气对应起来并不妥当。由于岁差，恒星天球会有缓慢东移，致使恒星年与回归年不等。但是，按新法之规定，二十四节气和十二次都是基于黄道的划分，与星象无关，因此岁差不会影响二者的关系。可见，梅氏似乎根本没有理解新法十二宫与二十四节气的关系。

江永（1681—1762）对梅氏著作潜玩即久，颇有心得，自认为是梅氏弟子，故将自己的著作取名为《翼梅》，又名《数学》。不过，江永看出梅文鼎书中的一些问题，试图借《翼梅》予以补正，关于宫、宿关系，江永认为存在不变的黄道十二宫和变动的十二宫。不变的十二宫是对黄道的划分；而基于星宿划分的十二宫，由于岁差的原因，岁岁推移。他认为，这两种十二宫殊途而同归。[④] 为此，江氏还绘制了一幅“太阳中气交宫图”，其外层是黄道

---

① （清）梅文鼎：《历算全书》，纪昀主编：《影印文渊阁四库全书》第794卷，台湾商务印书馆1983年版，第24页。

② 王扬宗：《康熙、梅文鼎和“西学中源”说》，《传统文化与现代化》1995年第3期，第77—84页。

③ （清）梅文鼎：《历算全书》，纪昀主编：《影印文渊阁四库全书》第794卷，台湾商务印书馆1983年版，第65—66页。

④ （清）江永：《数学》，纪昀主编：《影印文渊阁四库全书》第796卷，台湾商务印书馆1983年版，第625页。

十二宫，用十二地支代表，即所谓的“中气交宫者”，最内层是恒星十二次。另外，江永积极肯定西方天文学家的“创世之劳”，不认为西学源出于中国。

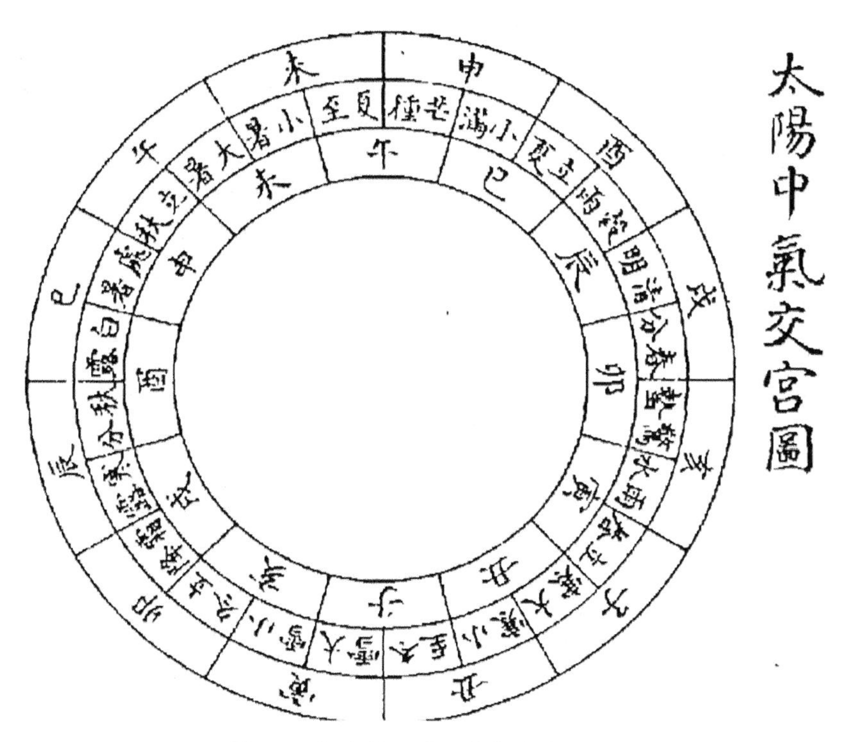


图 7-2　江永的“太阳中气交宫图”

当时的学界，关于中西法正确与否的争论已远远超越了天文历算的范畴，而变成了与态度偏向相关的立场问题。也正因此，江永遭受了中国士人的强烈谴责。1740 年，江永携《翼梅》来到北京，经朋友介绍，得见梅文鼎之孙梅瑴成，希望梅氏为《翼梅》作序。梅瑴成在浏览《翼梅》之后，拒绝了江永的请求。十多年后，江氏把这一经历写入《翼梅》“又序”之中，惹得梅瑴成大为光火。梅瑴成在《五星管见》之后写了一段跋文，痛批江永，说其“泥于西术、固执而不能变，……吹毛索瘢，尽心力以肆其诋毁，诚不知其何用心?”[①] 实际上，这不是梅瑴成一个人的观点，而变成大多士人的共识。

戴震（1724—1777）乃江永的学生，曾极力推崇江永的学问，甚至将《翼梅》收入《四库全书》，给出了极高的评价，认为江永的历算水平不在梅文鼎之下。对此，钱大昕（1728—1804）曾致信戴震，认为“宣城能用西学，江氏则为西人所用而已!”[②] 此后，阮元（1764—1849）在《畴人传》中对江永的评价是“慎修专力西学，推崇甚至，故于西人作法本原发挥殆无遗蕴。然守一家言，以推崇之故，并护其短。‘恒气注术辨’，专申西说，以难梅氏。盖犹不足为定论也。”[③] 然而，清代士人对西法的抨击并未导致西法脱离正统化的轨迹，却导致民间研究传统历算的兴起，以及“西学中源”说的盛行。[④]

本章梳理了日躔十二次（宫）的演变历程。十二次概念可追溯至春秋或更早的时期，汉代历书中给出了日躔十二次与二十四节气的对应关系。隋唐时期，历算家放弃了十二次与二十四节气的关联，更加强调十二次在分野方面的意义。当时印度天文学传入中国，一行等历算家曾试图将西方的黄道十二宫纳入十二次体系，并未成功。北宋时期行用的《观天历》出现了明确的日躔黄道十二宫算法，可能与印度天文学有关。元代《授时历》对日躔十二次（宫）的算法进一步精致化，使其测算的精度达到空前的高度。元明历法采用平气注历，且依据宿次划分宫次，故此岁次历书中日躔入次时间与节气时间不同。尽管中国历算家已注意到岁差现象，但仅将其用于回归年和恒星年的换算之中，并未提出明确的宫度交界的换算公式，使得宫所对应的宿度逐年出现偏差。这集中体现在明代大统历的宫度交界数据上。总而言之，日躔十二次（宫）的历史演变大体反映了中国古代历算的变化趋向，在此过程中，外来的影响以及精致化的过程是两条相互交织的线索。隋唐时期，传统历法表现出相当强的活力，能够迅速地吸纳外来因素，将西方黄道十二宫引

① 郭世荣：《梅瑴成对江永：〈翼梅〉引起的中西天文学之争》，《自然辩证法通讯》2005年第5期，第79—84页。

② （清）钱大昕：《与戴东原书》，《潜研堂集》卷三十三，清嘉庆十一年刻本，北京图书馆。

③ （清）阮元：《江永传》，见《畴人传》卷四十二，清文选楼丛书本。

④ 江晓原：《十七、十八世纪中国天文学的三个新特点》，《自然辩证法通讯》1988年第3期，第51—56页。

入历算体系。宋元时期，传统历法的精致化程度达到了前所未有的高度。但随之而来的明代，传统历算的活力迅速衰退，在预测和解释天象方面出现了很大问题。

明末，徐光启督修历法，组织传教士翻译西方天文学书籍，提出“镕彼方之材质，入大统之型模”这一总体目标，大体意思是保持大统历法基本框架不变，而将西方天文历算中的因素融入其中。但由以上关于日躔十二宫次的讨论可以看出，实际的情况恰与徐光启所提目标背道而驰。大统历法的基本型模当然是二十八宿坐标体系，与之相应，十二宫坐标体系是西方天文学的基本框架。传教士等翻译的天文学并没有纳入二十八宿坐标体系，而是与之相反，传教士通过移花接木之法将西方黄道十二宫作为基本坐标系。实际发生的转变却是“镕大统之材质，入西法之型模”。其实，当初徐光启在设定治历目标时，提出了三步走的构想：第一，会通之前，必须翻译；第二，翻译既有端绪，令甄明大统、深知法意者参详考定；第三，事俊历成，要求大备。而实际的情况是并未进行至关重要的第二步。清初，随西法的正统化，传统士人发起对西法的猛烈抨击，作为基本坐标体系的十二宫当然是争议的焦点。士人们多认为，新法采用十二宫是不符合中国历法传统的。后来，这场争论已远远超越了真理的范畴，而变成了与态度偏向相关的立场问题。

# 第八章　明清之际定气注历的转变

中国古代历法为阴阳合历，即把朔望月和基于太阳年而划分的节气结合起来考虑历日安排。自汉代至清代，历日安排经历了两次重要转变。第一次发生在隋唐之际：之前采用“平朔平气”法，[①] 唐初改平朔为定朔，根据月亮实际运行周期推算朔望月。唐代至明末以定朔、平气注历。[②] 第二次在明清之际：改平气为定气注历，即根据日躔行度安排节气。实际上，早在北齐时，张子信即已发现“日行在春分后则迟，秋分后则速”这一规律。自隋代刘焯的《皇极历》之后，各历多列有包含一年之中太阳不均匀视运动的日躔表。而在定朔、交食的计算中，唐初历法即已应用定气作为太阳改正，但是注历

① 所谓平气、平朔，指朔望月与节气时长固定，取大月为30日，小月29日，大小月交叉安排，平均起来一个月大概29.5日。可以通过连排大小月的方法使计算值逼近实际值。节气也是固定的，将回归年长度等分二十四份，每一份为一个节气。如东汉四分历，朔望月为$29\frac{499}{940}$，而节气长度为$365\frac{1}{4}\div 24=15\frac{8}{32}$。这样，每积累32—33个阴历月出现一次无中气月，为使中气相对固定于某月，此月置闰。每经过一次闰月后，下月中气会落在月初（偶有落在初二日），以后每个月中气日期逐步向前推进，历经上旬、中旬、下旬，最后在下一次闰月前的月份内落在月尾。这是由于每次更换一个中气比上一次多积累一个闰分造成的。

② 所谓定朔，是根据日、月同经的实际时刻确定某月的初日。由于月亮沿白道不均匀运动，按实际同经时刻确定朔日会导致在历谱中出现几个月连大或连小的情况。这在隋唐之际曾引起很大的争议，一度废止定朔法注历。后来李淳风提出“进朔法”，使四大三小情况不再发生，定朔法再度被采用。使用定朔平气注历对传统无中气置闰规则影响不大，其原因在于前后两个中气交气时刻距离约近三十天半，而一个最大的“实朔望月”也不超过三十天，故此非闰月这个月，均含有一个中气。而又由于月亮在天球上的视运动速度不匀，直接反映在近点月上，在近地点两侧轨道半周范围内运行快，远地点半周运行慢，这种速度以日为单位，经27日，所产生的积累量，在一个平近点月中自行抵消。故此，仍然积累32—33个历法月造成一个无中气月。关于隋唐之际定朔争议可参见陈美东：《中国科学技术史·天文学卷》，科学出版社2003年版，第345—346页。

依然采用平气。[①] 陈展云在《旧历改用定气后在置闰上出现的问题》一文中详细地分析了清历采用定气法后在置闰方法上的转变，指出：采用“定气”注历，会出现两种无中气的情况，一种为“跨限”所致，一种为“累月”所致，清历对跨限所致的无中气之月不置闰，仅当累至一定月份后出现的无中气月才置闰。[②] 可见，采用定气注历会使置闰计算变得复杂。从编算历日的目的是为敬授民时这一角度来说，采用平气注历更为可行，而定气注历并不必要。于是，就产生了如下的问题：何以传教士天文学家要改平气注历为定气注历？定气注历又何以最终得到朝廷的认可？黄一农在“从汤若望所编民历试析清初中欧文化的冲突与妥协”一文中列举了清初所编民历与传统历法不同的几项，其中包括定气注历。[③] 此文的讨论仅限于清初时段，且着力于中西文化冲突的背景中汤若望在历日安排上所做的变革与妥协，对节气注历这一转变的历史脉络及其影响未做深入分析。本章试图从明清之际的社会、政治、文化背景出发，分析当时节气注历转变的始末及历算家对此转变的反应，希望从节气注历的转变方面理解明清之际西方天文学传入对岁次历书的影响。

## 第一节　明末改历中的定气注历

“定气”注历要追溯到明末改历。崇祯二年，徐光启督修历法，11 月 6 日成立历局，开始翻译西法。历局的主要工作包括制器、测验、演算、翻译、制历等，自崇祯二年迄七年（1629—1634），先后进呈历书五次，共计 137 卷。其中的前三批是徐光启生前就已完成、并大都亲作润色审改的，而后二批是徐氏生前已作安排或已开展工作，继由李天经（1579—1659）完成的。

---

① 如唐初行用的《麟德甲子元历》云：“凡推日月度及推发敛，皆依定气推之，若注历，依恒气日”。参见（后晋）刘昫：《旧唐书》，中华书局 1975 年版，第 1184 页。

② 陈展云：《旧历改用定气后在置闰上出现的问题》，《自然科学史研究》1986 年第 1 期，第 22—28 页。

③ 黄一农：《从汤若望所编民历试析清初中欧文化的冲突与妥协》，《清华学报（新竹）》1996 年第 2 期，第 189—220 页。

其中的《日躔历指》和《日躔表》与节气推步相关。[①]

新法根据日行位置计算节气，以冬至为起点将黄道均分为十二份，每一份为一宫，规定：太阳交宫时刻为中气，交宫中点为节气。节气时刻的计算大体分为三步：先求天正冬至时刻，然后求本年节气日率，进而以节气日率逐一加天正冬至日干支及时刻，求出每一个节气的干支及时刻。而天正冬至时刻和节气日率的计算均以入宫和入宫中点为依据。从其推步技术来看，新法节气时刻的推算比大统历法更为科学，主要体现在如下两点：一、传统历法日躔盈缩限固定在冬至点，而新法则认为盈缩限即远地点是移动的，并将这一变量纳入了均数（加减差）的计算之中；[②] 二、与传统历法相比，新法节气推步加入了地半径差、蒙气差修正。[③]

在历书翻译即将完成之际，李天经将监局官生推算的甲戌、乙亥日躔细行表与其他编译历书一并进呈，指出其中的节气推算与大统旧法不同。[④] 实际上，李天经在"崇祯七年闰八月十八日题本"中就已指出旧法推算崇祯八年八月秋分有误，认为旧法不明太阳盈缩加减之理，因此导致冬、夏二至的推算有几刻的差误，而推算其他的节气则有一、二日之差。[⑤]

不过，就节气问题，真正引起崇祯帝注意的是关于崇祯九年雨水日期时刻的推算。李天经在崇祯八年四月进呈的"丙子年（崇祯九年）新历"中的雨水节气时刻与旧法所推相差两日。[⑥] 此一变动引起一些维护旧法的士人的批驳，崇祯帝命李天经详细奏禀，在奏疏中李氏论道：

> 盖论节气有二法：一为平节气，一为定节气。平节气者，以三

---

① 文中使用了《中国科学技术典籍通汇》和《故宫珍本丛刊》两个版本的《西洋新法历书》，《中国科学技术典籍通汇》版中收入的奏疏较全，而未收入日躔表，《故宫珍本丛刊》有日躔表部分。

② 《日躔表》收有《太阳平行永表》，其中有太阳远地点变动数据，远地点一年移动 45 分。

③ （明）徐光启等纂修，（德）汤若望修订：《西洋新法历书》第 4 册，见故宫博物院编：《故宫珍本丛刊》第 386 册，海南出版社 2000 年版，第 60—67 页。

④ （明）徐光启等纂修、（德）汤若望修订：《西洋新法历书》，见薄树人主编：《中国科学技术典籍通汇·天文卷》卷八，河南教育出版社 1993 年版，第 728 页。

⑤ （明）徐光启等纂修，（德）汤若望修订：《西洋新法历书》，见薄树人主编：《中国科学技术典籍通汇·天文卷》卷八，河南教育出版社 1993 年版，第 718—719 页。

⑥ （明）徐光启等纂修，（德）汤若望修订：《西洋新法历书》，薄树人主编：《中国科学技术典籍通汇·天文卷》卷八，河南教育出版社 1993 年版，第 757 页。

百六十五日二四二五为岁实，而以二十四平分之计日定率，每得一十五日二千一百八十四分三十七秒五十微为一节气。故从岁前冬至起算，必越六十日八十七刻有奇而始历雨水。旧法所推十五日子正二刻者此也，日度之节气也。定节气者，以三百六十为周天度，而亦以二十四平分之，因天立差，每得一十五度为一节气。故从岁前冬至起算，考定太阳所躔宿次止，须五十九日二十刻有奇而已满六十度，新法所推十三日卯初二刻零八分雨水者此也，天度之节气也。[①]

可见，“日度”与“天度”这些概念是李天经重新界定节气合理性的概念工具，传统平节气依日度而定，计日定率，而新法则依天度而定，因天立差。由于太阳之行有盈缩，日日不等，故此李氏主张不应拘泥气策以平分岁实，而应根据日行位置计算节气。

李天经主要以新法“合天”为理由论证定气注历的合理性，春、秋分的推算是他论证的突破点。传统岁次历书中，昼夜长度一般分注于重要节气之下。[②] 由于旧法采用平气算历，而依据所算太阳实际位置计算昼夜漏刻，故此往往在春分前二日、秋分后二日注昼夜平分五十刻。[③] 李氏提出这一安排存在矛盾。不但如此，他还组织实际测算春、秋分太阳高度为新法辩护。并进而将新法推算春、秋分之合理性推广到其他节气。[④]

其实，对新法来说，改平气为定气注历势必会影响传统的置闰规则，而这是维护传统历法的士人难以接受的。如新旧法在推算崇祯十四年的节气以及九月十四日丁亥日食两方面存在差异，钦天监监正张守登等会同监局官生

---

① （明）徐光启等纂修，（德）汤若望修订：《西洋新法历书》，薄树人主编：《中国科学技术典籍通汇·天文卷》卷八，河南教育出版社 1993 年版，第 757 页。

② 《崇祯十二年岁次己卯大统历》冬至日历注如下：（十一月）二十八日辛巳冬至，十一月中，日出辰初初刻，日入申正四刻，昼四十一刻，夜五十九刻。见《大明崇祯十二年岁次己卯大统历》，国家图书馆古籍影印室编：《明代大统历日汇编》第六册，北京图书馆出版社 2007 年版，第 58 页。

③ 如《崇祯十二年岁次己卯大统历》春分日为二月十九日丁未，却在十六日甲辰注“昼五十刻，夜五十刻”，第 40 页；八月二十四日己酉秋分，却在二十七日壬子注“昼五十刻，夜五十刻”，第 52 页。

④ （明）徐光启等纂修，（德）汤若望修订：《西洋新法历书》，见薄树人主编：《中国科学技术典籍通汇·天文卷》卷八，河南教育出版社 1993 年版，第 757—758 页。

登台测候日食，证明测候与新法推算一一吻合。但关于节气及置闰问题，张守登说道：

> 谨按郭守敬之法所推太阳行度，春分亦开在本年二月初十日，正值昼夜平分之日。职等公随礼部提督黄家瑞、并在局官生测得赤道平分亦与新法相同，历法所注可考也。惟于十二日为春分者，按大统立法冬至日行盈积八十八日有奇，当春分前三日交在赤道，实行一象限而适平。夏至日行缩，积九十三日有奇，当秋分后三日交在赤道，实行一象限而复平正。气盈朔虚积余生闰之法，所以与新法不同。若以太阳十五度为一气，则无积余之数，无积余凭何生闰。新法所谓庚辰岁闰四月正坐此也。臣等再四虚心考正，不敢偏执，犹不敢不求至当以仰副圣明。①

可见，张守登提出郭守敬法并非不知日行之盈缩，按其日行盈缩法推春分与新法相同。只是旧法用平气注历，故此实际日行往往春分前三日、秋分后三日适交在赤道。在张守登看来，之所以用平气，是为能够产生闰余，从而进行置闰。而新法以十五度为一气，无闰余，故不能置闰。了解中国古代历法发展史的都知道，置闰目的是为消除闰余，使十二中气与阴历月相对应，张守登此论有本末倒置之嫌。

事实上，采用定气也会产生闰余，而为使中气相对固定，也需要置闰。在“十五年新历”疏中，李天经就次年十月与十二月是否置闰的问题进行了详细讨论，从中可见新法置闰规则：

> 臣谨按本局所推新法诸历，悉依天度起算，其节气交宫与夫伏见行度等项，皆在天真正之实行度也。所有置闰之法，首论合朔后先，次论月无中气。除十三年臣局依天度所推本年四月有闰，已蒙圣明洞鉴。新法合天，众心允服矣。兹臣恭进十五年新历，而十月与十二月中气适交次月合朔时刻之前，所以两月间虽无中气，而又不该有闰。盖新法置闰，专以合朔为主。若中气适在合朔时刻前者，

① （明）徐光启等纂修，（德）汤若望修订：《西洋新法历书》，薄树人主编：《中国科学技术典籍通汇·天文卷》卷八，河南教育出版社1993年版，第842页。

是中气尚属前月之晦，则无闰。若在合朔日时后者，则前月当有闰，而无疑也。今臣等预察得崇祯十六年正月后有闰，因正月后止有惊蛰一节，而春分中气在次月合朔之后，是十六年当闰正月，而无疑矣。[①]

文中提及的“前月之晦”，指的是前月朔望月之晦，而非历法月末日。因为历法一般以合朔所在日为初一日，而历法月只截取整日数，和它同月相应的朔望月的尾数会转入下月初一日。李天经主张推算闰月应以日月实际行度而非历法月为准。这就是李氏所谓的新法“悉依天度起算”。上文论述了新旧法推闰的区别：传统历法采取定朔平气法注历，置闰取“无中气置闰”法，即积累32个月到33个月后出现无中气月，此月置闰；而按照新法定气安排历日，会出现两种无中气的情况：一种是跨限所致无中气，另外为累月所致无中气，按李天经所述，前者不置闰，而后者置闰。

可以看出，采用定气注历会使历日推算变得更为复杂。事实上，从编算历日的目的是为敬授民时这一角度来说，传统的以平气注历、而用定气计算日月食更为可行，定气注历并没有必要。传教士天文学家之所以改用定气法注历主要出于传教的考虑。因为若采用新法定气注历，计算难度无疑会增加许多，原钦天监官员将不能胜任，故此需要长期借助传教士天文学家编算历法，这将有利于传教工作。

但是，新法正统化的历程并不顺利。自修历之始，历局就陷入与保守派士人的纷争之中。尤其在李天经接替徐光启掌管历局以后，历局与东局之间的纷争尤为激烈。而在东局解散后，钦天监官员与历局之间的矛盾日益加深。[②] 正因此，在译书完结近四年后，于崇祯十一年，皇帝下诏，“仍行大统历，如交食经纬、晦朔弦望，因年远有差者，旁求参考新法与回回科并存。”[③] 这可以说是自李天经掌管历局事务以来为西法争取合法地位过程中的

① （明）徐光启等纂修，（德）汤若望修订：《西洋新法历书》，薄树人主编：《中国科学技术典籍通汇·天文卷》卷八，河南教育出版社1993年版，第847页。

② 石云里：《崇祯改历过程中的中西之争》，《传统文化与现代化》1996年第3期，第62—70页。

③ （清）张廷玉：《明史》，中华书局1974年版，第543页。

一个重要突破。但诏书中未提及节气时刻参考新法，由此推断，节气推算仍是维护旧法的官员与传教士天文学家之间的一个主要分歧。另外一个重要进展发生在崇祯十五年十二月，皇帝下旨“另立新法一科，专门教习，严加申斥，俟测验大定，徐商更改”。[①] 可见，此时崇祯帝已下定决心启用新法。最终，于崇祯十六年八月，崇祯帝下诏，改西法为大统历法，通行天下。但不久国变，新法未在崇祯朝施行。

新法之所以最终得到崇祯帝认可，除李天经等宣扬的新法“合天”这一表面原因之外，另一个重要原因是以传统方法步算的钦天监官生在历算方面的无能。这种无能不仅体现在计算日月食的失准方面，还体现在论证平气注历的合理性方面。如上文提及的张守登有关置闰的论证就是例证。正是因此，他们只能按照传教士天文学家设置的种种规则测验中西法的优劣。相比较之下，清初历算家对新法定气注历的批判更加恰当，详见下文。

尽管新法未在崇祯朝得以颁行，但其积累的影响却并未因旧朝的崩溃而消散。新朝廷建立之初，在汤若望等的努力下，新法迅速得以颁行。但新法正统化的进程并不顺利，在接下来发生的中西历争中被传统历法取代，后来在南怀仁的努力下才得以重新采用。由于其关系深远，定气注历成为双方争论的一个焦点。

## 第二节 清初中西历争中的定气注历

顺治元年五月，顺治帝入主北京。前钦天监官员将加紧推算的新朝顺治二年历本进呈给朝廷，摄政王多尔衮询问他们依据何法推算，答称照旧法。多尔衮说旧法舛误颇多，悉闻新设历局中，西士汤若望之法颇合天象，允宜用此新法，于是传汤若望来朝。汤若望将他们所推新法历本进呈，多尔衮于是命将新旧法历本互与磨勘。汤若望指出旧法历本大谬七条，而新法历本则

---

① （明）徐光启等纂修，（德）汤若望修订：《西洋新法历书》，薄树人主编：《中国科学技术典籍通汇·天文卷》卷八，河南教育出版社1993年版，第846页。

无谬可指，只是说“臣等所学之法俱系前贤所传，不忍舍列代成典，改就外国新法。”随后，亲王传旨：“西洋新法，推算精密，见今造历，准悉依此法，着汤若望、龙华民（Niccolò Longobardi，1559—1654）等测验天象，随时奏闻。”①

于是，汤若望率同历局供事官生殚竭心力，于顺治元年七月十四日完成新历的推算，十九日装演完成，二十日恭进新法民历式样。在二十日奏疏中，汤若望着重强调新法依据太阳入宫度数推算节气，可推算不同地区太阳出入方位及昼夜时刻等项。最终，新历样本得到顺治帝的肯定。支持旧法的钦天监官员在新历行将就绪之际，进行了最后的努力，与汤若望共赴礼部，“共对历法新旧之异”。在将对手所撰大统历书详加推敲后，汤若望于七月二十五日上疏列举依旧法推算历书中五处自相矛盾之处。其中的前四项即围绕节气推算展开。② 随后八月份发生的一次日食为新法最终获得颁行客观上帮了很大的忙，依据新法推算与实测再次密合，皇帝下旨行用新法。③“顺治二年岁次时宪历”即依据新法推算，颁行天下。

新法之所以在短短几个月的时间里得以正统化，本书作者认为有如下三个原因：首先，当时正处在政权更迭时期，新统治者的异族身份相比之下更容易采用外国新法；第二，不容忽视的是新法在明末改历过程中已经积累了相当大的影响，正是因此才有多尔衮在原钦天监官员进呈历本时询问汤若望之法。第三，明末汤若望等传教士天文学家培养了一批精通新法的历算人才，正是这些人在短短的两个月中帮汤若望推算出历样，而他们后来在钦天监中被委以重任。当然，汤若望首先需要做的是裁汰原钦天监历官。这一意图通过顺治元年八月二十二日礼部对监、局天文官生的考试得以实现。④

进而，汤若望将自己培养的亲信安插进钦天监。十二月初九日，内院命

---

①（清）黄伯禄：《正教奉褒》，韩琦、吴旻：《熙朝崇正集、熙朝定案（外三种）》，中华书局2006年版，第279页。

②（明）徐光启等纂修，（德）汤若望修订：《西洋新法历书》，见薄树人主编：《中国科学技术典籍通汇·天文卷》卷八，河南教育出版社1993年版，第868—869页。

③（清）黄伯禄：《正教奉褒》，韩琦、吴旻：《熙朝崇正集、熙朝定案（外三种）》，中华书局2006年版，第280页。

④ 黄一农：《汤若望与清初西历之正统化》，吴嘉丽、叶鸿洒主编：《新编中国科技史》，银禾文化事业公司1990年版，第465—490页。

重整后的钦天监速将其编制的职衔造册送呈。[①] 顺治二年二月，内院参考汤若望送呈的职衔名册，议定钦天监编制。该监最高主管官员为修正历法掌管印务一员，下领监正、监副、主簿各一员，并设历科、天文科、漏刻科三个单位，原回回科含所属官生尽遭裁汰。[②] 本书作者将《治历缘起》中参与修历的监局官生和由屈春海整理的《清代钦天监暨时宪科职官年表》[③] 对比发现，除汤若望掌管钦天监事务外，深谙新法的朱光大、刘有庆分别提升为管理历法以及监副的职位，原历局官生宋可成、宋发、李祖白、焦应旭、掌承、朱光显委以时宪科博士之职。

《顺治二年岁次乙酉时宪历》依新法推算，其中出现了一些与传统历书迥异的历日安排。顺治二年五月二十八日（己酉）夏至，七月三日（壬子）为处暑。在此二月之间，夹两个月，只有一个中气，其中一个月为闰月。从其编排看，选含大暑中气的月份为闰月，清末历算家汪曰桢对此进行过分析，认为“盖大暑加时在合朔加时之前，则中气尚属前月。”[④] 实际上，这正是李天经所谓的“新法尤视合朔后先”的一个例子。另外，由于依据日行宫度确定节气，而太阳在冬至点附近运行较快，致使在冬至附近容易出现一个朔望月内三个节气的情况。实际上，依新法推算的顺治三年十一月出现了大雪、冬至、小寒等三节气。[⑤] 还有，顺治十八年十一月份含冬至、小寒、大寒等三节气，致使阴历月与中气对应混乱。对此，汤若望于顺治十七年二月初一日进十八年民历式样奏疏中进一步强调定气是天上真节气，与旧法平节气不同。[⑥]

传教士天文学家改行新历、排挤钦天监旧臣的做法招致维护传统士人的

---

① （明）徐光启等纂修，（德）汤若望修订：《西洋新法历书》，薄树人主编：《中国科学技术典籍通汇·天文卷》卷八，河南教育出版社 1993 年版，第 897 页。

② （明）徐光启等纂修，（德）汤若望修订：《西洋新法历书》，薄树人主编：《中国科学技术典籍通汇·天文卷》卷八，河南教育出版社 1993 年版，第 902 页。

③ 屈春海：《清代钦天监暨时宪科职官年表》，《中国科技史料》1997 年第 3 期，第 45—71 页。

④ （清）汪曰桢：《历代长术辑要》，《续修四库全书》编委会编：《续修四库全书》第 1041 册，上海古籍出版社 2002 年版，第 186 页。

⑤ 据查，顺治三年十一月一日，大雪；十五日，冬至；三十日，小寒。参考：《大清顺治三年岁次丙戌时宪历》，国家图书馆善本库顺治三年藏本。

⑥ （明）徐光启等纂修，（清）汤若望修订：《西洋新法历书》，薄树人主编：《中国科学技术典籍通汇·天文卷》卷八，河南教育出版社 1993 年版，第 964 页。

强烈反弹。当时对西法抨击最为猛烈、影响最大的当属杨光先。他对西方天文学较为系统的抨击见于他所著《摘谬十论》，其中定气注历为书中抨击的重点，第二、三、四摘与此有关。第二摘为“一月有三节气之新”，指责上文论及顺治三年和十八年十一月按新法推算出现大雪、冬至、小寒等三节气，这在杨光先看来是不可宽恕的错误，认为自开天辟地至今未有此法也。三摘为“二至二分长短之新”，指责新法春分至秋分比秋分至春分所行日数多八日。四摘“夏至太阳行迟之新”，指责新法规定夏至日行迟。[①] 实际上，杨光先是当时维护传统士人的一个代表，其对于新法定气注历的批驳则折射出传统的士人对现行历法的看法。最终，在康熙初年，借汤若望“选择之误”，将传教士势力逐出钦天监，李祖白等五名中国籍传教士天文学家遭处斩，汤若望被革职，幸遇天变大赦而获释。汤若望于康熙五年七月在北京病故。[②] 自康熙四年至八年，岁次时宪历的推算由杨光先和吴明烜负责，先后根据大统历和回历推算。

针对杨光先对有关节气推算的指责，南怀仁曾指出：节气是依据太阳过宫度分决定的，每行三十度为一节气。之所以顺治三年十一月有三节气，是由于冬至前后日行疾，而此月恰逢大月。与此相应，夏至日行迟。故此，春分至秋分所经日数比秋分至春分日数多。南怀仁认为，杨光先等没有认识到日行的日数与度数之别，致使旧法所定节气与天行所差甚远。[③]

康熙帝亲政后，曾数次申斥钦天监官员推算天象不准。后来，得知京城中还有几位善于历算的耶稣会士，于是派内阁大臣前去询问他们能否指出当时钦天监所用历法的疏漏之处。当时，南怀仁指出，历书最大的错误就是规定下一年（康熙八年）为13个月。[④] 事后，内阁大臣将南怀仁所指历法中错误一一呈禀给皇帝。次日，以南怀仁为首的几位传教士奉召进宫，与钦天监官员当面对质，最终决定以圭表测算日影决定胜负。在三次赌测日影的竞赛

---

① （清）杨光先：《不得已》，薄树人主编：《中国科学技术典籍通汇·天文卷》卷六，河南教育出版社1993年版，第921—922页。

② 黄一农：《择日之争与康熙历狱》，《清华学报》1991年第2期，第247—280页。

③ ［比］南怀仁：《不得已辨》，中国科学院自然科学史研究所线装书库藏，第16页。

④ Ferdiand Verbiest, *The Astronomia Europaea of Ferdiand Verbiest*, Noel Golvers, Nettetal, Steyler Verlag, 1993, p. 58.

中，南怀仁胜利，赢得了康熙帝的信任。[①] 康熙七年十一月二十六日，皇帝命将吴明烜所造的康熙八年《七政历》及《民历》各一本交与南怀仁，命其指出其中的差错。十二月，南怀仁奉旨将查对历本的结果上奏，所指旧法错误多集中于节气注历方面。[②]

事后，康熙命图海等大臣赴观象台测验南怀仁、吴明烜所算历日，呈报结果是吴明烜测验逐款皆错，南怀仁测验即已相符，将康熙九年一应历日交与南怀仁推算，吴明烜交吏部议处。康熙八年二月初七，杨光先因历日差错不能修理且左袒吴明烜而遭革职。而吴明烜则很幸运地以监副的身份留在钦天监供事。[③]

康熙八年三月，南怀仁授钦天监监副职衔，监理历务。指责先前钦天监官员按古法推算康熙八年历置闰出错。南怀仁指出，置闰当在九年二月。皇帝于是命礼部详查此事，钦天监官员多支持南怀仁，后来下诏"罢康熙八年闰，移置康熙九年二月，其节气、占候系从南怀仁之言。[④] 自此，定气注历得以长期行用。

当时，钦天监中有些人并不认可新法。据《三鱼堂日记》记载，陆陇其曾于康熙十四年闰五月初二日会见漏刻科蔡九旌，蔡氏言"铜壶滴漏，交食节气，始设平日，不常设。……历主古法，不甚服西人。"[⑤] 可见，蔡氏对新法定气注历并不以为然。当然，对新法更为精到的批判来自当时的历算家。

---

① 王广超：《明清之际圭表测影考》，《中国科技史杂志》2010 年第 4 期，第 447—457 页。

② ［比］南怀仁：《熙朝定案》，韩琦、吴旻：《熙朝崇正集、熙朝定案（外三种）》，中华书局 2006 年版，第595 页。

③ ［比］南怀仁：《熙朝定案》，见韩琦、吴旻：《熙朝崇正集、熙朝定案（外三种）》，中华书局 2006 年版，第 52—58 页。

④ （民）赵尔巽：《清实录》，中华书局 1985 年版，第 391 页。

⑤ 陆陇其：《三鱼堂日记》，《续修四库全书》编委会编：《续修四库全书》第 559 册，上海古籍出版社 2002 年版，第 491 页。

## 第三节 清初历算家对定气注历的反应

入清以来，《天学初函》《崇祯历书》等天文学书籍广泛流传，① 民间出现了一些精于天算的历算家。清初历算家中，尤以王锡阐、梅文鼎的影响最大，对清初“时宪历”改平气为定气注历持反对态度。

《晓庵新法》中，王锡阐以崇祯元年（1628）为“历元”，以南京为“里差之元”。他对西法总体评价是：“谓西历善矣，然以为测候精详可也，以为深知法意未可也。安其误而不辨未可也。”进而举出五处西法不知法意之处，其中的第一、第四、第五与定气注历有关。王锡阐认为中历的确存在岁差数强、盈缩过多的问题，但即便如此还不至于差过两日，而《历指》对中法春、秋分差过两日指责纯粹是不明中法的意思。② 另外，在王锡阐看来，西法也存在内在矛盾：

> 而西法唯主经度。经度者，东西度也。以经度求黄赤距差，绝非平行。二分左右经度之一距差，几及其半，二至左右经度之一距差，仅以秒计。故但主日辰，则平气已足，若主天度则需兼论距纬。如四立为分至之中，中西皆然。今以距四十五度为立春定气，此时日距赤道尚十六度有奇，则所谓中者，经度之中，非距纬之中也。距纬之中在距至五十九度以上。设止用经度，亦只可谓天度之平气，于日行南北未有当也。③

王锡阐的反驳可谓点出了关键。确实，西法定气依据十二宫计算，而十二宫则依据黄道经度划分。但实际测算太阳位置时，却以测量太阳的视高度为根

---

① 据《三鱼堂日记》记载，陆陇其曾向传教士利类思请教有关西方天算问题，利类思推荐陆氏阅读新法历书，这些书并不难得到，因“书板皆在天主堂，得数金便可全印”，后陆陇其果然买了日躔表二本，乃西洋历书中之一种。

② （清）王锡阐：《晓庵遗书》，薄树人主编：《中国科学技术典籍通汇·天文卷》卷六，河南教育出版社1998年版，第433页。

③ （清）王锡阐：《晓庵遗书》，薄树人主编：《中国科学技术典籍通汇·天文卷》卷六，河南教育出版社1998年版，第595页。

据，由此推求太阳视赤纬，进而根据黄赤距差求出太阳黄经。但黄赤距差随黄经的变化并不均匀，故此经度的中点并不一定对应距纬的中点。因而，王锡阐说“故但主日辰，则平气已足，若主天度则需兼论距纬。”但西法并没有考虑后者，故此并非完全按其所说根据天度计算节气。

不但如此，王锡阐指出，采用定气注历会导致闰月安排的错乱，出现一月有两中气或一岁有两个可闰之月的情况，并举出顺治十八年《时宪历》因安排闰月出现的一系列问题。① 当年历书算定七月应置闰，致使秋分中气落在八月初一日，也就是所谓的归余之后气尚在晦。另外，由于十一月份含冬至、小寒、大寒三节气，导致了本该在十二月份的大寒中气安排在十一月份。更为严重的问题是，以新法推算的雨水中气应在十二月二十九日，下一日才会出现朔日，但是，这样的话就会将作为首春中气的雨水安排在腊月末尾，钦天监历官不得已退朔一日，将雨水安排在正月初一日。王锡阐认为这是钦天监官员的无奈之举，暴露了他们不明中法之意的缺陷。②

总之，王锡阐认为定气注历并非西法的优越所在，西法强在“书器尤备，测候加精”。在他看来，最初徐光启翻译西法的初衷是不错的，“欲求超胜，必须会通，会通之前，必须翻译，翻译有绪，然后令甄明大统，深知法意者，参详考定其意。”只是徐光启的继任者在翻译之余并未兼顾会通之法。③

梅文鼎深受王锡阐的影响，学术取向上与王有很多相似之处，对节气注历的看法即是一例。在《历学疑问补》中，梅文鼎谈到对“定气注历”的看法。首先，梅氏指出中国传统历算家并非不知定气，只是以恒气注历，以定气算日月交食。进而指出翻译西法的人没有详加考证，就称旧法春、秋二分并差两日，这纯粹是诬陷古人的做法。那么，中法何以不用定气而用恒气注历呢，梅文鼎认为古人主要是出于置闰的考虑，对此论道：

问授时既知有定气，何为不以注历，曰：古者注历只用恒气，

---

① （清）王锡阐：《晓庵遗书》，薄树人主编：《中国科学技术典籍通汇·天文卷》卷六，河南教育出版社1998年版，第433—434页。

② 其中的历日安排参考自郑鹤声：《近世中西史日对照表》，中华书局1981年版，第292—293页。

③ （清）王锡阐：《晓庵遗书》，薄树人主编：《中国科学技术典籍通汇·天文卷》卷六，河南教育出版社1998年版，第593—594页。

为置闰地也。……惟以恒气注历，则置闰之理易明，何则？恒气之日数皆平分，故其每月之内各有一节气、一中气，此两气策之日，合之共三十日四十三刻奇，以较每月常数三十日多四十三刻奇，谓之气盈。又太阴自合朔至第二合朔实止二十九日五十三刻奇，以较每月三十日又少四十六刻奇，谓之朔虚，合气盈朔虚计之共余九十刻奇，谓之月闰，乃每月朔策与两气策相较之差也。此月闰至三十三个月间，其余分必满月策而生闰月矣。闰月之法，其前月中气必在其晦，后月中气必在其朔，则闰月只有一节气，而无中气，然后名之为闰月。斯乃自然而然，天造地设无可疑惑者也。①

然而，在梅文鼎看来，用定气会造成节气之日数多寡不齐，故此会出现一月内三节气，或在非闰月内只有一节气的情况，这就会导致“置闰之理不明，民乃惑矣”的结果。②

可见，梅文鼎的论调与王锡阐基本相近，认为中法并非不知定气，只是出于置闰的考虑不以之注历，而强行采用定气则会产生闰月安排混乱的结果。与王锡阐仅指责传教士天文学家“不知法意”不同，梅文鼎对节气注历提出一个折中的建议，即仍以恒气注历，而用根据新法计算的定气分注于节气日之下，这样就可以使置闰之理明了无误，而定气之用也并存不废。③

后来，钦天监依据新法推算嘉庆十八年八月当置闰，如果这样的话，当年冬至在十月内，就会出现南郊大祀不在仲冬之月，而次年的春分、惊蛰也将较早出现等一系列不合常理的问题。于是，嘉庆帝命钦天监再三详细通查。最终，钦天监历官根据康熙十九年、五十七年闰月安排之成例改嘉庆十八年闰八月置十九年闰二月。④

定气注历可以说是中国古历在明清之际西方天文学传入影响下的一个重

① （清）梅文鼎：《历学疑问补·卷二》，魏荔彤辑：《兼济堂纂刻梅氏勿庵先生历算全书》第12册，清雍正元年（1723），第11页。

② （清）梅文鼎：《历学疑问补》卷二，魏荔彤辑：《兼济堂纂刻梅氏勿庵先生历算全书》第12册，清雍正元年（1723），第11页。

③ （清）梅文鼎：《历学疑问补》卷二，魏荔彤辑：《兼济堂纂刻梅氏勿庵先生历算全书》第12册，清雍正元年（1723），第13页。

④ （清）刘锦藻：《皇朝续文献通考》第819册，上海古籍出版社2002年版，第512—513页。

要的变故。无可否认，从现代天文学意义上说，定气注历确实比平气更“科学”。但是，中国古代历法毕竟不是现代意义上的天文学，其最终目的不是发现天体运行规律，而是依天体运行之规律敬授民时。就此来说，改定气注历其实并不必要。传教士天文学家改定气注历主要是出于传教的考虑。清初历算家王锡阐、梅文鼎从历法为敬授民时这一角度批判新法定气注历，认为此为“不知法意”之举。本章关注的问题是：何以“不合法意”的定气注历在明清之际得以颁行。当然，定气注历的科学性是重要的因素。李天经通过实际测验、理论推演等方式论证定气注历符合天度。而清初历争中，定气注历的合理性更是通过圭表测影得以彰显。如果“合天”是改定气注历的必要原因，而当时所处的变革局面则为定气注历提供了可能性。相较旧朝廷，满族统治的新朝廷更易接受新法。最终，新法定气注历在清代得以长期行用。

# 结　　语

众所周知，古代世界有两大天文体系，一是古希腊的几何体系，另外就是古代中国的代数体系。16 世纪之前，两大体系尽管有过沟通与交流，但其影响的深度和广度，远逊于明清之际。本书以宇宙论、计算和观测之间的关系为线索，探讨了明清之际西方天文学传入对中国天文学的影响。本书的考察，并不是直接对这三者关系的考察，而是以一些具体的案例为中心而进行。

首先，我们讨论了古代中国天文学中的宇宙论与计算关系的问题。中国古代历算家往往基于一些实测数据，通过代数手段来描述天体运动的规律，而不是像西方那样借助于几何模型研究天体运动。这就导致了宇宙论与测算之间的脱节，但这并不是中国天文学自古以来的特征。第一章，我们以《周髀》中“量天度日”与“日影计算”两个研究传统的发展与演变为例，探讨了中国古代天文学中宇宙论和历算之间关系的转变。我们的结论是，中国古代天文学中的宇宙论与计算是自洽统一的，后来经由一个复杂的演变过程，宇宙论与计算开始脱节。实际上，唐代历算家一行通过大范围的天文大地测量，得到了很多古所不知的新资料，而这些资料与浑天说和盖天说多有不合。对此，一行坚守了其纯粹历算家的角色，断定宇宙论的讨论根本无助于历算。最后，一行在唐历算上的权威，使得他对宇宙论的批评影响到唐以后历算家关于宇宙论的态度。从一定意义上说，盖天说宇宙论是没有任何前途的学说。[①] 也正是因此，历算家抛弃了宇宙论模型，而只关注计算与测量的精进。元代《授时历》为中国古历的巅峰之作，其主要的特点，仅在于测与算两个

---

① 薄树人：《再谈〈周髀算经〉中的盖天说——纪念钱宝琮先生逝世十五周年》，《自然科学史研究》1989 年第 4 期，第 297—305 页。

方面的精进。

明清之际，传教士来华传教，几经挫折之后，确立了借改历传教的策略。起初，传教士翻译了不少欧洲天文学经典论著。在这些论著中，西方古典宇宙论水晶天球模型论说传入中国。利玛窦根据丁先生《〈天球论〉注解》所译介的水晶球宇宙体系最为系统，影响颇大。这一学说在当时中国士人中产生了广泛影响。[①] 起初，传教士将天主教义暗含于宇宙论说当中，希望借用天文学论著传教。但是，经过反弹之后，开始转为更隐蔽的传教策略，即不在历算书籍中公开宣教。也正因此，真正对中国历算家产生影响的，却是暗含在与历算技术当中的第谷的宇宙论模型。望远镜的传入对引入和接受西方宇宙论起了重要作用。尽管，望远镜传入没有在中国引起如欧洲那样的新天文学乃至科学革命，但却在西方天文学与传统天文学角逐中对西法的胜出起了重要的作用。通过望远镜观测到的天象改变了当时精于历算的士人对日、月、五星，甚至整个宇宙的认识，这些天象为第谷宇宙论体系的接受提供了经验证据。

望远镜是从西方传入的测天仪器，而圭表测影却是中国古已有之，且具有非常重要意义的测算活动。中国古代很早就有立竿测影的传统，先民甚至以夏至影长确定“地中”所在，可见其重要的文化意义。到汉唐时期，随着历算技术的发展，历算家开始逐渐破除了一些特殊的约定，比如“千里差一寸”的说法。而元代郭守敬通过测量影长确定冬至时刻，推算回归年的长度。但是，郭守敬的算法基本上都是内插法。明清之际，西方天文学知识的传入，改变了“圭表测影”技术。通过特定的宇宙论知识和三角函数算法，历算家可以提前计算出每日午中影长。清初，传教士和保守士人甚至通过赌测日影来决定中西法的优劣。正是因此，西方的圭表测影技术彻底改变了中国士人对于西方天文学的看法。西方的宇宙论也慢慢地深入人心。

明清之际，西方天文学传入时，传入与接受双方都过于讲求实效，不太注重科学的独立性和系统性，致使传入的天文学理论有许多矛盾混乱之处。

---

① 孙承晟：《明末传华的水晶球宇宙体系及其影响》，《自然科学史研究》2011 年第 2 期，第 170—187 页。

这一特点尤其体现在《崇祯历书》中论述五星运动模型及算法的文本《五纬历指》中。《五纬历指》是由意大利传教士罗雅谷根据第谷学生色物力诺所著的《丹麦天文学》编译而成，选择此书的主要原因是其提供了较为详细、系统的天文数表，而这些是准确推算天体位置的基础。《五纬历指》首章介绍了亚里士多德的水晶同心球体系，以及第谷的地心—日心学说。编者认为第谷体系更优，但在具体介绍五星推步时，只有火星行度按此模型推算，水、金、木、土推步模型中本天以地为心。对此，一些中国历算家试图提出方案，厘清上述混乱。王锡阐提出五星日心—地心模型，其中五星本天以日为心，土、木、火三星沿本天左旋，而金、水二星沿本天右旋。在此基础上，梅文鼎提出“围日圆象”说，目的是为探寻五星运动的所以然之故，区分五星模型的“实指”与“借指”之图。梅文鼎的讨论主要集中在技术层面上，很少涉及模型中诸轮的相互作用关系等物理实在问题，更没有将五星运动理论与更为基本的广义宇宙论建立关联。从一定意义上说，“围日圆象”说是清初历算学者对西方传入的五星理论的创造性的建构。可以说，正是在“示异于西人”这一目标的驱使下，梅文鼎“发明”了“围日圆象”说，以解决《五纬历指》以及王锡阐五星理论中存在的矛盾。正是在此说的统摄下，九重天宇宙论、五星算法以及相应观测现象得以融通。也正因此，此说为主流历算家接受，并得以正统化，收入《御制历象考成》中。

实际上，明清之际西方天文学传入中国，中国的历算也发生了根本性的变革。从“岁差”理论、“太阳运动模型”、日躔十二宫的计算等可以看出，当时历算家在对宇宙论、计算以及观测关系的认识上和以前相比有了一个转变。明清之际历算学者认为天体运动的算法可以根据具体的宇宙论图景推演出来，而宇宙论也可对相应的算法及观测到的现象提供解释或说明。如明清之际的岁差概念已不再是一个回归年与恒星年推算中的常数，而具有了宇宙论含义，即由于恒星天球东移而导致的现象，此现象不仅导致了岁差，还导致恒星坐标系的偏移。这就使得在精确计算其他历算项目时也需要考虑这一效应。1616 年之前，译介的岁差概念更注重理论方面，强调其是宇宙论的一部分。而当时士人也多从此方面来阐释岁差概念。后来，出于改历的需要，岁差概念和算法、推步联系起来，成为能在历算中实际操作和运用的基础假设。但是另一方面，这一转变带有很强的“中国特色”。关于岁差认识的转变，并不是简单地接受了“恒星东移”之论。在“西学中源”说的影响下，清初历算学者将西方传入的岁差理论重又纳入了传统的“天自为天，岁自为岁”的框架之中。西方传入的晷影测算理论被清初历算家解释为中土早已有之的技术。

太阳运动是计算其他天体运动的基础，因此太阳模型的建立至关重要。明清之际，传教士传入的主要是偏心圆结构的太阳运动模型，这在《崇祯历书》中就有体现，主要采用了第谷的数据。然而，康熙晚年修订《历象考成》，其中的太阳运动模型采用了双轮结构，这在西方都很少见。古代西方人一般用双轮模型描述行星的运动。尽管模型的形状变化很大，模型的参数基本没变，依然采用南怀仁测算的参数，这就导致根据此模型所推算的太阳位置的精度没有太大的提升。但进一步考察我们发现，蒙养斋的历算官员用于推算模型参数的数据非常精确，这意味着，他们原本是可以构建出一个更精确的模型的。但出于文化和政治方面的考虑，他们采用了更为保守的模型。

西方天文学传入对中国天文学的影响不仅在于新天文理论的采纳和天文数表的应用，也不仅在于新的天文仪器以及观测数据的使用和获取，更深刻的影响是颁行了根据新的理论和数表编算的岁次历书。而新历书的编算则综合了新天文理论、数表、观测数据等诸种因素，并引发了包括历争在内的一系列社会问题。然而，学界关于明清天文学的研究或是集中于算法、算理方面，探讨《西洋新法历书》和《历象考成》中载入的西方天文学理论及算法，以及清初历算家对西方历算成就的吸纳；或是集中在改历的社会影响以及士大夫的反应方面，讨论以改历为中心的政治斗争和相关的文化问题，对清代岁次历书的编算问题则鲜有问津。进而，我们讨论了明清之际节气注历的转变及清初历算家对此转变的反应。相较平气注历，采用定气注历使得节气及闰月的推算变得复杂。从岁次历书的主要功能为敬授民时方面看，这一改变并不必要。明末，传教士天文学家以合天为理由论证定气注历的合理性，但实际上，传教士天文学家改定气注历主要是出于传教的考虑。新法最终得到了崇祯帝的认可，其主要的原因有二：以传统方法步算的钦天监官生在历算方面的无能；传教士天文学家为朝廷所做的旁通诸务提升了他们在朝中的地位。清初，定气注历正式颁行，由于其与传统历法存在较大差异，成为清初中西历争中争议的焦点。南怀仁依然以“合天”为理由论证新法定气注历的合理性，并通过圭表测影对此进行展示，此法得以长期行用。王锡阐、梅文鼎等清初历算家对定气注历持反对态度，认为传统平气注历符合历法为敬授民时的功用，而采用定气则会导致“置闰之理不明，民乃惑矣”的结果。关于节气注历的争议一直延续到清代中期。

其实，明清之际历算家正是在对传入的西方天文学的认识的基础上对中国历算传统有了深刻觉悟。关于西方历算学，李之藻有一个评述：“西学不徒论其数而已，又能论其所以然之理”。[①] 由此可见，在李之藻看来，中法的特点在于只论其数而缺乏论其所以然之理。对此，徐光启有更为明确的表述：“二仪七政，参差往复，各有所以然之故，言理不言故，似理非理也。……郭守敬推为精妙，然于革之义，庶几焉。能言其所为故者，则断自西泰子之入中国始。”[②] 在明末改历中起了关键作用的汤若望则将中法之失归于“基本不清”。

> 详考旧法，其错非在算数，乃在基本不清。其基而求积垒不治，其本而理枝干其术未有济焉者。余故不辞艰瘁，昼夜测验天行，参考西法，然后正其纰缪，补其阙畧，约有数十余款。于是著成历书，解明法原，详整法数，自太阳、太阴、恒星、交食以迄五纬，莫不条分缕析，纲举目全，共计百有余卷。[③]

对此，清初历算家也有阐述。梅文鼎说：“中历所著者，当然之运，而西历所推者，其所以然之源。”[④] 在他们看来，西学之长在于“能言所以然之故”，这正是中国传统天文学所欠缺的。

我们的问题是：这里的“所以然之故”或者“基本”指的是什么？由此

---

① （明）李之藻：《请译西洋历法等书疏》，《皇明经世文编》，见《续修四库全书》第1655—1662册，上海古籍出版社1995年版，第5323页。

② （明）徐光启：《简平仪序》，李之藻主编：《天学初函》第5册，台湾学生书局1978年版，第2720页。

③ （明）汤若望：《西新历法》，见徐光启等：《新法算书》卷98，文渊阁四库全书。

④ （清）梅文鼎：《历学疑问》，梅榖成主编：《梅氏丛书辑要》第5册，龙文书局1888年石印本。

可进一步了解当时宇宙论与历算之间的关系。“故”也即原因，古希腊时期哲学家亚里士多德将其分为四种：形式因、质料因、动力因和目的因，此四因分别表现为物体所呈现的形式；形式所基于的质料，它在变化中保持不变；引起变化的作用者；变化所要达到的目的。[①] 正是基于此考虑，亚里士多德把行星天球的不动的推动者确定为“第一推动者”，一个代表着最高的善的有生命的神，它是一个完全实现了的、彻底沉浸于自我沉思的与其所推动的天球相分离的神。[②] 推动者不仅作为动力因，还作为目的因。另外，天和地在质料和形式上有根本的区别。天界物体由不朽的以太构成，作完美的匀速圆周运动。而地界物体由四元素组成，作短暂的直线运动。亚里士多德宇宙论为以后西方天文学提供了理论基础，近代之前西方天文学发展基本没有脱离这一理论框架。从其讨论的问题可以看出，梅文鼎等清初历算家所认为的所以然之故主要是指形式因，并不包括其他三种。在梅文鼎看来，历算数表以及算法制定应基于一定的宇宙论模型，而传统中法的欠缺正在于这方面。他们的目的，是要根据这些模型重新建立或疏理算法，或重新疏通宇宙论模型与算法之间的关系。也许，王锡阐是一个例外，曾试图建立五星模型的动力机制，即探寻天体运动的动力因，但王锡阐的成果并未得以传承，梅文鼎等历算家尽管也曾谈及天体运动的动力机制，但未做深入分析。其实，四因中最为关键的是目的因。在西方，从托勒密到哥白尼甚至后来的开普勒，[③] 均未终止对天体运动之终极目的因的探索，也正是因此，西方天文学从未与广义宇宙论脱节，并在其流变中与神学理论结合。

其实，早期天文译著中就夹带着西方神学知识和哲学理论。利玛窦在《乾坤体义》一书中就曾以四行说理论（西方谓之四元素说）论证宇宙万物

① （美）戴维·林德伯格：《西方科学的起源》，王珺、刘晓峰等译，中国对外翻译出版公司2001年版，第56页。

② （美）戴维·林德伯格：《西方科学的起源》，王珺、刘晓峰等译，中国对外翻译出版公司2001年版，第65页。

③ 开普勒认为世界本是一个整体，是按上帝的样子创造出来的。他认为应该用神学之推理（Theological reasoning）研究自然世界。这些观念为当时大部分天文学家所秉持。参考自 Bernard R. Goldstein：The cosmos of Science：Essays of Exploration. Edited by J. Earman and J. D. Norton. Pittsburgh：University of Pittsburgh Press，1977. pp. 3-32.

形成的顺序。[①]《表度说》在解释"地本圆体"时就曾提及神学理论:"解曰:造物主之初造物也,必定物之本像焉。地之本像,圆体也。"[②]《天问略》开篇论证天球层数时曾将第十二重设定为天主上帝,[③] 很显然是将上帝作为宇宙第一推动。其《自序》通篇谈论的都是关于造物主如何创造宇宙以及如何通过学习天文学知识进入天堂等内容。[④] 当时传教士曾试图通过译介西方天文学知识来传教。但是,后来发生的南京教案使其对传教策略进行了调整。据杜鼎克(Ad Dudink)考察,南京教案表面上是佛儒之争,实际上是以沈漼为首的反教士人反对以西法改历,当时他们已认识到传教士翻译西洋天文学的目的是传播教义,这是不能接受的。[⑤] 从一定意义来说,最令当时士人无法接受的是传教士所译历算书籍中夹带着神学知识以及和中国传统宇宙论不同的西方哲学理论。杜鼎克的分析不无道理。此案对当时西学传入的影响非常大,使得在 1616 年到 1622 年间没有任何西学译著问世。更长远的影响是使得阐述神学和哲学理论与天文历算之学区分开来。崇祯二年,徐光启改历时翻译的天文学书籍更注重历算技术层面,很少涉及哲学理论,几乎没有神学理论或知识。而当时如《寰有诠》等西学书籍专门阐释西方哲学与神学理论,则很少涉及数理天文学内容。

清初如王锡阐、梅文鼎、江永等历算学者对明末专门阐述神学与哲学理论的书籍并不关注,[⑥] 而只对历算类书籍情有独钟。他们主要通过徐光启与传教士合作的《崇祯历书》研究天文学,这就使得他们对西方天文学与西方哲学和神学理论之间关系的理解有偏颇,在他们看来,二者没有什么关系,西

---

① 朱维铮主编:《利玛窦中文著译集》,复旦大学出版社 2001 年版,第 526 页。

② (明)熊三拔:《表度说》,见李之藻主编:《天学初函》第 5 册,台湾学生书局 1978 年版,第 2543—2544 页。

③ (明)阳玛诺:《天问略》,李之藻主编:《天学初函》第 5 册,台湾学生书局 1978 年版,第 2633 页。

④ (明)阳玛诺:《天问略》,李之藻主编:《天学初函》第 5 册,台湾学生书局 1978 年版,第 2629—2632 页。

⑤ Ad Dudink, Opposition to the introduction of Western Science and the Nanjing Presecution (1616-1617) . *Statecraft and Intellectual Renewal in Late Ming China*. Edited by Catherine Jamin, Peter Engelfriet. Boston, 2001: 191-225.

⑥ 现笔者还未发现此三位较具影响历算家有对西方神学或哲学理论的论述,或用这些理论解释问题,故发此论。

学之长在于其能借一定的模型推演出天体运动的算法，即所谓的能给出天体运动的所以然之故。实际上，他们所说的“所以然之故”主要是指天体运动的几何模型以及借助于几何及逻辑方法而展开的说理体系，而非天体运动的宇宙论意义及物理实在。从科学角度来说，这仍属于技术层面。[①] 当时方以智（1611—1671）、揭暄（1613—1695）为代表的一些追求“物理”的思想家就曾指出这一问题。在他们看来，徐光启、李之藻等历算家所推崇的西法所言之故仍属于技术层面。自然哲学家所关注的是更深一层的问题，即当时已经得以正统化的几何化的宇宙模型的自然哲学基础或者物理基础是什么？熊明遇（1579—1649）、游艺也都非常重视对这一问题的讨论。自称为方以智弟子的揭暄可能是当时唯一一个以最为系统的方式讨论过这一问题的人。方以智认为揭暄在探寻“所以然之故”方面远胜于西方传教士。

> 平子、冲之、一行、康节世罕见矣，所号象纬胶于占应，其所以然绝不问也。台官畴人袭守成式，其所以然之故不求也。大西既入，可当郯子，然其疑不决者，终不可决。……广昌揭子宣，渊源其仰莱堂之学，独好深湛之思，连年与儿辈测质旁征，所确然决千古之疑者，止于左旋，并无二动也。……诸如此类，每发一条辄出大西诸儒之上。[②]

揭暄在宋明理学的宇宙论框架中，为当时传入中国的技术层面的西方天文知识给予了物理上的说明，最终在中国的理学宇宙论和西方天文学之间建立了一个独特的关联。[③]

揭暄的宇宙论并未被历算家所接纳。王锡阐所论“儒者不知历数而援虚理以立其说”很可能是针对当时揭暄等自然哲学家援引宋儒之论建构宇宙论

---

① 石云里先生认为当时主流的中国天文学家对西方天文学在两方面给予了肯定：第一，比中国传统历法具有较高的精度；第二，有着一套以几何模型为基础，借助几何以及逻辑方法而展开的说理系统。参考自石云里：《揭暄对西方宇宙学与理学宇宙论的调和》，《九州学林》第2卷第2期，复旦大学出版社2004年版，第43—65页。

② （清）方以智：《璇玑遗述序》，薄树人主编：《中国科学技术典籍通汇·天文卷》卷六，河南教育出版社1998年版，第283页。

③ 石云里：《揭暄对西方宇宙学与理学宇宙论的调和》，《九州学林》第2卷第2期，复旦大学出版社2004年版，第43—65页。

这一做法的批判。梅文鼎曾于康熙二十八年（1689）收到揭暄寄来的《写天新语》草稿，将之精语抄为一卷，称其以上设譬“实为古今之所未发”。[①] 梅文鼎对揭暄天球理论的评述如下：

> “若天则浑圆而非平圆；又天体自行赤道，而七政皆行黄道，平斜之势甚相差违。若无本天以带之，而但如丸之在盘，则七政之行必总会于动天之腰围阔处，皆行赤道而不能斜交赤道之内外以行黄道。”[②]
>
> ……
>
> “又天之东升西没自是赤道，七曜之东移于天自是黄道。两道相差南北四十七度自短规至长规合之得此数。虽欲为槽丸、盆水之喻，而平面之行与斜转之势终成疑义。”

由此可见，梅文鼎认为揭暄所论有问题，如果日月五星（七政或七曜）随天左旋，就应该只能运行于赤道平面，而不可能有斜交于赤道内外的（黄道）运动。可以肯定的是，尽管梅文鼎对揭暄的论著很欣赏，也曾引用其中的一些观点，但梅文鼎并未全盘地接受揭暄的理论，以此作为历算学的基础。揭暄所论对当时以及后世的影响主要在自然哲学方面，在历算方面影响甚微。很少有历算家接纳其理论用以作为历算学的理论基础。其实，当时历算传统和自然哲学传统也基本处于分立状态，尽管双方都受到了西学影响，但并不存在一种内驱力将其如西方天文学那样整合起来。

综上所述，明清之际西方天文学的传入导致中国天文学在技术层面上发生了一场转型。与以前历算家主要通过代数手段计算天体运动不同，明清之际历算家接受了西方天文学的以几何模型为基础的计算方法，以及借助于几何及逻辑方法而展开的说理体系。在此体系中，宇宙论模型、计算方法以及观测现象得以融合。但是，一方面由于明末对西学的译介主要集中在技术层面上，很少涉及作为天文学知识之基础的哲学或神学理论；另一方面，由于

---

① （清）梅文鼎：《勿庵历算书记》，见纪昀主编：《影印文渊阁四库全书》第795卷，台湾商务印书馆1983年版，第982—983页。

② （清）梅文鼎：《勿庵历算书记》，见纪昀主编：《影印文渊阁四库全书》第795卷，台湾商务印书馆1983年版，第30页。卷二，论天重数二。

当时自然哲学家根据儒学理论建构的宇宙论并未被历算家接受，致使这一转型只停留在技术层面上，缺乏更深层次的广义宇宙论作为理论依托。

我们不禁要追问，是什么原因导致明清之际的天文学转型不彻底呢？作者认为，主要有三方面原因：

首先，以“改历”为目的的天文学改革限制了中国天文学向近代的转型。最初，传教士只是希望凭借为中国朝廷改历而进行传教，而中国的朝廷引入西方天文学也主要是希望制订出更加精确的历法。双方基本目标一致，尽管后来有礼仪之争、历法之争的曲折，但是这样的一个大方向一直没有改变。这也就导致了在《崇祯历书》修撰完成之后，清代的天文历法实际上很长时间内没有太大改进，主要的原因就是历法已经足够精确。尤其是在采用了更为精确的《历象考成后编》之后，改革历法的需求基本就没有了。另外，历法关乎皇权，尽管清代对历算在民间传播的管控相对比较宽松，但皇帝对历算知识的垄断致使历算水平不可能有太大的提高。实际上，由于对西方历算知识的偏爱，康熙时期中西历算交流也着实红火一时，但是由于康熙对知识的掌控，许多科学新知只能局限在宫廷上层流传，影响了更新的天文学理论的传播。[①]

第二，社会和政治背景并没有发展近代天文学的土壤和环境。众所周知，满洲政权在定鼎中原之后，起初的一段时间，为巩固政权的考虑，还试图聚拢社会上的知识精英为朝廷服务，这段时间内历算方面也出了一些名士，比如梅文鼎、王锡阐等。但是，顺康之后，政权基本稳定，此后的朝廷开始控制言论，大兴文字狱，这就使得原本不太强的活力遭到扼杀。清代中期的历算学者更多的是在“西学中源”说的背景下做着保守的考据工作，而不是从事更具创新性的科学研究。另一方面，雍正朝施行的海禁政策，极大程度地隔绝外来新思想和理论的输入，这也就使得天文学在更深层次上的转型成为无源之水。

第三，自我为中心的文化风气，严重影响了理解外部世界的能力。“西学

① 韩琦：《通天之学——耶稣会士和天文学在中国的传播》，生活·读书·新知三联书店 2018 年版，第 232 页。

中源”说和“中体西用”说可以说是自我中心风气的反映。此二说萌生于明清之际。由于康熙帝的提倡，“西学中源”说曾经一度流行。到晚清，由于西方近代学术的大规模涌入，两说曾盛行一时。当时提倡西学者，几乎无不论“中体西用”，道“西学中源”。[①] 可见，两说是有助于西学输入中国的。但是，这两种学说，固然为学习西方科学提供了合理的借口，在后期却严重妨碍了科学在中国的进步，助长了国人自大的心理。实际上，晚清“自强运动”时期，国人虚骄自大的心态犹未消泯。当时，同文馆的开办就受到许多保守士人的强烈反对。大学士倭仁甚至上奏疾呼：“窃闻立国之道，尚礼义不尚权谋；根本之图在人心，不在技艺。今求之一艺之末，而又奉夷人为师。无论夷人狡诈，未必传其精巧，即使教者诚教，所成就者不过术数之士，古今来未闻有恃术数而能起衰振弱者也。天下之大不患无才，如以天文算学必须讲习，博采旁求必有精其术者。何必夷人？何必师事夷人？”[②] 倭仁的看法在当时并非个案，反映了当时的士人面对西学的一种普遍心态。实际上，直到甲午战争之后，国人才慢慢从自我为中心的心态中走出来，开始虚心地学习和接受西方的科学文化知识。

---

① 王扬宗：《“西学中源”说和“中体西用”论在晚清的盛衰》，《故宫博物院院刊》2001 年第 5 期，第 56—62 页。

② 徐一士：《倭仁与总署同文馆 · 一士谈荟》，书目文献出版社 1983 年版，第 382 页。

# 主要参考文献

## 一、中文文献

1. 原始文献

（东汉）班固：《汉书·天文志》，《历代天文律历等志汇编（一）》，中华书局1976年版。

（汉）张衡：《灵宪》，《高平子天文历学论著选》，中国台湾“中央研究院”数学研究所1987年版。

（晋）司马彪：《后汉书·律历志》，《历代天文律历等志汇编（五）》，中华书局1976年版。

（民）赵尔巽：《清实录》，中华书局1985年版。

（明）徐光启编纂，潘鼐汇编：《崇祯历书》，上海古籍出版社2009年版。

（明）徐光启等：《新法算书》，纪昀主编：《影印文渊阁四库全书》第788卷，台湾商务印书馆1983年版。

（明）徐光启等（纂修），（清）汤若望重订：《西洋新法历书》，见薄树人主编：《中国科学技术典籍通汇·天文学卷》卷八，河南教育出版社1998年版。

（明）徐光启：《简平仪序》，李之藻主编：《天学初函》第5册，台湾学生书局1978年版。

（明）徐光启：《徐光启集》，王重民编，上海古籍出版社1984年版。

（明）傅汎际、李之藻：《寰有诠》，见薄树人主编：《中国科学技术典籍通汇·天文卷》卷八，河南教育出版社 1993 年版。

（明）李之藻：《请译西洋历法等书疏》，《皇明经世文编》，《续修四库全书》第 1655—1662 册，上海古籍出版社 1995 年版。

（明）利玛窦：《经天该》，《丛书集成初编》，中华书局 1985 年版。

（明）刘侗：《帝京景物略》，明崇祯刻本。

（明）宋濂：《元史·历志》，《历代天文律历等志汇编（九）》，中华书局 1976 年版。

（明）王英明：《历体略》，薄树人主编：《中国科学技术典籍通汇·天文卷》卷六，河南教育出版社 1998 年版。

（明）熊三拔：《表度说》，李之藻主编：《天学初函》第 5 册，台湾学生书局 1978 年版。

（明）熊明遇：《格致草》，薄树人主编：《中国科学技术典籍通汇·天文卷》卷六，河南教育出版社 1998 年版。

（明）徐昌治：《圣朝破邪集》，中文出版社 1984 年版。

（明）阳玛诺：《天问略》，薄树人主编：《中国科学技术典籍通汇·天文学卷》卷八，河南教育出版社 1993 年版。

（明）周述学、唐顺之：《皇朝大统万年二历通议》，马明达、陈静辑注：《中国回回历法辑丛》，甘肃民族出版社 1996 年版。

（南朝梁）沈约：《宋书·律历志》，中华书局 1975 年版。

（南朝梁）沈约：《宋书·天文志》，《历代天文律历等志汇编（二）》，中华书局 1976 年版。

（清）张廷玉：《明史·历志》，《历代天文律历等志汇编（十）》，中华书局 1976 年版。

（清）戴震：《迎日推策记》，戴震研究会主编：《戴震全集》，清华大学出版社 1992 年版。

（清）方以智：《物理小识》，戴念祖主编：《中国科学技术典籍通汇·物理卷》卷一，河南教育出版社 1995 年版。

（清）高宗敕撰，张廷玉等奉敕撰：《清朝文献通考》，浙江古籍出版社 1988 年版。

（清）黄伯禄：《正教奉褒》，韩琦、吴旻：《熙朝崇正集、熙朝定案（外三种）》，中华书局2006年版。

（清）江永：《数学》，纪昀主编：《影印文渊阁四库全书》第796卷，商务印书馆1983年版。

（清）焦循：《释轮》，《焦氏丛书》，江都焦氏雕菰楼刻，清嘉庆间江都焦氏雕菰楼刻。

（清）揭暄：《璇玑遗述》，薄树人主编：《中国科学技术典籍通汇·天文卷》卷六，河南教育出版社1998年版。

（清）康熙：《三角形推算法论》，《康熙帝御制文集》，台湾学生书局1966年版。

（清）刘锦藻：《皇朝续文献通考》，上海古籍出版社2002年版。

（清）陆陇其：《三鱼堂日记》，《续修四库全书》第559册，上海古籍出版社2002年版。

（清）梅文鼎：《历算全书》，纪昀主编：《影印文渊阁四库全书》第794卷，台湾商务印书馆1983年版。

（清）梅文鼎：《历学疑问》，梅瑴成主编：《梅氏丛书辑要》第5册，龙文书局石印本，光绪戊子（1888）年。

（清）梅文鼎：《七政》，梅瑴成主编：《梅氏丛书辑要》第5册，龙文书局石印本，光绪戊子（1888）年。

（清）梅文鼎：《勿庵历算书记》，纪昀主编：《影印文渊阁四库全书》第795卷，商务印书馆1983年版。

（清）梅文鼏：《中西经星同异考》，薄树人主编：《中国科学技术典籍通汇·天文卷》卷六，河南教育出版社1993年版。

（清）南怀仁：《不得已辨·辨光先第五摘》，中国科学院自然科学史所线装书阅览室馆藏。

（清）南怀仁：《熙朝定案》，见韩琦、吴旻校注：《熙朝崇正集、熙朝定案（外三种）》，中华书局2006年版。

（清）潘耒：《遂初堂集》，《续修四库全书》第1415册，上海古籍出版社2002年版。

（清）钱大昕：《与戴东原书》，《潜研堂集》卷三十三，清嘉庆十一年刻本，北京图书馆。

（清）阮元著、邓经元点校：《研经室四集》，中华书局1993年版。

（清）阮元：《畴人传》，商务印书馆1955年重印。

（清）汪曰桢：《历代长术辑要》，《续修四库全书》第1041册，上海古籍出版社2002年版。

（清）王锡阐：《晓庵新法》，见薄树人主编：《中国科学技术典籍通汇·天文学卷》卷六，河南教育出版社1998年版。

（清）王锡阐：《晓庵遗书》，薄树人主编：《中国科学技术典籍通汇》卷六，河南教育出版社1998年版。

（清）徐发：《天元历理全书》，续修四库全书编纂委员编，《续修四库全书》第1032册，上海古籍出版社，1995年版。

（清）杨光先：《不得已》，见薄树人主编：《中国科学技术典籍通汇·天文学卷》卷六，河南教育出版社1998年版。

（清）张雍敬：《定历玉衡》，《续修四库全书》第1040册，上海：上海古籍出版社，1995年版。

（清）郑复光：《镜镜詅痴》，戴念祖主编：《中国科学技术典籍通汇·物理卷》卷一，河南教育出版社1995年版。

（清）康熙：《圣祖实录》，中华书局1985年版。

（宋）欧阳修：《新唐书·历志》，《历代天文律历等志汇编（七）》，中华书局1978年版。

（唐）房玄龄：《晋书·天文志》，《历代天文律历等志汇编（一）》，中华书局1978年版。

（唐）瞿昙悉达：《开元占经》，薄树人主编：《中国科学技术典籍通汇·天文学卷》卷五，河南教育出版社1993年版。

（元）脱脱：《宋史·律历志》，见《历代天文律历等志汇编（八）》，中华书局1976年版。

（清）允禄、允祉等：《御制律历渊源》，《故宫珍本丛刊·天文算法》第389册，海南出版社2000年版。

2. 论著

陈美东：《古历新探》，辽宁教育出版社1995年版。

陈美东：《中国科学技术史·天文学卷》，科学出版社2003年版。

陈卫平：《第一页与胚胎——明清之际的中西文化比较》，上海人民出版社1992年版。

陈遵妫：《中国天文学史》，上海人民出版社2006年版。

樊洪业：《耶稣会士与中国科学》，中国人民大学出版社1992年版。

方豪：《中西交通史》，上海人民出版社2008年版。

韩琦：《通天之学——耶稣会士和天文学在中国的传播》，生活·读书·新知三联书店2018年版。

黄兴涛、王国荣编：《明清之际西学文本——50种重要文本汇编》，中华书局2013年版。

李迪：《中国数学史简编》，辽宁人民出版社1984年版。

林庆彰：《明代考据学研究》，台湾学生书局1986年版。

钱宝琮校点：《算经十书》，李俨、钱宝琮等：《李俨、钱宝琮文集》第4卷，辽宁教育出版社1998年版。

曲安京：《中国数理天文学》，科学出版社2008年版。

沈定平：《明清之际中西文化交流史——明代：调试与会通》，商务印书馆2012年版。

王锦光：《中国光学史》，湖南教育出版社1986年版，第146页。

王萍：《阮元与畴人传》，《“中央研究院”近代史研究所集刊》1974年第4期下，第601—611页。

王萍：《西方历算学之输入》，《“中央研究院”近代史研究所专刊（17）》，中国台湾“中央研究院”近代史研究所1980年版。

王应伟：《中国古历通解》，辽宁教育出版社1998年版。

王重民：《徐光启集》，上海古籍出版社1981年版。

吴以义：《从哥白尼到牛顿：日心说的确立》，上海人民出版社2013年版。

席泽宗：《古新星新表与科学史探索》，陕西师范大学出版社2002年版。

徐一士：《倭仁与总署同文馆·一士谈荟》，书目文献出版社1983年版。

徐振韬主编：《中国古代天文学词典》，中国科学技术出版社2009年版。

徐宗泽：《明清间耶稣会士译著提要》，中华书局1949年版。

张培瑜等：《中国古代历法》，中国科学技术出版社2008年版。

周振鹤：《明清之际西方传教士汉籍丛刊》第1辑，凤凰出版社2013年版。

（美）戴维·林德伯格：《西方科学的起源》，王珺、刘晓峰等译，中国对外翻译出版公司2001年版。

（美）爱德华·格兰特：《中世纪的物理科学思想》，郝刘祥译，复旦大学出版社2000年版。

（美）布莱恩·阿瑟：《技术的本质》，曹东溟、王健译，浙江人民出版社2014年版。

（美）库恩：《哥白尼革命——西方思想发展中的行星天文学》，吴国盛等译，北京大学出版社2003年版。

（意）利玛窦，（清）李之藻：《浑盖通宪说》，朱维铮主编：《利玛窦中文译著集》，复旦大学出版社2001年版。

（英）劳埃德：《早期希腊科学》，孙小淳译，上海科技出版社2004年版。

（英）亚·沃尔夫.《十六、十七世纪科学、技术和哲学史》，周昌忠等译，商务印书馆1985年版。

3. 论文

薄树人：《再谈〈周髀算经〉中的盖天说——纪念钱宝琮先生逝世十五周年》，《自然科学史研究》1989年第4期，第297—305页。

陈美东：《郭守敬等人晷影测量结果的分析》，《天文学报》1982年第3期，第299—305页。

陈美东：《中国古代日月五星右旋说与左旋说之争》，《自然科学史研究》1997年第2期，第147—160页。

陈展云：《旧历改用定气后在置闰上出现的问题》，《自然科学史研究》1986年第1期，第22—28页。

褚龙飞、石云里:《第谷月亮理论在中国的传播》,《中国科技史杂志》2013 年第 3 期,第 330—346 页。

褚龙飞、石云里:《〈崇祯历书〉系列历法中的太阳运动理论》,《自然科学史研究》2012 年第 4 期,第 410—427 页。

戴念祖:《明清之际汤若望的窥筒远镜》,《物理》2002 年第 5 期,第 322—326 页。

戴念祖:《明清之际望远镜在中国的传播及制造》,《燕京学报》2000 年新 9 期,第 123—150 页。

冯锦荣:《明末熊明遇〈格致草〉内容探析》,《自然科学史研究》1997 年第 4 期,第 304—328 页。

傅大为:《论〈周髀〉研究传统的历史发展与转折》,《清华学报》1988 年第 1 期,第 1—41 页。

关增建:《传教士对中国计量的影响》,《自然科学史研究》2003 年中国近现代科学技术发展综合研究专辑,第 33—36 页。

关增建:《传统 365 分度不是角度》,《自然辩证法通讯》1989 年第 5 期,第 77—80 页。

关增建:《中国天文学史上的地中概念》,《自然科学史研究》2000 年第 3 期,第 251—263 页。

郭世荣:《梅瑴成对江永:〈翼梅〉引起的中西天文学之争》,《自然辩证法通讯》2005 年第 5 期,第 79—84 页。

韩琦:《"自立"精神与历算活动——康乾之际文人对西学态度之改变及其背景》,《自然科学史研究》2002 年第 3 期,第 210—221 页。

韩琦:《"蒙养斋"的设立与〈历象考成〉的编纂》,陈美东主编:《中国科学技术史(天文学卷)》,科学出版社 2003 年版,第 665—667 页。

韩琦:《白晋的〈易经〉研究和康熙时代的"西学中源"说》,《汉学研究》1998 年第 1 期,第 185—200 页。

韩琦:《从〈明史〉历志的纂修看西学在中国的传播》,《科史薪传——庆祝杜石然先生从事科学史研究 40 周年学术论文集》,辽宁教育出版社 1997 年版,第 61—70 页。

韩琦：《君主与布衣之间：李光地在康熙时代的活动及其对科学的影响》，《清华学报》1996年第4期，第421—445页。

韩琦：《科学、知识与权力——日影观测与康熙在历法改革中的作用》，《自然科学史研究》2011年第1期，第1—18页。

胡炳生：《梅文鼎和清代畴人》，《中国科技史料》1989年第2期，第12—18页。

黄一农：《清初天主教与回教天文家间的争斗》，《九州岛学刊（美国）》1993年第3期，第47—69页。

黄一农：《从汤若望所编民历试析清初中欧文化的冲突与妥协》，《清华学报（新竹）》1996年第2期，第189—220页。

黄一农：《康熙朝汉人士大夫对"历狱"的态度及其所衍生的传说》，《汉学研究》1993年第2期，第137—161页。

黄一农：《康熙朝涉及"历狱"的天主教中文著述考》，《书目季刊》1991年第1期，第12—27页。

黄一农：《清初天主教与回教天文家间的争斗》，《九州岛学刊（美国）》1993年第3期，第47—69页。

黄一农：《清前期对觜、参两宿先后次序的争执——社会天文学史之一个案研究》，杨翠华、黄一农主编：《近代中国科技史论集》，中国台湾"中央研究院"近代史研究所1991年版，第71—94页。

黄一农：《汤若望与清初公历之正统化》，见吴嘉丽、叶鸿洒主编：《新编中国科技史》，银禾文化事业公司1990年版，第465—490页。

黄一农：《杨燝南——最后一位疏告西方天文学的保守知识分子》，《汉学研究》1991年第1期，第229—245页。

黄一农：《择日之争与康熙历狱》，《清华学报》1991年第2期，第247—280页。

纪志刚：《麟德晷影计算方法研究》，《自然科学史研究》1994年第4期，第316—325页。

江晓原：《〈周髀算经〉——中国古代唯一的公理化尝试》，《自然辩证法通讯》1996年第3期，第43—48页。

江晓原:《第谷天文工作在中国的传播及影响》,《天文西学东渐集》,上海书店2001年版,第269—297页。

江晓原:《十七、十八世纪中国天文学的三个新特点》,《自然辩证法通讯》1988年第3期,第51—56页。

黎耕、孙小淳:《陶寺ⅡM22漆杆与圭表测影》,《中国科技史杂志》2010年第4期,第363—372页。

李国伟:《初探“重差”的内在理路》,《科学月刊》1984年第2期,第3—8页。

李鉴澄:《论后汉四分历的晷景、太阳去极和昼夜漏刻三种记录》,《天文学报》1962年第1期,第46—52页。

李俨:《梅文鼎年谱》,《清华大学学报(自然科学版)》1925年第2期,第609—634页。

刘钝:《〈皇极历〉中等间距二次插值法术文释义及其物理意义》,《自然科学史研究》1994年第4期,第305—315页。

刘钝:《关于李淳风斜面重差术的几个问题》,《自然科学史研究》1993年第2期,第101—111页。

刘钝:《梅文鼎与王锡阐》,陈美东主编:《王锡阐研究论文集》河北科技出版社2000年版,第10—133页。

刘钝:《清初历算大师梅文鼎》,《自然辩证法通讯》1986年第1期,第52—64页。

刘钝:《清初民族思潮的嬗变及其对明代天文学数学的影响》,《自然辩证法通讯》1991年第3期,第42—52页。

刘金沂、赵澄秋:《唐代一行编成世界上最早的正切函数表》,《自然科学史研究》1986年第4期,第298—309页。

刘金沂:《覆矩图考》,《自然科学史研究》1988年第2期,第112—118页。

吕凌峰、石云里:《明末历争中交食测验精度之研究》,《中国科技史料》2001年第2期,第128—138页。

宁晓玉:《试论王锡阐宇宙模型的特征》,《中国科技史杂志》2007年第

2 期，第 123—131 页。

钱宝琮：《〈周髀算经〉考》，《科学》1929 年第 1 期，第 7—29 页。

钱宝琮：《戴震算学天文著作考》，中国科学院自然科学史研究所主编：《钱宝琮科学史论文选集》，科学出版社 1983 年版，第 151—175 页。

钱宝琮：《盖天说源流考》，《科学史集刊》1958 年第 1 期，第 27—46 页。

钱宝琮：《论二十八宿之来历》，见《李俨钱宝琮科学史全集》第 9 卷，辽宁教育出版社 1998 年版，第 348—372 页。

钱宝琮：《梅勿庵先生年谱》，《李俨钱宝琮科学史全集》第 9 卷，辽宁教育出版社 1998 年版，第 107—140 页。

桥本敬造：《伽利略望远镜及开普勒光学天文学对〈崇祯历书〉的贡献》，徐英范译，《科学史译丛》1987 年第 29 期，第 1—9 页。

屈春海：《清代钦天监暨时宪科职官年表》，《中国科技史料》1997 年第 3 期，第 45—71 页。

曲安京、袁敏等：《中国古代历法中的九服晷影算法》，《自然科学史研究》2001 年第 1 期，第 44—52 页。

曲安京：《〈大衍历〉晷影差分表的重构》，《自然科学史研究》1997 年第 3 期，第 233—244 页。

曲安京：《〈周髀算经〉的盖天说：别无选择的宇宙结构》，《自然辩证法研究》1997 年第 8 期，第 37—40 页。

曲安京：《正切函数表在唐代子午线测量中的应用》，《汉学研究》1998 年第 1 期，第 91—109 页。

石云里、吕凌峰：《礼制、传教与交食测验——清钦天监档案中的交食记录透视》，《自然辩证法通讯》2002 年第 6 期，第 44—50 页。

石云里、王淼：《邢云路测算回归年长度问题之研究》，《自然科学史研究》2003 年第 2 期，第 128—144 页。

石云里、吕凌峰：《从“苟求其故”到但求“无弊”——17—18 世纪中国天文学思想的一条演变轨迹》，《科学技术与辩证法》2005 年第 1 期，第 101—105 页。

石云里：《中国人借助望远镜绘制的第一幅月面图》，《中国科技史料》1991 年第 4 期，第 88—92 页。

石云里：《〈历象考成后编〉中的中心差求法及其日月理论的总体精度——纪念薄树人先生逝世五周年》，《中国科技史料》2003 年第 2 期，第 41—55 页。

石云里：《崇祯改历过程中的中西之争》，《传统文化与现代化》1996 年第 3 期，第 62—70 页。

石云里：《揭暄对西方宇宙学与理学宇宙论的调和》，《九州学林》第 2 卷第 2 期，复旦大学出版社 2004 年版，第 43—65 页。

史宁中：《宅兹中国：周人确定“地中”的地理和文化依据》，《历史研究》2012 年第 6 期，第 4—15 页。

孙承晟：《明末传华的水晶球宇宙体系及其影响》，《自然科学史研究》2011 年第 2 期，第 170—187 页。

孙小淳：《〈崇祯历书〉星表与星图》，《自然科学史研究》1995 年第 4 期，第 323—330 页。

孙小淳：《从“里差”看地球、地理经度概念之传入中国》，《自然科学史研究》1998 年第 4 期，第 304—311 页。

孙小淳：《关于汉代的黄道坐标测量及其天文学意义》，《自然科学史研究》2000 年第 2 期，第 11 页。

王广超：《明清之际定气注历之转变》，《自然科学史研究》2012 年第 1 期，第 26—36 页。

王广超：《明清之际圭表测影考》，《中国科技史杂志》2010 年第 4 期，第 447—457 页。

王广超：《〈周髀〉中“勾股量天”与“计算日影”传统的演变——试论中国古代天文学中的宇宙论与计算》，《自然辩证法研究》2021 年第 6 期，第 85—91 页。

王广超、董瑞华：《明清之际官修历书中的编新与述旧》，《科学文化评论》2020 年第 2 期，第 33—45 页。

王广超：《明清之际中国天文学转型中的宇宙论与计算》，《自然辩证法通讯》2013年第2期，第61—65页。

王广超、孙小淳：《试论梅文鼎的围日圆象说》，《自然科学史研究》2010年第2期，第142—157页。

王广超：《明清之际中国天文学关于岁差理论之争议与解释》，《自然科学史研究》2009年第1期，第63—76页。

王广超、吴蕴豪、孙小淳：《明清之际望远镜的传入对中国天文学的影响》，《自然科学史研究》2008年第3期，第309—324页。

王萍：《清初历算家梅文鼎》，《“中央研究院”近代史研究所集刊》1971年第2期，第313—324页。

王荣彬：《关于中国古代至日时刻测算法及其精度研究》，《清华学报》1995年第4期，第309—323页。

王扬宗：《略论明清之际西学东渐的特点与中西科学互动》，《国际汉学》2000年第6辑，第318—336页。

王扬宗：《“西学中源”说和“中体西用”论在晚清的盛衰》，《故宫博物院院刊》2001年第5期，第56—62页。

王扬宗：《康熙、梅文鼎和“西学中源”说》，《传统文化与现代化》1995年第3期，第77—84页。

王扬宗：《明末清初“西学中源”说新考》，《科史薪传——庆祝杜石然先生从事科学史研究40周年学术论文集》，辽宁教育出版社1997年版，第71—84页。

王扬宗：《康熙〈三角形推算法论〉简论》，《或问》2006年第12期，第117—123页。

武家璧：《〈易纬·通卦验〉中的晷影数据》，《周易研究》2007年第3期，第89—94页。

徐光台：《明末西方四元素说的传入》，《清华学报》1997年第2期，第347—380页。

徐光台：《西学传入与明末自然知识考据学：以熊明遇论冰雹为例》，《清华学报》2007年第2期，第117—157页。

许洁、石云里：《庞迪我、孙元化〈日晷图法〉初探》，《自然科学史研究》2006年第2期，第149—158页。

严敦杰：《梅文鼎的数学和天文学工作》，《自然科学史研究》1989年第2期，第99—107页。

杨小明：《黄百家与日月五星左、右旋之争》，《自然科学史研究》2002年第3期，第222—231页。

袁敏、曲安京、王辉：《中国古代历法中的九服晷影算法》，《自然科学史研究》2001年第1期，第44—52页。

张柏春：《南怀仁所造天文仪器的技术及其历史地位》，《自然科学史研究》1999年第4期，第337—352页。

张培瑜：《黑城出土残历的年代和有关问题》，《南京大学学报》1994年第2期，第170—174页。

祝平一：《三角函数表与明末的中西历法之争——科学的物质文化试探》，《大陆杂志》1999年第6期，第233—258页。

祝平一：《反西法：〈定历玉衡〉初探》，卓新平主编：《相遇与对话：明末清初中西文化交流国际学术研讨会文集》，宗教文化出版社2003年版，第348—365页。

祝平一：《伏读圣裁——〈历学疑问补〉与〈三角形推算法论〉》，《新史学》2005年第1期，第51—84页。

祝平一：《跨文化知识传播的个案研究：明清之际地圆说的争议，1600—1800》，《历史语言研究所集刊》1998年第3期，第589—670页。

## 二、英文文献

1. 论著

David Lindberg, *The Beginnings of Western Science*, Chicago and London: The University of Chicago Press, 1992.

Dreyer J. L. E., *Tycho Brahe: A Picture of Scientific Life and Work in the Sixteenth Century*. Edingburgh: Adam and Charles Black, 1890.

Edward Grant, *Planets, Stars, and Orbs-The Medieval Cosmos*, 1200–1687,

ments, Ⅰ667-1669, A Study in Historical Method, *Isis*, 1949, 40 (3), pp. 213-225.

Jonathan Porter, The Scientific Community in Early Modern China, *Isis*, 1982, 73 (4), pp. 529-544.

Luisa Pigatoo, Astronomical Observations made by Jesuits in Peking during the Seventeenth and eighteenth centuries, Edited by Wayne Orchiston, *Astronomical instruments and Archives from the Asia-Pacific Region*, Soul: Yonsei University Press, 004, pp. 55-66.

L. Lingfeng, Eclipses and the Victory of European Astronomy in China, *East Asian Science, Technology and Medicine*, 27, 2007, pp. 127-145.

N. Sivin, On China's Opposition to Western Science during Late Ming and Early Ch'ing, *Isis*, 1965, 56 (2), pp. 201-205.

N. Sivin, Why the Scientific Revolution did not take place in China-or didn't it? , *Science in Ancient China*, Aldershot, Hampshire: Variorum, 1995, PVII.

N. Sivin, Copernicus in China, *Science in Ancient China*, Aldershot, Hampshire: Variorum, 1995, PVIII.

N. Sivin, Copernicus in China, *Science in Ancient China*, Aldershot, Hampshire: Variorum. 1995.

Nathan Sivin, Cosmos and computation in early Chinese Mathematical Astronomy. *T'oung Pao*, Second Series, 1969, 55, 1/3, 1-73.

N. Sivin, Wang Hsi-Shan, Nathan Sivin, *Science in Ancient China*. Aldershot: Hampshire: Variorum.

Neugebauer. O., Thabit ben Qurra "On the Solar Year" and "On the Motion of the Eighth Sphere" , *Proceedings of the American Philosophical Society*, 1962, 106 (3). 264-299.

Neugebauer. O., On the Planetary Theory of Copernicus, *Astronomy and History, Selected Essays*, New York: Springer-Verlag, pp. 491-507.

Noel. M. Swerdlow, Galileo's discoveries with the telescope and their evidence for the Copernican theory. Edited by Peter Machamer. *The Cambridge Companion to*

*Galileo*. Cambridge: Cambridge University Press, 1998, pp. 244-270.

Qiong Zhang, About God, Demons and Miracles: The Jesuit Discourse on the Supernatural in Late Ming China, *Early Science and Medicine*, 1999, 4 (1), pp. 1-36.

Rosen E, The Dissolution of the Solid Spheres. *Journal for the History of Idea*, 1985, 46 (1). pp. 13-31.

Shi Yunli, Ancient Chinese Astronomy: An Overview. in Clive Ruggles (ed.). *Handbook of Archaeoastronomy and Ethnoastronomy*. Springer Reference, 2015, pp. 2031-2042.

Shi Yunli, The Eclipse Observations Made by Jesuit Astronomers in China: A Reconsideration, *Journal for the History of Astronomy*, 31, 2000, pp. 135-147.

Terrie F. Bloom, Borrowed Perceptions: Harriot's Maps of the Moon. *Journal for the History of Astronomy*, Vol. 9, pp. 117-122.

Van Helden, The Invention of the Telescope. *Transactions of the American Philosophical Society*, Vol. 67, No. 4 (1977), pp. 1-67.

Wang Guangchao, A Chinese Innovation Based on Western Methods: The Double-Epicycle Solar Model in the Lixiang kaocheng, 1722, *Journal for the History of Astronomy*, pp. 174-191.

W. B. Ashworth, Catholicism and Early Modern Science, in David C. Lindberg and Ronald L. Numbers (eds.), *God and Nature: Historical Essays on the Encounter between Christianity and Science*. Berkeley: University of California Press, 1986.

Willard J. Peterson, Western Natural Philosophy Published in Late Ming China, *Proceedings of the American Philosophical Society*, 1974, 117 (4), pp. 295-322.